徐有富 著

千家诗赏析

盛行不衰的启蒙读物
传统文化的入门教材

中 华 书 局

图书在版编目(CIP)数据

千家诗赏析/徐有富著. —北京:中华书局,2018.9
(2022.9 重印)
ISBN 978-7-101-13029-4

Ⅰ.千… Ⅱ.徐… Ⅲ.古典诗歌-诗歌欣赏-中国
Ⅳ.I207.22

中国版本图书馆 CIP 数据核字(2017)第 330375 号

书 名	千家诗赏析	
著 者	徐有富	
责任编辑	马 燕	
责任印制	管 斌	
出版发行	中华书局	
	(北京市丰台区太平桥西里 38 号 100073)	
	http://www.zhbc.com.cn	
	E-mail:zhbc@zhbc.com.cn	
印 刷	三河市中晟雅豪印务有限公司	
版 次	2018 年 9 月第 1 版	
	2022 年 9 月第 2 次印刷	
规 格	开本/920×1250 毫米 1/32	
	印张 11½ 插页 2 字数 280 千字	
印 数	6001-8000 册	
国际书号	ISBN 978-7-101-13029-4	
定 价	38.00 元	

目 录

卷三 五言律诗

卷四　七言律诗

前　言

　　我写过《诗学原理》，在写作过程中深感诗学知识之贫乏，于是想从头学起。正好退休后有闲暇，便以试写《千家诗赏析》作为从头学诗的方法与切入口。每首诗的赏析文字也就是我所做的作业。

　　目前所出版的《千家诗》，一般都在原文的基础上，加些作者介绍、词语注释，有的还有评点。考虑到该书除作为儿童的启蒙读物外，还可供儿童家长以及其他读者阅读，因此我将重点放在赏析上，便于家长对子女进行辅导，也可供其他读者参考。每首诗的赏析文字，大致包括以下内容：

　　一是作者介绍。《孟子·万章章句下》说过："颂其诗，读其书，不知其人，可乎？"显然，了解作者的生平事迹与作品的写作背景对我们理解这首诗是非常必要的。如皇甫冉为什么要写《婕好怨》呢？《新唐书·皇甫冉传》称其"十岁能属文，张九龄叹异之"，玄宗天宝十五载（756）以第一名的成绩举进士，授无锡尉。代宗大历初，为河南节度使掌书记，累官至右补阙。诗人虽然文名颇高，但是官职不显，可见他写该诗主要还是为了表达自己怀才不遇的情绪。除介绍作者的基本情况外，我还特别注意介绍与诗的写作宗旨与写作背景相关的内容，所以同一作者的不同作品，往往都会有作者介绍部分。此外，为了便于读者了解诗人的诗歌创作情况，并且能很快找到他们的作品，我对《四库全书》《全唐诗》《全宋诗》中所收录的诗人别集与诗歌作品，基本上都做了说明。

如果诗的作者有争议，本书也将加以考辨。如卷三《渡扬子江》的作者一般都说是丁仙芝，我认为应当为孟浩然。这是因为著录此诗最早的版本唐芮挺章选编的《国秀集》卷中作孟浩然，该书同时还收录了丁仙芝的一首诗，可见芮挺章所见此诗确为孟浩然所作。其次，孟浩然在扬州与润州活动过，并且渡过扬子江，还留下了一些相关的诗，如《宿扬子津寄润州长山刘隐士》《早春润州送从弟还乡》《扬子津望京口》。特别是第一首诗谈到了他要渡扬子江的原因："所思在建业，欲往大江深。日夕望京口，烟波愁我心。"其内容与此诗完全吻合。第三，诗中所出现的将润州视为边疆的意识，只有像孟浩然这样生长在中原的人才会有，而丁仙芝是润州人，不大可能会有这样的边疆意识，因为唐代润州是江南地区的中心城市之一，所以丁仙芝在心理上是不会将润州视为边疆的。这样，将这首诗的作者归之为孟浩然就好理解了。

二是诗题校订。诗题是我们赏析诗歌的窗口，不容忽视。《千家诗》是通俗读物，为了适应通俗读物的需要，同时也为了便于雕版，编者往往将原来的诗题改得更为简单明了，当然也有误改的。无论误改与否，原有题目对我们正确理解诗歌作品是大有好处的，所以我们对诗题做了校勘、辨析工作，对某些误改的诗题做了订正。如卷四窦叔向《夏夜宿表兄宅话旧》，《唐音》卷五、《唐诗品汇》卷八六、《石仓历代诗选》卷一一七同，《千家诗》将其删节为《表兄话旧》，这样，很容易将话旧者误会为表兄一个人，实际上应当是表兄弟两个人，所以我们将诗题恢复了原貌。再如卷四《曲江二首》其一、《曲江二首》其二在《千家诗》中"二首"两字都删掉了，在编者看来这是无关紧要的，其实这两个字是该组诗的标志，而且该组诗只有两首，了解这一点对我们从组诗的角度，以相互联系的观点来赏析这两首诗是很重要的，所以我在诗题中将这两个字补上了。当然，为了保持选本本身的特点，我并未将所有改动过的诗题都恢复原貌，只是在文中作了必要的说明。

三是分析作品。本书主要采用明末清初所兴起的结构分析法。这种方法在注释、评点的基础上朝前迈进了一大步。我将依据作品结构的特点，采取逐句、逐联串讲的方式。每一句诗或每一联诗中写得特别精彩的地方，我在串讲时将作重点分析。在分析作品时，注意结合词语训诂与文字校勘工作，争取消灭理解作品的所有文字障碍。注释并未取消，而是与作品分析结合起来。有些词语注释附在各句串讲文字之后，以便相互参照。

四是总结诗的思想内容与艺术特色。当然，只是注意突出主要之点，而不是面面俱到。譬如指出孟浩然《春晓》的最大特点是写春之声，通过春之声，写春天优美的环境与蓬勃的生机以及诗人热爱生活、珍惜生命的情绪。行文力求做到突出要点，有话则长，话少则短。绝不写内容空泛的赏析文字是我的努力目标。

此外，本书还为《千家诗》编了"作者篇名索引"，主要是为了便于读者很快找到所需要的作品。其次，对同一作者不同诗歌作品的写作背景几乎都做了介绍，此索引为我们参考同一诗人的不同作品及其写作背景提供了方便。该索引还为统计分析工作创造了条件，譬如能从中看出一些诗人的写作特点，如孟浩然，共收了六首诗，其中三首五绝、三首五律，表明他特别擅长写五言诗。苏轼，共收了六首诗，全为七绝，说明苏轼特别擅长写七言绝句，他的七绝也特别受欢迎。从索引中还能看出诗人的影响以及《千家诗》的编纂体例与宗旨。如杜甫收诗二十五首，李白收诗九首，说明他们是影响最大的诗人。杜甫所收作品比李白多了许多，这与《千家诗》的编纂体例有关，因为《千家诗》只收近体诗，杜甫五律收了十一首，七律收了十一首，说明杜甫代表了律诗创作的最高成就，而李白则特别擅长写古体诗。当然也能利用该索引说明其他问题，如《千家诗》中选了不少理学家的诗，这一方面说明宋代以后理学盛行，另一方面也说明理学家的不少诗都写得通俗易懂。

为便于读者由浅入深地阅读，本书还对原有卷次作了调整，卷一收唐人五绝三十九首；卷二收唐宋七绝九十四首；卷三收唐人五律四十五首；卷四收唐宋七律四十八首（其中有两首为明人作品），共计二百二十六首，多为脍炙人口的名家名篇，也有无名氏的杰作。所写内容涉及古代社会生活的方方面面：有写田园风光、山水景物的；有写蚕妇田家、宫怨室思的；有写隐者侠客、高僧妓女的；有写乡愁旅怀、吊古伤今的；有题画咏史、咏物言志的；有侍宴应制、歌功颂德的；有赠友送别、伤今感旧的；有独自题壁、相互酬唱的。这些诗对我们了解古代的历史面貌与社会状况颇有认识价值。此外，诗歌中所表现的爱情、亲情、友情、山水情、故乡情、爱国情以及哲理睿思，仍能引起读者共鸣，具有很高的审美价值。该书至今依然是学习我国传统文化的入门读物，熟读背诵这些诗篇将会终身受益。

现存最早以《千家诗》命名的选本，当为南宋著名诗人刘克庄（1187-1269）所编《分门纂类唐宋时贤千家诗选》，北京大学图书馆与国家图书馆尚存有该书的元刻本与明抄本。常见版本有清刻《楝亭藏书十二种》本与《宛委别藏》本。该书二十二卷，分时令、节候、天文、地理、禽兽、昆虫等十四门，共收录一千二百八十多首诗，均为七绝、七律、五绝、五律。但是也有人对这部书的编者为刘克庄提出了质疑，如清人宗廷辅在《重编千家诗读本》卷末题跋中指出该书有改变题目、弄错作者、删律诗为绝句等缺点，于是怀疑"临安、建阳无知书贾假其盛名，缘以射利故至是欤"。他的这个观点也常被后人用来说事。

不过，这只是一个假设，还不足以否定刘克庄对该书的著作权。这是因为刘克庄有编纂该书的动机与可能性，在《后村集》卷二十四中还保留着刘克庄写的《唐人五七言绝句选序》《本朝五七言绝句选序》《中兴五七言绝句选序》。刘克庄在第一篇序中说："余家童子初入塾，始选五七言绝句各百首口授之。切情诣理之作，匹士寒女不弃也，否则巨人作家不录也，惟李杜当别论。"这表明刘克庄确实选编过不少唐宋诗绝句方面的童蒙读物，在此基础上再编一本《分门纂类唐宋时贤千家诗选》也在情理之中。再说该书一共选了刘克庄本人诗作八十多首，如果编纂者是别人，恐无此必要，也无此兴趣。还有宗廷辅所提出的那几个缺点，是诗歌选本的通病。刘克庄受编纂体例的限制，选了将近一千三百首诗，出现一些讹误也属常见现象。此外，宗廷辅所谓的"无知书贾"是没有水平编出这部选本来的，而且该书并没有畅销起来。

《分门纂类唐宋时贤千家诗选》的性质是启蒙教材，所选作品为切情诣理之作，形式短小。但是该书作为童蒙读物来说数量太多，不便学习，也不便流传。以《千家诗》为题，并产生广泛影响的唐宋近体诗童蒙读物，为宋末元初的谢枋得（1226—1289）所编。谢枋得，字君直，号叠山，宋理宗宝祐四年（1256）举进士，除教授建宁府。宋恭宗德祐元年（1275），元兵大举南下，谢枋得被任命为江东提刑、江西招谕使知信州（今江西上饶）。他在保卫信州的战斗中，终因孤军无援而兵败城陷，他的家人全部被元兵杀害，只有他孤身一人隐姓埋名，逃入建宁唐石山中。据《宋史·谢枋得传》介绍："其后人稍稍识之，多延至其家，使为子弟论学。天下既定，遂居闽中。"由于教学需要，谢枋得又长期生活在宋元时期的出版中心建宁府，所以由他出面编一本唐宋近体诗童蒙教材也合情合理。认为《千家诗》是谢枋得所编还有个铁证，就是《全宋诗》中只收录王淇两首诗，作者小传称王淇"字菉猗。与谢枋得有交，谢尝代其女作《荐父青词》（《叠山集》卷十二）"。而王淇的这两首诗恰恰都录自《千家诗》。若不是谢枋得编《千家诗》，王淇的这两首诗也就湮没无闻了。谢枋得编的《千家诗》与刘克庄编的《分门纂类唐宋时贤千家诗选》显然有渊源关系，一是都用了《千家诗》这一名称；二是所选均为唐宋近体诗，所选篇目重复颇多；三是编排方法上谢书与刘书的时令门大致相同。所以清翟灏《通俗编》指出：“今村塾所诵《千家诗》者，上集七言绝八十余首，下集七言律四十余首，大半在后村选中，盖据其本增删之耳。”

　　正如翟灏所说，谢枋得编的《千家诗》只收七言绝句与七言律诗，如南京图书馆所藏清刻本《四体千家诗》《新镌千家诗白文》还保留着这种体例。《千家诗》中所收谢枋得诗三首全为七绝，也说明了这一点。国家图书馆藏有一部《明解增和千家诗注》，卷端署“宋名贤谢叠山注”。该书标明二卷，实际上只有七律一卷，所缺显然为七绝一卷。谢编《千家诗》在明代已经成了最重要的启蒙教材之一，如明刘若愚《内板经书纪略》著录有“《千家诗》一本，四十四叶”。明吕毖《明宫史》卷二《内书堂读书》云：“凡奉旨收入官人，选年十岁上下者二三百人，拨内书堂读书……至书堂之日，每给《内令》一册，《百家姓》《千字文》《孝经》《大学》《中庸》《论语》《孟子》《千家诗》《神童诗》之类，次第给之。”可见明代宫廷已用《千家诗》作为启蒙教材。正如北京图书馆出版社在《影印明解增和千家诗注说明》所述：“这部《千家诗》系明代内府彩绘插图本，是专供太子或小皇帝使用的，它表明《千家诗》不仅是宋元明清时期民间流传甚广的通俗读物，也是皇家课业的基本教材。”

　　现在广为流传的四卷本启蒙读物《千家诗》是清初启蒙教育家王相编辑整理而成的。《四库全书总目》卷一九四《尺牍嘤鸣集》十二卷提要称是书为“国朝王相编。相字晋升，临川（今江西抚州）人。是书成于康熙己丑（1709）”。康熙己丑年乃康熙四十八年，前面的顺治皇帝在位十八年，两者相加，共计六十六年，所以说王相是清初人还是恰当的，现在广为流传的《千家诗》也是在清初编定的。他编注的《千家诗》的清刻本明显分为两个部分，如南京图书馆所藏清南京天禄阁书坊刻的《千家诗》，第一部分题为《增补重订千家诗注解》，卷端题“信州谢枋得叠山选；琅琊王相晋升注”。卷上为七绝，卷下为七律。卷末有按语云："叠山选本皆唐宋诗，末二首明诗不知何年赘入，童蒙久诵，姑并存之。"可见这一部分基本上保持了《千家诗》的原貌，王相只做了注释工作。第二部分题为《新镌五言千家诗笺注》，卷端题"琅琊王相晋升选注；莆阳郑汉濯之校梓"。卷上为五绝，卷下为五律。可见这一部分由王相选编，他还做了注释工作。

客观地说，谢枋得所编七言《千家诗》问题要多一些。首先，他所据以参考的刘克庄的《分门纂类唐宋时贤千家诗选》如前所说，就存在不少问题，谢枋得在做注释时也难免以讹传讹。其次，谢枋得编的七言《千家诗》在长期传播过程中，难免会出现篇目增减、文字差异、作者混淆等现象。这一部分经过王相注释后，虽然还保留了不少问题，但是篇目则固定了下来。而王相编注的五言《千家诗》部分，问题则少得多。王相为《千家诗》的广泛传播提供了一个定本，他在《千家诗》编纂史上是功不可没的。

该书在清代产生了广泛影响，如蘅塘退士在《唐诗三百首》的序中说："世俗儿童就学，即授《千家诗》，取其易于成诵，故流传不废。"与其他启蒙读物相比，《千家诗》具有内容丰富、感情饱满、形象生动、节奏鲜明等特点，所以深受欢迎。《千家诗》的影响还渗透到了人们的日常生活中，如利用《千家诗》来制作酒令、灯谜等。时至今日，该书仍可用作启蒙读物，对于提高读者的诗歌修养也是大有帮助的。本书以清天禄阁书坊所刻《新镌五言千家诗笺注》《增补重订千家诗注解》为底本，校以相关别集、总集等，希望在前人的基础上朝前迈进一步，不足之处在所难免，我们殷切地期待着批评指正。

徐有富　2018年4月于问津阁

卷　一

五言绝句

春　晓

孟浩然

春眠不觉晓，处处闻啼鸟。
夜来风雨声，花落知多少？

孟浩然（689－740），襄阳（今湖北襄樊）人。他在《书怀贻京邑同好》诗中说："三十既成立，嗟吁命不通。"可见他过了而立之年，曾赴京城长安参加科举考试，未考取。他一辈子都没当过官，这也成全了他，使他成了唐代最典型的田园诗人。其《过故人庄》云："故人具鸡黍，邀我至田家。绿树村边合，青山郭外斜。开轩面场圃，把酒话桑麻。待到重阳日，还来就菊花。"这首诗说的是故人，大致也反映了他自己田园生活的状况与情趣。《四库全书》收《孟浩然集》四卷，《全唐诗》录其诗二卷，《全唐诗外编》及《全唐诗续拾》补其诗二首又两句。

起句扣题写春晓，强调在不知不觉中天就亮了，用现在的话说，就是一觉睡到自然醒。这充分说明诗人的田园生活无拘无束，自由自在。并不是所有的田园诗人都能做到这一点，譬如陶渊明就经常失眠，以至于"披褐守长夜"，"造夕思鸡鸣"，甚至埋怨"晨鸡不肯鸣"。因为他要坚持自己的政治操守，对刘宋政权采取不合作态度，断了主要经济来源，所以生活负担与心理负担都很重，以至睡不着觉。而孟浩然作为庄园主，对田园生活还是非常适应的。

次句承上写天亮时鸟啼声此起彼伏，互相呼应。同时也表明处处有啼鸟赖以停留的花草树木，它们当然也是竞相成长，各具特色的。说到"啼"，人们自然会想到黄莺。杜牧的《江南春》就说过"千里莺啼绿映红"。黄莺是一种冬去春来的候鸟，所以"莺啼"反映了春天的特点。"莺啼"的目的是为了求偶。黄莺还有个名字叫黄鹂。杜甫在一首七绝中说"两个黄鹂鸣翠柳"，显然这两个黄鹂一公一母，正在谈情说爱。所以"处处闻啼鸟"一句洋溢着生命的活力。

三句采用插叙的方法转写夜间听到风雨声，这样写的好处是富于变化。徐增《而庵说唐诗》已指出了这一点："做上二句便煞住笔，复停想到昨夜去，又到花上来，看他用笔不定，瞻之在前，忽然在后矣。"先写今天早晨，再写昨天夜里。先写快乐，再写担心。短短的二十个字，显得曲折有致。写昨夜的风雨声，实际上也写了昨天风和日丽，百花齐放，令人赏心悦目。正准备今天继续欣赏时，忽然记起昨晚听到的风雨声，自然令人关注起繁花的命运来。

末句写诗人由"风雨声"自然联想到"花落知多少"的问题，写诗人对花的关注与爱惜，实际上也表达了诗人对青春与生命的关注与爱惜。而末句"花落知多少"的猜想，也是对首句"春眠不觉晓"的一种呼应，诗人醒来所关心的第一件事是花落多少的问题，可见诗人衣食无忧，情趣高雅。

这首诗的最大特点是写春之声，通过春之声，写春天优美的环境与蓬勃的生机，以及诗人热爱生活、珍惜生命的情绪。

访袁拾遗不遇

孟浩然

洛阳访才子，江岭作流人。
闻说梅花早，何如北地春？

孟浩然初次赴长安参加科举考试，名落孙山，后来也到洛阳参加过科举考试，仍未考取。此外他还游历过两湖与江浙、江西等地。他通过这些社会活动扩大了视野，也结识了李白、杜甫、张九龄、王维、储光羲、崔国辅等许多诗人与朋友。这些社会活动丰富了他的诗歌内容，也使他在诗坛享有很高的声誉。所有这一切都是一般的庄园主望尘莫及的。

袁拾遗，据《元和姓纂》卷四可知，他的名字叫袁瓘，也是襄阳人，曾担任过"膳部郎中同直左拾遗"。《全唐诗》卷一二〇收了袁瓘两首诗，小传称他"明皇时官赣县尉"。孟浩然还写过《送袁太祝尉豫章》《南还舟中寄袁太祝》。赣县西汉属豫章郡，所以一名豫章，可见袁太祝也就是袁瓘，而袁瓘在担任赣县尉前还担任过太祝。综上所述，孟浩然与袁瓘是同乡，曾在洛阳专门拜访过他。袁瓘被贬为赣县尉时孟浩然还特地为他送行，之后又特地去探望过他，离开后还特地写诗寄给他。可见两人的友谊非常深厚。从标题看，这首诗主要表达失望之情，并借以表达两人的深厚友谊。

起句扣题写孟浩然拜访袁瓘的地点以及袁瓘的才华。孟浩然在开元十四年（726）曾赴洛阳参加科举考试，接着就在洛阳与长安从事一些社会活动。孟浩然与袁瓘交往，不仅因为他是同乡，在洛阳为官，还因为他是个才子。储光羲在《贻袁三拾遗谪作》一诗中也称之为才子："如君物望美，令德声何已！高帝黜儒生，文皇谪才子。"

次句承上写"访才子"而未遇，因为袁瓘被流放到江岭地区了。不过这是道听途说，实际上袁瓘被贬谪到赣县担任县尉。"江岭"即大庾岭，在今江西大余和广东南雄的交界处，赣江的上游章水即发源于此。章水与赣江交汇处的赣县就是袁瓘所要去的地方。

三、四两句写作者对朋友遭贬的惋惜与同情。大庾岭也称梅岭，白居易《白氏六帖·梅》说："大庾岭上梅，南枝落，北枝开，寒暖之候异也。"袁瓘所处的赣县虽不在岭南，但是与洛阳比起来要暖和多了，因此能早日见到梅花开放。第四句中的"北"字，通行本多作"此"字，为形近而误。因为袁瓘能早日见到梅花，是因为地处南方，所以"北"字正好能同"南"字形成鲜明的对比。这句诗是说洛阳虽在"北地"，梅花没有赣县那么早，但是这里有老朋友，所以这里的春光比赣县要明媚得多。

储光羲对袁瓘遭贬是同情的，从上述引文中可见，他写得直截了当。孟浩然对袁瓘遭贬也是同情的，但是他写得非常含蓄，起句写他满怀希望去拜访老朋友，结果没见到，当然很失望。没见到的原因不是偶然外出，而是被流放到遥远的大庾岭去了，则对老朋友的同情也就溢于言表了。他没有像储光羲那样把责任直接推给"高帝"与"文皇"，但是一、二句诗显然表达了同样的意思。他没有写朋友在江岭一带生活是多么的寂寞与艰苦，甚至还写了那里的梅花早早就开放了，但是诗人又用"何如北地春"这个反问句将其否定掉了，并引起了读者的思考。远离政治、经济、文化中心和老朋友，气候再温暖，心也是凉的。

送郭司仓

王昌龄

映门淮水绿，留骑主人心。

明月随良掾，春潮夜夜深。

王昌龄（约690—756），京兆（今陕西西安）人，开元十五年（727）举进士，任秘书省校书郎。开元二十二年（734）中博学宏词科，授汜水县（今河南荥阳汜水镇）尉。开元二十七年（739）贬谪岭南，次年北归，出任江宁县（今属江苏南京）丞。后以不拘小节，贬为龙标（今湖南黔阳）尉。他在安史之乱爆发后，离开龙标东归，在亳州（今安徽亳州）为刺史闾丘晓所害。《旧唐书·王昌龄传》称："开元、天宝间，文士知名者，汴州崔颢、京兆王昌龄、高适、襄阳孟浩然，皆名位不振。"王昌龄因而也与小官员有着亲密的来往。《全唐诗》录其诗四卷，《全唐诗外编》及《全唐诗续拾》补其诗四首又四句。

据《旧唐书·职官志三》可知，司仓是个州级管理仓库的官员，上州从七品下、中州正八品下、下州从八品下。《送郭司仓》表现了主人对客人依依惜别的深情。

起句扣题写送别的环境之美，碧绿的淮河水就映照在门前，主人正在为客人举行送别的宴会，当时天色尚早，看上去是一派春光明媚的景象。

次句写主人依依惜别的心情。酒逢知己千杯少，所以这顿别宴从白日当空一直吃到夕阳西下。由于时间已晚，客人又喝了不少酒，于是主人便盛情邀请客人留下来。

三句写客人觉得不便继续打扰，坚持要走，于是诗人沿着淮河边的大堤将客人送了一程又一程，而皎洁的月亮始终伴随着客人。当然"明月"也寄托了主人的友情，在听说王昌龄被贬龙标后，李白特地写了《闻王昌龄左迁龙标，遥有此寄》，中有"我寄愁心与明月，随君直到夜郎西"两句，表达了同样的意思。现代歌词也有"月亮代表我的心"的说法。"掾"指官府的属吏，"良掾"即好官，指郭司仓。

四句写伴随着春天的步伐，淮河里的潮水一夜比一夜大。而这一浪高过一浪的春潮不正是主人惜别的情感吗。首句写淮河，末句仍然写淮河，正好达到了首尾呼应的效果。当然这两句诗也写出了淮河在白天与夜晚的不同特点。

贯穿这首诗的线索是惜别之情，第一句写饯别客人，第二句写挽留客人，第三句写送别客人。第四句写与客人分手时，大家的惜别之情就像淮河里的春潮一样汹涌澎湃。

洛 阳 道

储光羲

大道直如发，春日佳气多。
五陵贵公子，双双鸣玉珂。

储光羲（约706—763），丹阳延陵（今江苏丹阳延陵镇）人，开元十四年（726）举进士，任冯翊县（今陕西大荔）尉，后转任安宜县（今江苏宝应西南）尉、下邽县（今陕西渭南东北）尉、汜水县（今河南荥阳汜水镇）尉。仕宦不得意，辞官归乡，后隐居终南山，曾被任命为太祝，迁监察御史。安史之乱中，陷贼于长安，任伪职。脱身归朝，被贬岭南，死于贬所。可见他生活道路十分坎坷，对公子哥儿们有不满之情，所以写了这首诗。《四库全书》收《储光羲诗》五卷，《全唐诗》录其诗四卷，《全唐诗续拾》补其诗一首。

《洛阳道》为汉横吹曲之一，本诗为储光羲所作《洛阳道五首献吕四郎中》组诗的第三首。从该组诗来看，确实以洛阳为描写对象。如第一首："洛水春冰开，洛城春水绿。朝看大道上，落花乱马足。"可见这首诗写的是公子哥儿的游春活动。

起句写道路很直、很宽、很平坦。南朝宋鲍照诗《代陆平原君子有所思行》中已有"驰道直如发"的说法。

次句承上写春天，气候宜人，正适合出游。佳气指美好的气象。一个"多"字，含义十分丰富，读者可以凭借自己的生活经验，展开想象的翅膀，譬如阳光明媚，山清水秀，桃红柳绿，鸟语花香等等。

三句中的"五陵"指西汉高祖长陵、惠帝安陵、景帝阳陵、武帝茂陵、昭帝平陵，都在今陕西省咸阳市北五陵原。这里地势开阔，风景美好，是汉唐时期豪门贵族与富商巨贾的居住区。因此"五陵贵公子"泛指有钱有势的富家子弟。

结句中的"双双"指成群结队，"玉珂"指马笼头上玉制的装饰品。"鸣玉珂"指马在奔走时"玉珂"相互撞击所发出的声音。这句诗是写有钱有势的富家子弟们正成群结队地骑着马从眼前轻快地走过。

这首诗好在最后一句，作者通过马的装饰品，来写马的高贵。通过高贵的马来写骑马的人之有钱有势。通过"鸣玉珂"写马的步伐是轻快的。通过马的轻快步伐，贵公子们正在得意洋洋地游春。他们趾高气扬，目空一切，整个春天都是他们的。这首诗对所有这一切，仅作了客观的描写，但是诗人内心的不平与愤懑情绪，我们都是能感觉到的。

独坐敬亭山

李　白

众鸟高飞尽，孤云独去闲。
相看两不厌，只有敬亭山。

李白（701—762），字太白，祖籍陇西成纪（今甘肃静宁）。出生于碎叶（唐时属安西都护府，今属吉尔吉斯共和国）。五岁时，随父逃到绵州彰明（今四川江油）。天宝元年（742）受到玄宗召见，诏供奉翰林。受到谗毁，于天宝三载（744）春，被赐金放归。此后漫游各地，于天宝十二年秋天至安徽宣城，写下了这首诗。李白是我国最伟大的诗人之一，《四库全书》收《李太白集》三十卷，《全唐诗》录其诗二十五卷，《全唐诗外编》及《全唐诗续拾》补其诗三十六首又十句。

敬亭山位于宣州城北五公里的水阳江畔，原名昭亭山，晋初为避司马昭讳而改为敬亭山。南齐著名诗人谢朓当过宣城太守，常到此山游览，他在《游敬亭山诗》的开头写道："兹山亘百里，合沓与云齐。"诗题中的"独"是这首诗的关键字，也是解读这首诗的钥匙。诗中充满了浓厚的孤独感。

起句写见不到飞鸟，也听不到鸟鸣。这当然是夸张的说法，正是采用这种夸张的说法，才将自己突出地表现了出来。离开城市、离开亲友，独坐在敬亭山上是诗人自己的一种选择，但是在诗人的笔下，却是"众鸟"离他而去，让他一个人孤零零的待在山上。这种变自动为他动的表达方法，加深了他的孤独感。

次句写天上还剩下一朵孤独的云彩，诗人一直注视着它，希望它能够陪伴自己。但是那朵孤云丝毫不顾诗人的感受，独自从容地消失了。前两句写李白的眼前已经空无一物，这就为诗人不得不面对敬亭山做了铺垫与衬托。

诗人在后两句笔锋一转，写敬亭山令自己百看不厌。敬亭山为什么令诗人百看不厌，诗中没有写，这就为读者留下了广阔的想象空间。我们也许会想到敬亭山美丽的风景吸引了他。敬亭山的确很美，谢朓等在联句诗《往敬亭路中》中写道："绿水丰涟漪，青山多绣绮。新条日向抽，落花纷已委。"此外，他们还见到了不少珍稀的植物与动物，包括飞禽与走兽。也许，我们还可能想到，李白写此诗时五十三岁了，他已经看透了朝廷腐败、官场黑暗、世态炎凉，人事纠纷给他带来了许多烦恼。他在《宣州谢朓楼饯别校书叔云》一诗中就说过："弃我去者，昨日之日不可留；乱我心者，今日之日多烦忧。……抽刀断水水更流，举杯消愁愁更愁。人生在世不称意，明朝散发弄扁舟。"当诗人怀着这样的心态，独自面对敬亭山时，与纷纷扰扰的世态相比，他当然会觉得敬亭山可亲可爱，百看不厌了。再就是他被赐金放还以后，先后在河南、山东、江苏、安徽、河北等地漂泊了十年，始终没有找到一展抱负的落脚点，所以想到了归隐。正因为如此，所以他觉得敬亭山对他这位"谪仙人"也是非常欣赏，百看不厌的。而这一切同样也深刻地反映了他因为长期怀才不遇所导致的孤独感。

这首诗最突出的写作特点是通篇采用了拟人手法，首句写"众鸟"有意飞走，次句写"孤云"对他也不管不顾，三、四两句确如俞陛云在《诗境浅说续编》中所说："夫青山漠漠无情，焉知憎爱，而言不厌我者，乃太白愤世之深，愿遗世独立，索知音于无情之物也。"

登鹳雀楼

王之涣

白日依山尽，黄河入海流。
欲穷千里目，更上一层楼。

王之涣（688—742），字季陵，并州晋阳（今山西太原）人。后徙绛州（今山西新绛）。曾任冀州衡水（今河北衡水）主簿，被诬告辞官归家，后调补文安县（今河北文安）尉，卒于任。其诗在当时就传乎乐章、布在人口。《全唐诗》录其诗六首。

此诗一说为处士朱斌作，其理由是唐代选本《国秀集》卷下收此诗，题作《登楼》，署名朱斌。不过《登楼》系泛指，《登鹳雀楼》系确指。《全唐诗》中以《登楼》为题的诗近十首，除朱斌外，都不是写鹳雀楼的。以《登鹳雀楼》为题的诗约六首，所以就写鹳雀楼而言，以《登鹳雀楼》为题，更符合原貌。再说鹳雀楼在蒲州（今山西永济），与王之涣的家乡绛州（今山西新绛）离得很近，而且交通非常方便，王之涣登鹳雀楼合情合理，所以在没有发现新的证据之前，我们还是将这首诗的著作权归于王之涣。

鹳雀楼旧址在蒲州（今山西永济）古城西南城上，共三层，为北周大将军宇文护所建。沈括《梦溪笔谈》卷十五说："河中府鹳雀楼三层，前瞻中条，下瞰大河。唐人留诗者甚多。"王之涣的这首诗就是其中最优秀的作品。

前两句写景。起句写山高。山指中条山，其西段兀立于运城盆地与黄河谷地之间，主峰雪花山海拔1994米。说"白日"，不说"红日"是因为读起来更好听，因为这句诗的格律是"仄仄平平仄"，"白日"正好符合"仄仄"的要求，而"红日"则是"平仄"，虽然不违背格律，但是总没有"白日"那么短促而响亮。再就是说明山之高，"白日"当空，山就渐渐把它挡住了。句中的"依"字也值得注意。它有依傍的意思，它同样也有依恋的意思。依傍在山脊上的白日，它还舍不得很快下山。

次句写水远。黄河流经山西时，是由北向南，奔腾咆哮而来，但是流过蒲州以后，就开始由西向东，直奔大海而去。所以"黄河入海流"写出了鹳雀楼下大河东流的特点，同时也说明了诗人的视野非常开阔。

三、四两句承上道出了只有站得高，方能看得远的哲学道理。看来当时诗人是站在鹳雀楼的第二层，为了能将白日西沉、黄河东流的景象看得更清楚，诗人接着登上了最高层。

这首诗读起来朗朗上口，是因为成功地运用了对偶的修辞手法。正因为采用了对偶的修辞手法，第一句与第二句，第三句与第四句的句式完全相同，所以读起来容易收到预期的效果。这首诗全都采用对偶句，读起来不觉得单调，是因为两组对偶句的形式是不同的。前两句采用了工对的形式，即同类词两两相对。后两句采用了流水对的形式，即两句诗共同说明了一个哲学道理。

观永乐公主入蕃

孙逖

边地莺花少，年来未觉新。
美人天上落，龙塞始应春。

孙逖（696—761），潞州涉县（今山西涉县）人，少年时曾住河南巩义。开元二年（714）应哲人奇士举及第，授山阴（今浙江绍兴）尉。开元十年（722）考取文藻宏丽科，授左拾遗，历任集贤殿修撰、考功员外郎、中书舍人、刑部侍郎等官职。可见他官运亨通，所以能写出这首赞美国家和蕃政策的颂歌。《全唐诗》录其诗一卷。

永乐公主，是东平王外孙杨元嗣的女儿，开元五年（717）十二月被封为永乐公主。开元三年（715）契丹首领李失活投靠唐朝中央政权，被封为松漠郡（今内蒙古赤峰市翁牛特旗）王兼松漠都督。开元五年十一月李失活朝见玄宗。十二月，玄宗将永乐公主嫁给了他。"蕃"泛指少数民族住地。诗人在这首诗中写了他观看永乐公主随李失活回到松漠郡的感受。

前两句写松漠郡地处东北边塞地区的荒凉。李失活与永乐公主回到松漠郡的时间，应当是第二年的春天了。由于气候寒冷，即使是春天，那里也很少听到鸟鸣，见到花开，难以感觉到春天所带来的新气象。

后两句写永乐公主的意外降临才给松漠郡带来了春天。"美人"指永乐公主，"龙塞"即卢龙塞，在今河北卢龙西北。这里借指松漠郡。

这首诗采用了先抑后扬的写作方法。为了突出永乐公主和蕃的意义，前两句极力描写松漠郡生活环境之差，其实那里地处老哈河与西拉木伦河的交汇处，也是水清草美，遍地花开，到处鸟唱的。后两句则着力描写永乐和蕃不仅给契丹人带来了意外的惊喜，也给他们带来了春天。

对一个多民族的国家来说，和亲对于促进民族间的团结与友好，加强民族间政治、经济、文化等方面的交流显然是有贡献的，但和亲毕竟是以男性为中心的封建社会的统治者们为了自身的利益而牺牲妇女利益的做法。所以本诗在歌颂和亲的同时，也对永乐公主远嫁异域有一种莫可名状的同情。

春　怨

金昌绪

打起黄莺儿，莫教枝上啼。

啼时惊妾梦，不得到辽西。

金昌绪，余杭（今浙江杭州）人。唐大中（847–859）年间校书郎顾陶编的《唐诗类选》收了他的这首诗，所以可以判断他的这首诗作于公元859年之前。金昌绪只留下这首诗，但是有了这首诗，他也就可以不朽了。

《春怨》一作《伊州歌》，而《伊州》是唐代流行歌曲之一，其歌词大多写闺怨，这首诗也是这样。

起句中的"打起"就是赶走的意思。"黄莺"如前所说是春天的候鸟，黄莺啼最富有春天的特点，它们啼叫是为了求偶。"儿"读"ní"，这样就与"啼"与"西"押韵了。

次句承上写赶走黄莺的目的是不让它啼叫。"莫教"是不让的意思。"啼"是黄莺叫的特点。如宋苏舜钦《雨中闻莺》诗描写道："娇姹人家小女儿，半啼半语隔花枝。"前两句写黄莺的啼叫声将女主人吵醒了，所以她起床后的第一件事就是将黄莺儿赶走，也许她还想回到床上重温她的美梦。

三、四两句交代将黄莺儿赶走的原因是黄莺儿吵得女主人不能在梦中到辽西与丈夫见面。"妾"是古代女子自称的谦辞。"辽西"是辽河以西地区，为唐代边防戍守地区之一。因为东北地区除高丽、百济、新罗等国家外，还有契丹、奚、室韦、靺鞨、渤海等少数民族，他们时而内附，时而独立，民族矛盾非常尖锐。

这首诗的构思非常巧妙。这四句诗确如沈德潜《唐诗别裁集》卷十九所说是"一气蝉联而下"，显得非常流畅，实际上当中有许多转折，让人产生一个又一个疑问。照理说人们都很喜欢黄莺儿，为什么女主人起床后的第一件事要将黄莺儿赶走？原来是女主人不让黄莺在枝上啼叫。照理说黄莺儿的啼叫声很好听，为什么不让它啼叫呢？原来它的啼叫声惊醒了女主人的睡梦。照理说睡梦被黄莺儿吵醒是小事一桩，为什么女主人要发这么大的脾气呢？原来女主人的睡梦被吵醒以后，她就不能与丈夫在梦中见面了。细想女主人在现实生活中已经很长时间都没有与丈夫见面了，只好求诸梦境。由于黄莺儿叫个不停，连在梦中与丈夫见上一面都不可能。所以女主人找黄莺儿出气，将黄莺儿撵走也就变得合情合理了。

左掖梨花

丘　为

冷艳全欺雪，余香乍入衣。
春风且莫定，吹向玉阶飞。

丘为（703—798），嘉兴（今浙江嘉兴）人，唐玄宗天宝二年（743）举进士。曾任左散骑常侍，累官至太子右庶子。作者在这首诗中表达了希望受到赏识、官运亨通的愿望。《全唐诗》录其诗十三首，《全唐诗外编》补其诗五首。

"左掖"在唐代指给事中，属门下省，负责对皇帝的诏令与大臣们的奏章中的失宜与不妥之处提意见。"左掖梨花"是指生长在门下省办公地点的梨花。因为丘为所任左散骑常侍也属于门下省。王维与皇甫冉都曾以《左掖梨花》为题写过诗，看来该处的梨花长得非常好。

前两句描写梨花。起句写梨花之冷艳超过了雪。因为梨花与雪的共同特点是洁白，所以诗人常用来相互比喻。用梨花比喻雪的，如岑参的《白雪歌送武判官归京》："忽如一夜春风来，千树万树梨花开。"用雪来比喻梨花的，如温庭筠的《太子西池》："梨花雪压枝，莺啭柳如丝。"丘为的这句诗不仅用雪来形容梨花，而且从"冷艳"的角度看，梨花还超过了雪。诗中的动词"欺"字用得好，采用了拟人的手法，将"超过"的意思生动地表现出来了。梨花比雪"艳"大家都承认，比雪"冷"大家恐怕难以接受。实际上"冷"与"艳"不是并列关系而是偏正关系，"冷"是用来修饰"艳"的，因为梨花为白色，属于冷色调，所以称为"冷艳"。

次句写梨花的香气雪没有，这也是梨花胜过雪的地方。香也是物质，不过是气体，只能闻得到，却看不见。但是诗人没有写香气扑鼻，这样显得一般化。诗人运用通感的方法，写余香偶然钻进衣服里面，连身体都能感受到。于是将"香气"由嗅觉形象变成了触觉形象，自然就有了新意。

后两句借梨花表达诗人的意愿，即希望春风不要停下来，一直将梨花吹到皇宫的玉石台阶上，能够受到皇帝的顾盼。诗人显然以洁白、明艳、芳香的梨花自喻。希望自己也能像梨花那样，借助春风，到达皇帝的身边，受到皇帝的赏识，能够充分发挥自己的才华。

"诗言志"是中国诗学的古老命题，一首好诗要求寓志于诗歌形象之中，这首五言绝句做到了这一点，因此显得比较含蓄，耐人寻味。

思 君 恩

令狐楚

小苑莺歌歇，长门蝶舞多。
眼看春又去，翠辇不曾过。

令狐楚（766-837），字壳士，并州（今山西太原）人。德宗贞元七年（791）举进士，任太原节度使书记、判官。宪宗时，擢知制诰，累官至中书侍郎同平章事，并担任过诸镇节度使。《全唐诗》录其诗一卷，《全唐诗续拾》补其诗二首，题二则。

《思君恩》写宫廷后妃们盼望皇帝光临的心理。显然，令狐楚对宫廷妇女的不幸是熟知的，也是同情的。据《旧唐书·后妃传》介绍："唐因隋制，皇后之下，有贵妃、淑妃、德妃、贤妃各一人，为夫人，正一品；昭仪、昭容、昭媛、修仪、修容、修媛、充仪、充容、充媛各一人，为九嫔，正二品；婕妤九人，正三品；美人九人，正四品；才人九人，正五品；宝林二十七人，正六品；御女二十七人，正七品；采女二十七人，正八品。"以上明文规定的皇帝的妻子就有一百二十二人。在如此众多的后妃中，得宠的只能是极少数，失宠者占了绝大多数。正如白居易《后宫词》所说："雨露由来一点恩，争能遍布及千门。三千宫女胭脂面，几个春来无泪痕？"所以盼望皇帝的恩宠是后妃们极其普遍的心理。

前两句写春天即将过去。起句通过"莺歌"的变化写春天已经过去。春天是黄莺求偶的季节，为了求偶，它们都在卖力地唱着歌。"莺歌歇"表明它们已经完成了求偶的任务，正忙着下蛋孵卵，哪里还有兴趣叫呢？

次句写受到冷落的后妃们内心很难受。"长门宫"原来是汉武帝的陈皇后失宠后居住的地方。后来"长门"就被用来泛指失宠后妃的住所。"蝶舞"的目的一是为了寻找食物，另一个更重要的目的也是为了求偶。未交配的雌蝴蝶能从腹部末端一对腺体中产生一种叫性信息激素的挥发性物质，它对雄蝶有强烈的引诱作用。随着雌蝶翅膀快速扇动，性信息激素的气味扩散到空中，并随风飘散开来，雄蝶马上就会追踪而来，找到雌蝶。云南大理蝴蝶泉每年5月15日左右有数不清的蝴蝶聚会，可见蝴蝶找对象的时间是在春末夏初。唐代宫廷后妃们虽然不了解这些生物学知识，但是蝴蝶双双飞来飞去，也会引起她们的联想，让她们心里不好受，促使她们盼望皇帝的到来。

后两句写失宠后妃们的希望又落空了。三句中的"又"字值得注意，它说明后妃们经过了一年又一年的期待，仍然毫无结果。"翠辇"指皇帝在皇宫中乘坐的专车，用翠鸟的羽毛作为装饰。"翠辇不曾过"当然也就是说皇帝没有光临过。诗句背后所包含的失宠后妃们倾听与盼望"翠辇"经过的复杂心情也是不难理解的。

俞陛云《诗境浅说续编》分析道："凡作宫闱诗者，每借物喻怀，词多幽怨。此作仅言翠辇不来，质直言之，有初唐浑朴之格。殆以题为《思君恩》，不言幽恨也。"此诗表面上不写幽恨，仔细体会，幽恨藏在其中，而且很深很深。

题袁氏别业

贺知章

主人不相识，偶坐为林泉。
莫谩愁沽酒，囊中自有钱。

贺知章（659—744），字季真，会稽（今浙江绍兴）人。武则天证圣元年（695）考取进士及超拔群类科。历任太常博士、太子宾客、礼部侍郎兼集贤院学士。天宝三载（744）正月离开长安返乡当道士。《旧唐书·贺知章传》称其"晚年尤加纵诞，无复规检，自号'四明狂客'"。此诗正好表现出诗人狂放的一面。现存《贺秘监集》一卷，《全唐诗》录其诗一卷，《全唐诗外编》及《全唐诗续拾》补其诗二首，补题一则。

"别业"即别墅，一般都坐落在风景优美的地方，"袁氏别业"即袁姓人家的园林，诗人偶然到此一游，还在人家的墙壁上写了这首诗。

前两句写袁氏别业的林泉之美。首句写诗人访问袁氏别业，其实与别业的主人并不认识。次句写诗人不仅贸然来访，而且还选了个风景绝佳的地方，索性坐下观赏起风景来，看上去有树林，还有泉水，可谓风景如画。作者没有具体写"袁氏别业"之美，而是描述自己在不认识主人的情况下，居然坐下来观赏林泉舍不得离开，则"袁氏别业"的林泉之美，也就可想而知了。作者采用了衬托的方法。

后两句写诗人劝主人不要为买酒招待客人担心，客人口袋里自有买酒的钱。"莫"与"谩"都是否定副词，"莫谩"即不用的意思。主人见这位不速之客正在非常投入地观赏美景，丝毫没有随即就走的意思。随着时间不断流逝，主人不得不考虑留客人吃饭的问题，但是匆忙中又很难准备好一顿美餐，他的担心挂到了脸上。诗人感觉到这一点以后，于是爽快地说"我请你吃饭"。招待客人一般都是要喝酒的，所以借"沽酒"来指招待客人吃饭。

也许此诗暗用了《世说新语·简傲》篇里的典故，据说东晋名士大书法家王献之经过苏州，听说顾辟疆家有名园，虽不识主人，却径往其家，也不同人家打个招呼，就将人家的花园逛了一遍，还旁若无人地评价了一通，主人很生气，将他手下的仆人轰了出去，王献之还显出不屑一顾的样子。贺知章同王献之相比，所作所为还比较得体，但寥寥数笔也将他狂放的性格活画了出来。

夜送赵纵

杨　炯

赵氏连城璧，由来天下传。
送君还旧府，明月满前川。

杨炯（650-692），陕西华阴人。唐高宗显庆四年（659），举神童待诏弘文馆。高宗上元三年（676）应制举及第，授校书郎。高宗永隆二年（681）充崇文馆学士，迁詹事司直。武则天天授元年

（690），任教于洛阳宫中习艺馆。武则天如意元年（692）任盈川（今浙江衢州高家镇盈川村）县令。与王勃、卢照邻、骆宾王一起被称为"初唐四杰"。他是一位才子型的诗人，此诗若一气呵成，也反映了这一点。《四库全书》收《盈川集》十卷，《全唐诗》录其诗一卷，《全唐诗续拾》补其诗二首。

赵纵，未详。《全唐诗》中好几处提到"赵纵"，都与杨炯生活的时间不合。《夜送赵纵》，说明两人从白天到夜晚，在一起已经待了很长时间，双方怀有依依惜别之情不言而喻。

前两句用"连城璧"比喻赵纵品质高贵，名满天下。"连城璧"即价值连城的宝玉，就是和氏璧。据《史记·廉颇蔺相如列传》介绍，赵惠文王得到了和氏璧，秦昭王写信给他表示愿意用十五座城池交换。因为赵纵姓赵，所以随手用了这个典故，赵纵虽没有那么大的名声，但是就"赵氏连城璧"的本义而言，还是很恰当的。

后两句写送别。"还旧府"暗用了完璧归赵的典故，与首句相照应。末句写眼前的美景，虽然是深夜，但是在明月的照耀下，前程一片光明。"川"在这里不是指河流，而是指道路，前人有"川途"的说法。

写送别通常都会产生伤感情绪，但是在朝气蓬勃的初盛唐阶段，一些诗人却做出了与众不同的处理。最有名的例子是王勃的《送杜少府之任蜀川》中的名句："海内存知己，天涯若比邻。无为在歧路，儿女共沾巾。"再就是高适的《别董大》："莫愁前路无知己，天下谁人不识君？"作者都在努力克服离情别绪，鼓励朋友满怀乐观的情绪走上新的征途。从这首诗中，我们感觉不到两人在送别时有何感伤情绪，相反却是连夜赶路，显得意气风发的样子。这是那个奋发有为的时代给诗歌作品打上的烙印。

竹 里 馆

王 维

独坐幽篁里，弹琴复长啸。
深林人不知，明月来相照。

王维（700—761），字摩诘，佛经称毗耶离城有居士名维摩诘，深通大乘佛法。王维的名与字即本此，因为王维母亲是虔诚的佛教信徒。王维原籍太原郡祁县（今山西祁县），后其父迁居蒲州（今山西永济西），遂为蒲州人。开元九年（721）举进士，授太乐丞，因故被贬为济州（今山东济宁）司仓参军。历任右拾遗、给事中。安禄山攻陷长安、洛阳，王维被俘，授伪职。安史之乱平息后，仕至尚书右丞。笃志奉佛，三十岁左右丧妻后不再娶，独居三十年，无子女。王维是盛唐山水田园诗代表人物之一，《四库全书》收《王右丞集笺注》二十八卷，《全唐诗》录其诗四卷。

竹里馆是王维在蓝田县（今属陕西西安）南辋川谷别墅周围的景点之一。王维在《请施庄为寺表》中说他的母亲崔氏"师事大照禅师三十余岁，褐衣蔬食，持戒安禅，乐住山林，志在寂静。臣遂于蓝田县营山居一所"。陈铁民《王维集校注》于《辋川集》第一首《孟城坳》注释一说："王维自天宝三载至十五载陷贼前常居于辋川，本集即作于此期间内，具体年代不可确考。"王维在这首诗里抒发了孤独的情绪。

起句写诗人活动的环境非常幽静。开头一个"独"字便给读者留下了突出印象，这个"独"字也贯穿了全篇。"幽篁"指幽深的竹林。《楚辞·九歌·山鬼》说："余处幽篁兮终不见天。""竹里馆"顾名思义是一座建在竹林深处的房子，王维独自坐在里面。他的朋友裴迪的同题诗写道："出入唯山鸟，幽深无世人。"仅诗的第一句就塑造了一个块然独处者的形象。

次句承上写诗人块然独处，借弹琴和长啸来抒发自己的情感。我们知道王维是著名的音乐家，所以考取进士后，当上了太乐丞。但是他独自坐在竹里馆中弹琴显然不是供人欣赏的，而是抒发自己的怀抱。"长啸"指拖长声音大声吟唱诗歌，如苏轼《和林子中待制》："早晚渊明赋归去，浩歌长啸老斜川。"可见弹琴还不足以抒发自己的感情，接着又吟唱了起来。他吟唱的诗也许就是这首《竹里馆》。

三、四两句写自己的内心世界没有人能理解。"深林人不知"本来就是诗中应有之意，如果对人知与不知毫不在意，那他就不会写出这句诗，既然写了这句诗，就表明他还是希望有人能够理解自己的，遗憾的是陪伴他的只是天空中的一轮明月。起句写"人不知"，结句写"月相照"，也可谓相互呼应了。

苏轼《东坡题跋》卷下《书摩诘蓝田烟雨图》说："味摩诘之诗，诗中有画；观摩诘之画，画中有诗。"应当说这首诗也体现了王维"诗中有画"的特点，在幽深的竹林里，有座竹里馆；在竹里馆内，诗人正在弹琴。天空中有一轮明月，月光透过竹林照进竹里馆。诗中还有图画难以表达的内容，那就是琴声与啸声。至于琴声与啸声抒发了何种情感，则留给读者去想象了。

送朱大入秦

孟浩然

游人五陵去，宝剑值千金。
分手脱相赠，平生一片心。

孟浩然，本卷《春晓》已介绍，那首诗反映了诗人清闲自在的生活内容，这首诗则反映了诗人豪侠仗义的精神面貌。看来一个人的作品读得越多，对这个人了解也就越全面。

朱大，名去非。孟浩然还有一首诗《岘山送张去非游巴东》，《四部丛刊》本孟集此诗题目"张去非"作"朱大去非"。《文苑英华》卷二六八该诗题作《岘山亭送朱大》。可见"张去非"当作"朱去非"。孟浩然为朱大写了两首送别诗,可见两人的友谊很深。"秦"指长安。《送朱大入秦》就是送朱大到长安。

首句扣题写朱大将赴长安。"五陵",《洛阳道》一诗已作解释,这里指长安。后三句则补足题意写"送",即在分手的时候,解下自己价值千金的宝剑相赠,以表达自己的一片心意。诗中创造性地运用了吴公子季札赠剑的典故,《史记·吴太伯世家》说:"季札之初使,北过徐君。徐君好季札剑,口弗敢言。季札心知之,为使上国,未献。还至徐,徐君已死。于是乃解其宝剑,系之徐君冢树而去。从者曰:'徐君已死,尚谁予乎?'季子曰:'不然,始吾心已许之,岂以死倍吾心哉!'"于此可见季札对朋友的真挚友谊。此诗是说朋友告别的时候,诗人随即解下价值千金的佩剑相赠,则其对朋友的情义也不让季札。说"宝剑值千金"是为了衬托"平生一片心"。显然宝剑的价值越高,就反映他对朋友的情义越深。诗中的一个"脱"字也用得非常好,它表明作者原来并没有赠剑的思想准备,分手时情绪进入高潮,一时兴起,便解剑相赠,诗人豪侠仗义的精神面貌被这一举动淋漓尽致地表现了出来。

五绝的结构通常采用起承转合的模式,比较均衡,但是读多了,就显得一般化。此诗突破了这一模式,用四分之一的篇幅写游人离别,而用四分之三的篇幅写主人相送。这就将主人在与客人分手时解剑相赠的深情厚谊与豪迈气概充分地表现出来了。若无创造力,是很难做到这一点的,所以此类诗很少。今再举一例以供参考,如唐代窦巩的《南游感兴》:"伤心欲问前朝事,惟见江流去不回。日暮东风春草绿,鹧鸪飞上越王台。"此诗以一句虚点"前朝",而用三句实写所见到的荒凉景象,也很好地抒发了沧桑之感。

长干曲

崔　颢

君家何处住？妾住在横塘。
停船暂借问，或恐是同乡。

崔颢（约704-754），汴州（今河南开封）人。唐玄宗开元十年（722）举进士。天宝年间曾任司勋员外郎。元辛文房《唐才子传》称其"少年为诗，意浮艳，多陷轻薄"。则此诗当为崔颢年轻时所作。《全唐诗》录其诗一卷，《全唐诗续拾》补其诗五首（其中一首互见）。

《长干曲》是流行在今南京地区的歌曲名。"长干"即"长干里"，是南京古代的地名，遗址在今内秦淮河以南至雨花台以北地区。唐许嵩《建康实录》说："长干是里巷名，江东谓山陇之间曰干。建康南五里有山冈，其间平地，民庶杂居，有大长干、小长干、东长干，并是地里名。"崔颢所写《长干曲》组诗共四首，这是第一首。

前两句写女主人主动与陌生男子攀谈，并迫不及待地自报家庭住址。横塘也为南京古代地名，指流经南京的秦淮河南岸的大堤。晋左思《吴都赋》称："横塘查下，邑屋隆夸。"《文选》刘渊林注："横塘在淮水南，近江渚，缘江筑长堤，谓之横塘。"常言道："靠山吃山，靠水吃水。"那么住在秦淮河与长江边的这位女子通常要做的事就是采莲、采藕、采菱。从组诗第三首"莲舟渐觉稀"一句可知，她这回独自驾船是去采莲的。由于独自在秦淮河中行船不够安全，所以当她发现有位小伙子驾船从后面驶来，就迫不及待地同人家拉关系。

后两句写该女子为了掩饰自己的紧张、冒失与自作多情，所以又做了进一步的解释："我之所以停船等你，觉得你或许是我的同乡。"言下之意是说，如果是同乡，我们就可以一道去采莲了。看来这是一位多情、直率、大胆、单纯，心中没有多少清规戒律的少女。我们再看看这组诗的第二首：

家临九江水，来去九江侧。

同是九江人，自小不相识。

此诗写那位小伙子的回答，他明确地表达了相见恨晚的意思。"九江"一般都以为指今江西省九江市，其实据范成大《吴郡志》卷一《沿革》记载："项羽封英布为九江王，汉改九江为淮南，即以封布。十一年（196），布诛，立皇子长为淮南王。"又据元张铉《至大金陵新志》卷四上《疆域志一》记载："淮南郡本秦九江郡，汉立淮南王国，后改为郡，晋治寿春（今安徽寿县）。"可见"九江"泛指淮河以南地区，从诗意看这里主要指秦淮河。他的意思是说，我与你从小都生活在秦淮河边，遗憾的是直到今天我们才偶然相识。看来双方都为这次意外相逢而感到欣喜，显然两人并驾齐驱，高高兴兴地一道采莲去了。下面我们再看看这组诗的第三首：

玉渚多风浪，莲舟渐觉稀。

那能不相待，独自逆潮归？

不知不觉，天已经晚了，风浪冲击着岸边。"渚"指河中的小洲，"玉渚"指小洲边缘白色的沙滩，如陆机《招隐诗》："清泉荡玉渚，文鱼跃中波。"随着时间越来越晚，剩下的莲舟也越来越稀，小伙子也准备回家了。那位姑娘见了非常着急，赶紧要小伙子等着她。那位姑娘过虑了，小伙子怎么会不等她呢？当然这也是那位姑娘产生了不舍之情的一种反映。看来他们收获了莲子，也收获了爱情。

第一首只写问，没写答，将那位姑娘迫切希望找一个采莲伙伴的心情，淋漓尽致地表现了出来。第二首只写答，没写问，同样把小伙子迎风而上、相见恨晚的心情充分地表现了出来。第三首通过环境描写与心理描写相结合，为这次采莲活动画了个圆满的句号。

咏　史

高　适

尚有绨袍赠，应怜范叔寒。
不知天下士，犹作布衣看。

高适（约700—765），字达夫，史称渤海蓨（今河北景县）人。《旧唐书·高适传》称其"少濩落，不事生业，家贫，客于梁（今河南开封）、宋（今河南商丘），以求丐取给"。曾从军，求援引无结果。年五十，举有道科，授封丘（今河南封丘）县尉，不得志，入哥舒翰陇右节度使幕，充掌书记。后任剑南西川节度使，被召回京，任刑部侍郎，转散骑常侍。高适为盛唐边塞诗代表人物之一，《四库全书》收《高常侍集》十卷，《全唐诗》录其诗四卷，《全唐诗外编》及《全唐诗续拾》补其诗十二首又四句。

咏史诗是诗人以史实为题材来抒情、言志或说理的诗。从高适的生活经历来看，他直到五十岁才时来运转，可见他在人生的道路上也是艰辛备尝，感慨颇多。此诗当是诗人发迹前的作品，表现了诗人怀才不遇的心情。

前两句写史实。据《史记·范睢传》介绍，范睢字叔，魏国人，想报效魏王，因为缺少活动经费，所以先为魏中大夫须贾服务。范睢跟随须贾出使齐国。齐襄王听说范睢口才很好，就赠给他不少礼品，没给须贾礼品。须贾很生气，回国后在魏相面前告范睢里通外国。魏相大怒，将其毒打了一顿，以为他被打死了，就将他用芦席一裹扔在厕所里。范睢设法逃到秦国，化名张禄，并当上了秦国的宰相。范睢听说须贾出使秦国，于是就穿着破衣服去见他，须贾发现范睢没死，大吃一惊，见他显得很冷的样子，生了同情心，留他吃饭，并送给他一件"绨袍"，也就是做得很粗糙的袍子。后来须贾发现所要见的张禄就是范睢，于是登门谢罪。范睢念他还有点同情心，就将他放了。

一、二两句写的就是这个历史故事。

后两句写诗人对这件事的看法。"天下士"指对国家的命运和前途有重要影响的知识分子。"布衣"指普通的平民百姓。这两句诗的意思是说，将能影响国家的命运和前途的第一流人才看成了一名普通的平民百姓。这首先是对须贾的批判，他于若干年后在秦国遇到范雎居然还认为他真的就是一个穿着破衣烂衫的穷光蛋，他对人的认识水平没有一点提高。因为，范雎作为他的随从居然能够受到齐襄王的赏识；他被魏相打得半死不活居然能够从魏相的鼻子底下逃走；若干年后在秦国穿着破衣烂衫居然能够到使节的住所主动与他见面，凡此种种都表明范雎不是一个平凡的人，但是须贾居然毫无觉察，则须贾之平庸也就可想而知了。

当然，这首诗最主要的还是诗人通过这件史实来抒发自己长期怀才不遇的愤懑之情。事实证明，高适就是一位天下士，作为一位封疆大吏，他能够坐镇一方；而作为一位诗人，他也能在文学史上留名。但他在五十岁以前，居然无人赏识，甚至找不到一个展示自己抱负与才华的机会。这样看来此诗所蕴涵的怀才不遇的情绪也是很深沉的。

罢 相 作

李适之

避贤初罢相，乐圣且衔杯。
为问门前客，今朝几个来？

李适之（694—747），一名昌，陇西成纪人，为唐恒山王李承乾之孙。唐中宗神龙初任左卫郎将。玄宗开元中，历任通州刺史、河南尹、御史大夫、刑部尚书等要职。天宝元年（742）代牛仙客为左相。受到奸相李林甫的陷害，罢知政事，守太子少保，后被贬为宜春太守，为形势所迫，自杀于任所。《旧唐书·李适之传》称他"雅好宾友，饮酒一斗不乱，夜则宴赏，昼决公务，庭无留事"。《罢相作》当撰于天宝元年罢相后不久，主要写罢相后所感受到的人情冷暖的急剧变化。《全唐诗》录其诗二首，《全唐诗续拾》补其诗一首。

前两句写罢相的原因，首先是为了"避贤"。"贤"显然指陷害他的右相李林甫，作者当然不会真的认为李林甫是什么贤人，所以"避贤"在这里是反话。与其说是"避贤"，倒不如说是避祸。首句中的"初"字值得注意，它表明刚罢相，世态炎凉就鲜明地表现出来了。其次是写为了生活轻松愉快一点而喝喝酒。"乐圣"指喜欢喝酒，"圣"指酒。据《三国志·魏志·徐邈传》记载，魏国禁酒，徐邈就偷偷地喝，甚至于喝醉了。当时称酒清者为圣人，酒浊者为贤人，喝醉了酒称"中圣人"。次句显然也是罢相后无可奈何，自我宽慰的话。

后两句采用反问手法对世态炎凉之快速反映作了鲜明揭示。这种情况发生在李适之身上，尤其具有典型意义。因为李适之喜欢喝酒，而且喜欢接待宾客，这在当时是出了名的，他是盛唐时期长安"酒中八仙"之一，杜甫的《酒中八仙歌》还专门描写过他："左相日兴费万钱，饮如长鲸吸百川，衔杯乐圣称避贤。"他有钱、有地位，又乐于接待宾客，可想而知，他在担任左相时，可以说门庭若市。《唐诗纪事》卷二十也说："适之未罢相也，朝退，每邀宾戚谈谐赋诗，曾赋云：朱门长不闭，亲友恣相过。年今将半百，不乐复如何？"但是这种快乐的生活由于政治斗争的原因，很快就成为过去。

这首诗除了深刻而鲜明地揭露了世态炎凉这一普遍存在的社会现象外，还应当认识到李林甫之流所推行的黑暗政治对国家与正常的社会生活所造成的巨大伤害。李适之的朋友们，一个个都岌岌可危，哪里还敢到李适之家这个是非之地去自找麻烦呢？因为那样做对自己、对李适之都是不利的。

逢侠者

钱 起

燕赵悲歌士，相逢剧孟家。
寸心言不尽，前路日将斜。

钱起（约720–782），字仲文，吴兴（今浙江湖州）人。唐玄宗天宝十载（751）举进士，授秘书省校书郎，历任蓝田县尉、司勋员外郎、司封郎中、考功郎中等官职。居大历十才子之首。《四库全书》收《钱仲文集》十卷，《全唐诗》录其诗四卷。

侠者即侠客，指那些依仗自己的力量，敢于见义勇为、舍己助人的人。《史记·游侠列传》称他们"其言必信，其行必果，已诺必诚，不爱其躯，赴士之阨困"，也有不少值得肯定的地方。诗人与侠者偶然相遇，谈得很投机，留下了鲜明而深刻的印象，于是写了这首诗。

起句对侠者的身份与特点作了交代。燕与赵是战国时期两个诸侯国。燕国在今河北省北部与辽宁省南部。赵国在今山西省北部和河北省西南部。"燕赵"泛指上述地区。唐韩愈《送董邵南序》说过"燕赵古称多感慨悲歌之士"，最典型的例子要算刺秦王的荆轲了，燕国的太子等将他送到易水边，临别前，高渐离击筑，荆轲唱道："风萧萧兮易水寒，壮士一去兮不复还！"唱罢乘车而去，再也没有回过头。联想到这些史实，会使人对侠者肃然起敬。

次句是说相逢的地点就在侠者的家中。剧孟是西汉时期的著名侠客，据《史记·游侠列传》介绍，他是洛阳人，母亲去世时来送丧者仅车就有千乘，可见其号召力之大。汉景帝时，吴楚等七国叛乱，太尉周亚夫至河南，得剧孟，兴奋地说："吴、楚造反，而不利用剧孟，我知道他们是无能为力了。""剧孟家"在这里代称那位侠者的家。

三、四句写诗人与那位侠者谈得很投机，以至于时间在不知不觉中就过去了。"寸心"即心。三句是说心虽不大，但是心里的话却多到说不完。四句是用"日将斜"来反映两人谈话时间之长，之投机，以至于忙着赶路的诗人，将赶路的时间都忘记了，直到太阳西斜才不得不分手。诗人不惜耽误赶路，而与侠者倾心交谈，说明诗人对侠者的豪情与义气也是非常欣赏的。

　　这首诗的前两句用典非常贴切，一是逢侠者的地点在洛阳，而这两个典故都出自燕赵大地、洛阳地区，所以读来觉得非常自然；二是这两个典故的主角都是人们同情与赞美的对象，所以运用这两个典故能充分表达诗人对侠者的赞美之情；三是这两个典故的内涵十分丰富，能够唤起读者慷慨悲凉等诸多感受，从而扩大了诗歌的内涵。

江行望匡庐

钱　珝

咫尺愁风雨，匡庐不可登。
只疑云雾窟，犹有六朝僧。

　　钱珝，生卒年不详，字端文，吴兴（今浙江湖州）人，为钱起曾孙。唐僖宗广明元年（880）举进士。曾任太常博士、京兆府参军、蓝田尉、知制诰、中书舍人等官职。昭宗光化三年（900）六月被贬为抚州司马。作者经襄阳沿汉水南下至武昌，再沿长江东下至鄱阳湖，再沿抚河南下至抚州。一路上写《江行无题一百首》，此诗为其中的第六十九首。然《江行无题一百首》曾被当作钱起诗，明人胡震亨已辨其伪，其《唐音统签》指出："《江行无题一百首》，旧作钱起诗。今考诗系迁谪途中杂咏，起无谪官事，而珝自中书谪抚州，其《舟中集序》云：'秋八月，从襄阳浮江而行'，诗中岷山、沔、武昌、鄱湖、浔阳诸地，经途所历，一一吻合，而秋半、九日，尤为左验。其为珝诗无疑。"其观点已为学术界所普遍接受。《全唐诗》卷七一二于钱珝名下已经收了《江行无题一百首》，还做了辨伪工作，可参看。

匡庐，即庐山。传说殷、周之际，有匡俗兄弟结庐于此，所以也称匡庐或匡山。这首诗原先没有题目，现在的题目为后人所加。明曹学佺所编《石仓历代诗选》卷四七收此诗已作《江行望匡庐》。应当说该题目概括了诗的内容，还是恰当的。

前两句写望庐山的原因。庐山近在咫尺，"咫"为八寸，可见很近。而诗人本来是想登庐山的，但是因为风雨，登不成了。一个"愁"字表达了诗人登庐山的愿望不能实现的深深的遗憾。庐山北接长江，东邻鄱阳湖，空气的湿度非常大。所以庐山出现风雨天气是常见现象，而古代登庐山的条件比较差，所以遇到风雨，只好打消登庐山的念头。

后两句写诗人对庐山的想象，怀疑在风雨笼罩的山洞里，还有六朝时代的高僧。"窟"指山洞，古代的道士与佛教徒，常利用山洞来作为栖息与修炼之所，庐山就有所谓的仙人洞。云雾笼罩的洞窟富有神秘感，恰好容易引起人们展开想象的翅膀。"六朝"指以建康（今江苏南京）为首都的六个朝代，即吴、东晋、宋、齐、梁、陈。当时佛教得到蓬勃的发展，并且盛极一时，用杜牧的《江南春》诗来形容就是"南朝四百八十寺，多少楼台烟雨中"。庐山也是六朝时佛教圣地之一，如东晋高僧慧远就曾在庐山东林寺，集中了八十多个国内外僧人翻译佛经。

明李攀龙《唐诗训解》评价此诗道："江行每以风雨为忧，以匡庐虽今不可登，因疑此山云雾深杳，六朝之僧尚有存者。亦苦世网而起方外之慕也。"联系钱珝遭贬谪的实际情况，我们觉得李攀龙的分析是准确的。而最使我们惊叹的是诗人想象力的高超。谁都认为六朝僧不可能活到唐朝末年，因此不会产生这样的想象。但是诗人想到了，而且还能被读者所接受，并认为他的想象很高明。一是因为"六朝僧"确实在庐山活动过，他们的修养高深莫测，令人神往；二是因为诗中毕竟用了一个"疑"字，就显得很有分寸了。

答李浣

韦应物

林中观易罢，溪上对鸥闲。
楚俗饶词客，何人最往还？

韦应物（737－约792），京兆万年（今陕西西安）人。唐玄宗天宝十载（751），因出身关中望族而入宫为三卫郎，即皇帝的卫士。肃宗乾元元年（758）入太学读书。代宗广德元年（763）为洛阳丞，后担任过滁州刺史、江州刺史、左司郎中、苏州刺史等官职。《四库全书》收《韦苏州集》十卷，《全唐诗》录其诗十卷，《全唐诗外编》及《全唐诗续拾》补其诗四首。

李浣是诗人担任洛阳丞时的同事，李浣于代宗永泰元年（765）担任洛阳主簿。韦应物还在《对雨赠李主簿高秀才》一诗中写道："吏局劳佳士，宾筵得上才。终朝狎文墨，高兴共徘徊。"可见他们相处甚欢。后因韦应物秉公执法，得罪了军队官兵，被告了一状，于是于永泰二年（766）罢官闲居，李浣也受牵连丢掉了官职，到楚地隐居。他给韦应物写了一首诗，韦应物写《答李浣三首》作为回应，这是其中的第三首。

前两句谈自己的情况。刚刚在树林中读了《易》，接着又来到溪水边观赏那里的鸥鸟。一个"闲"字说明他真是无官一身轻。《易》虽为卜筮之书，实际上也是一部哲学著作，主要研究事物之间的联系以及它们是如何发展变化的。用《四库全书总目提要》中的话来说，就是"《易》之为书，推天道以明人事者也"，"《易》包众理，事事可通"。可见诗人闲下来以后，还在思考问题，总结经验教训。

后两句是询问李浣的情况：楚地的诗人很多，你与谁来往最密切呢？一提到"楚"，人们就会想到湖南湖北地区。其实楚国在灭亡前的首都是"郢都"，也即寿春（今安徽寿县），其势力范围包括江苏中部地区。这里当指楚州（今江苏淮安楚州）。因为《答李浣三首》的第一首说："孤客逢春暮，缄情寄旧游。海隅人使远，书到洛阳秋。"可见李浣的诗是从东南沿海地区寄到洛阳的。"饶"是多的意思，楚国确实出现过许多词赋家，如屈原、宋玉等。

我们要注意诗中所竭力表现出来的闲适生活与心情，是为了宽慰李浣，也是为了宽慰自己。真的心平气和，哪里都可以读《易》，又何必刻意到林中去读呢？如果在书房里读不进去，那么到林中就更读不进去了。再说诗中提到"楚俗饶词客"，最有名的当然是屈原，而他恰恰是因为不被理解，遭到流放，才写出《离骚》这样伟大的作品来。正因为他们受到不公正的待遇，才写诗赠答。如果真的很享受罢官以后的生活，也许他们就写不出这些诗了。

秋 风 引

刘禹锡

何处秋风至，萧萧送雁群。
朝来入庭树，孤客最先闻。

刘禹锡（772-842），字梦得，洛阳（今河南洛阳）人。安史之乱时，全家避居嘉兴（今浙江嘉兴）。唐德宗贞元九年（793），考取进士与博学宏词科。十一年（795），复考取吏部取士科，授太子校书，官至监察御史。顺宗即位，为永贞革新重要成员，失败后被贬为朗州（今湖南常德）司马。元和十年（815）被召回，旋又出任连州（今广东连州）刺史。累官至太子宾客。《四库全书》收《刘宾客文集》三十卷，《外集》十卷，《全唐诗》录其诗十二卷，《全唐诗外编》及《全唐诗续拾》补其诗六首又五句。

《秋风引》，歌曲名称，在《乐府诗集》中属琴曲歌词。这首诗当作于贞元二十一年（805）诗人被贬为朗州司马初期。因为诗人曾被贬为朗州司马十年、连州刺史四年，连州在衡山之南，所见秋天的景象已不典型，甚至见不到大雁。因为该诗写始闻秋风，所以当作于任朗州司马初期。

起句扣题用设问的修辞手法写秋风突然吹来，第一次给诗人留下了突出印象。设问句在这里的作用是造成突兀之势，以吸引读者的眼球。它并不要求回答，事实上诗中也没有做出回答。

次句承上句从听觉与视觉两个方面写风声和随风而过的雁群。这样就将无形的风写得有声有色。"萧萧"是诗歌中用得比较多的叠词，如荆轲的《易水歌》："风萧萧兮易水寒，壮士一去兮不复还！"《古诗十九首·驱车上东门》中的"白杨何萧萧，松柏夹广路"，曹植《怨歌行》中的"北风行萧萧，烈烈入吾耳"，李白《送友人》中的"挥手自兹去，萧萧班马鸣"，杜甫《登高》中的"无边落木萧萧下，不尽长江滚滚来"，其中难免沉淀着萧瑟、悲凉、寂寞的情感。大雁南飞是最富有秋天特征的现象，同时具有传递信息的含义，见到大雁南飞，会自然引起人们对亲人的思念，并产生回家与亲人团聚的强烈愿望。

三、四句表达了自己的寂寞之情与思归之心。因为想家，所以睡觉很不踏实，一大早就醒了，又听到院子里的树叶发出沙沙的声音，他清晰地感到是应当返乡与亲人团聚的时候了，而自己却孤零零的一个人待在外地。明末唐汝询《唐诗解》卷二三说得好："秋风起而雁南矣，孤客之心未摇落而先秋，所以闻之最早。"

明人钟惺《唐诗归》指出：该诗"不曰'不堪闻'，而曰'最先闻'，语意便深厚"。原因是诗人被贬谪到外地，会感到特别孤独，特别思念亲友，因此对秋风、大雁这些能反映季节特征的自然现象特别敏感，反应也会特别强烈。换句话说，诗人能最先感觉到秋天的来临，表明他特别想家，特别想回到政治中心去发挥自己的作用。

秋夜寄丘二十二员外

韦应物

怀君属秋夜，散步咏凉天。
山空松子落，幽人应未眠。

韦应物生平前已介绍。据孙望《韦应物事迹考述》可知，韦应物贞元五年（789）至贞元七年（791）任苏州刺史，生活优裕，心情开朗，有时登眺虎丘，有时漫游灵岩，有时避暑北池，有时闲倚阊门，过着似乎潇洒自在的士大夫生活。任满罢职后，他就寄住在苏州的永定寺里，后来就在苏州去世了。孙望系此诗于贞元五年（789）秋天，此诗是诗人晚年在苏州的生活与心态的一种反映。

丘二十二即丘丹，嘉兴（今浙江嘉兴）人，诗人丘为的弟弟。丘丹曾任诸暨（今浙江诸暨）县令、仓部员外郎、户部员外郎等官职，后在杭州临平山学道，与韦应物交往频繁，《全唐诗》中收丘丹诗十一首，其中有五首为奉和韦应物之作，可见一斑。他的《和韦使君秋夜见寄》就是此诗的和作："露滴梧叶鸣，秋风桂花发。中有学仙侣，吹箫弄山月。"题中"员外"乃员外郎的省称。

前两句写自己在凉爽的秋夜，一边散步，一边通过吟咏的方式在写着怀念丘丹的诗篇。这是实写。属（zhǔ）：适逢。

后两句写丘丹在这夜深人静的时候，恐怕也未睡觉，正在思念我吧，这是想象，是虚写。第三句写夜深人静，山指丘丹学道的临平山，那是一个美丽的地方，如宋释道潜《临平道中》写道："风蒲猎猎弄轻柔，欲立蜻蜓不自由。五月临平山下路，藕花无数满汀洲。"这是五月白天所见。若秋夜，动物都睡觉了，植物也是黑乎乎的一片，什么也看不清楚，所以用了一个"空"字，恰到好处地说明了这一点。"松子落"堪称神来之笔，因为松子很轻，也不大，松子掉落是不会引起人们的注意的，晚上当然更看不见松子掉落，只有在一点声音都没有的情况下，才能听到松子掉落所产生的声音。换句话说，"山空松子落"极其高明地写出临平山安静到了极点。这句诗虽然出自想象，但是诗人显然有过类似的经历，也是对生活经验提炼的结果。第四句写丘丹也在想念自己。"幽人"：幽栖在山林中的人，指丘丹，因为他正在潜心学道。这句诗妙在"应未眠"三字未写具体的内容，从而为读者留下了丰富的想象空间。

　　如果我们将韦应物和丘丹的这两首赠答诗加以比较，就会发现韦应物的诗写秋夜之静，仅"山空松子落"一句，就将静写得恰到好处；丘丹的诗写动，露滴梧叶，桂花飘香，仙侣吹箫，山月高照，秋风习习。作为一个学道之人，在秋天的深夜，内心却如此喧闹，实在有点不合时宜。因为只有心静，所见景物才是静的；同样因为心动，所见景物才是动的。所以韦应物的诗受到了人们的喜爱，而丘丹的诗却难以选入选本。

秋　日

耿　沣

返照入闾巷，忧来与谁语？
古道无人行，秋风动禾黍。

　　耿沣，生卒年不详，河东（今山西永济西）人。唐代宗宝应二年（763）举进士，任鳌屋县（今陕西周至）县尉，后入朝任左拾遗，大历十年（775）、十一年（776）间，以左拾遗身份任括图书使往江淮一带。贞元初期为大理司法，贞元年间卒于许州（今河南许昌）司法参军任上。耿沣工诗，为"大历十才子"之一，其诗以质朴见长，《全唐诗》录其诗二卷。

　　起句扣题写秋天的太阳。诗人不是写一般的秋日，而是写夕阳晚照。快要落山的太阳挂在巷口，一种苍凉感油然而生。"返照"指傍晚的阳光，刘长卿《碧涧别墅喜皇甫侍御相访》中的两句诗写了类似的情景："荒村带返照，落叶乱纷纷。""闾"指巷口的大门，"闾巷"泛指古代普通的住宅小区。

次句承上句写诗人触景生情，忧从中来，但是却没有一个人来倾听诗人的感受，与诗人交流。也就是说没有人能理解诗人。

三句写在古老的道路上已经没有了行人，"无"《千家诗》作"少"，《极玄集》《又玄集》《耿沣集》《唐文粹》《万首唐人绝句》均作"无"，可见这句诗原作"古道无人行"，这样才将冷冷清清的环境充分地表现了出来。通行本将"无"改为"少"，表面上看更加合理、更加注意分寸了，实际上却有损诗意的表达。因为诗人为了更好地表达寂寞的情绪，即使有人，也是可以视而不见的。

末句写禾黍在秋风中摇动，实际上暗用了"黍离之悲"的典故。《毛诗·王风·黍离》共三章，以第一章为例："彼黍离离，彼稷之苗。行迈靡靡，中心摇摇。知我者，谓我心忧，不知我者，谓我何求。悠悠苍天，此何人哉！"一般认为此诗是悲悯周王朝之衰落的，如《毛诗序》说："《黍离》，闵宗周也。周大夫行役至于宗周，过故宗庙宫室，尽为禾黍，闵周室之颠覆，彷徨不忍去，而作是诗也。"此诗借这个典故，描述了安史之乱后的衰败景象，以及作者的哀伤之情。

诗人通常爱用历史遗迹为题材来抒发沧桑之感，本诗却使用了人们普遍能见到的社会画面，恰到好处地将典故融入现实的生活画面中，从而也极其自然地表达了对历史兴衰的感触。

秋日湖上

薛　莹

落日五湖游，烟波处处愁。
浮沉千古事，谁与问东流？

薛莹，生卒年不详，《全唐诗》录其断句"花留身住越，月递梦还秦"，则其或为秦（今陕西）人。《新唐书·艺文志》著录薛莹《洞庭诗集》一卷，《直斋书录解题》著录《薛莹集》一卷，附注："唐薛莹撰，号《洞庭集》，文宗时人，集中多蜀诗。"看来《薛莹集》即《洞庭诗集》，均已佚。从现存诗歌来看，薛莹喜欢在各地漫游，交往的人多为隐士、道士与僧人。《全唐诗》录其诗十一首、断句二联，《全唐诗续拾》补题一则。此外，《石仓历代诗选》尚录其诗二首：《前山》与《发交州日留题解炼师房》。

起句扣题写秋日湖上，但是所选择的时间是日落时，所选择的地点是太湖。这样的时间和地点，都容易引起诗人的感慨。据晋人张勃《吴录》介绍："五湖"者，太湖之别名，因为它的周长有五百多里，所以简称五湖。在五湖曾发生过许多历史故事，如据东汉赵晔《吴越春秋》记载，越国的范蠡在帮助越王勾践报仇雪恨消灭吴国后，害怕落得兔死狗烹的下场，于是隐姓埋名，放舟五湖，从事商业活动，成了大富翁。

次句承上写诗人在游湖时的所见所感。此时诗人所能见到的湖面处处都被暮霭与烟雾笼罩着，而这种什么都看不清楚的景象又处处让诗人感到迷茫与忧愁。前两句为后两句的感慨做了铺垫。

三句转写感慨。既然在暮色苍茫中，除烟波外一无所见，于是诗人便联想起在五湖周围所发生的盛衰兴亡的千古往事，譬如吴越之争就是一个突出例子。先是越国打败了吴国，吴国发奋图强又打败了越国；接着越王勾践卧薪尝胆消灭了吴国；后来越国又被楚国消灭，而楚国又被秦国所灭。历史事件总是此消彼长,盛衰兴替持续不断。

末句是说随着时间的消逝,谁还能说得清这些千古往事的是非曲直呢?"与"在句中是助词,无义。"谁与问东流",也就是"谁问东流"。"东流"在这里当指太湖附近的长江。人们早就用流水比喻时间与历史,如《论语·子罕篇》说:"子在川上曰:'逝者如斯夫!不舍昼夜。'"

明人唐寅《泛太湖》诗说:"鸱夷(范蠡)一去经千年,至今高韵人犹传。吴越兴亡付流水,空留月照洞庭船。"他在写诗时也许想到了薛莹《秋日湖上》这首诗,其中"洞庭"或许就指薛莹,因为他的诗集就名为《洞庭诗集》。唐寅这首诗的主题与薛莹这首诗的主题可以说是一致的。

宫 中 题

李 昂

辇路生秋草,上林花满枝。
凭高何限意,无复侍臣知。

李昂(809—840),唐文宗,是穆宗第二个儿子。在他的哥哥敬宗李湛被宦官害死以后,他又被宦官立为皇帝。李昂即位后力图改变宦官专权的局面,于太和九年(835)谋诛宦官,失败,谋臣十余家被宦官所杀,史称甘露事变。甘露事变失败后,文宗更加受制于宦官,最后被宦官谋害而死。《全唐诗》录其诗六首,联句二句。

宋计有功《唐诗纪事》卷二述此诗写作背景说:"甘露事后,帝不乐,往往瞋目独语云:'须杀此辈,令我君臣间绝。'后赋诗。"

前两句写景。首句写路上已长满了秋草,说明走的人很少,也没有人来治理,可见他的行动已经失去自由,政治地位也岌岌可危。"辇路"指皇帝车驾所经过的道路。次句写御花园中的花依然开得很好，但是赏花人的心情却大不相同了。"上林"即"上林苑"，原为秦、西汉时皇家园林名称，这里指唐宫禁内皇家园林。前两句的景色形成强烈的反差，这也是自然景物与政治环境的差别。所以无论是"辇路生秋草"，还是"上林花满枝"，都导致了诗人的悲伤。

后两句写意。写诗人凭高远眺，联系到自己的艰难处境，虽然有许多想法，但是已经无法与自己信任的近臣沟通了。凄楚与无奈之情从诗中弥漫而出。

这首诗以朴素的语言，真实而充分地表达了自己受制于宦官的处境与心中的无奈之情，是唐代后期宦官干政现象的集中反映，有一定认识价值。

寻隐者不遇

贾　岛

松下问童子，言师采药去。
只在此山中，云深不知处。

贾岛（779—843），字浪仙，一作阆仙，范阳（今河北涿州）人。早年曾为僧，法名无本。诗文受韩愈赏识，遂还俗应举，但一直未考取。因偶遇文宗皇帝，于开成二年（937）被授为遂州长江县（今四川蓬溪）主簿，世称贾长江，任满后迁普州（今四川安岳）司仓参军。武宗会昌三年（843）卒于任所。《四库全书》收《长江集》十卷，《全唐诗》录其诗四卷，《全唐诗外编》及《全唐诗续拾》补其诗二首又十四句。

此诗《全唐诗》两见，一作《访羊尊师》，作者孙革，附注"孙华"，作者小传"孙革，宪宗朝监察御史，诗一首"。《文苑英华》收此诗，题目作《访羊尊师》，作者作"孙韦"。"松下"作"花下"。"葦""韦"或因与"革"字形近致误。此诗各选本多题"贾岛"或"无本"作，贾岛诗中"寻隐者"的不少，如《题李凝幽居》等，而孙革诗仅一首，其简历与诗意不合，所以我们在发现新材料之前，将此诗的著作权仍归之于贾岛。

此诗虽然明白如话，但是可圈可点之处颇多。首先，它像一段录像，为我们展现了隐者所居住的幽静的环境，茅屋数间，柴门内外长着松树，松树下诗人正在与童子谈话，循童子手指处望去，不远处有座高山，山中白云缭绕，山上草木葱茏，有丰富的草药资源。生活在这样的环境中，则隐者之超凡脱俗也就可想而知了。

其次，此诗写诗人与童子的对话，但是诗人所问的话全都被省略掉了，不过我们从童子的答语中可以知道问话的大致内容。诗人问："你的老师到哪儿去了？"答曰："采药去了。"诗人问："到哪儿采药去了？"童子用手一指，回答道："就在这座山上。"诗人问："大约在山中什么地方？"童子答曰："山大得很，而且有云雾缭绕，我可不知道在什么位置。"这些内容，被诗人用二十个字就生动地写出来了，充分反映了这首五言绝句简洁之美。

此外，此诗还好在写得曲曲折折，清徐增《而庵说唐诗》分析道："夫寻隐者不遇，则不遇而已矣，却把一童子来作波折，妙极！有心寻隐者，何意遇童子，而此童子又恰是所寻隐者之弟子，则隐者可以遇矣。问之，'言师采药去'，则不可以遇矣……曰'只在此山中'，'此山中'见其近，'只在'见不往别处，则又可以遇矣。岛方喜形于色，童子却又云：'是便是，但此山中云深，卒不知其所在，却往何处去寻？'是隐者终不可遇矣。此诗一遇一不遇，可遇而终不遇，作多少层折！"

汾上惊秋

苏　颋

北风吹白云，万里渡河汾。
心绪逢摇落，秋声不可闻。

苏颋（670–727），字廷硕，京兆武功（今陕西武功）人，武后朝举进士，官运亨通，唐玄宗开元四年（716）官至紫微侍郎、同紫微黄门平章事，知政事，也就是宰相。开元八年（720），建议严禁恶钱，因为办事者严厉执行，闹得怨嗟盈路，于是罢其政事，降为礼部尚书，不久又出任益州（治所在今四川成都）大都督府长史。开元十三年（725），任吏部选事。《全唐诗》录其诗二卷，《全唐诗续拾》补其诗一首。

西汉武帝元鼎元年（116），得鼎汾水上。元鼎四年（119）冬十月，武帝至汾阴（今山西万荣），十一月，立后土祠于汾阴脽上。开元十年（722），大臣张说建议重修后土祠祭祀后土神，被玄宗接受。作为礼部尚书，苏颋当年秋天到汾阴做后土祠的整修与扩建工作，写了这首诗。

前两句写景。汉武帝在祭祀后土后，写过一首《秋风词》，首句为"秋风起兮白云飞"。诗人显然暗用了这句诗的意境。"河汾"当指黄河与汾河，因为汾阴在黄河之东，汾河之南，西北风吹动白云，要掠过黄河与汾河方能到达汾阴。值得称道的是这两句诗也像汉武帝《秋风词》一样写出了风起云涌的气势。

后两句写情。宋玉《九辩》说过："悲哉秋之为气也，萧瑟兮草木摇落而变衰。"诗人显然暗用了这两句话的意境。意思是说，正当我心绪很差的时候，又见到草木的枯枝败叶被西北风吹得到处飘零，以至于难以忍受北风呼啸的声音。

诗题中有个"惊"字，年年都会遇到秋天，都会听到秋天的风声，为什么此时此地的风声特别让他心惊呢？如果我们联系他的生活经历考察这个问题，也许能够看得更加深入一些。如前所说，苏颋的仕途一帆风顺，甚至当上了宰相。但就是因为反对民间铸恶钱，而这也是为了国家利益，竟被降职为礼部尚书，甚至还离京到边远的地方去任职，而此时他已年过五十，进入了人生的秋天，自己的希望已经不大了，所以特别能感受到政治风云变幻莫测，令人胆寒心惊。

蜀道后期

张　说

客心争日月，来往预期程。
秋风不相待，先至洛阳城。

张说（667—730），字道济，一字说之，原籍范阳（今河北涿州），世居河东（今山西永济西），后迁洛阳（今河南洛阳）。武则天载初元年（689），考取学贯古今科，对策天下第一，授太子校书郎。累官至宰相，封燕国公。《四库全书》收《张燕公集》二十五卷，《全唐诗》录其诗五卷，《全唐诗外编》及《全唐诗续拾》补其诗四首又四句，补题一则。

题目的意思是，我还在四川的途中，已经超过了原先约定好的到家的时间。诗人在担任校书郎期间，曾两次到四川出差，其《再使蜀道》诗说明了这一点："古来风尘子，同眩望乡目。芸阁有儒生，辎车倦驰逐。"从题目看，作者已经第二次到四川出差了。芸草能防蛀，藏书楼常用，"芸阁"当指校书郎工作的地方。

前两句写诗人出差前已经同家人预先约定好了回家的日程，所以出差在外经常想到要争取时间，以便准时到家。他在《被使在蜀》诗中说："即今三伏尽，尚自在临邛。归途千里外，秋月定相逢。"看来他与家人约定相逢的时间是在秋天。

后两句写秋天已经到了，而自己仍然滞留在途中。但是这个意思在诗人笔下写得很婉转、很巧妙。作者采用拟人的手法，说秋风比我还要着急，不肯等待我，径自先跑到了洛阳城。诗人想及时回家的迫切心情也就可想而知了。再说家人在洛阳已经见到了秋风，却没有见到诗人，他们等待诗人早日回家的焦急之情也是可想而知的。

清人吴乔《围炉诗话》卷一指出："诗贵有含蓄不尽之意，尤以不着意见、声色、故事、议论者为最上。"此诗只是说已经与家人约定了秋天回家，但是秋风已到洛阳，而自己却还在路上。至于诗人如何朝思暮想，以至在梦中都想早日和家人团聚等等内容，字面上一概没有，都藏在诗中，需要读者自己从诗中去找出来，这正是此诗的奥妙所在。

静 夜 思

李　白

床前明月光，疑是地上霜。
举头望山月，低头思故乡。

李白虽然出生于碎叶（唐时属安西都护府，今属吉尔吉斯共和国），但他从五岁开始，就长期住在蜀郡绵州彰明（今四川江油），因此该地当为诗人心目中的故乡。作者年轻时离开故乡以后，就一直没有回去过，所以在夜深人静时难免产生对故乡的思念之情，而且此诗所表达的这种感情是深沉的，也是具有普遍意义的。

前两句的意思是说诗人站在井栏边，见到月光照在地上，看上去白花花的，好像是结了一层霜。首句中"床"字怎样理解？通常会把"床"理解为卧具。如此理解，诗人的立脚点应当在卧室里。立在卧室里又能看到月亮，则诗人必须站在窗前。将"床前"改为"窗前"似乎更恰当一些。不过"床"字还可解释为井上围栏，如《宋书·乐志》四《淮南王篇》中的两句诗"后园凿井银为床，金瓶素绠汲寒浆"。李白在《长干行》中也提到过床字："妾发初覆额，折花门前剧。郎骑竹马来，绕床弄青梅。"看来这首诗中的床字只能理解为井栏，因为两个小孩不大可能在卧室里跑来跑去，一般来说床都贴墙而放，也不可能绕着床兜圈子。故《静夜思》中的床字当指井栏。李白《答王十二寒夜独酌有怀》有两句诗"怀余对酒夜霜白，玉床尽井冰峥嵘"，也写了类似的情景，显然玉床也指井栏。

起句中的"明月光"，王琦注本《李太白全集》作"看月光"，还保留了旧本的原貌，《全唐诗》本也作"看月光"，明万历年间曹学佺编《石仓历代诗选》收录此诗，将"看月光"改为"明月光"，此后便为一些通行本所采用，如《唐诗别裁集》《唐诗三百首》《千家诗》均作"明月光"。显然后者将形容词"明"字，活用成动词，写井栏附近照耀着明亮的月光，比"看月光"的含义要丰富得多。再说"看月光"与三句的"望山月"，略嫌重复。所以人们还是选择了"明月光"。正因为诗人站在井栏边，见到月光照在地上，白花花的好像是结了一层霜。月光既然如此明亮，这就引起了诗人看月亮的兴趣，于是自然而然地引出了后两句。

后两句写了由"望明月"到"思故乡"的变化过程。第三句，《李太白全集》本与《全唐诗》本作"望山月"，还保留了旧本的原貌。两相比较，"明月"与周围的事物缺乏联系，而"山月"写山与月亮之间的联系，月亮有山映衬，当然更富有诗情画意。俞陛云《诗境浅说》分析道："后两句在举头低头俄顷之间，顿生乡思。良以故乡之念，久蓄怀中，偶见床前明月，一触即发，正见其乡心之切。且举头低头，联属用之，更见俯仰有致。"的确，举头、低头写出了诗人由"看明月"过渡到"思故乡"的神态。

这首诗读起来非常流畅，与使用了三个动词有关。因"疑"而"望"，因"望"而"思"，意思非常连贯。因为意思连贯，也导致读起来非常连贯。次句用"霜"作比，创造了一个静谧而凄清的境界，全诗都写所见所思，没有一点声音，所以题目叫《静夜思》。

秋浦歌

李白

白发三千丈，缘愁似个长。
不知明镜里，何处得秋霜？

李白于天宝三载（744）春，被赐金放归后，在各地漫游，于天宝十三载（754），在秋浦（今安徽贵池）写了《秋浦歌十七首》，此诗为其中的第十五首。

前两句写自己的白发如此之长，都是由于忧愁造成的。作者采用极度夸张的手法来形容自己的白发之长，并且用有形的白发来形容无形的忧愁，给读者留下了极其深刻的印象。作者采用倒叙的方法，先答后问，也是为了突出"白发三千丈"一句，作者的目的是达到了。"缘"是因为的意思，"个"是"这么"的意思。

后两句写诗人对着明镜问道：我的头发为何变得像秋天的霜一样白呢？其实诗人的头发在逐渐地变白，只是诗人一直没有在意。这两句诗写诗人在镜子中第一次明确地意识到自己的头发全都变白所受到的强烈震撼。

此诗采用设问手法提出了问题，作者在前两句诗中也笼统地作了回答。那么他为何会如此忧愁呢？这也是值得探询的。李白离开长安已经十年，在这十年中，他在仕途上毫无希望，在生活上又漂泊不定，以至于有家难归，《秋浦歌》其二就说明了这一点："欲去不得去，薄游成久游。何年是归日，雨泪下孤舟。"再就是秋浦的自然环境，特别是猿声也让他感到难受，如《秋浦歌》其四说："两鬓入秋浦，一朝飒已衰。猿声催白发，长短尽成丝。"还有，他此时已经五十四岁了，尚无所作为，这也给他造成了巨大的心理压力。所以诗人这一时期的感情色彩就集中在一个"愁"字上，如《秋浦歌十七首》一开头就说："秋浦长似秋，萧条使人愁。"

李白善于运用夸张这一修辞手法，本诗为我们提供了一个成功的例子，再如《蜀道难》中的"危乎高哉！蜀道之难难于上青天"，《北风行》中的"燕山雪花大如席，片片吹落轩辕台"，《将进酒》中的"君不见高堂明镜悲白发，朝如青丝暮成雪"，《江夏赠韦南陵冰》中的"愁来饮酒二千石，寒灰重暖生阳春"等等。这些夸张都突出了诗人的情感与事物的本质，给读者留下了深刻印象，也表明李白具有丰富的想象力与独创性。

赠乔侍御

陈子昂

汉庭荣巧宦，云阁薄边功。
可怜骢马使，白首为谁雄？

陈子昂（661—702），字伯玉，梓州射洪（今四川射洪）人。唐睿宗文明元年（684）举进士，任麟台正字，迁右拾遗。他曾两次从军入塞，后一次因与主将武攸宜意见不合，遭到排挤打击。武后圣历元年（698），解官回乡，被武三思指使县令段简陷害，死于狱中。他主张诗歌革新，提倡汉魏风骨，反对彩丽竞繁的齐梁诗风，对唐诗的健康发展有很大功绩。杜甫称赞道："公生扬马后，名与日月悬。"韩愈称赞道："国朝盛文章，子昂始高蹈。"《四库全书》收《陈拾遗集》十卷，《全唐诗》录其诗二卷，《全唐诗外编》补其诗一首。

诗题一作《题祀山烽树赠乔十二侍御》，乔侍御即乔知之，也是唐代诗人，曾于武后垂拱元年（685）、万岁通天元年（696）两次出征，与陈子昂关系密切，两人颇多赠答之作，这是其中的一首。

起句写在汉代朝廷上，那些善于投机取巧的官员才吃得开。"荣"在这里用作动词，"荣巧宦"的意思是使善于投机取巧的官员荣耀。唐代诗人喜欢用汉代比喻唐代，所以这句诗实际上是说唐代朝廷那些善于投机取巧的官员才吃得开。

次句写那些表彰功臣的地方，对在边疆保家卫国的人是非常轻视的。"云阁"指汉代的云台与麒麟阁。汉明帝永平年间（58-75），曾令人画二十八将的肖像陈列于云台。宣帝曾令人画十一位功臣的肖像陈列于麒麟阁。因此，"云阁"就被用来代指表彰功臣的地方。这里实际上也是借汉代比喻唐代。

三、四两句是说可怜的乔知之啊，你在边疆奋斗到老是在为谁逞雄呢？"骢马使"原指东汉桓典，他担任侍御使，以办事严正出名，常乘骢马，被称为骢马使。这里指乔知之，因为乔知之也担任侍御使。"白首"也指乔知之，因为他在从军北征时已是五十上下，古代生活条件差，特别是在战争环境里，五十岁左右头发白了实属正常现象。

这首诗是在为乔知之鸣不平，他参加讨伐叛乱，出生入死，千辛万苦，虽然取得了胜利，但是头发都白了，却仍然担任着侍御使这么个小官。陈子昂是乔知之的同事，他们的经历与待遇差不多，所以这首诗表面上为乔知之抱不平，实际上也是在宣泄自己的不满情绪。

答武陵太守

王昌龄

仗剑行千里，微躯敢一言。
曾为大梁客，不负信陵恩。

　　王昌龄，本卷《送郭司仓》已介绍。王昌龄重然诺，喜交游，不拘小节，因此屡被贬斥。他自己也认识到这一点，在《见谴至伊水》一诗中说："得罪由己招，本性易然诺。"开元二十七年（739）他被贬岭南，孟浩然有《送王昌龄之岭南》诗。次年北归，出任江宁（今属江苏南京）县丞。不久又由江宁县丞被贬为龙标（今湖南黔阳西南）县尉，李白还专门写了首《闻王昌龄左迁龙标遥有此寄》诗。

　　诗题一作《答武陵田太守》，"武陵"即今湖南常德。"太守"为唐代郡一级最高行政长官。诗人从江宁至龙标，显然溯江而上经洞庭湖至武陵，然后沿沅江至龙标。当他经过武陵郡时，在极其困难的情况下，心情特别不好的时候，受到了田太守的热情招待，所以分外感动，临别特写此诗作为答谢。

　　前两句交代了写作时间。大意是说我带上佩剑即将踏上征途作千里之行了，请允许我这个卑微的人，在临别时，冒昧地与您说上一句话。"仗剑"，手持宝剑，这里指佩戴着剑。"微躯"，身份卑微，自谦之辞。"敢"，自言冒昧之辞。首句突兀，在不经意中表现了诗人讲义气、重友情的性格特征。

　　后两句借用典故，说明自己一定会知恩必报。"大梁"，地名，在今河南开封西北。战国时期，魏惠王三十一年（前340）迁都于此。"大梁客"指战国时魏国的隐士侯嬴，他原来只是个看守大梁东门的人，魏公子无忌却待为上宾。后秦兵围赵，赵求救于魏，魏王受到秦国的威胁，按兵不动。侯嬴为无忌策划了窃取兵符救赵的策略，并成功地解了赵国之围。侯嬴为了激励无忌，还以死报答了魏公子无忌的知遇之恩。"信陵"即"信陵君"，也就是魏公子无忌，公元前276年，被封于信陵（今河南宁陵县），后世皆称"信陵君"。信陵君能识人于微贱时，并能善待之。诗人显然将自己比成侯嬴，而将田太守比成信陵君，并表示要像侯嬴报答信陵君那样报答田太守。

　　在中国传统文化中，素有知恩图报的思想，这首诗将报恩思想表现得非常透彻，其中成功地运用历史典故起了关键的作用。它一方面表明知恩图报的思想源远流长，另一方面也恰到好处地赞扬了热情接待他的田太守，向其表达了自己的感激之情。

行军九日思长安故园

岑　参

强欲登高去，无人送酒来。
遥怜故园菊，应傍战场开。

　　岑参（717—769），祖籍南阳（今河南南阳），后迁居荆州江陵（今湖北荆州）。玄宗天宝五载（746）举进士，授右内率府兵曹参军。曾任右补阙、起居舍人、嘉州刺史等官职。他在天宝年间到西北边塞时写过《过酒泉忆杜陵别业》等诗，可见诗人此前已有别墅在杜陵（在今陕西西安）山中。岑参为盛唐时期边塞诗人的杰出代表，《宛委别藏》收《岑嘉州集》八卷，《全唐诗》录其诗四卷，《全唐诗续拾》补其诗二首。

　　此诗题下原注说："时未收长安。"玄宗天宝十四载（755）十二月安禄山叛乱，次年攻陷长安。至德二载（757）二月，肃宗至凤翔（今陕西凤翔），当时岑参随行任右补阙。长安于至德二载九月收复，不过九月上旬还控制在叛军手中。此诗当作于九月九日重阳节。

　　前两句表达了诗人想过和平、正常生活的愿望。起句写诗人在行军途中，见到了盛开的菊花，忽然意识到今天是重阳节，于是产生了登高的强烈意愿。我国素有重阳节登高的风俗，南朝吴均《续齐谐记》说："汝南桓景，随费长房游学累年，长房谓曰：'九月九日，汝家当有灾，急宜去，令家人各作绛囊，盛茱萸以系臂，登高饮菊花酒，此祸可除。'景如言，齐家登山。夕还，见鸡犬牛羊一时暴死，长房闻之曰：'此可代也。'今世人每九日登高饮菊酒，妇人带茱萸囊，盖始于此。"

　　次句写遗憾的是无酒可饮。从上面的引文中可见，九月九日不仅有登高的风俗，还有饮菊花酒的习俗。句中暗用了一个典故，《南史·隐逸传》说：陶渊明"尝九月九日无酒，出宅边菊丛中坐，久之，逢弘送酒至，即便就酌，醉而后归"。"弘"指王弘，他于晋安帝义熙十四年（418）任江州刺史，常以酒馈赠陶渊明。前两句只写诗人触景生情想登高，想饮菊花酒，事实上在行军途中，没有条件，也没有心情去登高，去饮菊花酒。而诗人渴望过正常生活的愿望是可以理解的。

　　后两句写诗人对故园、对亲人、对整个战局的牵挂。见到路边的野菊花，使他想起故园的菊花也开得很好，可惜那里已经变成了战场。变成战场以后的故园，陷入战场中的亲人境况如何，以及中央政府的军队何时收复长安，当然更加引起诗人的牵挂。

　　此诗的最大特点是以小见大，即见到菊花，使诗人想到家乡，想到家乡正在打仗。诗人盼望长安能早日收复，自己能很快回到故园，见到盛开的菊花，并喝上菊花酒。诗歌正是运用了菊花这一意象，才使如此丰富的内容得到了集中而生动的展现。

婕妤怨

皇甫冉

花枝出建章，凤管发昭阳。
借问承恩者，双蛾几许长！

　　皇甫冉（约717－约770），字茂政，润州丹阳（今江苏丹阳）人。《新唐书·皇甫冉传》称其"十岁能属文，张九龄叹异之"。玄宗天宝十五载（756）以第一名的成绩举进士，授无锡（今江苏无锡）尉。代宗大历初，为河南节度使掌书记，累官至右补阙。诗人虽然文名颇高，但是官职不显，所以难免有怀才不遇的情绪。《全唐诗》录其诗二卷，《全唐诗外编》及《全唐诗续拾》补其诗六首。

　　《婕妤怨》，乐府歌曲名。《乐府解题》说："《婕妤怨》者，为汉成帝班婕妤作也。徐令彪之姑，况之女。美而能文，初为帝所宠爱。后幸赵飞燕姊弟，冠于后宫。婕妤自知见薄，乃退居东宫，作赋及纨扇诗以自伤悼。后人伤之而为《婕妤怨》也。""徐令彪"指东汉班彪，东汉初，拜徐（徐县，今江苏泗洪南）令。"况"指西汉班况，累官至左曹越骑校尉。

　　前两句写得宠后妃们寻欢作乐的情况。"建章"为汉武帝建造的宫苑名称，在长安城外未央宫的西边。"昭阳"即昭阳舍，在西汉皇家宫殿未央宫中。据《汉书·外戚传》介绍，汉成帝时，"皇后（引者按：指赵飞燕）既立，后宠少衰，而弟绝幸，为昭仪，居昭阳舍"。于是"建章"与"昭阳"就成了得宠后妃住处的代名词，这里指唐代得宠后妃寻欢作乐的地方。"花枝"指美人们一个个打扮得花枝招展，"凤管"指制作精良的管乐器。这两句诗的意思是说美人们正在音乐的伴奏下唱歌跳舞。

　　后两句写失宠后妃的心理活动：请问受到皇帝宠爱的后妃们，你们真的就比我漂亮吗？"双蛾"指女子的一双蛾眉。这里以蛾眉代指美色。这两句诗所提出的问题颇能引起人们的思考。由于皇帝实行多妻制，得宠的是少数，是个别现象，而失宠的是多数，是普遍现象。所以写宫怨的诗颇能引起人们的共鸣。

宫廷妇女虽然长得漂亮却得不到皇帝宠爱，与封建社会的广大知识分子虽然有才华，却得不到上级的赏识与重用有类似之处，所以有些诗人也借写宫怨诗来表达自己怀才不遇的情绪。皇甫冉虽然很有才华却一直沉沦下僚，所以他写此诗未必没有宣泄自己在宦海里浮沉的牢骚。

题竹林寺

朱 放

岁月人间促，烟霞此地多。
殷勤竹林寺，能得几回过？

朱放（？—约788），字长通，襄州襄阳（今湖北襄樊）人。早年居襄阳，安史之乱中，移居剡县（今浙江嵊州）、山阴（今浙江绍兴），《唐才子传》说他"南来卜隐剡溪、镜湖间，排青紫之念，结庐云卧，钓水樵山"。德宗建中三年（782）曾任江西节度参谋，不久便辞职。贞元二年（786）征为右拾遗，未去就职，不久，在扬州去世。《全唐诗》录其诗一卷，《全唐诗外编》补其诗一首。

《题竹林寺》一作《题鹤林寺》。《明一统志》卷十一《镇江府》说："鹤林寺在黄鹤山，旧竹林寺，刘宋高祖微时，尝独卧讲堂上，及登极改今名。"可见唐代竹林寺在润州（今江苏镇江）西南的黄鹤山。

起句写人生苦短，次句写竹林寺所坐落的黄鹤山风景很美。竹林寺周围的美景很多，在一首五言绝句里难以尽说，于是用"烟霞"二字突出了其中的特点。"烟"能使读者联想起寺庙中香烟缭绕的样子，

"霞"则写出了镇江黄鹤山的地理特色，因为它毗邻长江与大海，空气湿度比较大，经阳光照耀，很容易出现彩霞。前两句将有限的生命与无尽的自然景色构成了一对难以克服的矛盾，为诗人发表感慨做了铺垫。

后两句是说我之所以在竹林寺里流连忘返，是因为我以后没有多少机会再来了。这两句诗妙在通过诗人的流连忘返衬托了竹林寺的美，同时对人生短促也有深深的感慨，末句设问就充分地说明了这一点。

由于人生短促是谁也改变不了的事实，在这一无情的事实面前，有人主张只争朝夕，但是也有人主张及时行乐。后者也是诗歌中经常出现的主题，如《古诗十九首》中的"生年不满百，常怀千岁忧。昼短苦夜长，何不秉烛游！为乐当及时，何能待来兹"？再如曹操《短歌行》中的"对酒当歌，人生几何？譬如朝露，去日苦多"。此诗也可以说是上述诗歌主题在新时代的回响。

过三闾大夫庙

戴叔伦

沅湘流不尽，屈子怨何深！
日暮秋风起，萧萧枫树林。

戴叔伦（732—789），字幼公，润州金坛（今江苏金坛）人。累官至抚州（今江西抚州）刺史、容州（今广西容县）刺史，升容管经略史，兼御史中丞。戴叔伦为"大历十才子"之一，作品以反映农村生活见长，为中唐新乐府诗的先声。《全唐诗》录其诗二卷，《全唐诗续拾》补其诗一首又二句，题四则。

诗题一作《三闾庙》，又作《题三闾庙》。三闾指楚国昭、屈、景三姓王族。屈原主管过这三姓王族的教育，被称为三闾大夫。三闾大夫庙，或简称三闾庙，是祭祀屈原的。三闾庙在今湖南芷江。该诗写诗人在经过三闾大夫庙时的感想。据《清一统志》，庙在湘阴县北六十里（今湖南汨罗境内）。

前两句写沅江和湘江里装满了屈原的怨，永远都流不完。起句中的"沅"指沅江，"湘"指湘江，都在楚国境内，流入洞庭湖。屈原曾长期被流放在这一带。所以他的作品中常提到这两个地名，如《九歌·湘君》中的"令沅湘兮无波，使江水兮安流"。

次句中的"屈子"指屈原，屈原名平，为楚怀王左徒，主张联合齐国抗击秦国，遭到以怀王小儿子为首的亲秦派的中伤和打击，怀王为群小所包围，走亲秦路线，放逐了屈原，而怀王本人受到欺骗，入秦而不返。楚顷襄王继位，以子兰为令尹，对秦完全采取妥协投降政策，甚至将屈原长期流放于江南。屈原见到国家已经没有希望，乃自投汨罗江而死，而楚国也逐步走向了灭亡。《史记·屈原列传》说："屈平正道直行，竭忠尽智，以事其君，谗人间之，可谓穷矣。信而见疑，忠而被谤，能无怨乎？"所以诗中突出一个"怨"字，可谓恰到好处。

后两句写景，诗人将"日暮""秋风起""萧萧""枫树林"等几个富有典型意义的意象组合在一起构成了一段声像资料。傍晚时分，秋风吹动着枫树林，飒飒作响。这两句诗显然也是寓情于景的，正如施补华《岘佣说诗》所论：此诗"并不用意，而言外自有一种悲凉感慨之气"。这后两句表面只写景，究竟抒发的是何种感情，未做任何说明。读者自然可以根据自己的感受，做出不同理解。

此诗在写作上的一个突出优点，是将屈原之怨物质化，前两句将其变为流不尽的沅江水与湘江水。后两句又将其化作秋风，既充满着枫树林，又弥漫在广阔的大地。这样就将看不见、摸不着的怨愤之情变成了可以见到、可以感触的东西。

于易水送人

骆宾王

此地别燕丹，壮士发冲冠。
昔时人已没，今日水犹寒。

骆宾王（约638-684），字观光，婺州义乌（今浙江义乌）人。七岁能赋诗，高宗乾封二年（667）对策入选，授奉礼郎。曾于武则天咸亨元年（670）从军出塞，复于咸亨三年（672）从军西南，累官至侍御史。高宗调露元年（679），武后当权，因数上疏言事获罪下狱，次年秋被贬为临海（今浙江临海）丞。睿宗文明期间，随徐敬业起兵讨武后，作檄传天下，武后读之说："有如此才不用，宰相过也。"敬业兵败，宾王亡命，不知所之。《四库全书》收《骆丞集》四卷，《全唐诗》录其诗三卷。

易水在河北易县境内，在北京西南不远处。《史记·刺客列传》曾描写了这里发生过历史上最悲壮的送别场面，荆轲承担了燕太子丹让他出使秦国刺杀秦王嬴政的任务，"太子及宾客知其事者，皆白衣冠以送之。至易水之上，既祖，取道，高渐离击筑，荆轲和而歌，为变徵之声，士皆垂泪涕泣。又前而为歌曰：'风萧萧兮易水寒，壮士一去兮不复还！'复为羽声忼慨，士皆瞋目，发尽上指冠。于是荆轲就车而去，终已不顾"。骆宾王于易水送人，不能不想到这一历史事件。

前两句回顾了上述历史事件，诗人只选择了两个人物，一个是燕太子丹，他是这一历史事件的导演；一个是荆轲，他是这一历史事件的主角。诗人还选择了一个细节，即怒发冲冠，将荆轲临别时慷慨激昂的精神状态表现出来了。

后两句由历史过渡到现实。作者采用了对仗的修辞手法，使这种过渡非常自然，特别是"昔时"与"今日"两个偏正词组，将历史与现实非常巧妙地连贯起来。特别是"水犹寒"三个字，将荆轲刺秦王这一历史事件的深远影响形象而生动地表现了出米。俞陛云《诗境浅说续编》卷一称此诗"一气挥洒，而重在'水犹寒'三字，一见人虽没，而英风壮采，懍烈如生，一见易水寒声，至今犹闻呜咽。怀古苍凉，劲气直达，高格也"。

此诗旨在送别，却写成了怀古诗。诗的结构也体现了这一点，全诗用三句写古，用一句写今。最后一句实际上写这一历史事件的深远影响，可见仍然是在怀古。这一历史事件太感人了，同它相比，送别变得不那么重要了。

别卢秦卿

司空曙

知有前期在，难分此夜中。
无将故人酒，不及石尤风。

司空曙（约720－约790），字文明，广平（今河北永年）人。安史之乱，避地南方。曾考取过进士，代宗大历初任洛阳主簿，后入朝为左拾遗。德宗建中年间贬长林县丞，晚年在四川节度使韦皋幕中任职，终于虞部郎中。工诗，为"大历十才子"之一。《全唐诗》录其诗二卷。

此诗一作《留卢秦卿》《送卢秦卿》《留别卢秦卿》，显然"留"为关键词，此诗表达了挽留卢秦卿的心情。据《新唐书·宰相世系表》可知，卢秦卿当过秦州刺史。卢秦卿与卢纶在《新唐书·宰相世系表》中同为卢氏四房，而卢纶是司空曙的表弟，可见他们之间还是非常亲密的。该诗作者一作郎士元，非。除上面所说的亲密关系外，司空曙还写过《过卢秦卿旧居》诗，可见两人有过密切的交往。

前两句写明知两人已经约定了再次见面的时间，今夜的酒已经喝了很长时间，仍然难舍难分。后两句是说难道老朋友的酒挽留客人的作用还不如石尤风吗？"无将"即不要将。"不及"指不如。"石尤风"指逆风。据元伊世珍《琅嬛记》引《江湖纪闻》云：传说石氏女嫁尤郎。尤为商，远行，妻阻之，不从。尤久不归，妻思念致病，临亡叹曰："吾恨不能阻其行，以至于此。今凡有商旅远行，吾当作大风为天下妇人阻之。"故称逆风为石尤风。

这首诗实际上是主人挽留与劝酒之词，客人谦让辞行的话则被省略掉了，从中不难体会到主人的依依惜别之情与酒逢知己千杯少的欢快气氛。正如清人方南堂《辍锻录》评价道："此司空文明送别之作也，仅二十字，情致绵渺，意韵悠长，令人咀含不尽。"

答 人

太上隐者

偶来松树下，高枕石头眠。
山中无历日，寒尽不知年。

太上隐者，生平事迹不详。《全唐诗》录此诗，题下注："《古今诗话》云：太上隐者，人莫知其本末，好事者从问其姓名，不答，留诗一绝云。""隐者"即隐士，指那些隐居不仕的人。有些隐士对现实不满，不肯做官。还有的人通过隐居扩大自己的影响，为出仕走终南捷径。"太上"指三皇五帝之世。自称"太上隐者"，有自我夸耀、故弄玄虚的味道。

前两句写太上隐者的行为自由自在，无拘无束。他偶然来到松树下，想休息就枕着石头睡觉。不过这两句诗写景如画，所选择的景物虽然不多，却颇符合隐者的身份。

后两句写太上隐者回答好事者的话，说自己对世事漠不关心，甚至连具体的时间概念都弄不清楚。"历日"现在叫日历，过去叫皇历，起初是由中央政府颁发的记载一年中的节气、月令、黄道吉日等的工具书。过去陶渊明在《桃花源记》中说生活在桃花源里的人"不知有汉，无论魏晋"，生动地说明了他们与世隔绝的生活状态。而这两句诗也表现了太上隐者超凡脱俗的精神面貌。

此诗为读者塑造了一位不食人间烟火的隐士形象，其闲云野鹤之性情，随心所欲之行踪，悠然自得之神态，都跃然纸上。应当说他所写的内容也是从生活中提炼出来的。一个生活在山中，没有历日，又不同俗人来往者，不知何时过年过节并不奇怪。

卷
二

七言绝句

春日偶成

程　颢

云淡风轻近午天，傍花随柳过前川。
时人不识余心乐，将谓偷闲学少年。

程颢（1032—1085），字伯淳，号明道，洛阳（今河南洛阳）人。宋仁宗嘉祐二年（1057）进士，历官上元（今江苏南京）主簿、太子中允、监察御史里行，因反对王安石变法，出为镇宁军判官。哲宗即位，召为宗正丞，未行而卒。与弟程颐同学于周敦颐，同为周程理学的创始人。《四库全书》收《二程文集》十三卷（与程颐同撰），《全宋诗》录其诗一卷又两句。

《春日偶成》意思是诗人在春天散步，偶有感触，即兴而成。前两句写诗人在散步时所见到的春天美景。首句写晴空万里，微风拂煦，阳光明媚。次句写诗人在散步时，身边都是盛开的繁花与葱茏的草木。"花"泛指春天开放的各种花朵，"柳"在这里指以柳树为代表的春天长得很茂盛的各种草木。"前川"这里指前面的路而非河流。

后两句写诗人的感受：路边上的人不了解我内心的快乐，一定会说我偷空去学习那些喜欢寻花问柳的年轻人。这两句诗实际上采用了否定的形式，进一步肯定了春日风景之美好，花草树木都欣欣向荣，自己的内心也因此非常快乐。

因为程颢是理学家，所以有些读者喜欢探讨这首诗的理趣。谢良生《上蔡语录》说："吾学虽有所授受，'天理'二字却是自己体贴出来。"而且《二程遗书》卷二说天理客观存在，"不为尧存，不为桀亡"。就这首诗所写内容而言，春天来了，必然会出现云淡风轻、桃红柳绿的现象，这些现象就证明了天理的存在。诗人充分认识到这一点，所以很快乐，而这种快乐与年轻人去踏青、去寻花问柳的快乐是不同的。

春 日

朱 熹

胜日寻芳泗水滨，无边光景一时新。
等闲识得东风面，万紫千红总是春。

朱熹（1130-1200），字元晦，晚年自号晦翁，徽州婺源（今江西婺源）人。高宗绍兴十八年（1148）举进士，累官至焕章阁待制、侍讲。南宋著名的理学家，文学研究也卓有成就。其代表作有《诗集传》《楚辞集注》《论语集注》《孟子集注》等。《四库全书》收《晦庵集》一百卷、《续集》五卷、《别集》七卷，《全宋诗》录其诗十二卷又二十七句。

前两句写"寻芳"。首句写"寻芳"的时间和地点。"胜日"指春天里的一个好日子。"泗水"在今山东省西南部，孔子生活、讲学、安葬的地方——曲阜就在泗水南岸，也即泗水之滨。次句写"寻芳"所见，自然界的风光景物一下子都变得焕然一新。"一时"，一时间，顿时。

后两句写"寻芳"的感受：我不费事就见到了春天的面貌，因为那万紫千红的花朵就是春天的笑脸。"等闲"，轻易。"东风"，春风，这是中国地理位置决定的，暮春季节，通常会受到东方吹过来的暖湿气流的影响。"面"即面貌。"万紫千红"即百花齐放。"紫"与"红"采用词性活用的修辞手法，在这里用作名词，并采用借代的修辞手法指称各色各样盛开的花朵，说"万紫千红"显然也用了夸张的修辞方法，充分展现了春天繁花盛开时绚丽的色彩。

这是一首哲理诗，朱熹《答曹元可》说："夫天下之物，莫不有理，而其精蕴，则已具于圣贤之书，故必由是以求之。"此诗实际上说的就是这个道理。因为当时孔子的家乡曲阜，也就是泗水之滨，还属于金人统治区，朱熹根本不可能去游春寻芳，诗的首句显然是说到以孔子为代表的圣贤书里去寻找天理，次句写书中处处为我们展现了美丽风景，三句写我们不费事就明白了天理，末句说那是因为天理无处不在。《朱子语类》卷九十三曾批评程颢《春日偶成》诗说："明道诗云：'旁人不识予心乐，将谓偷闲学少年。'此是后生时，气象眩露，无含蓄。"显然，朱熹这首诗所说的哲理完全融在形象中，要含蓄得多，也更富有理趣。朱熹作为南宋大理学家，视野非常开阔，就此诗而言，其形象选择，如"无边光景""东风""万紫千红"等都体现了这一点。

春　宵

苏　轼

春宵一刻值千金，花有清香月有阴。
歌管楼台声细细，秋千院落夜沉沉。

苏轼（1037-1101），字子瞻，自号东坡居士，眉州眉山（今四川眉山）人。宋仁宗嘉祐二年（1057）举进士，授凤翔府（治所在今陕西凤翔）签判。神宗熙宁中，历知密州（今山东高密）、徐州（今江苏徐州）、湖州（今浙江湖州）。神宗元丰二年（1079），因讽刺新法，被贬为黄州（治所在今湖北黄冈黄州）团练副使。哲宗时，官至礼部尚书，后又贬惠州（今广东惠州）、昌化（今海南儋州）军安置。徽宗立，敕还，卒于常州（今江苏常州）。苏轼在散文与诗词创作方面都有极高的成就。《四库全书》收《东坡全集》一百十五卷，《全宋诗》录其诗四十九卷又九十句。《春宵》一作《春夜》，春宵也就是春夜，此诗写春夜的美丽与令人眷念。

前一句写所感。春夜非常美妙而宝贵。"一刻"指很短的时间，古代计时器将一昼夜划分为一百刻，一刻是14.4分，相当于现在的一刻钟。句中将"一刻"与"千金"加以对照，说明时间很短而价值极高，充分显示了春宵之宝贵与值得珍惜。这句诗也千古流传。

后三句写所见所闻。第二句写花香清幽，月色柔和。因为是夜晚，花的颜色与形状看不清楚，所以通过花香来写花。"月有阴"指月亮被云遮住了，月色有点儿朦胧。第三句写楼台上传来了优雅的歌声，还有伴奏声。"歌"指唱歌；"管"指管乐，如笛与箫。"声细细"指声音比较低。末句写院落里设有秋千，可见很大、很深，还有花园，在夜色中显得很安静。

此诗在结构上颇有特色，用一句写情，用三句写景，但是又过渡自然，非常和谐。此诗还将视觉形象、听觉形象、嗅觉形象糅合在一起，多角度地描写了春夜优美的环境。

城东早春

杨巨源

诗家清景在新春，绿柳才黄半未匀。
若待上林花似锦，出门俱是看花人。

杨巨源（755—？），字景山，河中（今山西永济西）人。德宗贞元五年（789）以第二名的成绩考取进士，尝任河中节度使从事。历太常博士、凤翔少尹等职。穆宗长庆元年（821）为国子司业。四年以河中少尹退归乡里。杨巨源的七言诗在中唐颇为突出。《全唐诗》录其诗一卷，《全唐诗续拾》补其诗三首又五句。

《城东早春》中的"城"当指长安，此诗写诗人早春游长安城东风景区的感想。宋人严羽在《沧浪诗话·诗辨》中谈道："近代诸公乃作奇特解会，遂以文字为诗，以才学为诗，以议论为诗。"其实唐代也有以议论入诗的现象，此诗就是一个例子。

前两句从正面说明探春要趁早。首句写诗人心目中的美景是在春天刚刚到来的时候。"诗家"即诗人，"清景"即清新的景物。次句对"新春"的景象作了具体说明，也就是在柳枝的嫩芽有些刚刚泛黄，有些还没有泛黄的时候。"半未匀"指柳芽的颜色不均匀，而这恰恰最早透露了春天到来的信息，能注意到这一点的却很少。

后两句从反面说明等到繁花似锦、游人如织时，你再去凑热闹，那时的春色就没有看头了。"上林"，卷一《宫中题》已介绍，可参看。这里泛指长安城东的风景区，如灞桥一带有山有水，多柳树，风景如画，是人们爱去的地方。

南宋谢枋得《注解唐诗绝句》已经注意此诗的写作特点，指出："此诗喻士大夫知人，当于孤寒贫贱中求之，若待其名誉彰闻始知奖拔，特众人之智，不足言知人矣。"这首诗的议论是通过形象来进行的，正因为如此，读者可以对诗歌进行这样或那样的理解，但是这首诗旨在说理还是显而易见的。

春　夜

王安石

金炉香烬漏声残，翦翦轻风阵阵寒。
春色恼人眠不得，月移花影上栏干。

王安石（1021-1086），字介甫，号半山，抚州临川（今江西抚州）人。宋仁宗庆历二年（1042）举进士，签书淮南判官。神宗时，两次任宰相，积极推行新法，遭到守旧派的反对，辞官退居金陵（今江苏南京），封荆国公。神宗死后，新法尽废，王安石也忧愤而死。他的诗歌创作关注现实，讲究修辞，喜用典故，对宋诗风格的形成颇有影响。《四库全书》收《临川集》一百卷，《全宋诗》录其诗四十卷又二十九句，题二则。

《春夜》一作《夜直》。按宋代制度，翰林学士每夜轮流有一人在学士院值班留宿。王安石于英宗治平四年（1067）九月被任命为翰林学士，神宗熙宁元年（1068）四月到任，此诗当写于熙宁二年（1069）早春。当年二月，王安石被任命为参知政事。

前二句扣题写诗人夜值时所见所闻所感。首句交代了地点与时间，地点是在学士院，金炉与宫漏说明了这一点。"金炉"指铜做的香炉，说金炉显然比说铜炉更富有色彩，更美。"漏"是古计时器，通常由漏水壶与受水壶组成，受水壶有刻度，水到了某一刻度就表明到了某一时刻。时间是天快亮了，"香烬"与"漏声残"说明了这一点。"漏声残"是漏水壶的水快漏完了，因此天也快亮了。次句写诗人很长时间都没有睡觉，因为他感受到了习习轻风与阵阵寒意。这句诗写出了早春风的特点，比较轻缓，但是还比较寒冷。

后两句写诗人拂晓时的心情，栏杆上花的影子在月光中摇曳着，这美丽的春色惹得人难以入眠。末句表明诗人观察事物细致入微。栏杆前的花可以说一样高，月亮高高在上，花及其影子就比较短、比较低，在栏杆下面看不见；而月亮接近地面，花及其影子就比较长、比较高，摇曳在栏杆上面，就看得比较清楚了。

为什么诗人夜值时激动得睡不着觉呢？如果我们联系当时的时代背景与作者的生平经历，就会发现当时正处于变法的前夕，作为这场变法的主角，王安石既兴奋，又感到不安，这正如春夜时分，朦胧的花影是那么诱人，而翦翦轻风又使人感到阵阵寒意。在这样的环境里，又怀着这样的心情，诗人只能彻夜不眠了。

初春小雨

韩　愈

天街小雨润如酥，草色遥看近却无。
最是一年春好处，绝胜烟柳满皇都。

　　韩愈（768-824），字退之，河南河阳（今河南孟州）人，郡望昌黎（今辽宁义县），后人因称韩昌黎。德宗贞元八年（792）举进士，任汴州节度使幕中推官，后入朝任监察御史。宦海几经浮沉，于穆宗长庆二年（822）转任吏部侍郎、京兆尹等职。韩愈主张"以文为诗"，写诗好发议论，对宋诗散文化、议论化的倾向有很大影响。但此诗却写得自然而流畅。《四库全书》收《五百家注音辨昌黎先生文集》四十卷，《全唐诗》录其诗十卷，《全唐诗外编》及《全唐诗续拾》补其诗十二首。

　　诗题一作《早春呈水部张十八员外》，"张十八"当指张籍，韩愈还写过《病中赠张十八》，张籍时任水部员外郎。这首诗写于穆宗长庆三年（823）初春，当时他担任吏部侍郎不久，心情还是很愉快的。

　　前两句写早春所见。首句写落在京城街道上的小雨像奶酪一样柔润。"天街"指京城的街道，因为京城是天子居住的地方，所以说"天街"。"酥"指奶酪，唐代长安胡化现象普遍，各民族之间的交流也相当频繁，所以对游牧民族吃的奶酪人们还是比较熟悉的。次句写原野上处于萌芽状态的草，近看又少又小，几乎看不见，但是远看却呈现出一片片绿色。这说明诗人观察事物之细致，对新生事物之敏感。韩愈《春雪》诗中的"新年都未有芳华，二月初惊见草芽"，也说明了这一点。

　　后两句写对早春景色的赞叹。三句强调指出这恰恰是一年中最好的时候。一年中最好的时候是春天，而春天中最好的时候恰恰是早春。"最是"，恰恰是，有强调的意思。"处"在这里表示时间，而非表示地点，相当于时、时候。末句说早春绝对胜过烟雾笼罩、柳絮乱飞的暮春季节。"皇都"即唐代首都长安。这两句诗分别用"最"与"绝"这两个副词开头起强调作用，充分体现了诗人对早春的喜爱之情。

此诗用暮春时节的满城烟柳来衬托处于萌芽状态，但是却充满生机、充满希望的小草，颇有特色。诗中也洋溢着作者于晚年重新回到首都任职的喜悦之情，诗人一再提到"天街""皇都"，也不经意地透露了这一点。

元　日

王安石

爆竹声中一岁除，春风送暖入屠苏。
千门万户曈曈日，总把新桃换旧符。

王安石，本卷《春夜》已介绍。"元日"即正月初一，也即现在的春节。本诗描写了元日除旧迎新的风俗，同时也表达了作者改革旧规、实行新法的信心与喜悦之情。此诗当作于王安石推行新法、担任宰相之初，神宗熙宁二年（1069）二月，王安石担任参知政事以后，即积极推行新法，十二月被任命为中书门下平章事，即宰相。此诗或作于熙宁三年元日。

首句写在爆竹声中送走了旧岁，迎来了新年。开头突兀、响亮，颇能引起读者的注意。古时有人在正月初一以火燃竹，毕剥有声，称为爆竹。后世制造响声的物品不断改进，但是这一风俗一直保留到今天，因为它制造了欢乐的气氛。

次句承上句写聚餐喝酒来表示庆祝。"屠苏"即"屠苏酒"，是一种以屠苏草等浸泡的酒，能驱疫健身，使合家安康。现在虽然不喝屠苏酒了，但是全家人在一起吃顿团圆饭，喝喝酒是免不了的。喝了酒、吃了菜，人们自然会觉得暖洋洋的。但是诗人说这一切是"春风送暖"的结果，就显得更巧妙，更富有诗意。

三、四两句写千家万户都将旧的门符换成了新的门符，千家万户的新门符在旭日的照耀下，显示出了一派新气象。"曈曈"形容旭日东升阳光普照的样子。"新桃""旧符"采用了互文省略的方法，原指新桃符、旧桃符。桃符指古代挂在门边的桃木板，左右各一，上画神荼、郁垒两神，用以驱邪。每年都以新换旧。现在贴门神、贴春联，就是由这种习俗演变而来的。

此诗妙在选择了家家户户放爆竹、喝屠苏酒、换桃符等三个普遍存在的具有典型意义的生活细节，恰到好处地描写了新年新气象，它是那么热烈、祥和、快乐。而这也是王安石变法给人民生活所带来的变化，所以这首诗实际上也歌颂了变法。

上元侍宴

苏　轼

淡月疏星绕建章，仙风吹下御炉香。
侍臣鹄立通明殿，一朵红云捧玉皇。

苏轼，本卷《春宵》已介绍。此诗是苏轼《上元侍饮楼上呈同列》三首的第一首。现在的诗题为《千家诗》编者所拟。"上元"为正月十五日，又称"元宵"。"侍宴"即"侍饮"，参加皇帝主持的宴会。用"侍"字表示对皇帝的尊重。此诗当为宋哲宗当政期间苏轼担任朝官时写的。诗题虽然是"侍饮"或"侍宴"，但是诗人没有具体写宴会场面，而是写群臣在通明殿朝拜皇帝的场面。

前两句写皇宫之巍峨与庄严。首句写皇宫之高大。"建章"即建章宫，为汉武帝于太初元年（前104）所建宫殿名，在长安城外西南面。这里借指北宋宫殿。"淡月疏星"说明天气很好。宫殿周围竟围绕着星星和月亮，可见该宫殿高耸入云。次句写皇宫之庄严，一阵风吹来都能闻到皇宫香炉中点燃的香的气味，可见皇宫中是多么宁静肃穆，则其庄严可知。"仙风"，来自仙境的风，仙境指皇宫。"吹下"二字表明皇宫高高在上。

后两句写侍臣们朝见皇帝的情形。三句写侍臣们一个个伸长脖子盼望着皇帝的到来。鹄，天鹅。"鹄立"形容像鹄延颈站立那样盼望。"通明殿"指玉皇大帝居住的宫殿，这里代指北宋皇宫。末句写皇帝出现时有红云相拥。"玉皇"，神仙世界地位最高的统治者，这里指皇帝。传说神仙出行常有红云伴随，如唐人曹唐《小游仙诗》所谓"红云塞路"现象。

此诗着力描写了皇帝的尊严，旨在歌功颂德，但是它也具备一定的史料价值，使我们看到宋代皇帝宴请群臣时仍然保持着庄严肃穆、典雅隆重的气氛，如果与写唐代皇帝宴请群臣的诗歌相比，其差别是十分明显的。

立春偶成

张　栻

律回岁晚冰霜少，春到人间草木知。
便觉眼前生意满，东风吹水绿参差。

张栻（1133-1180），字敬夫，号南轩，汉州绵竹（今四川绵竹）人，徙居衡阳（今湖南衡阳）。宋高宗时宰相张浚之子，以荫补官，累官至知江陵府、荆湖北路安抚使。《四库全书》收《南轩集》

四十四卷，《全宋诗》录其诗八卷又二句。

　　诗题原作《立春日禊厅偶成》，现在的诗题显然为编者所拟，应当承认，《立春偶成》显得更简洁、更明白、更符合通俗读物的要求。"立春"，二十四节气之一，在阳历二月四日前后太阳到达黄经315度时开始。立春在阴历中的时间不固定。立春标志冬天结束，春天开始。

　　首句写虽然还是阴历十二月份，也就是"岁晚"，但是已经立春，所以冰霜已经越来越少了。"律回"指立春。相传黄帝乐官伶伦截竹为十二根竹管，长短参差不齐，音节高低不同，以比拟一年十二个月。奇数六根竹管为阳，称六律，以配属于阳的春夏六个月份。以偶数的六根竹管为阴，称六吕，以配属于阴的秋冬六个月份。因为立春前还属吕，立春后就属律了，所以说"律回"。

　　次句写草木感觉到了春回大地的信息，已经返青发芽了。"草木知"采用了拟人的修辞手法，显得很生动，且符合实际情况，所以在读者中产生了广泛的共鸣。此句与苏轼"春江水暖鸭先知"有异曲同工之妙。

　　三、四两句写到处生机勃勃，碧绿的水在东风的吹拂下泛着涟漪。"参差"指高低不齐，"绿参差"指碧绿的水泛着细波微浪。"绿"采用了词性活用的修辞手法，在这里用作具有形容词特点的名词，指绿色的波浪。东风解冻是立春后最明显的自然现象，在冬天看惯了结冰的死气沉沉的河流，忽然见到碧波荡漾，自然会觉得格外美。

　　此诗好在通过冰霜、草木、风向、河流的变化，写出了春到人间、万象更新、生意蓬勃的景象。字里行间洋溢着喜悦之情也就不言而喻了。"生意满"三个字的潜在含义是十分丰富的，也给读者留下了广阔的想象空间。

打 球 图

晁说之

阊阖千门万户开，三郎沉醉打球回。
九龄已老韩休死，无复明朝谏疏来。

晁说之（1059—1129），字以道，因慕司马光为人，自号景迂生，济州巨野（今山东巨野）人。神宗元丰五年（1082）举进士。官著作郎、徽猷阁待制，后入元祐党籍。高宗立，召为侍读，后提举杭州洞霄宫。晁说之善画山水，能诗文。《四库全书》收有《景迂生集》二十卷，《全宋诗》录其诗六卷又十句。

《打球图》原题《明皇打球图》，一作《题明皇打球图》，现诗题当为编者删减而成。"球"用皮革制成，中实以毛。"打球"是从西域传入的一项文娱体育活动，一般都骑在马上，持杖（其端如偃月）击打，将球打入对方球门者得分。"明皇"指唐玄宗，他是打球的高手。唐代画家画过《宁王调马打球图》。北宋画家李公麟画过《明皇击球图》，现有清人摹本藏台北故宫博物院。这首诗当是晁说之看了《明皇打球图》以后写在画上的。这是一首题画诗，也是一首咏史诗。

前两句是对《打球图》画面的描写，皇宫的大门已经打开，玄宗打完球尽兴而归。首句写皇宫。"阊阖"原指天宫的大门，如屈原《离骚》王逸注："阊阖，天门也。"这里指皇宫的大门。"千门万户"形容皇宫里的宫殿规模宏大，屋宇众多。语出《史记·孝武本纪》："于是作建章宫，度为千门万户。"次句写人。"三郎"指玄宗，他是睿宗第三子。"沉醉"本意是喝醉了酒，而且醉得很厉害。这里用来比喻玄宗深深地迷恋打球。

后两句是诗人对这幅画内容的评价。像张九龄、韩休这样正直的、敢于提意见的宰相走的走了，死的死了，于是玄宗爱怎么玩就怎么玩，再也没有人提意见了。"九龄"即张九龄，开元二十一年（733）

拜中书侍郎、同中书门下平章事。二十四年（736），受李林甫排挤，罢相。次年贬为荆州长史。二十八年（740）去世。张九龄敢于进谏，曾上事鉴十章。韩休，开元二十一年拜黄门侍郎、同中书门下平章事。不久转工部尚书，罢知政事。二十七年（739），卒。韩休好提意见，有人对玄宗说："自休入朝，陛下无一日欢，殊瘦于旧，不如去之。"玄宗回答道："吾虽瘠，天下肥，吾用休为社稷耳！"这是自我标榜、冠冕堂皇的话，事实上很快就将韩休罢免了。此后便由老奸巨猾的李林甫独揽朝政，他断绝了进谏之路，唐玄宗的权力失去了监督，他也听不到任何不同意见，于是唐朝政权便由极盛转向衰败。

作者题画咏史的目的显然是为了借古讽今，当时宋徽宗也以喜欢蹴鞠（踢球）著称，重用奸臣蔡京、宦官童贯，整天追求享乐，政治腐败黑暗到了极点。诗人显然是针对现实生活，有感而发。

宫　词

王　建

金殿当头紫阁重，仙人掌上玉芙蓉。

太平天子朝元日，五色云车驾六龙。

王建（约766-约832），字仲初，颍川（今河南许昌）人。似未考取进士，早年从军幽州，曾任昭应县丞、渭南尉，都在长安附近。大约于宪宗元和十四年（819）开始担任太府丞、秘书郎、侍御史、太常侍丞等京官。尝任光州刺史、陕州司马，晚年退居咸阳原，生活贫困。王建擅长乐府歌诗，与张籍齐名，时称"张王乐府"。曾作《宫词》百首，这首诗即为其中之一，历来无异议。此诗作者《千家诗》作林洪，当误。《四库全书》收《王司马集》八卷，《全唐诗》录其诗六卷，《全唐诗续拾》补其诗二首。

　　宫词通常指反映宫廷生活的诗。如上所说，王建从宪宗末至文宗初长期生活在长安，并和担任枢密使的宦官王守澄交往密切，这使他比较熟悉宫廷生活，有条件写出大型组诗《宫词》百首，在宫词发展史上占有突出地位。

　　前两句写宫殿建筑。首句写宫殿之辉煌与众多。联系诗歌内容看，此宫殿当指唐朝离宫，即坐落在长安附近骊山北麓的华清宫建筑群。"金殿当头"是仰视华清宫所得到的印象，由于仰视，华清宫也显得更加雄伟壮观与金碧辉煌。"紫阁重"形容华清宫周围楼台亭阁环列，相互重叠辉映。"紫"是具有吉祥含义的颜色，多用来形容皇帝居住的地方，如"紫宸""紫殿""紫阙""紫阁"等。"紫阁重"是远看所得到的印象，它具有神秘感，能引起读者的想象。

　　次句特写铜铸仙人掌上的承露盘。汉武帝在建章宫建神明台，立金铜仙人持盘承露，希望饮以延年。唐玄宗也在华清宫中的朝元阁立金铜仙人持盘承露，不过其盘更讲究，为玉制，作荷花状。应当说选择"仙人掌上玉芙蓉"作为描写对象，既有丰富的历史内涵，又有深刻的现实意义。唐代延续魏晋南北朝的社会风气，非常重视门阀，于是李姓皇帝们炮制了一个老子是他们祖先的神话，并将老子封为大圣祖玄元皇帝。这句诗还为下面两句诗做了铺垫。

　　后两句写唐玄宗朝拜老子的盛况。"太平天子"指唐玄宗，在安史之乱爆发之前，他做了四十多年的皇帝，唐代发展到极盛时期。"朝元日"指朝拜老子的这一天。"元"指老子，因为唐玄宗封老子为玄元皇帝，并说自己曾两次在朝元阁见到过玄元皇帝。"五色云车"指五彩缤纷的豪华车辆，"云车"原为仙人的车乘，如《淮南子·原道训》说："昔者冯夷、大丙之御也，乘云车，入云蜺。""驾六龙"指用六匹骏马驾车。日神乘的车子就是用"六龙"拉的。如《淮南子·天文训》汉高诱注："日乘车，驾以六龙，羲和御之。"正是用了这些神话传说中的形象，才将唐玄宗朝拜老子时雍容华贵的气派生动地显示出来。

此诗虽然只有二十八个字，但是所写场所富贵、场景宏大、场面热闹，颇能给人以鲜明的印象。宫词多写宫怨，此诗反映唐朝李姓皇帝崇尚道教的盛况，有一定史料价值。

廷　试

夏　竦

殿上衮衣明日月，砚中旗影动龙蛇。

纵横礼乐三千字，独对丹墀日未斜。

夏竦（985—1051），字子乔，谥号文庄，江州德安（今江西德安）人。因父与契丹战死，以父荫任润州丹阳县主簿。后举贤良方正能直言极谏科，通判台州，召直集贤院，编修国史，迁右正言。仁宗初迁知制诰，为枢密副使，参知政事，庆历七年（1047）为宰相，旋改任枢密使，封英国公。《四库全书》收《文庄集》三十六卷，《全宋诗》录其诗七卷又九句。

《廷试》，《千家诗》题作《宫词》，作者"林洪"，宋吴处厚《青箱杂记》卷五称夏竦"举制科，庭对策罢，方出殿门，遇杨徽之。见其年少，遽邀与语曰：'老夫他则不知，唯喜吟咏，愿丐贤良一篇，以卜他日之志，不识可否？'"于是夏竦便写了这首诗。"杨公叹服数四，曰：'真宰相器也。'"应当说此事很符合夏竦的科举考试经历，再说《文庄集》卷三十六也收了这首诗，理应归在夏竦名下。廷试即殿试，北宋殿试在开封崇政殿（太祖时称讲武殿，后更名）进行，考生按预先安排的座位，坐在崇政殿的东西廊下。北宋自宋太祖实行殿试制度后，历朝皇帝基本上都将这一制度坚持了下来。此诗写作者参加贤良方正能直言极谏科殿试考试的情景，有一定史料价值。

首句写皇帝所穿礼服之图案。"衮衣"即皇帝所穿之衮龙袍，上面绣有九条龙和五色云彩图案。"明日月"写皇帝衮龙袍上日月图案熠熠生辉。显然诗人为自己在参加廷试时能近距离地见到皇帝感到无比荣幸。

次句承上句写自己埋头答卷时所见到的一个细节，砚台里的水还闪动着考场彩旗的影子，"龙蛇"当指彩旗上的图案。实际上这一细节来自杜甫《奉和贾至舍人早朝大明宫》中的一句诗："旌旗日暖龙蛇动。"此外还有"笔走龙蛇"的说法，则"动龙蛇"指写字，如李白《草书歌行》所说"时时只见龙蛇走"，所以也可以理解为诗人应试顺利，一挥而就，也为后两句做了铺垫。

三句写自己的试卷引经据典写了三千字。"纵横礼乐"指引经据典。《礼》《乐》是儒家经典的组成部分，这里借指儒家经典。同时礼乐制度也是儒家学说的主要内容，也是作者文章所要论述的主要内容。

末句写诗人答完试卷退出考场的情况，他独自面对红色的台阶，当时太阳还高挂空中，尚未偏西。"丹墀"这里当指崇政殿的红色台阶。"日未斜"指正午时分，殿试一般在申时交卷，可见诗人考试顺利，提前退出了考场。

这首诗的特点是题材新颖，作者有真情实感。诗作写参加考试失败的比较多，写成功参加考试的不多。因为作者是功臣之后，属于照顾对象，有才华，又有官场经验，此次参加考试，可谓志在必得，因此诗中充满着自信心。

咏华清宫

杜　常

东别家山十六程，晓来和月到华清。
朝元阁上西风急，都入长杨作雨声。

杜常，生卒年不详，字正甫，卫州（今河南汲县）人。宋英宗治平二年（1065）举进士，神宗元丰三年（1080）以太常寺官权遣陕西秦、凤等路提点刑狱公事，徽宗崇宁中拜工部尚书。后以龙图阁学士身份知河阳军。《全宋诗》录其诗四卷又一句。此诗一作王建作，王建集无此诗，王建宫词名气大，当系附会。

《咏华清宫》，《宋诗纪事》卷二十九作《题华清宫》，前两句作"东别家山十六程，晓来和月到华清"，保存了较为原始的面貌，而本书底本作"行尽江南数十程，晓风残月入华清"，不符合作者的生活经历，也与后两句相矛盾。因为"晓风残月"是柳永词《雨霖铃》中的名句，又与"西风急"重用"风"字，而且"晓风"与"西风"不协调。显然诗题与诗句均为后人所改。"华清宫"，在今陕西西安东面的临潼区骊山北麓，温泉资源丰富，秦始皇已在此建造宫殿，唐太宗贞观十八年（644）诏令在此修建汤泉宫。玄宗天宝六载（747）更名为华清宫。

前两句写元丰三年九月，作者以太常寺官权遣陕西秦、凤等路提点刑狱公事，途经骊山特地去游览前朝名胜华清宫。"程"指古代驿站（或邮亭等）之间的道路。"十六程"就是指经过了十六段这样的路程。首句写诗人离别家乡河南一路西行到陕西任职，次句写清晨，诗人就披星戴月地来游览华清宫了，可见诗人的心情是多么迫切。

后两句写诗人游览华清宫所见所闻所感。"朝元阁"在华清宫内，是华清宫的主要建筑，唐人权德舆《朝元阁》诗描写了它当年的盛况："缭垣复道上层宵，十月离宫万国朝。"而诗人所感受到的却是一派衰败的景象：凄厉的西风，吹动着高高的白杨树，树叶在风中沙沙作响，纷纷飘零。这使我们想起《古诗十九首·去者日以疏》中"白杨多悲风，萧萧愁杀人"所描写的意境。诗中的"雨声"在这里形容风吹树叶发出的声音。

　　这首诗的好处是通过华清宫的变化，写出了一个朝代由盛而衰，直至灭亡的过程。这首诗也写了诗人心情的变化，一开始诗人怀着种种遐想，迫不及待地赶着去拜访华清宫，而等到他亲临现场，发现到处都是西风落叶的衰败景象以后，内心充满失望的情绪也就不言而喻了。本诗仅作客观描写，未作任何主观评价。从华清宫的变化中，我们应当吸取什么历史教训，确实是值得人们深长思之的。

清平调词

李　白

云想衣裳花想容，春风拂槛露华浓。
若非群玉山头见，会向瑶台月下逢。

　　李白，卷一《独坐敬亭山》已介绍。由于李白受到唐玄宗同母妹妹玉真公主等人的推荐，于天宝初年（742）被玄宗召见，旧题唐人李濬撰《松窗杂录》记载了李白写此诗的情况："开元中，禁中初重木芍药，即今牡丹也。得四本，红、紫、浅红、通白者，上移植于兴庆池东沉香亭前。会花方繁开，……上曰：'赏名花，对妃子，焉用旧乐词为？'遽命龟年持金花笺，宣赐翰林供奉李白，立进《清平乐辞》三章。白欣然承旨，犹苦宿醒未解，因援笔赋之。其辞云云。龟年遽以辞进。上命梨园弟子略约词调，抚丝竹，遂促龟年以歌。太真妃持颇梨七宝盏，酌西凉州蒲萄酒，笑领歌意甚厚。上因调玉笛以倚曲，每曲遍将换，则迟其声以媚之。"

　　"清平调"为乐府歌曲名称，为唐玄宗自度曲。《清平调词》三首为李白按其曲调所创作的三首词。这是其中的第一首。

　　前两句写杨贵妃的美丽。首句写见到绚丽的彩云就想到贵妃美丽的衣裳；见到红润的牡丹花就想到贵妃美丽的容貌。换句话说，就是贵妃美丽的衣裳，就像绚丽的彩云，贵妃美丽的容貌，就像红润的牡丹花。次句写春风拂煦，露华滋润中的牡丹花是最鲜艳的。这句话表面上没有写杨贵妃的美丽，实际上也是在称颂杨贵妃的美丽。春风拂煦，露华滋润中的牡丹花是最美的，而受到皇帝宠爱与眷顾的杨贵妃也是最美的。"槛"指花栏。

后两句将杨贵妃比喻成生活在仙境中的仙女。三句写贵妃如同远远地立在仙境山头上的仙女。"群玉山"据《山海经·西山经》可知，是西王母生活的地方。末句写贵妃如同在月下"瑶台"偶然相逢的仙女。"瑶台"也是神话传说中神仙居住的地方，晋王嘉《拾遗记》描写道：昆仑山"有瑶台十二，各广千步，皆五色玉为台基"。

这首诗的最大特点就是想象。李白奉旨写《清平调词》的时候，并没有见过杨贵妃，所以他只能凭借想象来写杨贵妃的美丽。首句中两个"想"字就充分说明了这一点，《李太白全集》王琦注："李用二'想'字，化实为虚，尤见新颖。"黄叔灿《唐诗笺注》卷八说："着二'想'字妙。次句人接不出，却映花说，是'想'之魂。'春风绰约'，'露花浓'想其芳艳，脱胎烘染，化工笔也。"后两句则启发读者去想象，三句写远远地看，四句写在月色朦胧中看，都看不清楚，究竟如何美丽需要想象，而越想象也就觉得越发美丽。

题邸间壁

郑　会

酴醾香梦怯春寒，翠掩重门燕子闲。
敲断玉钗红烛冷，计程应说到常山。

郑会，生卒年不详，字文谦，一字有极，号亦山，贵溪（今江西贵溪）人。南宋宁宗嘉定四年（1211）举进士，十年（1217），擢礼部侍郎。卒年八十二，谥文庄。《全宋诗》录其诗一卷又一句。此诗原题唐郑谷作，查郑谷集无此诗，检明李袭编宋诗总集《宋艺圃集》卷十四收此诗，署名郑会，即据以改正。

《题邸间壁》，写在旅馆房间的墙壁上。邸，旅馆。此诗最大的特点是明明自己孤零零地待在旅馆里思念妻子，却写妻子正在家里思念自己，这样就将自己思念妻子的情感写得很具体，因而更感人。此外还增加了夫妻俩相互思念的内容。

首句写妻子昨夜在思念自己。"酴醾"一作荼䕷，属蔷薇科，春末夏初开花，多为白色，香气清远。空气中弥漫着酴醾花香，实际上交代了时间。"香梦"与爱情有关，暗示妻子在梦中梦见了自己，这也表明妻子非常思念自己。"怯春寒"写一觉醒来，觉得春寒袭人。一个"怯"字表明妻子很孤独，很担心。如果自己在妻子身边，她当然不会感到寒冷与孤独。

次句写白天家中非常安静。"重门"指一道道门户，可见自己出门在外，妻子一个人独自住在深宅大院里。"翠"指暮春初夏时节草木浓郁的绿色。"翠掩重门"写他家的宅院被植物的绿荫所笼罩着，显得特别安静。只有燕子闲着没事，偶尔在梁上呢喃细语。而这恰好反衬了家中的安静以及妻子的寂寞。

后两句写当晚妻子对自己的思念。既然一个人躺在床上觉得春寒袭人，难以入眠，于是守着红烛一直坐到夜深。由于无聊，妻子敲着玉钗，以至于不小心将玉钗敲断了。"红烛冷"写夜深，因为已经夜深了，红烛快点完了，烛光越来越小了，因此让人产生了"红烛冷"的感觉。本卷所选赵师秀《有约》中"闲敲棋子落灯花"一句所写有相似之处，可参看。末句写妻子人在家中，但是心却一直伴随着自己，不断地计算着我的行程。

明明写自己思念亲人，却偏偏写亲人思念自己。此类作品不少，如王维的《九月九日忆山东兄弟》、杜甫的《月夜》、白居易的《邯郸冬至夜思家》。但是本诗仍然具有自己的特色，那就是写妻子思念自己写得很具体，这也表明自己想念妻子，想得很深入。

绝　句

杜　甫

两个黄鹂鸣翠柳，一行白鹭上青天。
窗含西岭千秋雪，门泊东吴万里船。

杜甫（712—770），字子美，郡望杜陵（今陕西长安东北），祖籍襄阳（今湖北襄阳），后迁巩县（今河南巩义），曾居长安城南少陵。肃宗至德二载（757），授左拾遗。后避乱入川，曾于代宗广德二年（764）在剑南节度使严武幕中被荐为检校工部员外郎。代宗永泰元年（765）离开成都至夔州（今重庆奉节）。代宗大历三年（768）出峡，五年（770）病死于由长沙至岳阳之舟中。杜甫各体皆工，是诗歌创作的集大成者，为我国最伟大的诗人之一。《四库全书》收《九家集注杜诗》三十六卷，《全唐诗》录其诗十九卷，《全唐诗外编》及《全唐诗续拾》补其诗二首又四句。

绝句是一种诗体名称，每首诗只有四句，通常有五言绝句、七言绝句以及六言绝句三种形式。明胡震亨《唐音癸签》卷一说："五言绝始汉人小诗，而盛于齐梁；七言绝，起自齐梁间，至唐初四杰后始成调。"唐以后盛行近体绝句，格律相当于八句律诗中的前后或中间四句。题目称绝句，相当于无题诗。此诗为杜甫《绝句四首》中的第三首，仇兆鳌将这组诗系于广德二年。当年三月严武再次镇蜀，复邀杜甫入幕，杜甫返成都。应当说这段时间杜甫的生活还是很愉快的。

首句写眼前景物，显得有声有色，生意盎然。"两个黄鹂"显然一公一母，正在谈情说爱。"翠柳"是春天刚刚抽芽泛青的嫩柳。"黄"

与"绿"是类似色，配搭在一起显得十分和谐。次句由近及远，写"一行白鹭"积极向上，高飞远举，其背景是一碧如洗的万里晴空。"白"与"青"是对比色，正是在蓝天的映衬下，"一行白鹭"的色彩显得分外鲜明。上联构成了一幅生机勃勃的图画。

三句写山高。"西岭"雪山在成都西大邑县境内，最高峰大雪塘海拔5353米，终年积雪。着一"含"字，使得窗子变成了画框，则所见雪山也就变成了一幅图画。末句写水远，杜甫草堂附近有万里桥，是往来船只停泊的地方。"东吴"泛指长江下游地区，因为三国时期的孙权曾在今天的南京建立过东吴政权。宋人范成大说："蜀人入吴者，皆自此登舟。其西则万里桥。诸葛孔明送费祎使吴，曰：'万里之行始于此'，后因以名桥。杜子美诗曰：'门泊东吴万里船'，此桥正为吴人设。"下联表现了诗人视野之开阔远大。

此诗最明显的特点是对仗工整。但是杨慎《升庵诗话》卷十一《绝句》批评它"不相连属"，甚至说它学习了晋人的《四时咏》："春水满四泽，夏云多奇峰。秋月扬明辉，冬岭秀孤松。"胡应麟《诗薮》内编卷六《绝句》批评它如"断锦裂帛"，也就是说这四句诗未能构成完整统一的画面。《四时咏》分别描写了四季突出的自然现象，感情色彩淡薄，不算诗，至少不能算好诗。但是杜甫的这四句诗采用了镜头切换的方式，描写了同一时间、同一地点所见到的不同景色，丰富了诗的内容。此外，诗中还充满了喜悦之情与想远走高飞的强烈愿望。所以清乾隆御选《唐宋诗醇》称其"虽非正格，自是绝唱"。

海　棠

苏　轼

东风袅袅泛崇光，香雾空濛月转廊。
只恐夜深花睡去，故烧高烛照红妆。

苏轼，本卷《春宵》已介绍。苏轼极有才华，生活道路却非常坎坷。但诗人总是采取积极的态度，面对生活中的挫折。这首诗就是一个例子。

海棠，属蔷薇科，三四月份开花，花色如胭脂而稍带粉白，迎风轻荡，香气清雅。苏轼还写过一首七言古诗《寓居定惠院之东，杂花满山，有海棠一株，土人不知贵也》，此诗当作于元丰三年（1080），苏轼被贬到黄州，寓居定惠院时。苏轼在《五禽言》诗序中说：“余谪黄州，寓居定惠院。绕舍皆茂林修竹，荒池蒲苇。春夏之交，鸣鸟百族。”可见当年春夏之交，苏轼还住在定惠院。此后不久就搬到了临皋亭，搬走以后要想在夜深时拿着蜡烛去欣赏海棠花就不那么容易了。

前两句写海棠花的颜色与香气。首句写白天海棠花在细微的春风吹拂下，呈现着高雅的光泽。“东风”即春风。“袅袅”，形容微风吹拂的样子。“崇”，高雅。因为在上面我们提到的另一首歌咏海棠的诗中，苏轼说“桃李漫山总粗俗”，所以这里说海棠花的颜色很高雅。次句写晚上，海棠花在朦胧的月色中，香气弥漫在夜空。“香雾空濛”写弥漫在夜空里的雾气充溢着海棠花香。“月转廊”用月亮位置的变化表明时间已经过去了很久，也就是说诗人长时间地欣赏着海棠花。

后两句写诗人在深夜点燃蜡烛继续欣赏海棠花。三句采用拟人的手法，写诗人担心海棠花在深夜也像人一样睡去。末句采用比喻的手法，写诗人特地点燃一支新的蜡烛，像欣赏美人一样欣赏海棠花。唐玄宗曾用海棠花比喻过杨贵妃。《施注苏诗》卷十八引《明皇杂录》说：“上皇尝登沉香亭，召妃子，时卯酒未醒，高力士从侍儿扶掖而至，上皇笑曰：'岂是妃子醉耶，海棠睡未足耳。'"可惜今本《明皇杂录》无此条。不过，这两句也许从李商隐《花下醉》中的两句诗"客散酒醒深夜后，更持红烛赏残花"化出。两相比较，又有不同，如李诗泛指，苏诗专指；李商隐原先与客人一道饮酒赏花，而苏轼始终独自赏花。苏轼创造性地使用典故，使人浑然不觉。

　　苏轼白天赏花，接着又晚上赏花，接着又深夜秉烛赏花，为什么他对这株海棠如此欣赏呢？一是因为这株海棠非常名贵，二是因为这株名花生长在偏僻的地方没有人知道它的名贵。苏轼当时的处境同这株海棠是多么相似，所以他欣赏海棠实际上也在同情自己。我们在上面提到的另一首咏海棠的诗，有"天涯流落俱可念"一句，就透露了其中的消息。

清　明

杜　牧

清明时节雨纷纷，路上行人欲断魂。
借问酒家何处有，牧童遥指杏花村。

　　杜牧（803-852），字牧之，京兆万年（今陕西西安）人，祖居长安下杜樊乡，因称杜樊川，宰相杜佑之孙。唐文宗大和二年（828）举进士，登贤良方正能直言极谏科，授弘文馆校书郎。曾长期在南方为官，先后担任过宣州团练判官，黄州、池州、睦州、湖州刺史，累官至中书舍人。《四库全书》收《樊川文集》二十卷、《外集》一卷、《别集》一卷。《全唐诗》录其诗八卷，《全唐诗外编》及《全唐诗续拾》补其诗九首。

　　清明是阴历二十四节气之一，时间在阳历四月五日左右。此诗杜牧集中不载，但是也没有反证说明不是他写的。谢枋得将之归在杜牧名下也为后人所接受，如清乾隆时期《御选唐诗》卷三十收录此诗，即署名杜牧。

首句概括了江南清明时节的气候特点，人们在清明节下雨时，都会记起这句诗。作者是北方人，对"清明时节雨纷纷"的自然现象特别不适应，感受也特别深。

次句承上句写自己的感受。清明节与家人一道祭祖、扫墓、踏青，而自己一个人却在雨中赶路，其愁苦的心情可想而知。"断魂"指失魂落魄，用来形容悲伤的精神状态。

"何以解忧，惟有杜康。"三句写诗人想找个地方避避雨，歇歇脚，并且借酒浇愁。末句写牧童用一个手势回答了诗人的问话。循着牧童的手势望去，在那杏花盛开的村子里，就有饮酒的地方。南方牧童头戴斗笠，身穿蓑衣，照样可以在细雨中放牛。

这是写清明最有名的一首诗，主要是因为写得明白如话，没有使用一个典故，却写出了江南清明时节的特点，特别是诗人与牧童之间的问话与回应，真是描摹如画，仿佛就在眼前。

清　明

王禹偁

无花无酒过清明，兴味萧然似野僧。
昨日邻家乞新火，晓窗分与读书灯。

王禹偁（954—1001），字元之，济州巨野（今山东巨野）人。世为农家，九岁能文。宋太宗太平兴国八年（983）举进士，授成武县主簿。进大理评事，拜左司谏、知制诰，坐事贬商州团练副使。真宗即位，知制诰，因故出知黄州。此诗作者一作魏野，理由是南宋谢维新《古今合璧事类备要》卷十六认为作者是魏野，《宋诗纪事》卷十从之。事实上南宋洪皓撰《鄱阳集》卷一《思归》自注引此诗，作者为王禹偁。南宋初蒲积中编《古今岁时杂咏》卷十五收王禹偁《清明感事三首》其一为此诗。南宋赵与虤《娱书堂诗话》等众多诗话均称此诗为王禹偁作。从文献的原始性、可靠性以及数量看，此诗作者当为王禹偁。

前两句写诗人清明节过得很冷清。清明正是春暖花开的日子，年轻人通常要呼朋唤友外出踏青赏花，而王禹偁为农家子弟，无心赏花，也无钱买酒，只好一个人寂寞地待在家里，就像住在偏僻的山野寺庙中的和尚一样。"兴味"，兴致与趣味。"萧然"，形容冷落空虚的样子。

后两句写诗人的趣味在读书。"乞新火"指讨得新的火种。古代有寒食节，通常在清明前一两天。寒食节，顾名思义不能生火做饭，需要吃冷食。过了寒食节，再重新钻木取火，挺麻烦，所以一家钻取新火后，邻居们只要带着燃料去点燃一下就行了。末句写诗人在拂晓时分，天还没亮，就点灯坐在窗前读书了。正由于诗人刻苦学习，终于在二十九岁考取了进士。

这首诗在对比中说明，由于社会地位、经济条件、奋斗目标不同，人们的生活情趣也是不一样的。"晓窗分与读书灯"所创造的意境，对出身贫寒的学子颇有激励作用。此外，晁冲之《夜行》中的两句诗"孤村到晓灯犹火，知有人家夜读书"，也能给人以感动。

社　日

张　縯

鹅湖山下稻粱肥，豚栅鸡栖对掩扉。
桑柘影斜春社散，家家扶得醉人归。

　　张蠙,生卒年不详,字象文,郡望清河(今河北清河),池州(今安徽池州)人。唐昭宗乾宁二年(895)举进士,授官校书郎,调栎阳令,迁犀浦令。后仕前蜀为膳部员外郎,尝任金堂令。所为诗,颇受称赏。《全唐诗》录其诗一卷,《全唐诗外编》及《全唐诗续拾》补其诗一首又三句。

　　此诗作者颇多歧异。北宋王安石编《唐百家诗选》卷十九收录此诗,题目作《社日村居》,作者作"张蠙"。南宋陈起编刻《江湖小集》卷六收释绍嵩《江浙纪行集句诗·庆元道中》于"家家扶得醉人归"注明"张滨",南宋何汶《竹庄诗话》卷十五收录此诗,题目作《社日村居》,作者作"张滨","张滨"似为"张蠙"之形近而误。明高棅编《唐诗品汇》卷五十四,收此诗,作者为王驾,但题下注:"《诗府》作张蠙诗。"南宋洪迈编《万首唐人绝句》卷二十六,收录此诗,题目作《社日村居》,作者作张演。南宋周弼编《三体唐诗》卷一收王驾《晴景》,下一首即为张演的《社日》。元杨士弘编《唐音》卷十四收王驾《社日》,题下注:"《三体诗》作张演诗。"《全唐诗》收此诗,作者分别作张蠙、张演、王驾。依据文献越原始越比较可靠的原则,此诗作者当为张蠙。

　　社日,即古代祭土地神的日子。汉以前仅有春社,汉以后有春、秋两社日。春社企求土地神保佑获得丰收,秋社感谢土地神的保佑。南朝梁宗懔《荆楚岁时记》说:"四邻并结综合社,牲醪,为屋于树下,先祭神,然后飨其胙。"社日不仅是祭土地神的日子,同时也是农民们自娱自乐的日子。此诗描写了农家社日活动的情景。

　　前两句写社日活动前的情况。首句写庄稼长势喜人,丰收在望。这也为社日娱乐活动奠定了心理基础。鹅湖山在江西铅山县北,原名菏湖山,晋末有龚氏蓄鹅于此,遂改今名。该地自然环境很好,文教事业也很发达。南宋淳熙二年(1175),朱熹、吕祖谦、陆九龄、陆九渊曾在当地的鹅湖寺聚会论学,被称为"鹅湖之会"。南宋理宗淳祐十年（1250），该处曾建文宗书院，明代扩建为著名的鹅湖书院。"稻粱"，即稻子与小米，这里泛指粮食作物。"肥"，指作物长得很好。

次句写六畜兴旺，民风很好。其潜台词是人们都去参加社日活动去了。"豚栅"指猪栏，这里指猪栏里圈着猪。"鸡栖"指鸡窝，这里指鸡窝里关着鸡。"掩"指门带上了，没有锁。"对"通行本作"半"，这是后人强调民风改的。既然用"掩"，当然是将两扇门合在一起了，"半掩"说明门还是开在那儿，不合常理，也不能称为"掩"。

后两句写社日活动后的情况。三句写农民们还养了许多蚕，并交代春社活动结束了。桑树叶与柘树叶都是蚕饲料。末句写大家在酒醉饭饱之后都满意而归，则社日活动的热烈欢乐也就不言而喻了。

有些诗正面详细地描写了社日活动，如杨万里《观社》诗："作社朝祠有足观，山农祈福更迎年。忽然箫鼓来何处，走煞儿童最可怜。虎面豹头时自顾，野讴市舞各争妍。王侯将相饶尊贵，不博渠侬一饷癫。"使我们充分领略了社日活动的狂欢场面。此诗在构思上的最大特点是对社日活动未加描写，而是通过对社日活动开始前与结束后的情况来反映社日活动的快乐与热闹。另外，此诗用通俗语言、白描手法写出了古代某些自然环境比较好的农村，在丰收年景自给自足的生活状况。

寒　食

韩　翃

春城无处不飞花，寒食东风御柳斜。
日暮汉宫传蜡烛，轻烟散入五侯家。

韩翃，生卒年不详，字君平，南阳（今河南沁阳附近）人。唐玄宗天宝十三载（754）举进士。曾在淄青节度使侯希逸与汴宋节度使李勉幕中任职。《唐才子传》卷四称："德宗时，制诰阙人，中书两进除目，御笔不点，再请之，批曰：'与韩翃。'时有同姓名者为江淮刺史，宰相请孰与，上复批曰：'"春城无处不飞花"韩翃也。'俄以驾部郎中知制诰。"官至中书舍人。《全唐诗》录其诗一卷，《全唐诗外编》补其诗二首。

寒食，节日名，在阴历冬至后一百零五日，通常在清明前一二日。这一天，禁烟火，吃冷食。韩翃的这首诗就描写了唐代寒食节的情况，深受唐德宗的欣赏。

前两句写景。首句写京城长安到处都飘着落花。"春城"指春天的京城长安，"飞花"形容风吹花落的样子。此句概括了暮春时节的美景，因此永远留在人们的记忆中。次句写皇家宫苑中的柳枝在东风中飘拂的样子。这也是春天典型的画面。

后两句写事。在寒食节即将结束时，皇宫向亲近的豪门贵族传递火种的情况。"五侯"，西汉成帝同时封其舅王谭为平阿侯，王商为成都侯，王立为红阳侯，王根为曲阳侯，王逢时为高平侯，世称"五侯"。这里用"五侯"泛称与皇家亲近的豪门贵族。

借汉代的事来讽喻唐代的现实，这是唐诗创作中经常采用的方法。这首诗表面上写汉代宫廷对亲近的豪门贵族的关照，实际上是写唐代宫廷对亲近的豪门贵族的关照。似颂实讽是此诗的一大特点，表面上它歌颂了一派升平景象，实际上讽刺了宫廷对皇亲国戚们的关照未免过了头。清人贺裳《载酒园诗话》又编《韩翃》指出："此诗作于天宝中，其时杨氏擅宠，国忠、铦与秦、虢、韩三姨号为五家，豪贵荣盛，莫之能比，故借汉王氏五侯喻之。即赐火一事，而恩泽先沾于戚畹，非他人可望，其余锡予之滥，又不待言矣。寓意远，托兴微，真得风人之遗。"

江南春

杜　牧

千里莺啼绿映红，水村山郭酒旗风。
南朝四百八十寺，多少楼台烟雨中。

杜牧，本卷《清明》已介绍。他曾长期在南方为官，故对南方的自然景观与人文景观有深切的了解。

首句写春意盎然的景象，到处都听到鸟鸣，都见到花红草木绿。"千里"即到处的意思。"莺啼"指黄莺叫。"啼"字写出了黄莺叫的特点，就像娇痴的小女孩啼哭说话声，如宋苏舜钦《雨中听莺》描写道："娇娃人家小女儿，半啼半语隔花枝。""莺啼"是鸟鸣的代表，通过它我们能感受到百鸟争鸣的情景。"绿映红"，即绿色的草木映衬着红色的花朵。"绿"与"红"在这里同时用了词性活用与借代两种修辞手法，首先将形容词用作名词，再将草木与花朵的颜色用来代称草木与花朵。"绿"与"红"是春天植物最富有代表性的色彩，我们同样还能从中感受到春天植物无限丰富的色彩。

次句写农村与城市到处都有酒店的店招在迎风招展。"水村山郭"采用了互文的修辞手法，指依山傍水的农村与城市。"郭"即外城，这里借指城市。"酒旗"指酒家的店招，是丝麻织品，所以能在风中招展。"风"采用词性活用的修辞手法，用作动词，形容酒家的店招在风中飘扬。

后两句写在烟雨迷蒙中尚能看到许多寺庙的楼台亭阁。三句极言江南寺庙之多。"南朝"指以今南京为首都的东晋、宋、齐、梁、陈等南方政权。南朝时期佛教非常盛行，《南史·郭祖深传》说："都下佛寺五百余所，穷极宏丽。"可见所言不虚。末句写佛寺建筑之瑰丽。中国传统建筑一般都强调对称稳重，佛寺建筑传自异域，一般都建在自然环境比较好的地方，结构也比较新颖。杜牧《念昔诗三首》其一说:"秋山春雨闲吟处,倚遍江南寺寺楼",可见作者对江南的佛寺确实很欣赏。"烟雨"道出了江南春天气候的特征,也为景色增添了朦胧美。

此诗四句,句句写景,正如宋顾乐《唐人万首绝句选评》所说:"二十八字中写出江南春景,真有吴道子于大同殿画嘉陵山水手段,更恐画不能到此耳。""千里",明杨慎《升庵诗话》卷八《唐诗绝句误字》认为应作"十里",并说:"'千里莺啼',谁人听得?'千里绿映红',谁人见得?若作十里,则莺啼绿红之景,村郭楼台,僧寺酒旗,皆在其中矣。"何文焕《历代诗话考索》批评道:"即作十里,亦未必尽听得著,看得见。题云《江南春》,江南方广千里,千里之中,莺啼而绿映焉。水村山郭,无处无酒旗,四百八十寺,楼台多在烟雨中也。此诗之意既广,不得专指一处,故总而命曰《江南春》。"所以欣赏诗歌还要展开想象的翅膀。

上高侍郎

高　蟾

天上碧桃和露种,日边红杏倚云栽。
芙蓉生在秋江上,不向东风怨未开。

高蟾,生卒年不详,渤海(今河北沧州)人,唐僖宗乾符三年(876)举进士,昭宗乾宁(894-898)中,官至御史中丞。《全唐诗》录其诗一卷,《全唐诗续拾》补其诗二首。

《上高侍郎》一作《下第后上永崇高侍郎》。"永崇",长安坊名。"高侍郎"指高湜,据《旧唐书·懿宗纪》可知,他于咸通十一年(870)以中书舍人的身份负责礼部贡举,据《旧唐书·高锴传》可知,高湜于咸通十二年(871)为礼部侍郎,这首诗正是高湜担任礼部侍郎期间，高蟾下第后写给他的。由于这首诗受到高湜等人的赏识，乾符三年（876）高湜的堂兄弟高湘负责贡举，便将他录取了。

前两句写考取进士的都是一些贵族子弟。首句写天上的鲜桃种植得很好是由于甘露的滋润。"碧桃"，一名千叶桃，春天开花，花瓣重叠，这里指仙桃。次句写杏花之所以红艳是因为靠近太阳，依傍云彩。"日边"指太阳边，比喻离皇帝很近。这两句诗写那些考取进士的人都是一些皇亲国戚、权贵子弟，他们都获得了皇帝的恩泽、家族的帮助与考官的提携。

后两句乃诗人落榜后的自我写照。自己像秋天生长在江水中的芙蓉，虽然迟迟没有开放，但是并不抱怨东风没有照顾自己。"东风"比喻主考官的关照。

此诗颇获好评，如五代孙光宪《北梦琐言》称其"盖守寒素之分，无躁竞之心，公卿间许之。先是胡曾有诗曰：'翰苑何时休嫁女，文章早晚罢生儿。上林新桂年年发，不许平人折一枝。'罗隐亦多怨刺，当路子弟忌之，由是渤海策名也"。可以说高蟾与胡曾这两首诗的主题思想是一样的，都对科举考试不公平待遇深为不满，只是胡曾采用大声疾呼、直截了当的方法，而高蟾用形象化的语言来说明问题，将自己的不满情绪表现得很含蓄。

绝　句

僧志南

古木阴中系短篷，杖藜扶我过桥东。
沾衣欲湿杏花雨，吹面不寒杨柳风。

僧志南，生卒年不详，号明老，会稽（今浙江绍兴）人。南宋诗僧，南宋赵与虤《娱书堂诗话》卷上说："僧志南能诗，朱文公尝跋其卷云：'南诗清丽有余，格力闲暇，无蔬笋气。如云'沾衣欲湿杏花雨，吹面不寒杨柳风'，予深爱之。"

前两句写所为。首句写诗人在古树的树影下拴好了小船。"短篷"指小船，因为船小，所以篷也就比较短。用小船上最显眼的"短篷"来称小船，显然采用了借代的方法。次句写诗人拄着藜杖走到了桥的东面。"藜"为一年生草本植物，茎直立，可以做拐杖。"杖藜"为动宾结构，即拄着藜杖。

后两句写所感。三句写杏花盛开时节的毛毛细雨快要沾湿我的衣服，可见雨之似有若无。末句写杨柳吐绿时的微风吹在脸上毫无寒意，可见风之温柔可亲。这两句诗采用了倒装的句式，原句应当是"杏花雨沾衣欲湿，杨柳风吹面不寒"。设想一下，杏花沾上了毛毛细雨，色彩将会更加鲜艳；嫩绿的柳枝在微风中摇曳，将显得更加婀娜多姿。

此诗通过切身体会写出了江南春水、春雨、春风、春天柳树的美丽，而且这些事物交织在一起，构成一幅美丽的图画。从中不难看出诗人对生活非常热爱。陆游《临安春雨初霁》说："小楼一夜听春雨，深巷明朝卖杏花。"陈与义《怀天经智老因访之》说："客子光阴诗卷里，杏花消息雨声中。"可见春雨总是与杏花伴随在一起。"春风杨柳万千条"更是人人常见的景象。所以这些诗句读来感同身受，觉得特别亲切。

游园不值

叶绍翁

应怜屐齿印苍苔，小扣柴扉久不开。
春色满园关不住，一枝红杏出墙来。

　　叶绍翁，生卒年不详，字嗣宗，号靖逸，祖籍浦城（今福建浦城），徙居处州龙泉（今浙江龙泉），约活动于南宋宁宗、理宗时期（1195－1264）。诗属江湖派，《全宋诗》录其诗一卷。《游园不值》写到朋友家的花园游玩没碰到朋友的感受。"不值"，指没遇上。

　　前两句扣题写游园不值。首句写游园不值的原因，应当说主人外出的原因很多，如访友、出游等，但是诗人偏偏找了一个不是原因的原因，主人不开门是因为害怕外人在园中的苍苔上留下鞋印。这一方面反映主人对花园美丽的环境很珍惜，一方面也反映诗人的情趣很高雅。"屐"即木屐，一种用木头做底的鞋子。次句正面写游园不值。"柴扉"指木棍做的园门，可见相当简陋，但是也显得朴素、自然。主人并不富裕，但是还有个花园，可见情趣很高雅。

　　后两句写游园不值所见所感。钱锺书《宋诗选注》认为这两句诗脱胎于陆游《马上作》的两句诗："杨柳不遮春色断，一枝红杏出墙头。"但是叶诗青出于蓝而胜于蓝。吴熊和《唐宋诗词探胜》分析了其中的原因："叶绍翁写园的一角，比陆游取景小而含义深，在'出墙来'的前面加上了'关不住'。这个'关'字突出了春意的活跃，使与'关'字相应的'出'字更有精神。'一枝红杏'与'满园春色'相对，又显出春光的洋溢，两句中含义有几层，诗意蕴藉，后来就产生了'关不住的春光'的说法，这两句诗也常用来形容生活中的这类情况了。"

　　这首诗的特点是利用短短的四句诗写出了诗人由期望到失望，再到他的期望意外得到满足的心理变化过程。作者显然是满怀期望去游园寻春的，柴扉紧闭未免让他失望，但是一枝出墙的红杏使他领略到了满园春色，又给他带来了一份惊喜。此诗还有一个突出优点是充满理趣。我们细细品味，会发现这首诗道出了内容与形式、本质与现象之间的关系问题。内容或本质是一定会通过形式或现象反映出来的，春天到了，我们即使没见到杏花，也会从桃花、李花、荠菜花、迎春花那儿知道春天到来的信息。

客中行

李　白

兰陵美酒郁金香，玉碗盛来琥珀光。
但使主人能醉客，不知何处是他乡。

　　李白，卷一《独坐敬亭山》已介绍。魏颢《李翰林集序》说："白始娶于许，生一女、一男曰明月奴，女既嫁而卒。又合于刘，刘诀。次合于鲁一妇人，生子曰颇黎。"可见，开元末，他在许夫人去世后，曾携一儿一女来到山东，并和山东的一位女子同居过，最常住的地方是任城（今山东济宁）和沙丘（今山东莱州）。此诗当是他生活在山东时所作。

　　前两句写酒美。首句写酒香。"兰陵"，今山东枣庄市峄城区。兰陵历史上就盛产美酒，据说曾于1915年在美国旧金山万国博览会上得过金奖。"郁金香"，香草名，可用作香料。酿酒时加入郁金香，能使酒成琥珀色，并有特殊的香味。次句写酒器的贵重与酒的色泽之美丽。"玉碗"，玉制的酒具。因为当时尚未盛行蒸馏酒，酒精度不是很高，所以用碗作为酒具。"琥珀"，一种树脂化石，赤褐色或黄褐色，透明而有光泽。这两句用酒的香味、酒的色泽、玉制酒器来形容兰陵酒之美好。

　　后两句表示要一醉方休。意思是如果主人能将我灌醉，这儿也就同家乡一样了。"但使"在唐诗中有"如果"的意思，例如王昌龄的《出塞》："但使龙城飞将在，不教胡马度阴山。""他乡"与故乡相对，即异乡、外乡。

　　此诗未写饮酒场面之热烈，而饮酒场面之热烈可想而知。未写思乡情绪之浓郁，而思乡情绪之浓郁也可想而知。清黄叔灿《唐诗笺注》称李白"借酒以遣客怀，本色语却极情致"。清李锳《诗法易简录》分析道："首二句极言酒之美，第三句以'能醉客'紧承'美酒'，点醒'客中'，末句作旷达语，而作客之苦，愈觉沉痛。"

题　屏

刘季孙

呢喃燕子语梁间，底事来惊梦里闲。
说与旁人浑不解，杖藜携酒看芝山。

刘季孙（1033—1092），字景文，祥符（今河南开封）人。曾任饶州酒务，宋神宗时任两浙兵马都监。苏轼知杭州，对他很赏识，曾上表推荐过他，后被任命为隰州知州，官至文思副使。《全宋诗》录其诗一卷又四句。

《题屏》，《宋诗纪事》卷十作《题饶州酒务厅屏》。宋叶梦得《石林诗话》卷下说："刘季孙初以左班殿直监饶州酒，王荆公为江东提刑，巡历至饶，按酒务。始至厅事，见屏间有题小诗曰：'呢喃……'大称赏之。问专知官谁所作，以季孙言。即召与之语，嘉叹升车而去，不复问务事。既至传舍，适郡学生持状立庭下，请差官摄州学事，公判监酒殿直，一郡大惊，遂知名云。"

前两句写燕子的叫声惊醒了诗人的梦境。首句写燕子在屋梁上叫着。"呢喃"，形容燕子在屋梁上叫着，仿佛在低声细语。次句采用设问的修辞手法，责问燕子：为什么要将我闲暇的好梦吵醒呢？"闲"用在句末往往表示不要紧、无意义，如白居易《南浦岁暮对酒送王十五归京》："相看渐老无过醉，聚散穷通总是闲。"吴融《武关》："贪生莫作千年计，到了都成一梦闲。"

三句写此事说给旁人听都不理解。"浑",都,几乎。四句写只有我明白燕子将我唤醒的用意,于是我便投身到大自然的怀抱里。"杖藜",本卷僧志南《绝句》诗已作解释。"芝山",在饶州(今江西鄱阳)北。

诗人梦的内容,诗人想对旁人说些什么话,在诗中全都没有说破,这就为读者展开想象的翅膀留下了广阔的空间。从诗中所描写的幽静闲适的意境来看,诗人具有超凡脱俗的情怀与淡泊闲适的志趣。此诗对燕子作拟人化处理,使诗歌变得非常生动。

漫　兴

杜　甫

肠断江春欲尽头,杖藜徐步立芳洲。
颠狂柳絮随风舞,轻薄桃花逐水流。

杜甫,本卷《绝句》已介绍。杜甫于肃宗乾元二年(759)岁末到达成都,住在西郊浣花溪的寺庙里。次年春天,于浣花溪畔,在亲友的帮助下,建了一座草堂,终于结束了流徙生活,获得了一个栖身之所。《漫兴》是杜甫《绝句漫兴九首》中的第五首,作于唐肃宗上元二年(761),当时杜甫住在成都浣花溪草堂。明王嗣奭《杜臆》称"兴之所到,率然而成,故云《漫兴》,亦竹枝、乐府之变体也"。

前两句叙事。令人伤心的春天快要过去了,我拄着藜杖慢步走到长满花草的小洲,站在那儿欣赏春景。诗中透露着伤春与惜春的情感。"江春",据集本,但是也有一些版本作"春江",说"春江欲尽头"不符合实际情况。再说此诗写暮春情景,自然是"江春欲尽头",而非"春江欲尽头"。"杖藜",本卷僧志南《绝句》诗已解释。

后两句写景。其特点是采用了拟人的修辞手法,仇兆鳌《杜诗详注》说：“此见春光欲尽，有傲睨万物之意。‘颠狂’‘轻薄’是借人比物，亦是托物讽人。”说柳絮“颠狂”，桃花“轻薄”，确实别有所指，可能是鄙薄随波逐流的社会现象，因为似乎没有必要鄙薄自然界的柳絮与桃花。

诗人的心情影响对景物的观感，这首诗可以说是一个典型的例子。仇兆鳌在《绝句漫兴九首》其一中分析道：“人当适意时，春光亦若有情；人当失意时，春色亦成无赖。犹所谓‘感时花溅泪，恨别鸟惊心’也。”当时安史之乱尚未完全平定，杜甫虽然有了几间茅屋，但是尚无稳定而可靠的经济收入来维持日常生活，再加上已经五十岁了，身体又不好，所以当他见到春季将尽，不禁为之断肠。怀着这样的心情去游春，在他眼里随风飘舞的柳絮是“颠狂”的，逐水漂流的桃花是“轻薄”的，也就不奇怪了。

庆全庵桃花

谢枋得

寻得桃源好避秦，桃红又是一年春。
花飞莫遣随流水，怕有渔郎来问津。

谢枋得（1226-1289），字君直，号叠山，弋阳（今江西弋阳）人。南宋理宗宝祐四年（1256）举进士，授抚州司户参军，随即辞职。吴潜宣抚江东、江西，任差干办公事。景定五年（1264），因忤贾似道，谪居兴国军。度宗咸淳三年（1267），赦归。恭帝德祐元年（1275），元兵大举南下，枋得出任江东提刑、江西招谕使，防守信州，终因孤军无援而失败。后隐姓埋名于建宁唐石山。元世祖至元二十六年（1289）四月，福建行省参政魏天佑将其解送至燕京，绝食死。《四库全书》收《叠山集》五卷，《全宋诗》录其诗四卷又二句。

"庆全庵"是诗人隐居于福建建宁唐石山时为所居取的室名。信州失守后，他的妻子儿女及兄弟叔侄均惨遭杀害，唯有他逃脱，故名。此诗借歌咏住所边的桃花来表明当时自己的生活态度。

首句写自己隐居于此的目的是为了躲避政治灾难。典故出自陶渊明的《桃花源记》，说晋代有个渔夫，沿着一条小溪溯流而上，忽逢桃花林夹岸，落英缤纷。在桃林尽头，有个山洞。穿过山洞，发现了一个与世隔绝的世界，有良田、美池、桑竹、鸡犬，人们都怡然自乐，说他们的祖先避秦时乱来到这儿，并热情地招待了他，叮嘱他离开后"不足与外人道"。

次句写自己与世隔绝，缺乏时间概念，对时世也不甚了解，见到桃花开放，才意识到又一个春天已经来临了，于平淡中透出一种无奈的心情。

后两句紧扣我们在上面所提到的典故，告诫自己隐居要注意保密，否则会惹出麻烦。三句比喻不要露出蛛丝马迹，末句是说如果走漏消息就会有人找上门来。

这首诗最突出的写作特点是运用典故非常贴切，从而既含蓄而又准确地说明了自己的身份、处境与志向。正因为采用典故，运用形象化的语言，所以也更加耐人寻味。不过他的保密工作没有做好，还是被人发现了，惹来许多麻烦，最终被解送燕京，不屈而死。不过这也实现了他的志向，保全了他的民族气节，得以千古流芳。

玄都观桃花

刘禹锡

紫陌红尘拂面来，无人不道看花回。
玄都观里桃千树，尽是刘郎去后栽。

刘禹锡（772-842），字梦得，祖籍中山（今河北定州），洛阳（今河南洛阳）人。唐德宗贞元九年（793）进士，又登宏词科。十一年（795）登吏部取士科，历任渭南主簿、监察御史。顺宗永贞元年（805），积极参加王叔文领导的革新运动，失败后被贬为朗州司马。宪宗元和十年（815）被召回，旋又出为连州刺史。文宗大和二年（828），作者重新回到长安担任主客郎中，开成元年（836），以太子宾客分司东都。武帝初，加检校礼部尚书衔。刘禹锡写诗无体不工，蔚为大家，所作竹枝词尤其著名。《四库全书》收有《刘宾客文集》三十卷、《外集》十卷，《全唐诗》录其诗十二卷，《全唐诗外编》及《全唐诗外编》补其诗六首又五句。

《玄都观桃花》原作《元和十年自朗州召至京戏赠看花诸君子》，孟棨《本事诗·事感第二》说："其诗一出，传于都下。有素嫉其名者，白于执政，又诬其有怨愤。他日见时宰，与坐，慰问甚厚。既辞，即曰：'近者新诗，未免为累，奈何？'不数日，出为连州刺史。""玄都观"，长安道观，在崇业坊。

前二句写前往玄都观看花的途中所见所闻。首句写所见，路上灰尘扑面而来，形容路上行人很多。"紫陌"指京城道路。"红尘"指灰尘。次句写所闻，这么多的人都在热烈地谈着看花的感受。这两句诗没有直接描写玄都观的桃花，而是利用看花人的热烈反映，衬托出桃花的繁盛与美丽，构思相当巧妙。

后两句写诗人看花后的感慨。三句写桃树之多，从而在我们眼前出现了一片花海，真是云蒸霞蔚。末句写开得这么多这么好的花都是在我离开以后才栽种的，言下之意是说满朝的新贵都是在我被撵走以后才得意的。对当事人来说是不难看出这一点的。

与《庆全庵桃花》相比，这首诗未用典故，作者用形象化的语言，采用比喻的方法，鲜明地表达了自己的感受。作者再次被撵出长安，表明这首诗的讽刺效果是很明显的，同时也表明政治斗争是多么残酷。

再游玄都观

刘禹锡

百亩庭中半是苔，桃花净尽菜花开。
种桃道士归何处？前度刘郎今又来。

此诗前有小序一篇，介绍了这两首诗的写作背景，现录之如下："余贞元二十一年（805）为屯田员外郎时，此观未有花。是岁出牧连州，寻贬朗州司马。居十年，召至京师。人人皆言，有道士手植仙桃，满观如红霞，遂有前篇以志一时之事。旋又出牧。今十有四年，复为主客郎中，重游玄都观，荡然无复一树，惟兔葵、燕麦动摇于春风耳。因再题二十八字，以俟后游。时大和二年（828）三月。"

前两句写景。首句写玄都观的荒凉景象，道观中的百亩广场上已经长满了青苔，说明很长时间都没有人来游玩了。次句写一棵桃树都没有了，取而代之的是一些没有多少观赏价值的菜花。此诗正好与上首诗所描写的"玄都观里桃千树""无人不道看花回"的景象形成了强烈的对比，同一个玄都观里的景色已经发生了巨大的变化。

后两句写人事的变迁。三句写不仅见不到一棵桃树，而且连"种桃道士"也不知去向。末句写上次来看花题诗，因而遭贬的"刘郎"终于又在十四年后回到长安，并且还旧地重游。作者是以不屈不挠的胜利者的姿态出现在玄都观的。他写此诗故意旧事重提，向曾经打击他的权贵挑战，并宣告：我又来了！

此诗表明，一切事物都是会发生变化的，而且有时变化是很大的，并且是难以预料的，只要敢于并且善于坚持自己正确的立场，那么你就会见到这种变化的到来。

滁州西涧

韦应物

独怜幽草涧边生，上有黄鹂深树鸣。
春潮带雨晚来急，野渡无人舟自横。

韦应物，卷一《答李浣》已介绍。作者于德宗建中二年（781）任滁州（今安徽滁州）刺史，兴元元年（784）冬罢滁州刺史，就住在滁州，直到贞元元年（785）秋出任江州刺史。此诗当作于韦应物生活在滁州期间。"西涧"在滁州城西，俗称上马河。

前两句写西涧两边自然环境之美。涧边生长着绿油油的草木，树丛深处传来黄鹂的啼叫声。可以说草木与鸟都充满着生机，视觉与听觉效果都非常好。"怜"即爱，"独怜"即特别喜欢。"幽草"指深绿色的草，草绿得发暗，当然也说明长得非常茂密。

后两句写水面上的美景。傍晚时分，下着雨，西涧中的春潮在汹涌着；由于无人过河，渡船静静地横在郊外的渡口边。这两句将动态描写与静态描写相结合，既充满活力，又富有娴雅之趣。

此诗写景如画，并在画面中表达了诗人对自然景观的喜爱之情与淡泊之志。如清黄叔灿《唐诗笺注》指出："闲淡心胸，方能领略此野趣。所难尤在此种笔墨，分明是一幅图画。"宋寇准《春日登楼怀归》："野水无人渡，孤舟尽日横。"宋苏舜钦《淮中晚泊犊头》："晚泊孤舟古祠下，满川风雨看潮生。"这些诗句都明显受到了此诗的影响，也说明此诗颇受读者的喜欢。

花　影

谢枋得

重重叠叠上瑶台，几度呼童扫不开。
刚被太阳收拾去，却教明月送将来。

谢枋得，本卷《庆全庵桃花》已介绍。此诗作者《千家诗》原题苏轼，苏集不载，却见于《叠山集》卷一，当为谢枋得作。《花影》是一首咏物诗，以《花影》为题，全诗均描写花影的咏物诗尚不多见，此诗选材新颖。

前两句扣题写阳光下花影之多，从中可见花草树木之繁盛。"瑶台"，本卷《清平调词》已解释，这里指房屋的露台，或房屋附近的平台。次句着意写花影的特点，是不能像落花落叶那样被扫去的。呼童扫影，未免有点儿令人感到奇怪，实际上是诗人借以表现花影扫不开的特点。"童"指年龄尚小的男仆。

后两句写月光下的花影。太阳下山看不见花影了，但是随着明月升空，又见到了月光下的花影。这表明诗人夜以继日地观赏着繁花，可见诗人喜欢繁花，充满生活情趣。

欣赏诗歌不必求之过深，譬如这首诗，普遍认为别有寄托，譬如有人认为本诗是"将重重叠叠的花影比作朝廷中盘踞高位的小人"，其实这是不合逻辑的，"盘踞高位的小人"就那么几个，用"重重叠叠"来形容显然是不恰当的。再说诗人也没有这个能力，"几度呼童"要将他们扫开。用"童"来比喻"正直的朝臣"，读者恐怕也难以接受。这首诗就是通过花影来写自己喜欢花，热爱生活。

北 山

王安石

北山输绿涨横陂，直堑回塘滟滟时。
细数落花因坐久，缓寻芳草得归迟。

王安石，本卷《元日》已介绍。宋仁宗景祐四年（1037），王安石父亲王益通判江宁府（今江苏南京），遂家住江宁。王安石父母去世后，分别葬于南京的牛首山与钟山。王安石曾在南京担任过提点江东刑狱、江宁知府等官职。退休后长期生活于钟山。

清蔡上翔《王荆公年谱考略》将此诗系于神宗元丰六年（1083）。元丰七年（1084）七月，苏轼离开黄州贬所，路过江宁，特地拜访了退居钟山的王安石，见此诗还依韵和了一首："骑驴渺渺入荒陂，想见先生未病时。劝我试求三亩宅，从公已觉十年迟。"可见两人此时已尽释前嫌。元丰八年（1085）四月王安石就去世了，《北山》显然为诗人暮年所作，心态比较平和。

前两句写春水之充沛。首句写紫金山流下来的水使蓄水池都涨满了。"北山"，即钟山，也即紫金山。"输绿"，输送绿色的水。王安石特别喜欢词性活用的修辞手法，将形容词"绿"字用成名词，类似的例子如《书湖阴先生壁》中的"一水护田将绿绕"。还有用作动词的例子，如《泊船瓜洲》中的"春风又绿江南岸"。"横陂"指蓄水池边挡水用的堤坝。次句写各种形状的池塘都注满了水，水面上波光粼粼。"直堑"指周边呈直线形的沟堑。"回塘"指周边呈曲线形的池塘。

后两句写赏花寻芳。三句写诗人采用"细数落花"的方式是希望能坐得久一点，"因"有于是、因而的意思。末句采用"缓寻芳草"的方式，是希望回去得迟一点。"得"有可以、能够的意思。两句诗都充分地表达了诗人珍惜春天、珍惜生命的情感。这两句诗对仗工整，而又非常自然、贴切。

诗歌创作既要学习前人，又要超过前人，王安石此诗做到了这一点。宋吴曾《能改斋漫录》卷八称其"盖本王摩诘'兴阑啼鸟散，坐久落花多。'（《过杨氏别业》）而其辞意益工。"宋叶梦得《石林诗话》卷上分析道："王荆公晚年诗律尤精严，造语用字，间不容发。然意与言会，言随意遣，浑然天成，殆不见有牵率排比处。如'含风鸭绿粼粼起，弄日鹅黄袅袅垂'，读之初不见有对偶。至'细数落花因坐久，缓寻芳草得归迟'，但见舒闲容与之态耳。而字字细考之，若经檃括权衡者，其用意亦深刻矣。"

湖　上

徐元杰

花开红树乱莺啼，草长平湖白鹭飞。

风日晴和人意好，夕阳箫鼓几船归。

徐元杰（1194—1245），字仁伯，号梅野，信州上饶（今江西上饶）人。南宋理宗绍定五年（1232）进士第一，签书镇东军节度判官厅公事。尝在京任校书郎，迁将作监，历官给事中、国子祭酒，擢中书舍人。淳祐五年（1245），暴疾卒。《四库全书》收《梅野集》十二卷，《全宋诗》录其诗一卷。《湖上》当写杭州西湖风景，因为作者长期在京城（今浙江杭州）任职。

前两句写景。首句写百花齐放，百鸟争鸣。"红树"指由于桃花等盛开，以致将树都变成红色了。"红"字采用了使动用法。"乱"形容多，"乱莺啼"形容到处都有黄莺的鸟叫声。次句写百草丰茂，风平浪静，白鹭群飞。这两句诗写得有声有色，有动有静，有高有低，景物繁富，色彩斑斓，交相辉映，使人想起南朝丘迟《与陈伯之书》所描写的意境："暮春三月，江南草长，杂花生树，群莺乱飞。"

后两句写画中人。三句写风和日丽，人的心情舒畅。末句写在夕阳中，好多条游船伴随着音乐声陆陆续续地返回了。"箫鼓"指吹箫击鼓，这有举例性质，事实上还会有弹琴的、唱歌的、跳舞的等等。则游人玩得很开心也就不言而喻了。

此诗将视觉形象、听觉形象、触觉形象融合在一起，构成了一段录像，色彩是那么明丽，声音是那么悦耳，阳光是那么柔和，诗人自然也就乐在其中了。

漫 兴

杜 甫

糁径杨花铺白毡，点溪荷叶叠青钱。

笋根雉子无人见，沙上凫雏傍母眠。

杜甫，本卷《绝句》（两个黄鹂）已介绍。此诗为杜甫《绝句漫兴九首》之七，本卷前有《漫兴》（肠断江春）为《绝句漫兴九首》之五，对这组诗的写作时间与背景已作说明，可参看。

首句写杨花散落在路上就像铺上了白毡，极言柳絮之多。我们从中可想象出柳絮飘落的情况，同时也可以领会到已经到了暮春季节。"糁"与"点"对应，是动词，有掺和、撒的意思。

次句写铜钱般大的荷叶星星点点地散布在溪水中。以"青钱"比喻新生的荷叶，十分传神。"点"字用得非常准确，既表现了荷叶之小，又表明很多水面都没有荷叶。

三句写伏在春笋根部的小野鸡没有被人发现，只有诗人发现了，当然会很快乐。小野鸡的毛与竹笋表皮颜色相似，所以很难被人发现，这也说明杜甫观察事物是多么仔细与敏锐。"雉子"通行本作"稚子"，有人将其解释成"笋根上长出的稚嫩的小笋芽"，这是不科学的，首先笋根上不会长出所谓的稚嫩的小笋芽，其次就是好不容易发现了"笋根上长出的稚嫩的小笋芽"，又有什么美学价值呢？再说从修辞学的角度说，用"雉子"对"凫雏"也是非常工整的。

末句写沙滩上的野鸭幼雏正依偎着母鸭睡觉。动物间也充满着亲情，画面给人以和谐、恬美、安闲的感觉。

作者采用移步换景的方式，分别写了四种暮春季节最富有特征的新生的可怜可爱的事物，表现了诗人对生活，特别是对新生事物的热爱。对偶工整是此诗特点，"糁""点""铺""叠""傍"等动词都用得准确而生动，恰到好处地表现出了事物的特征。

春　晴

王　驾

雨前初见花间蕊，雨后全无叶里花。
蛱蝶纷纷过墙去，却疑春色在邻家。

王驾（851—？），字大用，号守素先生，河中（今山西永济）人。唐昭宗大顺元年（890）进士，授校书郎。官至礼部员外郎，后弃官遁于别业，与郑谷、司空图为诗友。当时才名卓著。《全唐诗》录其诗六首，《全唐诗外编》补其诗一首。

《春晴》，王安石编《唐百家诗选》卷十九作《晴景》，《全唐诗》卷六百九十作《雨晴》附注"一作晴景"，好在意思上的差别不大。

前两句写雨前雨后花的变化情况。首句写雨前初次见到花蕊，次句写雨后花都没有了。这表明春天的脚步非常快，同时也说明这场春雨持续的时间相当长，句中透露了诗人的惜春之情。"叶里花"一作"叶底花"，但是《唐百家诗选》《全唐诗》等诗歌总集均作"叶里花"，而且"叶底花"也不符合实际情况，因为花通常开在叶子中间或叶子上面，所以从改。

后两句写诗人在寻找春天的踪迹。第三句所写为第四句突发奇想做了铺垫，应当说蛱蝶为了寻找食物，或者为了寻找配偶，飞来飞去是常见现象。"蛱蝶"一作"蜂蝶"。我们注意到《唐百家诗选》《全唐诗》等诗歌总集多作"蛱蝶"，而且"蛱蝶"身体比较大、色彩比较鲜艳，容易引起诗人注意，蜜蜂则反之。再说诗人同时注意到蛱蝶与蜜蜂纷纷飞过墙的可能性比较小，所以我们选择了"蛱蝶"。

第四句写因为蛱蝶飞过墙而产生了"春色在邻家"的奇思妙想。这种想法是幼稚可笑的，因为只有一墙之隔，自家没有花，邻家怎么会有花呢？这种想法也是可以理解的，因为蛱蝶毕竟纷纷飞过墙去，再说自家与邻家隔着一道墙，就产生了距离，也就不怎么了解邻家的情况，因此产生这样或那样的想法都是可以理解的。恰恰是这一想法，导致异峰突起，令人耳目为之一新。

这首诗在构思上可谓出奇制胜，前三句所写都在情理之中，后一句所写却出人意料。而正是这后一句起了画龙点睛的作用，使作者惜春恋花的情感得到了升华。

春　暮

曹　豳

门外无人问落花，绿阴冉冉遍天涯。
林莺啼到无声处，青草池塘独听蛙。

曹豳（1170—1249），字西士，号东畎，瑞安（今浙江瑞安）人。宋宁宗嘉泰二年（1202）进士，授安吉州教授。累官至福州知府，以宝章阁待制致仕。《全宋诗》录其诗七首。

《春暮》采用比较的方法，写以快乐的心情迎接夏天的到来。前两句写所见。首句写春天即将过去，但是对落花却无人过问。通常人们对待落花都会有一种无可奈何的痛惜之情，但是这句诗却一反常态，对春天即将过去采取听之任之的态度。次句却用赞赏的态度歌颂了夏天树木所造成的冉冉绿色，它是那么生机勃勃，无边无际。

后两句写所闻。三句写黄莺已经歌唱了一个春天，引起了审美疲劳，所以对于莺声的消失，不是很在意。末句，诗人怀着饱满的热情歌颂了响成一片的蛙声，它是那么的热烈而欢乐。"青草池塘"会使人联想起谢灵运《登池上楼》中的名句"池塘生春草"，它们的好处是极其自然，而又生意盎然。

宋人秦观《三月晦日偶题》："节物相催各自新，痴心儿女挽留春。芳菲歇去何须恨，夏木阴阴正可人。"基本上通过议论说明春夏更迭是事物发展的规律，春夏两季各有各的美景，没有必要苦苦挽留即将过去的春天，夏天的树木特别茂盛也是令人非常满意的。此诗采用形象化的语言讲了同样的道理，显得理趣盎然。

落　花

朱淑真

连理枝头花正开，妒花风雨便相催。
愿教青帝常为主，莫遣纷纷点翠苔。

朱淑真，生卒年不详，号幽栖居士，钱塘（今浙江杭州）人。其所作诗词，南宋魏仲恭编为《断肠诗集》，其淳熙九年（1182）序称朱淑真"早岁不幸，父母失审，不能择伉俪，乃嫁为市井民家妻。一生抑郁不得志，故诗中多有忧愁怨恨之语，每临风对月，触目伤怀，皆寓于诗，以写其胸中不平之气。竟无知音，悒悒抱恨而终。"《武林往哲遗著》收《新注朱淑真断肠诗集》十卷、《补遗》一卷、《后集》

七卷,《全宋诗》录其诗十九卷。

《落花》,《断肠集》作《惜春》,一着眼于形象,一着眼于诗意,两者实际上是一致的,所以就不改了。

前两句写景。首句说爱情的花朵正在开放。"连理枝",指不同根的树木,其枝干连生在一起,古人用来象征爱情,如白居易《长恨歌》说:"在天愿作比翼鸟,在地愿为连理枝。"次句写她爱情的花朵遭到了风雨的摧残。"妒"采用了拟人的修辞手法,说明"风雨"摧残"花"是因为出于嫉妒。

后两句抒情。希望春神能经常为"花"做主,莫让花纷纷落在青苔上。"点"字形象地写出了花落在苍苔上的情景。"教"有使、让、请的意思。"青帝"是我国古代神话传说中的五天帝之一,是位于东方的春神。"遭",使的意思。

此诗采用象征手法写了诗人的爱情遭到打击的感受。朱淑真曾经有过意中人,如她的《元夜三首》其三描写了与恋人约会的情况:"火烛银花触目红,揭天鼓吹闹春风。新欢入手愁忙里,旧事惊心忆梦中。但愿暂成人缱绻,不妨常任月朦胧。赏灯那得工夫醉,未必明年此会同。"她的自主恋爱遭到了父母的反对,将她嫁给了不爱的人,从而酿成了悲剧。她的愿望未能实现,爱情之花也陨落了。

春暮游小园

王　淇

一从梅粉褪残妆,涂抹新红上海棠。
开到荼蘼花事了,丝丝天棘出莓墙。

王淇,生卒年不详,字菉猗,宋人,与谢枋得有交,谢尝代其女作《荐父青词》,见《叠山集》卷十二。《全宋诗》录其诗二首,均来自《千家诗》。

《春暮游小园》以暮春花开放的顺序，写出了小园景色的变化。首句写梅花。作者回顾了梅花逐步凋谢的情况。"褪"字写出了梅花的颜色由深变浅的过程。"残妆"采用了拟人的修辞手法，使人想到梅花盛开时如同经过化妆的年轻女子的脸蛋一样美丽。"一从"即自从。

次句写海棠。作者也采用了拟人的修辞手法，形容海棠花的红色就好像刚刚用胭脂涂抹上去一般。

三句写酴醾。酴醾，蔷薇科，落叶灌木，初夏开花，花单生，大型、白色，重瓣。苏轼《杜沂游武昌，以酴醾花菩萨泉见饷》诗说："酴醾不争春，寂寞开最晚"，也就是说轮到酴醾开花，春天的花就开完了。

末句写天棘。它那一根根嫩绿的丝条，爬过长满青苔的围墙，在风中招摇。"天棘"也称天门冬，百合科，多年生攀援草本植物。叶退化，由绿色线形叶状枝代替叶的功能。杜甫《巳上人茅斋》说："江莲摇白羽，天棘蔓青丝。""莓"，苔藓。"莓墙"，长满苔藓的墙。

这首诗写小园早春有梅花，仲春有海棠，暮春有酴醾，夏天还没有到来，天棘嫩绿的线桩枝条已经探过墙头，它们都各领风骚，大自然总会随时给我们美的享受，关键是要有发现美的眼睛。

莺　梭

刘克庄

掷柳迁乔太有情，交交时作弄机声。
洛阳三月花如锦，多少工夫织得成？

刘克庄（1187—1269），字潜夫，号后村居士，莆田（今福建莆田）人。以荫入仕，理宗淳祐六年（1246）赐同进士出身，授秘书少监，累官至工部尚书，以龙图阁学士致仕。刘克庄为江湖派最有成就的诗人之一，现存诗四千余首，词约二百七十首，《四库全书》收《后村集》五十卷，《全宋诗》录其诗四十九卷又五句。

此诗前两句写所见所闻。首句写黄莺好像是故意在树间飞来飞去。"掷柳迁乔"形容黄莺从柳树枝上飞到其他乔木上，其中显然也有飞来飞去的意思。"掷"形容速度很快，就像穿梭一样。"太有情"指黄莺仿佛有意在编织春天的图画。此句写黄莺的叫声像织机工作时发出的声音一样。"交交"，形容鸟叫声。"弄机"指纺织。

后两句写所感。三句将洛阳三月的繁花比喻成美妙的织锦。四句设问如此美妙的织锦要花多少工夫才能织成。言下之意，这美妙的锦缎是黄莺织成的已经不容置疑了。这想象是奇特的，也是美丽的。

《莺梭》将在树间飞来飞去的黄莺比喻成织机上的梭子，并说洛阳三月，鲜花似锦，就是黄莺们织成的，可谓立意新颖，构思巧妙，能给人耳目一新之感。

暮春即事

叶 采

双双瓦雀行书案，点点杨花入砚池。
闲坐小窗读周易，不知春去几多时。

叶采，生卒年不详，字仲圭，号平岩，邵武（今福建邵武）人。南宋理宗淳祐元年（1241）举进士，由邵武军学转景献府教授。宝祐初为秘书监，累官至翰林侍讲。曾受业于朱熹的弟子蔡渊、陈淳。《全宋诗》录其诗二首。

《暮春即事》也见宋末金履祥所编《濂洛风雅》，这是一部理学诗选，叶采所学有明显的理学渊源，此诗也具有明显的理学气息。

前两句写所见。首句写麻雀成双成对地在书桌上悠闲地走着，竟不知窗前还坐着个人，可见诗人读书之专注，书房里一点动静都没有。"瓦雀"即麻雀。次句写有几朵柳絮飘落到砚台中，说明已是暮春时节。"砚池"指砚台中低洼储水处，代称砚台。

后两句写所为所感。三句写所为，诗人正坐在窗前读《周易》。《周易》是儒家经典著作之一，特别难懂，而诗人居然读得入了迷，一点动静都没有，说明诗人的经学造诣匪浅。末句说明诗人在很长一段时间都在埋头读书，从不关心时序的变化。

此诗表现了古代某些知识分子"两耳不闻窗外事，一心只读圣贤书"的精神面貌与生活状态。作者所提炼的两个生活细节，生动地说明了作者读书之专心以及时节的变化。当然如果诗人真的心无旁骛，就发现不了这两个生活细节，也写不出这首诗。

登　山

李　涉

终日昏昏醉梦间，忽闻春尽强登山。

因过竹院逢僧话，又得浮生半日闲。

李涉，生卒年不详，自号清溪子，洛阳（今河南洛阳）人。曾任陈许节度使幕僚，未几因醉谪夷陵（今湖北宜昌夷陵）宰，在峡中蹉跎十年。唐宪宗元和年间任太子通事舍人，元和六年（811）闰十二月因故被贬为硖州（今湖北宜昌）司仓参军。复在峡中蹭蹬十年。后遇赦得还，遂放船重访吴楚旧游。受到宰相累荐征为太常博士。敬宗宝历元年（825）十月被流放康州（今广东德庆）。《全唐诗》收录其诗一卷。

《登山》，《全唐诗》作《题鹤林寺僧舍》。鹤林寺原址在今江苏镇江市。此诗当为作者在硖州任司仓参军遇赦后，访吴楚时所作。其《春晚游鹤林寺寄使府诸公》《润州听暮角》当同为该地所作，说明他在镇江逗留过一些时间。

此诗前两句写登山的原因。首句写诗人整天醉生梦死浑浑噩噩地过日子，对外界的情况不关心也不了解。次句写突然听到春天快过完了才勉强登山去欣赏一下春天的景色。"忽"字值得注意，它表明是无意中听到的，可见他对春天漠不关心，抱着无所谓的态度。"强"字也值得注意，它表明从感情上来说，诗人并不真的想去登山，从理性上来说，他觉得还是应当去看一看春景，所以态度很勉强。

后两句写登山的遭遇。诗人经过鹤林寺碰到一位和尚，谈得很投机，于是觉得过了半天清闲的日子。"竹院"指寺庙，竹林精舍为如来说法之所，突出一个"竹"字，也表明寺庙环境的雅洁。"浮生"一词来源于《庄子·刻意》篇"其生若浮，其死若休"，意思是说人生在世就像水面上的漂浮物，飘忽不定。"闲"在诗中指心中很清静。

此诗采用通俗易懂的口语表达了自己的真情实感，由于诗人在生活道路上屡受挫折，他觉得活得很累，心情很沉重，于是借酒浇愁，在睡梦中逃避烦恼，对世俗生活也失去了乐趣。对比之下，远离尘世的佛教徒的思想与观念，倒暂时让他的心情轻松了许多。

蚕妇吟

谢枋得

子规啼彻四更时，起视蚕稠怕叶稀。
不信楼头杨柳月，玉人歌舞未曾归。

谢枋得，本卷《庆全庵桃花》已介绍。他生长于农村，当过官，后来隐居建宁（今福建建宁）山中，对农村与城市生活都非常熟悉，因此能写出同情蚕妇疾苦的诗。

《蚕妇吟》，"吟"是古代乐府歌曲名称，如相和歌辞吟叹曲有《楚王吟》《楚妃吟》等；楚调曲有《白头吟》《梁甫吟》等。由于曲调失传，这些诗都不能按原有曲调唱了。后人写《蚕妇吟》，意思是写蚕妇的诗。

前两句写养蚕之辛苦。四更天，当子规还在不停地叫着的时候，蚕妇就起来养蚕了。"子规"即杜鹃，其特点是于三四月间夜啼达旦。古代将夜晚分为五更，"四更"相当于下半夜的三四点钟。"蚕稠"指幼蚕很稠密，"叶稀"指蚕叶稀少。

后两句写美人唱歌跳舞也彻夜未归。"楼头杨柳月"指明月西坠，已经挂在柳梢头了，天快要亮了。"玉人"指唱歌跳舞的美女们。"不信"二字突出了蚕妇与玉人之间的差别，以及这种差别的不合理性。

此类诗歌往往将歌伎舞女当成了批判的对象，如北宋寇准侍妾所写："一曲清歌一束绫，美人犹自意嫌轻。不知织女萤窗下，几度抛梭织得成？"其实她们彻夜不归也是无奈与痛苦的，她们的命运同蚕妇一样也是不幸的。真正需要批判的是达官贵人、富商巨贾等，以及他们赖以生存的封建社会制度。

晚　春

韩　愈

草木知春不久归，百般红紫斗芳菲。
杨花榆荚无才思，唯解漫天作雪飞。

韩愈，本卷《初春小雨》已介绍。他曾长期在京城长安任职。此诗一作《游城南十六首》之三，当与《初春小雨》一样作于长安。

前两句泛写百花齐放。作者采用拟人的修辞手法，说草木知道春天即将过去，于是释放所有的能量来争奇斗艳。诗中的"红紫"如同"万紫千红总是春"中的红与紫一样，代表各种颜色的花朵。

后两句特写"柳花榆荚"，它们像雪花一样漫天飞舞着。除繁花外，作者写出了晚春的另外一番景色。"杨花"指柳絮，"榆荚"指榆树钱。诗中采用揶揄的语气说它们"无才思"，只会漫天飞舞，随风飘荡，是为了将诗写得生动一点，更加富有情趣，似乎并没有什么言外之意与寄托。

此诗正是采用泛写与特写相结合的方法写出了晚春繁富而生动的景色，它包括各种颜色的鲜花，也包括柳絮与榆树钱，以及草木的枝与叶及其他组成部分。此诗从整体上写活了晚春情景。

伤　春

杨万里

准拟今春乐事浓，依然枉却一东风。

年年不带看花眼，不是愁中即病中。

杨万里（1127-1206），字廷秀，号诚斋，吉州吉水（今江西吉水）人。宋高宗绍兴二十四年（1154）举进士，为赣州司户参军。历官零陵县丞、国子博士、秘书监、以宝文阁待制致仕。诗学江西诗派，但摆脱了江西诗派的束缚，自创通俗易懂、生动活泼、幽默诙谐的诚斋体。《四库全书》收《诚斋集》一百三十三卷，《全宋诗》录其诗四十四卷又八句。

《伤春》作者，底本原作杨简，误。此诗为《晓登万花川谷看海棠》两首之二，见《诚斋集》卷三十七，周必大《次韵杨廷秀》序称："万花川谷主人为海棠赋二首，妙绝古今，断章有'平生不带看花福，不是愁中即病中'之叹，代花次韵。"所以此诗为杨万里作无疑。万花川谷为杨万里家园林名。有园林，又多病，此诗当为杨万里晚年在家乡所作。

前两句写今年依然辜负了美好的春天。首句写原以为今年春天肯定有不少赏心乐事，次句写想不到今年的春天又白白度过了。"枉却"有徒然白费的意思。"东风"即春风，代指春天。"一东风"即一个春天或整个春天。这两句诗先写希望，再写希望落空，则其失落的情绪更加浓重。

后两句写一再辜负美好的春天的原因，仿佛年年都未带有一双赏花的眼睛，没有赏花的福气一般，不是愁绪萦绕，就是疾病缠身。第三句具有自我调侃的意味，末句具有高度的概括性，能引起不少读者的共鸣。

此诗构思奇妙，原来的题目是《晓登万花川谷看海棠》，但是既未写晓登万花川谷，又未提到海棠，而是发表了一通不能赏花的感慨，还总结了其中的原因，从而将由希望到失望再到感伤的心理变化过程展现了出来。此诗偏重议论，但缺乏形象化的描写是一大缺点。

春　怨

王　令

三月残花落更开，小檐日日燕飞来。
子规夜半犹啼血，不信东风唤不回。

王令（1032—1059），字钟美，后改字逢原，祖籍元城（今河北大名），迁居广陵（今江苏扬州）。不求仕进，诗文有很高声誉，王安石非常赏识他，并将妻妹嫁给了他。其诗识见高远，想象奇特，风格雄健。《四库全书》收《广陵集》三十卷、《拾遗》一卷，《全宋诗》录其诗十九卷。

《春怨》见《广陵集》卷十五。一些选本，包括《千家诗》，将诗题改为《送春》，但是诗中写子规啼血要唤回春天，所以将诗题改为《送春》显然是不恰当的。

前两句写生机勃勃的晚春景色。首句写花落了又开，试图证明春天常在。次句写低矮的屋檐上，燕子天天飞来，似乎说明春色依旧。两句诗都写得生气勃勃。

后两句采用拟人的修辞手法写子规要将春天唤回。三句写子规一直叫到半夜，甚至叫得嘴巴出血。"子规"即杜鹃，其特点是三四月间，夜啼达旦，其声哀而吻有血。可见这句诗与时令和传说是非常符合的。那么，杜鹃为何要一直到半夜还在苦苦地叫着呢？诗人在末句突发奇想，说它们是为了唤回春天，而且不相信春天唤不回来。如前所说，"东风"就是春风，代指春天。

这首诗也体现了王令诗歌求新出奇的特点。时至暮春，诗歌中难免有伤春的情绪，但是王令笔下的晚春却显得勃勃有生气。写子规夜半啼血的诗，一般都表达哀怨的情绪，唯有此诗一反常规，注入了作者热爱晚春，并希望有所作为的情绪。

三月晦日送春

贾　岛

三月正当三十日，风光别我苦吟身。
共君今夜不须睡，未到晓钟犹是春。

贾岛，卷一《寻隐者不遇》中已介绍。贾岛的诗别开生面，成僻涩一体。《四库全书》收《长江集》十卷，《全唐诗》录其诗四卷，《全唐诗外编》及《全唐诗续拾》补其诗二首又十四句。

《三月晦日送春》，集本作《三月晦日赠刘评事》。"晦日"，农历每月的最后一天。

前两句说明时间。首句扣题写明今日正好是春季的最后一天，次句承上写春光将离我而去。"苦吟"二字算是突出了作者本人的特点，因为他是著名的苦吟诗人，有著名的"推敲"的故事在流传。此外，他在《送无可上人》颈联"独行潭底影，数息树边身"自注："二句三年得，一吟双泪流。知音如不赏，归卧故山秋。"可见他的苦吟情况，也可见他将苦吟当成了生活中的重要内容。

后两句写他的惜春之情。三句写他邀请刘评事与他一起彻夜不眠，末句交代彻夜不眠的目的是珍惜这春天的最后时刻。"晓钟"指报晓的钟声。除夕这一天有守岁的习惯。春天最后一夜，还没有听说谁一直坐到天亮的，这显然是诗人留恋春天富有创意的独特做法，正如黄叔灿《唐诗笺注》所说："用意良苦，笔亦刻挚。"

此诗语言拙朴，构思奇巧，别开生面地表现了诗人对春天的留恋之情。

客中初夏

司马光

四月清和雨乍晴，南山当户转分明。
更无柳絮因风起，唯有葵花向日倾。

司马光（1019—1086），字君实，夏县（今山西夏县）涑水乡人，人称涑水先生。宋仁宗宝元元年（1038）举进士，庆历四年（1044）为武成军签判。神宗即位，熙宁初任翰林学士、御史中丞。熙宁四年（1071），因反对王安石变法而退居洛阳。哲宗元祐元年（1086），拜左仆射兼门下侍郎，立即废除新法。数月后卒，谥文正。《四库全书》收《传家集》八十卷，《全宋诗》录其诗十五卷又十七句。

《客中初夏》，据宋蔡正孙《诗林广记》后集卷十可知，题目原为《居洛初夏作》，可见此诗当于熙宁四年（1071），作者因反对变法退居洛阳后所作。

前两句写初夏气候的变化。首句写久雨初晴，天气变得清朗而暖和。"乍晴"，初晴，可见雨已经下了比较长的一段时间。次句写对面的南山景色因此也变得清晰可见。"当户"，正对着门户。住房一般坐北朝南，既然称"南山"，显然在住房的南面，而且距离相当远。"转"字写出了南山景色的变化，可见下雨天南山的景色是朦朦胧胧，看不清楚的。

后两句写初夏景色的变化。三句写漫天飘荡的柳絮因为连续下了好几天雨已经消失了。四句写其他的花开完了，只有葵花正朝着太阳张开笑脸。应当说这些景物描写都与初夏雨后的实际情况很贴切。

关于这首诗的思想内容，宋蔡正孙《诗林广记》引《东皋杂记》说："温公居洛阳作此诗，其爱君忠义之志，概见于此。"从第四句来看，这种分析是很有道理的。如果这种分析不错的话，那么第三句显然也是把那些赞成变法的人比喻成了因风而起的柳絮。

约　客

赵师秀

黄梅时节家家雨，青草池塘处处蛙。
有约不来过夜半，闲敲棋子落灯花。

赵师秀（1170—1220），字紫芝，又字灵秀，号天乐，永嘉（今浙江温州）人。南宋光宗绍熙元年（1190）举进士，曾任上元（今江苏南京）主簿、筠州（今江西高安）推官。与徐照（字灵晖）、徐玑（字灵渊）、翁卷（字灵舒）一起被称为"永嘉四灵"。《四库全书》收《清

清·禹之鼎 闲敲棋子图

苑斋集》一卷,《全宋诗》录其诗二卷又十三句。

诗题《清苑斋集》作《约客》,而《千家诗》作《有约》。《约客》突出了作者的主人身份。此诗写等待客人的复杂心情,《约客》显然要准确一些。

前两句写景。首句写黄梅时节到处都在下雨,"黄梅时节"指梅子成熟的季节,此时江淮流域以及南方其他地区由于暖湿空气与冷空气交汇导致了连续阴雨天气。"家家雨"指到处都在下雨,联系此诗所写内容,当指家家都能听到雨声,实际上是诗人通过雨声说明外面的雨正下个不停。能听见雨声说明雨还下得不小。次句写池塘边蛙声一片。"青草池塘"化用了谢灵运《登池上楼》的名句"池塘生春草",当然也是写实。

后两句写事。三句写过了夜半,所约客人还没到。句中透露出对客人的期待之情,诗人一直期待着客人的敲门声,但是听到的只是雨声与蛙声。听到雨声,而且时间已经很晚了,他意识到客人可能不会来了,但是由于他殷切地希望客人的到来,所以一直等到夜半,甚至过了夜半还在等待着。末句通过细节描写展现了诗人在等待客人时的内心活动。"闲敲棋子"说明诗人在百无聊赖中下意识地敲着棋子,借以消磨时间。"闲"表现了诗人在等待客人时的无聊,无所事事。"落灯花"指灯芯燃烧完了,灰烬落下时所产生的火花。它可能是"闲敲棋子"时震动的结果,同时也说明等待的时间已经很长。

此诗前两句概括了黄梅时节的特征,后两句将等人等不到时焦躁不安的情绪淋漓尽致地写了出来,它们共同创造了一个寂寥索寞的意境,语言又那么通俗流畅,读者普遍具有类似的经历,因此能引起广泛的共鸣。

闲居初夏午睡起

杨万里

梅子留酸软齿牙，芭蕉分绿与窗纱。
日长睡起无情思，闲看儿童捉柳花。

　　杨万里，本卷《伤春》已介绍。南宋高宗绍兴末年（1162），孝宗即位，重新起用张浚，抗战的呼声日高，杨万里被荐为临安府教授，因父丧未能赴任，赋闲住在故乡吉水（今江西吉水）。张浚出师不利，迫于妥协派的压力，被罢去相位，于孝宗隆兴二年（1164）病死。金军南侵，于是孝宗又割地输币求和，并于隆兴三年（1165）与金国订立了和议。杨万里此诗作于乾道二年（1166），系《诚斋集》卷三《闲居初夏午睡起二绝句》之一。《千家诗》不仅删改了题目，而且还将作者误题为杨简。"睡起"与"午睡起"的含义是不同的，所以将题目恢复原貌。

　　首句扣题写初夏的时令水果杨梅给诗人留下的深刻印象，常听说梅子把人的牙齿都酸掉了，此句就描写了类似情况，读罢都使人觉得自己的牙齿酸酸的。

　　次句写窗外芭蕉的绿色，但是写得很有创意，不是写作者观赏芭蕉，而是写窗外的芭蕉将绿色分配到窗口供人欣赏。"分"字采用了拟人的修辞手法，"绿"采用了词性活用的方法，在这里用作名词，指绿色。这样就把芭蕉写活了。

　　后两句突出一个"闲"字。三句写午睡醒来无所事事，"日长"指夏天白天长，黑夜短。长夏无事，遂以午睡打发时间，午睡后起来仍然无事可做。末句写"看儿童捉柳花"也是为了说明"闲"。宋人周密《浩然斋雅谈》卷中称此诗"极有思致，诚斋亦自语人曰：'功夫只在一捉字上'"。"捉"字好在运用了拟人的修辞手法，它将飘来飘去的柳花说成是故意躲来躲去，不让儿童抓到，这就将"儿童捉柳花"

明·仇英　捉柳花图

的场景写得非常生动活泼。

但是宋人叶寘《爱日斋丛钞》已指出这句诗是从白居易《前有别杨柳枝绝句梦得继和云春尽絮飞留不得随风好去落谁家又复戏答》中的"谁能更学孩童戏，寻逐春风捉柳花"两句化出，两相比较，我们会觉得杨万里的这句诗简单明了，朗朗上口，流传得更加广泛。所以学习前人要努力做到青出于蓝而胜于蓝。

三衢道中

曾 几

梅子黄时日日晴，小溪泛尽却山行。
绿阴不减来时路，添得黄鹂四五声。

曾几（1084—1166），字吉甫，号茶山居士，祖籍赣州（今江西赣州），后徙居河南府（今河南洛阳），遂为洛阳人。徽宗朝，以兄弼恤恩试将仕郎。试礼部优等，擢国子正，除校书郎。曾任江西提刑、浙西提刑等职。后因反对秦桧的和议主张，一度被罢免，曾闲居上饶茶山七年。秦桧死后曾出任浙东提刑、秘书少监等职，孝宗隆兴二年（1164）以通奉大夫致仕。诗属江西派，近体诗写得比较轻快，已开杨万里先声。《四库全书》收《茶山集》八卷，《全宋诗》录其诗九卷又三十句。

《三衢道中》是一首记游诗。"三衢"指三衢山，在今浙江西部衢州市常山县城北约十公里处，是著名的风景区。也许是在曾几担任浙西提刑时游览过此地。

首句写出游时天气很晴朗。赵师秀《约客》告诉我们"黄梅时节家家雨"，应当说这才是正常现象，而在诗人"梅子黄时"出游时却"日日晴"，应当说是例外现象，这给诗人以意外的惊喜，使诗人对天气不好的担心一扫而空，可以说诗人是怀着轻松愉快的心情出游的。

次句写出发时走水路，返回时走山路。"小溪泛尽"指出发时我们乘舟游览，一直到舟无法通行时为止。"却"指返回，张相《诗词曲语辞汇释》卷一解释道："却，犹返也，回也。此由退却之本义引申而来。""却山行"指返回时选择了山路。出游的人一般都不愿原路返回。出发时选择水路，返回时选择山路，这样山水都看到了。

后两句写山道旁与小溪边的绿荫都是差不多的，只不过多了几只黄莺的叫声。韦应物《滁州西涧》说："独怜幽草涧边生，上有黄鹂深树鸣"，可见小溪两边的树丛中也会有黄鹂在叫，只是诗人坐在船上与同伴说话，不太在意。返回时走的是山路，需要注意安全，彼此间先后走在山路上谈话不容易，所以路边黄鹂的叫声特别清晰。末句告诉我们诗人的心情一直很好，以至于还有闲情逸致来欣赏黄鹂的叫声。

这首记游诗写天气的特点，路线的选择，来去所见景色的相同之处与不同之点，以及诗人愉快的心情，如此丰富的内容仅用二十八个就展现了出来，我们不能不佩服作者在构思与剪裁上的功力。

清　昼

朱淑真

竹摇清影罩幽窗，两两时禽噪夕阳。
谢却海棠飞尽絮，困人天气日初长。

朱淑真，本卷《落花》已介绍。此诗《千家诗》原作《即景》，《断肠集》作《清昼》，要比《即景》更贴近诗歌内容。此诗以青春少女的眼光写了初夏的情景。

前两句写景。首句从视觉的角度写竹子在窗外摇动着。明明是风摇翠竹，诗人却写成翠竹摇动着自己的影子，不写风，风已在其中，这样写就显得更有新意。"罩幽窗"指笼罩着幽静的纱窗，使用"罩"字表明绿荫之浓，同时也表明诗人多少有点压抑感。

次句从听觉的角度写成双成对的鸟儿在夕阳中喧闹着。"两两"值得注意，也就是说在诗人的心目中，这些鸟儿都是成双配对的，诗人希望找个对象的隐秘心理在不经意中流露出来了。"时禽"，应时的鸟。"噪"是很多鸟待在树上叫，"噪"字告诉我们这些鸟儿仿佛与诗人过不去，故意叫给她听的，使她感到有点儿孤单与烦恼。

后两句写感受。三句用形象化的语言告诉我们，海棠花谢了，柳絮消失了，春天已经过去了。末句写使人感到困倦的夏季白天越来越长了，诗人感到空虚、寂寞、无聊等难以消遣的情绪从诗中渗透了出来。

明徐伯龄《蟫精隽》说："后村刘克庄尝选其诗，若'竹摇清影'等句，为世脍炙。"用通俗流畅的语言，真实地表达自己的思想感情，也许是此诗能广泛流传的原因。

初夏游张园

戴复古

乳鸭池塘水浅深，熟梅天气半晴阴。
东园载酒西园醉，摘尽枇杷一树金。

戴复古（1167—约1252），字式之，号石屏，天台黄岩（今浙江台州黄岩）人。终身不仕，浪迹江湖，晚年归隐于家乡石屏山下。著有《石屏诗集》《石屏词》，是江湖诗派重要作家。《四库全书》收《石屏集》六卷，《全宋诗》录其诗八卷又八句。此诗作者一作戴复古的父亲戴敏，非也，因为除《宋诗纪事》外，《石屏诗集》及其他选本均作戴复古。

《初夏游张园》,《千家诗》题作《夏日》,然《石屏诗集》卷六作《初夏游张园》,《携李诗系》卷三十八作《初夏游石门张园》,交代了游园时间和地点,颇有助于对诗歌的理解,当恢复原题。所游张园当在今浙江嘉兴市石门镇。

前两句写景。首句写小鸭子戏水的池塘的水有浅有深。"乳鸭"指刚孵出不久的小鸭子。"池塘水浅深"指石门地区池塘很多,有的水深,有的水浅。再就是池塘里的水原来是比较浅的,由于梅雨季节雨水较多,池塘里的水变深了。次句写在梅子熟了的时节,天气一会儿晴一会儿阴。这两句都道出了南方初夏自然界的特征。

后两句写游人。三句写游人一边游园一边饮酒作乐。作者采用了互文的修辞手法,无论是游东园还是游西园,都饮酒赋诗一醉方休。末句写前来聚会的游人还就地将满树金黄色的枇杷都摘光了。可想而知,此次在张园聚会,大家都玩得很尽兴。

此诗突出地描写了几个富有江南初夏特征的事物以及潇洒自如的文人聚会活动,从中略可窥见宋代江南小镇的自然环境与文人的精神面貌。

鄂州南楼书事

黄庭坚

四顾山光接水光,凭栏十里芰荷香。
清风明月无人管,并作南楼一味凉。

黄庭坚(1045—1105),字鲁直,号山谷道人,分宁(今江西修水)人。英宗治平四年(1067)进士,调叶县尉。神宗熙宁初,任国子监教授,出知太和县。哲宗立,累官至起居舍人。绍圣初,出知宣州，改鄂州。后以修《神宗实录》失实，贬涪州别驾，因自号涪翁。接着又被流放到宜州（今广西宜山）。他是江西诗派的开创者，《四库全书》收《山谷集》三十卷、《外集》十四卷、《别集》二十卷，《全宋诗》录其诗四十九卷又二十六句。

《鄂州南楼书事四首》见《山谷集》卷十一，此诗为其中的第一首。徽宗崇宁元年（1102），黄庭坚知太平州（今安徽当涂），只上任九天，就因为系元祐党人，被贬为管勾洪州（今江西南昌）玉隆观。因为黄庭坚曾知鄂州（今湖北武汉市武昌区），所以便寓居鄂州，并于崇宁二年（1103）写了这组诗。"鄂州南楼"故址在今武汉武昌区南。

前两句写景。首句从视觉的角度写水光山色相接。"四顾"，向南楼的四面望去，这说明作者的视野广阔，所写境界宏大。"光"写山水在月色的照耀下所呈现出来的轮廓与波光粼粼的样子。次句从嗅觉的角度写菱花与荷花的清香。"十里"写水面之广阔，湖北古有云梦泽，现在仍被称为千湖之省，直到今天，武昌还有东湖。这在古代都要种菱与藕一类的水生经济作物，所以一到夏天，特别是夜晚，菱花与荷花香气四溢。"芰"即菱，这里指白色的菱花。

后两句写所感。三句写"清风明月无人管"，当然也管不了，所以人人都可以享受"清风明月"之美。前人也说过类似的话，如李白《襄阳歌》说："清风朗月不用一钱买。"苏轼《赤壁赋》说："惟江上之清风，与山间之明月，耳得之而为声，目遇之而成色；取之无禁，用之不竭，是造物者之无尽藏也。"显然黄庭坚化用了前人的意境而更加简洁明了。末句写清风明月与水光山色及芰荷香共同构成了南楼的清凉。这句诗也创造性地化用了欧阳修《文忠集》卷十一《招许主客》中的两句诗："欲将何物招嘉客，惟有新秋一味凉。""一味"，中医药术语，即一剂。"南楼"一作"南来"，不合诗意，因为"一味凉"来自四面，同时也缺乏较为原始的版本依据。

这首诗综合运用了视觉形象、嗅觉形象、触觉形象描写了在南楼所感觉到的优美环境，作者在化用前人诗句时都收到了夺胎换骨的效果，从诗中我们可以体会到优美的自然环境使他暂时摆脱了政治斗争带来的羁绊与烦恼。

山亭夏日

高　骈

绿树阴浓夏日长，楼台倒影入池塘。
水晶帘动微风起，满架蔷薇一院香。

　　高骈（821-887），字千里，幽州（今北京）人。南平郡王高崇文之孙，世代为禁军将领，历官安南都护、剑南西川节度使、淮南节度使。黄巢起兵，他坐守扬州，割据一方。僖宗中和二年（882），朝廷罢免其兵权。光启三年（887）被部将毕师铎囚杀。《全唐诗》录其诗一卷，共五十首。

　　此诗句句写景。前两句泛写，首句写夏日绿树浓阴。因为夏天是树木长得最茂盛的季节，所以从山亭上一眼望去，到处都是浓绿的色彩，而这正是整个画面的底色。次句写池塘中的楼台倒影，而楼台显然也是在树木浓荫的环抱中，正是这句诗将山水楼台以及绿树连成了一片。

　　后两句特写。三句写水晶帘在微风中摆动。夏天微风习习当然会让人感到非常惬意。通过"水晶帘动"写"微风起"，不仅使微风可感，而且使微风可见，这样描写当然更加形象。末句写蔷薇的香气。显然这香气是微风送来的，通过香气，诗人又发现了满架蔷薇。显然"微风"将三、四两句诗有机地联系在一起。"蔷薇"，本卷《春暮游小园》已解释，其特点是枝条蔓生极长，能攀援院墙与花架，五月花发，有红、白、黄等多种颜色，花香氤氲，香气随风可达十里。

谢枋得《注解选唐诗》称："此诗形容山亭夏日之光景，极其妙丽，如图画然。"需要注意的是，满园的蔷薇花香是图画难以画出来的。

田　家

范成大

昼出耘田夜绩麻，村庄儿女各当家。
童孙未解供耕织，也傍桑阴学种瓜。

范成大（1126—1193），字致能，号石湖居士，吴县（今江苏苏州）人。高宗绍兴二十四年（1154）举进士，授户曹，监和剂局。孝宗乾道六年（1170）出使金国，全节而归，除中书舍人。累官至参知政事。淳熙十年（1183）因病辞归，隐居石湖。范成大以其田园诗著称。《四库全书》收《石湖诗集》三十四卷，《全宋诗》录其诗三十三卷又七句。

《田家》为作者退居吴县石湖时，于南宋孝宗淳熙十三年（1186）所作《四时田园杂兴六十首·夏日田园杂兴十二绝》之七，题目为《千家诗》编者所加。

前两句正面写农民夏天所干的农活。首句写男耕女织，"昼出耘田"指白天农夫出去锄草，夜晚农妇在家里搓麻线。这当然是一个大致的分工，此外还要饲养家畜、家禽，烧锅做饭洗衣服等等，难以一一提到。次句写农村的年轻男女，干起农活来也是行家里手。"当家"在这里不是指主持家业，而是指干起各种农活都很内行。

后两句侧面写农村的小孩子从小就在大人身边学习干农活。三句写儿童们不会也没有能力从事耕田、纺织这些重活，第四句写他们躲在桑树荫里学习种瓜。这个生活细节生动地说明了农民们勤劳的习惯是受到环境的熏陶，从小养成的。

钱锺书的《宋诗选注》在评价范成大时说:"他晚年所作的《四时田园杂兴》不但是他的最传诵、最有影响的诗篇,也算得中国古代田园诗的集大成。"范成大在《四时田园杂兴六十首》小引中说:"淳熙丙午(1186),沉疴少纾,复至石湖旧隐野外,即事辄书一绝,终岁得六十篇,号《四时田园杂兴》。"可见生活是诗歌创作的源泉,他在田园诗创作方面所获得的成就,是因为他对农民生活非常熟悉,本诗也充分说明了这一点。

乡村四月

翁 卷

绿遍山原白满川,子规声里雨如烟。
乡村四月闲人少,才了蚕桑又插田。

翁卷,生卒年不详,字续古,一字灵舒,永嘉乐清(今浙江乐清)人。曾领乡荐,终生未仕,游历过浙江、江西、湖南、江苏等地,为宋末诗派"永嘉四灵"之一。《四库全书》收《西岩集》一卷,《全宋诗》录其诗二卷又二十七句。

此诗在《西岩集》中题名《乡村四月》,《千家诗》将其改为《村居即事》,不够切题。《千家诗》还将此诗作者署为范成大,亦误,范集无此诗,而翁集及选本多归在翁卷名下。

前两句写自然景观。首句写山水颜色,"绿"与"白"这两个形容词都活用成了名词,分别指植物与河水的颜色。这样写突出了色彩,给人留下深刻的印象。"绿"在这里也可被视为动词,强调山头与平原绿化的过程。"遍"与"满"用得也很好,"满"指因为梅雨季节的雨水使河流的水位提高了。次句紧扣时令写杜鹃的叫声与梅雨的特征。杜鹃为时禽,梅雨期间,空气的湿度非常大,在下毛毛细雨时看上去如烟似雾，朦朦胧胧。后两句写人事。乡村四月，蚕宝宝刚结茧又要插秧了，可见农民是多么忙碌。

此诗用朴素的语言，选择乡村四月最富有特征的自然景物与农事活动，写出了江南农村既宁静又忙碌的生活，它是那么和谐而又生机勃勃。诗人是从旁观者的角度来写农民生活的，所以与反映农民生活疾苦的诗隔了一层。

题 榴 花

韩 愈

五月榴花照眼明，枝间时见子初成。

可怜此地无车马，颠倒苍苔落绛英。

韩愈，本卷《初春小雨》已介绍。他于德宗贞元八年（792）举进士，三上吏部试无果，遂任节度推官，此后担任过监察御史等职。贞元十九年（803），因言关中旱灾，触怒权臣，贬阳山（今广东阳山）令，宪宗永贞元年（805），量移江陵府（今湖北荆州）法曹参军。余不备述。

《题榴花》实为韩愈《题张十一旅舍三咏·榴花》，《千家诗》误署作者名为朱熹。《五百家注昌黎文集》卷九于此诗题下注称："公自阳山与张十一徙掾江陵，道潭州而作，以其咏井云'贾谊宅中今始见'知之。"写作时间为元和元年（806）。张十一名署，德宗贞元二年进士，是韩愈的朋友，韩愈写过不少诗给他。

前两句写榴花之美好。首句写石榴花鲜艳夺目。石榴农历五月开花，花的颜色颇多，但以红色为主。石榴花后结果，果实累累。次句写令人惊喜的是枝间能发现一些新结出的石榴。

后两句写榴花之无人赏识。三句写榴花的生活环境偏僻，几乎没有来往行人，当然也就得不到赏识。末句写红色的榴花杂乱地落在青苔上。"颠倒"形容凌乱。"绛英"指红色的花瓣。

作者采用托物言志的手法，借榴花表达了自己怀才不遇的情绪。为此，诗人在写法上先扬后抑，先写榴花之鲜艳，而且已经结出果实，以比喻诗人才华出众。后写如此美丽的榴花身处僻境，无人欣赏就飘零了，借以比喻自己身处南蛮之地，不被重用。此诗通过前后对照，较好地表达了自己的思想感情。

村　晚

雷　震

草满池塘水满陂，山衔落日浸寒漪。
牧童归去横牛背，短笛无腔信口吹。

雷震，生卒年不详，今江西南昌人，南宋度宗咸淳元年（1265）举进士，此诗见明李蓘编《宋艺圃集》卷十四。《全宋诗》仅录其诗一首，即此诗。

前两句写景。首句写池塘周围长满了野草，池塘里的水快要漫过池塘的岸边。"陂"，指水的岸边。次句写快要下山的太阳照在泛着涟漪的水面上。"衔"字采用了拟物的修辞方法，赋予山以生命，将太阳快要下山的景象写得很生动，很有新意。"浸"有没入、投入、映入的意思。一个"浸"字，将青山、落日、池塘周围的草，池塘里的涟漪，联系在一起，共同构成了村晚画面的背景。"寒漪"指傍晚略带寒意的水纹。这里实际上写了诗人所感到的一丝凉意，这在夏天当然是令人愉快的。

后两句写牧童。三句写牧童随意地横坐在牛背上，末句写牧童用短笛信口吹着无腔曲。这两句诗为我们塑造了一个自由自在的牧童形象。他才是整个村晚画面的主角。

此诗活脱脱是一幅村晚牧归图，画面色彩丰富，层次分明，具有浓郁的乡村生活气息，特别是那位牧童无拘无束悠然自得的样子，让人觉得特别亲切、讨喜。

书湖阴先生壁

王安石

茅檐长扫净无苔，花木成畦手自栽。
一水护田将绿绕，两山排闼送青来。

王安石，本卷《元日》《北山》已介绍。他于神宗熙宁九年（1076）第二次罢相后，就一直住在南京东郊的半山园。该园离城七里，离钟山也七里，故称半山园，王安石也自称半山老人。蔡上翔将此诗系于元丰六年（1083），而吴小如将此诗系于元丰三年（1080），其《古典诗词札丛·说王安石〈书湖阴先生壁〉二首》称："李壁注引《冷斋夜话》：'山谷（黄庭坚）尝见荆公于金陵，因问丞相近有何诗，荆公指壁上所题两句"一水护田"云云，此近所作也。'如此说可信，而黄庭坚仅在元丰三年（1080）下半年由汴京到江南，有可能于金陵见到王安石，则此二诗或即这一年暮春时所作。"

《书湖阴先生壁》有两首，此其一，其二说："桑条索漠楝花繁，风敛余香暗度垣。黄鸟数声残午梦，尚疑身在半山园。""湖阴先生"即杨德逢，住在南京玄武湖之南，故称湖阴先生。从上面这首诗可知王安石曾在他家午睡，可见两人的关系相当密切。王安石的诗集中有关他的诗尚有十首以上。

前两句写近景。首句写茅屋的檐下一点青苔都没有，这都是湖阴先生勤于打扫的结果。次句写花木长得很齐整、很茂盛，这都是湖阴先生亲手栽种的。这两句诗写湖阴先生生活环境之优美，实际上赞美了营造这优美生活环境的湖阴先生生活情趣很高雅很充实。"畦"，用沟垄区分的一块块排列整齐的田地。

后两句写远景。三句采用拟人的修辞手法写一湾绿水为了保护农田，特地围绕在农田的周围。"绿"指绿色的水，这里同时采用了词性活用与借代的修辞手法，也就是用水的颜色来指称水。末句也采用拟人的修辞手法写两座远山推门而入，送来青翠的山色。这两句诗的最大好处是将静景写活了。对仗工稳而新颖也是这两句诗的显著特点。

这首诗歌颂了湖阴先生恬静的田园生活，实际上也表现了诗人在经历了变法的疾风暴雨之后，对这种田园生活的向往与热爱。

乌 衣 巷

刘禹锡

朱雀桥边野草花，乌衣巷口夕阳斜。
旧时王谢堂前燕，飞入寻常百姓家。

刘禹锡，本卷《玄都观桃花》已介绍。《乌衣巷》是《金陵五题》中的第二首，该组诗序称："余少为江南客，而未游秣陵，尝有遗恨。后为历阳守，跂而望之。适有客以《金陵五题》相示，逌（yóu）尔生思，欻（xū）然有得。"可见此诗是作者在唐穆宗长庆四年（824）秋至敬宗宝历二年（826）担任和州（今安徽和县）刺史期间写的。"历阳"即和州。

"乌衣巷"在今南京市城南，目前仍有该地名。三国时是吴国的军营，因士兵衣黑色，故名。东晋时曾是王导与谢安等豪门贵族聚居的住宅区，此后一直是南京最繁华的地段。

前两句写金陵的衰落景象。"朱雀桥"是正对南京城南朱雀门的秦淮河上的一座桥，也是南京最繁华的地方。此地首句写南京最繁华的地方，都长满了野草，而且野草都开花了，可见是多么衰败。"花"采用词性活用方法，在这里用作动词。次句写"乌衣巷口"日落时的惨淡景象。作者选择六朝盛极一时的"乌衣巷"作为描写对象，比较容易造成鲜明的对比。"斜"读"xiá"，麻韵。

后两句通过旧时王、谢家族的豪宅变为普通的百姓人家这一典型事例写出了世事的沧桑变化，尤为巧妙的是作者利用燕子作为这一巨大变化的见证者，将变化前后两种截然相反的情况紧密地联系在一起了，更有说服力，也更有艺术感染力。

取材典型化是此诗的突出优点。经过安史之乱，唐代由极盛而转为衰败，许多诗人都感受到了这一点。怎样来表达自己的沧桑之感？诗人选择六朝被隋灭亡后由极盛而衰败的金陵，又在金陵城里选择了由极盛而衰败的乌衣巷，又在乌衣巷选择了由极盛而衰败的王、谢家族豪宅的变化，并且又故意写燕子看到了这种变化，无疑完美地表达了自己的思想感情。诗中未提兴亡，而诗人的兴亡之感仍然从诗歌形象中洋溢了出来。

诗歌创作需要想象，这首诗就是最好的例子，因为诗人当时并未到过南京，却写出了这么好的一首诗，不能不归功于诗人的想象。

送元二使安西

王　维

渭城朝雨浥轻尘，客舍青青柳色新。
劝君更尽一杯酒，西出阳关无故人。

王维，卷一《竹里馆》已介绍。此诗作于安史之乱前，更确切地说当作于天宝九载（750）他母亲去世以前。他在京先后担任过左补阙、侍御史、库部员外郎、库部郎中等职务，写了不少送别诗。

《送元二使安西》，郭茂倩《乐府诗集》卷八十《近代曲辞二》收录，题名《渭城曲》，解题称："《渭城》一名《阳关》，王维之所作也。本《送人使安西》诗，后遂被于歌。"此歌亦名《阳关三叠》，是最为流行的送别歌曲。"元二"，姓元，排行第二，生平不详。"安西"，唐安西都护府，治所在龟兹（今新疆库车）。

前两句写景。首句写渭城早晨的雨水打湿了轻扬的尘埃，空气很清新。"渭城"，原秦都城咸阳，汉武帝时改名渭城。故址在今陕西咸阳市东北二十里。王维将元二一直从长安送到渭城，可见两人情意绵绵。次句写客舍周围的柳枝经过朝雨的清洗，显得格外青翠。诗人特别提到"青青柳色"，是因为"柳"与"留"谐音，古人有折柳送别的风俗。这也暗示着送客送到渭城，两人不得不就此分别。

后两句写话别。依依惜别之情，通过殷殷劝酒之声表现了出来，其中"更"字用得好，正如沈祖棻《唐人七绝诗浅释》所说："用一个'更'字，则此前之殷勤劝酒，此刻之留念不舍，此后之关切怀念，都体现了出来。所以，这一个字的容量是很大的。为什么如此地殷勤、留念、关切呢？因为元二一出阳关，就再也没有像自己这样的知心朋友了，何况他还越走越远，要到安西呢？从此以后举目无亲，还是在故人面前多饮一杯吧。只这寥寥十四个字，就将好友之间的真挚情谊，抒写无余。言简意赅，正是这首诗的成功之处。"

这首诗之所以引起广泛的共鸣，是因为写出了人们在送别时所普遍具有的情感，正如清人赵翼《瓯北诗话》卷十一《摘句》所说："人人意中所有，却未有人道过，一经说出，使人人如其意之所欲出，而易于流播，遂足传当时而名后世。……王摩诘'劝君更进一杯酒，西出阳关无故人'，至今犹脍炙人口，皆是先得人心之所同然也。"

与史郎中饮听黄鹤楼上吹笛

李 白

一为迁客去长沙，西望长安不见家。
黄鹤楼中吹玉笛，江城五月落梅花。

李白，卷一《独坐敬亭山》、本卷《清平调》已介绍。在安史之乱中，李白于肃宗至德元年（756）十一月应聘入永王璘幕，随永王水师东下，肃宗派兵讨伐永王，至德二载（757）永王兵败，李白逃至彭泽，被系浔阳狱中，十一月被定罪长流夜郎（今湖南新晃）。此诗是李白于乾元元年（758）五月被流放的途中经过武昌时所作。

《与史郎中饮听黄鹤楼上吹笛》，"史郎中"，生平不详。"饮"，《千家诗》作"钦"，《李太白文集》与《文苑英华》作"饮"，"钦"似与"饮"字形近而误。"黄鹤楼"，故址在今武昌蛇山。

首句诗人以贾谊自比，说自己被流放到夜郎。贾谊（前200－前168）汉文帝时著名的政治家与文学家，由于他的政治主张得罪了权贵，被贬为长沙王太傅。李白说自己被流放到夜郎是冤枉的、无辜的。"一为"即一旦成为。"迁客"指被贬谪或遭流放的人。

次句写诗人关心国家，思念亲人。"长安"是唐代的首都，"西望长安"当然也就是表明自己关心国家的局势与命运。"不见家"，李白未尝居家长安，盖指史郎中言之，李白当然有同感，所以也表现了诗人渴望与家人团聚在一起的心情。而这一切都变成了难以企及的事。

后两句扣题写听笛。三句写笛声从高空传来，末句写听到笛声的感觉。笛曲中有《梅花落》，见《乐府诗集》卷二十四。诗中表明所吹为《梅花落》曲，同时也写了笛声所造成的艺术效果：五月的鄂州城，梅花正在纷纷飘零。"江城"指鄂州城（今湖北武汉武昌），因为它濒临长江。《梅花落》主要表现思妇惜春念远的情感，调子是忧伤的，这恰好符合李白当时的心境，所以他听了特别感动。

　　这首诗的写作特点是巧借笛声抒发了自己的情感，正如明人钟惺《诗归》所说："无限羁情，笛里吹来。"而且表达得很含蓄，如清乾隆十五年御定《御选唐宋诗醇》称："凄切之情，见于言外，有含蓄不尽之致。至于《落梅》笛曲，点用入化。"笛声在结构上也有明显的作用，清初黄生《唐诗摘钞》卷四说："前思家，后闻笛，前后两截，不相照顾，而因闻笛，益动乡思，意自联络于言外。"

题淮南寺

程　颢

南去北来休便休，白蘋吹尽楚江秋。
道人不是悲秋客，一任晚山相对愁。

　　程颢，本卷《春日偶成》已介绍。《题淮南寺》，淮南寺在今江苏扬州市。宋设淮南道，治所就在扬州。

　　首句写人在南来北往的旅途中，遇到能休息的地方就休息吧，此处能休息的地方显然指淮南寺。次句写江水中的白蘋已经消失了，水波粼粼呈现出一派深秋的景色。"白蘋"，一种水生草本植物，叶分四片，呈田字形，俗称"四叶菜""田字草"，夏秋之际开白花，所以也称"白蘋"。"楚江"当指淮南寺附近的江河，因为扬州地区战国时期为楚国所有，故可以泛称"楚江"。

　　后两句即景抒怀。三句自称不是喜欢逢秋就会伤感的一般文人。"道人"，注重道德与学术修养的人，作者是南宋著名的理学家，所以自称"道人"也未尝不可。"悲秋客"即逢秋就感到悲伤的人，多为文人。楚国宋玉《九辩》一开头就说："悲哉！秋之为气也。萧瑟兮，草木摇落而变衰。"所以后人称宋玉之类的文人为悲秋客。末句采用拟人的手法，就让傍晚的秋山相对发愁吧。

难道诗人真的那么旷达，真的能超凡脱俗吗？其实他写要"休便休"，恰恰说明他对"南去北来"已经感到疲倦，渴望守着家人过宁静安逸的生活；他写"白蘋吹尽楚江秋"，可见他对秋天的到来是多么敏感；他写"晚山相对愁"，恰恰反映诗人内心深处的忧愁。所以我们欣赏诗歌，要看诗歌中的议论，更要看诗歌中所描写的形象。

秋　月

朱　熹

清溪流过碧山头，空水澄鲜一色秋。
隔断红尘三十里，白云黄叶共悠悠。

朱熹，本卷《春日》已介绍。此诗为朱熹《入瑞岩道间得四绝句呈彦集充父二兄》的第三首。《千家诗》将作者误题为程颢，当改正。诗题《秋月》也为编者所改，指秋天而不是指秋天的月亮。瑞岩在今福建福州福清海口镇，是著名的风景区。诗题若改成《瑞岩道间》要更符合诗意一些。"彦集"，姓刘，为朱熹诗友。"充父"是杨宏中的字，福州人，为宁宗开禧二年（1206）进士。

前两句借水中的倒影写景。首句写清溪流过碧绿的山头在水中的倒影。因为清溪不可能流过碧山头，所流过的只能是碧山头在水中的倒影。次句写水天一色，是那么的清澄鲜明。这两句诗实际上化用了谢灵运《登江中孤屿》中"云日相辉映，空水共澄鲜"两句诗的意境。"空"指天空。

后两句即景抒怀。三句写瑞岩的山水远离喧嚣的尘世。"红尘"指热闹的尘世。"三十里"指瑞岩与闹市区之间的距离，当系实指，这在交通不发达的古代山区，还是比较远的距离。末句写天上的白云与山上的黄叶都是那么悠闲自在。毫无疑问，在远离喧嚣的尘世以后，诗人的心境同样也是悠闲自在的。

秋天的色彩特别丰富，这在此诗中得到了生动的反映。诗中有青山、绿水、蓝天、白云、黄叶，它们还相互叠加，交相辉映，动静结合，构成了一幅明丽而令人愉快的图画。

七　夕

杨　朴

未会牵牛意若何，须邀织女弄金梭。
年年乞与人间巧，不道人间巧已多。

杨朴（约921—1003），字契元，号东野遗民、东里野民，郑州东里（今河南郑州新郑）人。宋太宗、真宗皆曾召见，辞归。曾著有《东里集》，《宋史·艺文志》著录《杨朴诗》一卷。作者一作李朴，见《全宋诗》。但北宋司马光《续诗话》等较为原始的资料均作"杨朴"。《全宋诗》录其诗六首又一句。

"七夕"指农历七月七日夜晚。相传这个夜晚被分在天河两岸的牛郎、织女能够通过喜鹊搭成的鹊桥相会。古代妇女往往借此机会祭拜织女，向织女乞求技巧。《七夕》诗即以此为题，并借题发挥。

前两句写乞巧。首句写乞巧的人未领会牛郎的意向。"会"指领会、理会，而不是指相会。次句写乞巧的人必定邀请织女向她们传授操弄金梭织锦的技巧。"须"，必定的意思。

后两句就乞巧借题发挥。意思是说每年都向织女乞求赐予人间技巧，不知人间的巧诈已经够多的了。需要注意的是第三句"巧"指技巧，第四句中的指巧诈。诗人并不是真的反对妇女们在七夕的乞巧活动，而是借以表达对普遍存在的尔虞我诈的社会风气的不满。"不道"

是不知的意思。

这首诗的特点是构思比较新颖，"乞巧"的"巧"与"巧诈""巧伪"中的"巧"，含义有褒有贬，是各不相同的，诗人利用它们都有个"巧"字，于是巧做文章，写了这首诗。可见写诗关键在于对生活有深切的体验与感受，有了深切的体验与感受，总能找到表达它们的形式。

立　秋

刘　翰

乳鸦啼散玉屏空，一枕新凉一扇风。
睡起秋声无觅处，满阶梧叶月明中。

刘翰，生卒年不详，字武子，长沙人。长期客居临安（今浙江杭州），以布衣终。与范成大、杨万里有诗歌交往，著有《小山集》，《全宋诗》录其诗一卷。

《立秋》集作《立秋日》。"立秋"，农历二十四节气之一，在每年阳历八月八日左右，我国通常将立秋视为秋季的开始。此诗写作者对立秋这一天的感受。

首句写傍晚时景色的变化。起初小乌鸦还待在树枝上或屋檐上叫着，天黑了，乌鸦归巢了，就再也听不到乌鸦的叫声了。"乳鸦"是新长成的小乌鸦，乌鸦有结群营巢的特点，所以傍晚时，乌鸦的叫声还是比较多的。老乌鸦不太喜欢叫，叫起来声音也粗粝，比较难听。而乳鸦比较喜欢叫，声音也柔和些，不是很难听。傍晚时玉屏上的字画还能看得比较清楚，天黑了，玉屏上的字画就看不见了，显得空空的。当然，听不到乌鸦叫，看不见玉屏上的字画，于是屋内也就显得安静空旷了。

次句写诗人躺在床上用扇子扇风时的感受，夏天扇风，觉得不是很凉快，因为空气的温度比较高。立秋扇风，觉得分外凉爽，因为秋天到来了，空气的温度也低了些。"新凉"中的"新"字写出了这种变化。当然这种感觉上的质变，也有心理因素在起作用。

三句写夜里秋风由劲吹到停止的过程。起初还听到秋风吹动草木发出呜呜的声音，起床后一点声音都听不到了。起床寻觅秋声，说明诗人对秋天的到来十分关注。

末句写在明亮的月色中，见到台阶上落满了梧桐叶，诗人终于清楚地见到了秋天到来的脚印。因为秋高气爽，所以秋天的月亮特别明亮。因为梧桐是落叶乔木，叶子比较阔，所以让人觉得梧桐落叶比较早，比较显著。

这首诗的最大特点是写出了夏秋之交自然界的变化。有的变化是显而易见的，如"满阶梧叶"，所谓"一叶落而知天下秋"。有的变化不是很显著，如首句通过声音能判断出是来自"乳鸦"，次句写立秋夜扇的风特别凉爽。这都反映诗人对事物的变化特别敏感，对生活的观察与体验特别细致。此诗是按照时间先后来组织材料的，所以显得特别清晰而流畅。

秋 夕

杜 牧

银烛秋光冷画屏，轻罗小扇扑流萤。
天阶夜色凉如水，坐看牵牛织女星。

杜牧，本卷《清明》已介绍。《秋夕》一作《宫词》，一作《七夕》，其内容反映了宫廷妇女对爱情的渴望。

首句写女主人深夜未眠。句中的"冷"字表明夜已深，女主人尚未睡，觉得卧房里孤零零的很冷清，只好以看画屏来消磨时间，画屏虽然很美，长时间面对也很无聊。"银烛"一作"红烛"，红是暖色调，与"冷"不协调。银是白色，属冷色调，所以应当是银字。"秋光"指秋夜的月光。

次句写女主人到室外扑流萤取乐。在古诗《怨歌行》中将失宠的女子比喻成在秋天被弃置不用的扇子，此句暗用了这个典故，显然诗中的女主人是一个失宠的宫廷妇女。

后两句写扑流萤也难以排解女主人的寂寞与空虚，于是索性坐在台阶上痴痴地看着牛郎织女星想心思。牛郎与织女尚且能一年聚会一次，自己何时才能得到皇帝的垂爱呢？"天阶"指皇宫里的台阶。"坐看"一作"卧看"。用"坐看"，三、四两句的意思比较连贯。用"卧看"经不住推敲，因为躺在卧室里能不能看到牵牛织女星还是个问题。

此诗按照时间先后，通过一系列的细节描写，细致入微地揭示了女主人内心深处的秘密。清人何焯《三体唐诗评》卷二指出："崔颢《七夕》后四句云：'长信秋深夜转幽，瑶阶金阁数萤流。班姬此夕愁何限，河汉三更看斗牛。'此篇点化其意，此句再用团扇事，亦浑成无迹。"杜牧《秋夕》比崔颢《七夕》更含蓄、更精练、更流畅，流传也更广泛，所以诗歌创作，要学习前人，还要超越前人。

中秋月

苏　轼

暮云收尽溢清寒，银汉无声转玉盘。
此生此夜不长好，明月明年何处看？

苏轼，本卷《春宵》已介绍。由于诗人对王安石变法持不同政见，为了避免卷入政治旋涡，于是请求到外地任职。他于神宗熙宁四年

（1071）出任杭州（今浙江杭州）通判；熙宁七年（1074）调任密州（今山东诸城）知州；熙宁十年（1077）调任徐州（今江苏徐州）知州；元丰二年（1079）调任湖州知州，随即发生乌台诗案，并于元丰三年（1080）被贬到黄州（今湖北黄冈黄州）任团练副使。

《中秋月》为苏轼于熙宁十年（1077）中秋在徐州所作《阳关词三首》中的第三首。当时苏轼的弟弟苏辙也在徐州与他共同赏月。《东坡词》收此诗，径题《阳关曲》，题下注："中秋作，本名《小秦王》，入腔即《阳关曲》。"可见该诗当时是可以唱的，有送别的情调。

前两句写景。首句写月出前的景况，暮天的云彩消失了，天地间充满了清凉，而且略带寒意。可见苏轼兄弟早就等待着月出了，而且月出前的天空已变得万里无云，一碧如洗。次句写月出后的景象，星光灿烂，悄无声息，只见一轮明月高挂天空。"银汉"指银河，这里指星空。"玉盘"比喻明月。如李白《古朗月行》："小时不识月，呼作白玉盘。""转"字写出了月出与升高的过程。

后两句抒情。宋蔡正孙《诗林广记后集》卷三云："噫！好景不常，盛事难再。读此语则令人有岁月飘忽之感云。"这正是他当时所处社会环境与他的内心感受的真实写照。苏轼在上一年写的《水调歌头·丙辰中秋欢饮达旦大醉作此篇兼怀子由》称："人有悲欢离合，月有阴晴圆缺，此事古难全。但愿人长久，千里共婵娟。"他在下一年写的《中秋月寄子由》说："六年逢此月，五年照离别。"两者表现了类似情感，可以参看。同时"此生此夜"与"明月明年"彼此对仗，各自又采用当句对的形式，大大增强了诗的节奏感，也加强了对感情的表达效果。

江楼感旧

赵嘏

独上江楼思渺然，月光如水水如天。
同来望月人何在，风景依稀似去年。

赵嘏（约806—约853），字承祐，楚州山阳（今江苏淮安）人。唐武宗会昌四年（844）进士，官渭南尉。工诗，宋葛立方《韵语阳秋》卷四评价道："《长安秋望》诗云：'残星几点雁横塞，长笛一声人倚楼。'当时人诵咏之，以为佳作，遂有'倚楼'之目。"有《渭南集》三卷，《全唐诗》录其诗三卷，《全唐诗外编》及《全唐诗续拾》补其诗五首又七句。

《江楼感旧》一作《感怀》，一作《江楼有感》，差别不大，但《江楼感旧》比较原始，比较切题，比较具体，还是用《江楼感旧》为好。

前两句写登楼。首句扣题。"独上江楼"说明过去和人同上过江楼，这就为"感旧"埋下了伏笔。"思渺然"是说思绪万千，究竟想些什么，诗人引而不发，让读者在下文中寻找答案。次句写上楼后所见。一是"月光如水"，形容月光像水一样清亮；二是"水如天"，形容水像天空一样明净。两者又采用顶针的手法紧密联系在一起，读起来声如贯珠。更重要的是这句诗将月光、水和天连成一片，三者交相辉映，造成了一种宁静、广阔、澄澈的境界。

后两句写感旧。主要通过物是人非，来表现对去年同来望月者的怀念。这是诗歌中经常出现的主题，但是诗人赋予它以江楼望月这样一个独特的题材，使得这首诗至今仍然能引起广泛的共鸣。

此诗结构绵密，首句"独上江楼"与第三句"同来望月人"相互照应；次句写所见之景与第四句"风景依稀似去年"相照应；"思渺然"与后两句写物是人非之感相照应。

题临安邸

林　升

山外青山楼外楼，西湖歌舞几时休？
暖风熏得游人醉，直把杭州作汴州。

　　林升，生平不详，字梦屏，平阳（今浙江平阳）人。明田汝成《西湖游览志余》卷二介绍了该诗的写作背景："绍兴淳熙间颇称康裕，君相纵逸，耽乐湖山，无复新亭之泪。士人林升者题一绝于旅邸。"《题临安邸》，写在临安（今浙江杭州）旅馆的墙壁上，题目为编者所加。《全宋诗》录其诗一首，即此诗。

　　首句写西湖周围山多楼多，西湖的西面、南面、北面重峦叠嶂，由于地处南方，所以四季常青。1127年北宋首都汴京（今河南开封）被金人攻破，统治者仓皇南逃，以临安为首都，建立了南宋政权。他们基本上采取妥协投降的政策，不思恢复，在临安建设了大量高级住宅与娱乐场所及商业街区。

　　次句采用设问的方法写西湖的歌舞一直就没有停止过。"西湖"是临安最著名的风景区，可以用"西湖"代称临安，"西湖歌舞"也就是临安歌舞。称"西湖歌舞"当然也突出描写了西湖地区的游乐活动特别兴盛。譬如妓女们在画船上歌舞奏乐，供达官贵人、文士商贾等享乐的风气就很盛。

　　三句写游人被暖洋洋的春风熏得沉醉了，"熏"字用得好，有使动的含义，同时也扩大了"暖风"的含义，强调了热闹的环境与气氛对游人的影响，使人联想到寻欢作乐、醉生梦死成了一种社会风气。

　　末句中的"直"，相当于"竟"或"真"，为语气副词。在句中强调了这些寻欢逐乐的人真的把杭州当成了汴州。这是特别不应该的，因为杭州只是半壁江山的临时首都，汴州才是整个国家的真正首都，统一国家的大业竟被置诸脑后，忘记得一干二净了。

此诗对以投降派为代表的醉生梦死的生活作了辛辣的讽刺，但是措辞含蓄，耐人寻味。诗中反复运用的"山""楼""州"都收到了很好的艺术效果，除大大增强了诗歌的节奏感外，首句高度概括了杭州的美丽与繁华，末句将杭州与汴州联系在一起加以对比，对读者有警醒作用。

晓出净慈寺送林子方

杨万里

毕竟西湖六月中，风光不与四时同。
接天莲叶无穷碧，映日荷花别样红。

杨万里，本卷《伤春》已介绍。《晓出净持寺送林子方》，《千家诗》原作《西湖》，作者苏轼，兹据杨万里《诚斋集》改正。"净持寺"全称净持报恩光孝禅寺，在西湖南，是杭州名刹之一。林子方，名枅（jī），莆田（今福建莆田）人。南宋高宗绍兴年间进士，历任秘书省正字、监司、福州路转运判官、信州知州。

前两句写所感。强调了六月中的西湖有不同于其他任何时候的独特风光。"毕竟"，到底，有肯定、惊叹的意味。"四时"，指春、夏、秋、冬。绝句通常前两句写景，后两句抒情，或写自己的感想。此诗前两句写感想，造成悬念，自有新意。

后两句写景。第三句采用夸张的方法写碧绿的荷叶无穷无际与远天相接。末句写荷花在旭日的映照下，红得不同寻常。正因为碧绿的荷叶衬托着艳红的荷花，色彩特别鲜明，而画面又极其广阔，所以在视觉上能给人以很强的美的震撼。

诗人发现了西湖六月的早晨独特的美，并且采用如椽之笔将其无限广阔的美景展现了出来，从中不难看出诗人的匠心与功力。

清·刘詧　荷花图

饮湖上初晴后雨

苏　轼

水光潋滟晴方好，山色空濛雨亦奇。
欲把西湖比西子，淡妆浓抹总相宜。

苏轼，本卷《春宵》已介绍。宋神宗熙宁四年（1071）六月，苏轼以太常博士直史馆的身份出为杭州通判，熙宁六年（1073）作此诗。原诗共两首，这是第二首。其一前两句为"朝曦迎客艳重冈，晚雨留人入醉乡"，可见当天早上天晴，晚上下起了雨。

前两句写西湖初晴后雨景象。首句写早上天晴时，西湖在太阳的照耀下，波光粼粼，有一种明朗的美。"潋滟"，波光闪动的样子。次句写傍晚下起了雨，远山显得雾蒙蒙的什么也看不清楚，有一种朦胧的美。

后两句说理。西湖就好比美女西施一样，西施本身很美，所以无论是淡妆还是艳妆，看上去都很美。西湖本身很美，所以无论是天晴，还是下雨，看上去也都很美。近代人陈衍《宋诗精华录》卷二称："后二句遂成为西湖定评。"

我们觉得这首诗通过西湖初晴后雨水光山色的变化，生动地说明了"本质是美的，即使形式起了变化，也是美的"这样一个道理。由于诗人是通过诗的形象来说明这个道理的，所以诗中充满了理趣。清王文诰《苏文忠公诗编注集成》卷九说："此是名篇，可谓前无古人，后无来者"，也许与此有关。

入　直

周必大

绿槐夹道集昏鸦，敕使传宣坐赐茶。
归到玉堂清不寐，月钩初上紫薇花。

　　周必大（1126-1204），字子充，一字洪道，号省斋居士，晚号平园老叟，庐陵（今江西吉安）人。宋高宗绍兴二十一年（1151）举进士，二十七年（1157）考取博学宏词科。历官中书舍人、枢密使，孝宗时拜右丞相，光宗朝拜左丞相，封益国公，卒谥文忠。著有《玉堂类稿》，今存诗六百余首。《全宋诗》录其诗十四卷又二句。

　　《入直》集作《入直召对宣德殿赐茶而退》。诗作于孝宗乾道七年（1171）七月，作者时任左丞相。"入直"，即入值，也即晚上到翰林院值班，以备皇帝询问。"召对"，"召"指皇帝召见；"对"指周必大回答皇帝的询问。"宣德殿"为南宋首都临安皇宫里的宫殿名。

　　首句写景。道路两旁的槐树枝上栖息着归巢的暮鸦，可见翰林院周围的绿化工作做得很好，生态环境不错，很幽静。

　　次句叙事。宫使到翰林院传旨说皇帝召见，诗人到宣德殿后，皇帝让坐，并赐茶。这句诗涉及三个人、许多事，只用七个字就写完了，很精练。在取材方面，诗人突出写了皇帝的恩典，至于君臣间所谈论的问题则一个字未提。

　　后两句写诗人被皇帝召见后心情非常激动。第三句写诗人回到翰林院后，兴奋不已，难以入眠。"玉堂"指翰林院。汉时待召于玉堂殿，唐时待召于翰林院，至宋以后，翰林院有了玉堂的称号。"清"形容神清气爽。末句写正因为难以入眠，所以索性欣赏着月光下的紫薇花。紫薇为木本观赏花卉，花期长，四月开花，能延续到九月。花的颜色有白、红、紫、翠等四种颜色，分别称为白薇、红薇、紫薇、翠薇。古代中央政府机构花园里多种紫薇，是因为它象征着皇帝所居住的地方。

此诗淋漓尽致地表达了臣子受到皇上召见的心态，他们感恩，觉得荣耀，并激动不已，还写诗夸耀、讨好皇帝，以作为自己的政治资本。周必大官运亨通与这种心态不无关系。此诗颇有认识价值。

夏日登车盖亭

蔡　确

纸屏石枕竹方床，手倦抛书午梦长。
睡起莞然成独笑，数声渔笛在沧浪。

蔡确（1037—1093），字持正，泉州晋江（今福建晋江）人。宋仁宗嘉祐四年（1059）举进士，历官知制诰、御史中丞、参知政事。神宗元丰五年（1082）拜尚书右仆射兼中书侍郎。八年（1085）进左相。哲宗元祐元年（1086），罢相，出知陈州，寻夺职，知安州，移邓州。四年（1089），因车盖亭诗案贬为英州别驾，新州（今广东阳江）安置，八年（1093），卒。《全宋诗》录其诗三十首又三句。

《夏日登车盖亭》共十首，此为第二首。车盖亭在安州（今湖北安陆），这组诗是蔡确于哲宗元祐二年（1087）遭贬担任安州知州时所作。明蒋一葵《尧山堂外纪》记载："时，吴处厚知汉阳军，笺注以闻，其略云：五篇涉讥讽。'何处机心惊白马，谁人怒剑逐青蝇'，以讥谗谮之人；'叶底出巢黄口闹，波间逐队小鱼忙'，讥新进用事之臣；'睡起莞然成独笑'，方今朝廷清明，不知确笑何事？……宣仁盛怒，令确分晰，终不自明，遂贬新州。"

前两句写午睡。首句写车盖亭中卧具简单朴素。"纸屏"，即纸做的屏风，以藤皮茧纸做成，上面还有字画。该组诗的第一首后两句说："溪潭直上虚亭里，卧展柴桑处士诗。"可见石枕与竹床就放在亭子里，再用纸屏风遮挡住。次句写他躺在床上看了一会儿书，疲倦后就美美地午睡了很长时间，还做了个梦。从所引第一首两句诗来看，他所读的书就是陶渊明的诗集。这也反映了他对隐居生活的向往。

后两句写午睡后的情况。三句写自己独自莞然一笑，四句写溪流中传来数声渔笛。诗中实际上暗用了《楚辞·渔父》中的典故：屈原在流放中见到一位渔父，渔父劝他与世推移，屈原不愿改变初衷，于是"渔父莞尔而笑，鼓枻而去，乃歌曰：'沧浪之水清兮，可以濯吾缨。沧浪之水浊兮，可以濯吾足。'遂去不复与言。"显然，渔父是一位隐士，此处引用这一典故表现了诗人对现实政治的不满，对渔父那样的隐逸生活怀有向往之情。

吴处厚在告蔡确状时说："'睡起莞然成独笑'，方今朝廷清明，不知确笑何事？"这的确值得探讨，在吴处厚看来，蔡确的笑不怀好意，里面藏着对高太后、司马光等废止新法的不满。傅经顺在《宋诗鉴赏辞典》中分析道："好运一交，骤升相位，飞祸一降，谪居此州，这不都如大梦一场么？诗人'莞然独笑'，显然是在'午梦长'中有所妙悟；从而领略到人生如梦，富贵如云烟。"王启兴《千家诗新注》称诗人"梦醒坐起，忽地听到了江湖上传来的渔笛声。他想我这里怡然自得和渔家的优游水上不是很相像么。于是禁不住一个人笑出了声。这一笑正透露了他对隐逸生活的向往"。顾农《千家诗注评》说："一个午觉方醒的人忽然有些念头产生，微微那么一笑，是正常的，至于他想些什么，只有他自己才知道。"诗歌形象具有多义性，而读者又是千差万别的，大家对一首诗的理解不尽相同是正常的，这首诗就是一个例子。

直玉堂作

洪咨夔

禁门深锁寂无哗，浓墨淋漓两相麻。
唱彻五更天未晓，一墀月浸紫薇花。

洪咨夔，生卒年不详，字舜俞，号平斋，於潜（今浙江杭州临安）人。宋宁宗嘉泰二年（1202）举进士，授如皋县主簿，历任成都府通判、秘书郎、监察御史、中书舍人、刑部尚书、翰林学士、知制诰等官职。《四库全书》收《平斋文集》三十二卷，《全宋诗》录其诗八卷又八句。

《直玉堂作》一作《六月十六日宣锁》，亦作《宣锁》。当为作者在担任翰林学士、知制诰期间，于某年六月十六日在翰林院值夜班时所作。"玉堂"指翰林院，详见本卷《入直》诗分析。"宣锁"指在官员为皇帝起草诏书时所采取的隔离保密措施，也指负责这项工作的官员。

首句写宫门锁上以后，周围静悄悄的，一点声音都没有。"禁门"即宫门。"深"字强调了皇宫内深邃莫测。"寂无哗"渲染了宫中肃静的氛围，以突出作者在翰林院值班之庄重。

次句写诗人正在起草两位宰相的任命书。"两相"即两位宰相，指左丞相与右丞相。"麻"指麻纸，其造纸原料的主要成分是麻，质量坚韧，不容易损坏。这里的"两相麻"指为皇帝起草的两位丞相的任命书。"浓墨淋漓"形容作者思路敏捷，笔墨酣畅，连宰相的任命书都是自己写的，其自鸣得意之情溢于言表。

后两句写五更天的情况。三句写已经传来了报晓的声音。公鸡到天亮的时候都会叫，皇宫中没有公鸡报晓，就派专人负责报告时间，称为鸡人。"唱"说明他们在报晓时采用了比较好听的声调。末句写月光照着台阶也照着紫薇花。"墀"指台阶。"紫薇花"的文化含义，我们在本卷《入直》诗中已作了介绍。宋蔡正孙《诗林广记》卷十引《靖康湘素杂记》称："唐故事，中书省植紫薇花，历世循因之，不以为非。至今舍人院紫薇阁前植紫薇花，用唐故事也。……按《天文志》：紫薇，大帝之座也，天子之常居也。"

作者采用顺叙的方法写了在翰林院值夜班的全过程，显得从容不迫，纡徐舒缓，充分地表现了诗人雍容娴雅的意度，游刃有余的才华，洋洋自得的心情。所有这些都藏在对景物的描写与叙述中，表面上似乎看不出来，这是此诗的高明之处。

竹　楼

李嘉祐

傲吏身闲笑五侯，西江取竹起高楼。

南风不用蒲葵扇，纱帽闲眠对水鸥。

李嘉祐（约719—约781），字从一，赵州（今河北赵县）人。唐玄宗天宝七载（748）举进士，历官秘书省正字、监察御史。肃宗至德元年（756）贬鄱阳令，历任台州（今浙江台州）刺史、袁州（今江西宜春袁州）刺史，罢任后侨居苏州。高仲武《中兴间气集》称其"振藻天朝，大收芳誉。中兴高流也，与钱（起）、郎（士元）别为一体，往往涉于齐梁，绮靡婉丽，盖吴均、何逊之敌也"。著有《台阁集》，《全唐诗》录其诗二卷，《全唐诗续拾》补其诗二首。

《竹楼》原集作《寄王舍人竹楼》，所以此诗是写王舍人竹楼的，实际上也就是写王舍人的，当然也是为了表达诗人自己的生活情趣。

起句点明王舍人的身份与性格，说他是个无权无势的闲散小官，却看不起达官贵人。"傲吏"，恃才傲物的官吏。战国时期的庄子，曾在蒙（今河南商丘）做过漆园吏，楚威王欲拜他为相，被他拒绝了。

后世遂称他为傲吏，如晋郭璞《游仙》诗说："漆园有傲吏。"这里将王舍人比喻成庄子。"五侯"的典故，本卷《寒食》诗已作解释。

后三句具体写王舍人的所作所为。次句写他就地取材，用极其便宜的竹子建了座高高的竹楼，可见他的闲情逸趣与众不同。后两句写他建竹楼的目的就是为了休闲。第三句写他待在竹楼上不用摇动蒲扇就可以享受清风，"蒲葵扇"是一种与羽扇、纨扇比起来要普通得多的扇子，使用这种扇子，可见王舍人的生活非常简朴。末句写他闲躺在竹楼上就可欣赏到飞来飞去的鸥鸟。"纱帽"指在家中戴的一种可以防止头发散乱又透气的简便帽子，如白居易《夏日作》说："葛衣疏且单，纱帽轻复宽。一衣与一帽，可以过炎天。""对水鸥"也暗用了《列子·黄帝》篇"鸥鸟忘机"的典故，表明王舍人超尘脱俗，忘身物外，不以世事为怀。

这首诗运用了一些典故，对丰富诗歌的内涵、深化诗歌的主题，具有明显的作用。我们在读诗时注意查考相关典故，会加深对诗歌的理解。此外，这首诗在结构上也颇具特色。

直中书省

白居易

丝纶阁下文章静，钟鼓楼中刻漏长。
独坐黄昏谁是伴，紫薇花对紫薇郎。

白居易（772—846），字乐天，晚年自号香山居士，下邽（今陕西渭南）人。唐德宗贞元十六年（800）举进士，十九年（803）应吏部书判拔萃科试，入甲等，授秘书省校书郎。宪宗元和元年（806）中才识兼茂明于体用科，授盩厔（今陕西周至）尉，二年（807）自集贤校理充翰林学士。十年（815）被贬为江州司马，后转任忠州（今重庆忠县）刺史。十五年（820）夏，被召回长安，任主客郎中、知制诰及中书舍人。后历任杭州刺史、苏州刺史、秘书监、刑部侍郎、以太子宾客分司东都洛阳等职务。《四库全书》收《白氏长庆集》七十一卷，《全唐诗》录其诗三十九卷，《全唐诗外编》及《全唐诗续拾》补其诗三十八首又四十四句。

《直中书省》，白居易集作《紫薇花》。"中书省"是朝廷处理政务，代皇帝拟订诏令的机构。因为省中多植紫薇，曾改名为紫薇省。白居易于穆宗长庆元年（821）十月任中书舍人，二年（822）七月，自中书舍人出任杭州刺史。此诗当作于长庆二年中白居易在中书舍人任上紫薇花开的日子。

首句写中书省很安静。"丝纶阁"指中书省，《礼记·缁衣》称："王言如丝，其出如纶。"可见"丝纶"指皇帝的指示，代皇帝起草诏令的机构中书省也就被称为"丝纶阁"了。"文章"，白居易集作"文书"，更准确一些。"文书静"指没有文书需要起草，所以值班室内显得特别安静。

次句写值班时间显得很漫长。"钟鼓楼"指宫中负责报时的地方，主要采用击鼓敲钟的方式来报时，所以称为"钟鼓楼"。"刻漏"是古代计时工具，大致分为漏水壶与受水壶两部分。漏水壶有小孔将水均匀滴入受水壶。受水壶中立箭，上有刻度，以受水壶水面上升在刻度上的反映来指示时间。"刻漏长"也反映了中书省很安静，以至于连刻漏滴水的声音都能听见。

后两句写诗人以紫薇花为伴。第三句采用设问的方法，以引出紫薇花并引起读者对紫薇花的特别关注。玄宗开元元年（713），改中书省为紫薇省，中书令为紫薇令，中书侍郎为紫薇侍郎。后来这些名称虽然废除了，但是作为典故还在诗歌中经常出现。末句采用当句对的方法，十分工巧，因此给读者留下了深刻印象。

如果我们将这首诗与周必大的《入直》、洪咨夔的《直玉堂作》

加以比较就会发现，都写了宫禁的静穆以衬托皇宫的庄严，都写了紫薇花以突出翰林院、中书省的工作性质；都表达了几分得意之情，以显示受到皇帝的恩宠是很荣耀的事。则此类诗的写作缺乏创意，也就可想而知了。

观书有感

朱　熹

半亩方塘一鉴开，天光云影共徘徊。
问渠那得清如许？为有源头活水来。

朱熹，本卷《春日》诗已介绍。本诗乃《观书有感二首》中的第一首，是借景写读书的心得体会的。

前两句写景。首句写半亩大小的方形池塘像一面打开的镜子。"鉴"即"镜"，宋人将"镜"写成"鉴"是因为避讳。"开"，古代使用铜镜，平时用锦袱覆盖在上面以避免灰尘、防止潮湿，用时揭开锦袱。次句写天空中的云彩在池塘的水面上动摇着。"徘徊"在这里形容水中的倒影流动的样子。

后两句议论。第三句设问池塘为何如此清澈呢？采用设问的方法是为了唤起读者对答案的关注，使行文变得更加紧凑。"渠"，它，指池塘。"如许"，如此，这般，像这样。末句回答道：那是因为从源头不断地有活水流进来，作者既强调了"源头"，又强调了"活水"。所谓"源头"显然指"四书五经"之类儒家经典著作，所谓"活水"显然指后人学习"四书五经"之类儒家经典著作的心得体会。

《朱子语类》卷十一《读书法下》也谈到过读书的方法与感想，如："读书须定其心，使之如止水，如明镜。""或问：看文字为众说杂乱如何？曰：且要虚心，逐一说看去，看得一说，却又看一说，看来看去，是非长短，皆自分明。""学者不可只管守从前所见，须除了方见新意。如去了浊水，然后清者出焉。"这些话说了同样的道理，但是这首诗写得更形象、更凝练、更蕴藉，也更耐人寻味。

泛　舟

朱　熹

昨夜江边春水生，艨艟巨舰一毛轻。
向来枉费推移力，此日中流自在行。

朱熹，本卷《春日》诗已介绍。《泛舟》为《观书有感二首》中的第二首，诗题为《千家诗》编者所拟。

前两句叙事。昨天夜里江中春潮猛涨，搁浅在江边的大船漂浮起来，移动它轻如鸿毛。"艨艟巨舰"，古代巨型战船，这里用来形容大船，与"一毛"形成鲜明的对比。"一毛轻"用了"轻于鸿毛"的典故。

后两句谈感受。过去我们花许多力气要把搁浅的大船推移到水中都是白费了，今天不费吹灰之力大船就在江心自由自在地航行了。作者采用了对比手法，极其生动地说明了春潮的到来这一条件是多么重要。"向来"，副词，在这里指过去。"中流"，河流的中心。

《朱子语类》卷十《读书法上》曾用行船来比喻读书治学问题，如说："看文字，当如高骓大艑，顺风张帆，一日千里，方得。如今只才离小港便着浅了，济甚事？"《庄子·逍遥游》也有类似的比喻："水之积也不厚，则其负大舟也无力。"我们从朱熹的这首诗可以悟出不少道理，如只有厚积薄发，才能举重若轻；如要按照客观规律做事才有效果，读书治学也是这样等等。

程千帆《宋诗精选》解说过这两首哲理诗，现录之如下："这两首当然是说理之作，前一首以池塘要不断地有活水注入才能清澈，比喻思想要不断有所发展提高才能活跃，免得停滞和僵化。后一首写人的修养往往有一个由量变到质变的阶段。一旦水到渠成，自然表里澄澈，无拘无束，自由自在。这两首诗以鲜明的形象表达自己在学习中悟出的道理，既具有启发性，也并不缺乏诗味。"

冷泉亭

林　穑

> 一泓清可沁诗脾，冷暖年来只自知。
> 流出西湖载歌舞，回头不似在山时。

林穑，生卒年不详，字丹山，长洲（今江苏苏州）人。神宗熙宁九年（1076）举进士。《全宋诗》录其诗一首，即此诗。《冷泉亭》一作《冷泉》，"冷泉"在浙江杭州灵隐寺前飞来峰下，流入西湖。泉山有亭，"冷泉"二字为白居易书，"亭"字为苏轼书。

前两句写在山的冷泉。首句写一道清冷的山泉能够渗入诗人的心脾。"一泓"是数量词，代称一泓山泉。"清"，在这里指清冷，因为泉名"冷"。"沁"，渗入，如沁人心脾。次句写冷泉是冷是暖只有自己才有切身的感受。"只自知"，用佛家语，如唐释善无畏《大日经疏》卷十二称："如饮水者，冷暖自知。"

后两句写出山的冷泉。第三句写冷泉出山后流入西湖，负载着歌儿舞女在游船画舫中供人寻欢作乐。"载歌舞"实际上是载着游船画舫，其中有人在唱歌跳舞，供人寻欢作乐。写诗时突出了最能反映佚乐生活的"歌舞"二字。末句写如果冷泉水从西湖流归山中的话，那么它与原先在山中的冷泉已经有了本质的差别。

杜甫《佳人》诗中有两句："在山泉水清，出山泉水浊。"诗人联系当时的社会背景与自己的生活经历，将这两句诗进行了个别化的处理，表现自己不愿与寻欢作乐、醉生梦死的社会风气同流合污的品格与志向。

赠刘景文

苏　轼

荷尽已无擎雨盖，菊残犹有傲霜枝。
一年好景君须记，最是橙黄橘绿时。

苏轼，本卷《春宵》《上元侍宴》《海棠》《中秋月》《饮湖上初晴后雨》等诗已介绍。苏轼于宋哲宗元祐四年（1089）七月任杭州知州，主要忙于救灾与兴修水利。元祐六年（1091）三月被朝廷召还，此诗当作于宋哲宗元祐五年（1090）初冬。

《赠刘景文》一作《冬景》。刘景文，《宋史》无传，宋人章定撰《名贤氏族言行类稿》卷三十对之作了比较详细的介绍："刘季孙字景文，世家开封，父平，任环庆将，赵元昊寇延州，以孤军来援，遂力战而死。景文以恤典得官。少笃学，能诗文。东坡先生守钱塘，景文为左藏库副使，两浙兵马都监。先生喜其人，上章荐其练达武经，讲习兵政，除知隰州。"这首诗当是苏轼在刘景文出任隰州刺史前写的，当时刘景文已年近花甲，而苏轼也五十五岁了。

前两句写冬景。首句写枯荷，荷花、荷叶全无，只剩下一些黑黢黢的残茎，算是将冬天衰飒的景象写透了。作者写此句主要还是为了反衬残菊与"橙黄橘绿"之可贵。次句写残菊，作者采用拟人的手法，一个"傲"字歌颂了那些不畏风吹霜冻犹在枝头开放的残菊的精神状态。

后两句借冬景发表了一通议论。"一年好景"不是百花齐放的春天，不是万木争荣的夏天，不是硕果累累的秋天，而是"橙黄橘绿"

的初冬时节，"最是"二字强调了这一点。难道"橙黄橘绿时"就是一年当中的最好时节吗？那倒不一定，各人的感受是不同的，每个人各个时期的感受也可能大不一样。这是诗人在彼时彼地的突出感受。这两句诗贵在诗人发现并展现了被别人忽略了的美。

如果我们联系前面对作者与刘景文的情况介绍来看，刘景文与作者都到了人生的初冬时节，因为"人生七十古来稀"嘛，苏轼写此诗的目的是要刘景文珍惜自然界和自己的初冬时节的美丽。

枫桥夜泊

张　继

月落乌啼霜满天，江枫渔火对愁眠。
姑苏城外寒山寺，夜半钟声到客船。

张继，生卒年不详，字懿孙，襄州（今湖北襄樊）人。唐玄宗天宝十二载（753）举进士，天宝十四载（755）一月，安禄山之乱爆发，张继曾到今江苏、浙江一带避乱。肃宗至德中曾任御史，代宗大历年间任检校祠部员外郎，洪州（今江西南昌）盐铁判官，没于洪州。著有《张祠部诗集》，《全唐诗》录其诗一卷，《全唐诗续拾》补其诗三首又二句。

《枫桥夜泊》一作《晚泊》，一作《夜泊松江》。宋范成大《吴郡志》卷十七《桥梁》说："枫桥在阊门外九里道傍，自古有名，南北客经由，未有不憩此桥而题咏者。"阊门即苏州城西门。

首句写黎明时所见到的景象。"乌"指乌臼鸟，其特点是一到天亮时就会叫，如南朝民歌《读曲歌》说："打杀长鸣鸡，弹去乌臼鸟。愿得连冥不复曙，一年都一晓。"将乌臼鸟与雄鸡相提并论，可见它们都会黎明即啼。"霜满天"实际上是霜满地，指到处都是白花花的霜，再说黎明时天色与霜也比较接近。"霜满天"也表明已进入深秋初冬时节。

后三句倒叙昨夜停泊在枫桥边的所见所闻所感。次句写作者晚泊枫桥的目的是为了睡觉，但是他迟迟没睡着，以至于见到了"江枫"和"渔火"这些令人分外忧愁的景色。"江枫"是深秋时节标志性意象，早在战国时代，宋玉所作《招魂》的最后就写道："湛湛江水兮上有枫，目极千里兮伤春心，魂兮归来哀江南。"其意境与诗人所见之景与所怀之情非常吻合，所以诗人在诗中化用了这一意境。不过"江枫"也是诗人所见之实景。因为与张继同时的刘长卿在《登吴古城歌》中写道："天寒日暮江枫落，叶去辞风水自波。"他在《秋杪江亭有作》中又说："寂寞江亭下，江枫秋气斑。"既然刘长卿能看到苏州地区的江边枫树，张继当然也能看到。"江枫"这一意象在诗中表达了忧愁的情绪。"渔火"反衬了夜晚的深沉与黑暗，同时也很容易使诗人联想到捕鱼人一家在船上团聚，而自己却孤身一人漂泊在水上。

三、四两句写诗人直到半夜三更都没有睡着。明人王鏊撰《姑苏志》卷二十九《寺观上》云："寒山禅寺在阊门西十里枫桥下……相传寒山、拾得常止于此，故名，然不可考也。"可见寒山寺与枫桥相距不远，而夜半又非常寂静，故诗人能清晰地听到钟声。夜半钟声既打破了半夜的寂静，又凸显了半夜的寂静。

总之，这首诗写诗人夜泊枫桥时，整个晚上都愁得没有睡着觉。作者为何如此忧愁呢？从前面所介绍的写作背景中可以看出，他的愁里交织着羁旅之思、家国之忧以及身处乱世尚无归宿的顾虑。这首诗之所以成了写愁的代表作，还在于作者将这种深深的忧愁充分地表现了出来。此诗成功地采用了视觉形象与听觉形象相结合的方法，多角度地展现了静寂的世界，"月落""江枫渔火"写所见，"乌啼""夜半钟声"写所闻。"月落"写天之远，"霜满天"写地之广，所写又都是深秋季节的典型景象，它们都承载了诗人深深的忧愁。作者还巧妙地将所见、所闻、所感糅合在一起，通过"乌啼"引出"月落"与"霜满天"；通过"钟声"想到已经"夜半"，想到自己在"客船"上，"独在异乡为异客"，尚无归宿的感觉便油然而生。此外，该诗采用倒叙手法也增色不少，作者将黎明时的所见、所闻、所感置于开头，先给读者留下一个鲜明的印象；而将"夜半钟声"置于最后，又让人回味无穷。

寒　夜

杜　耒

寒夜客来茶当酒，竹炉汤沸火初红。
寻常一样窗前月，才有梅花便不同。

杜耒（？—1227），字子野，号小山，南城（今江西抚州南城）人。南宋宁宗嘉定年间为淮东安抚制置使许国幕僚，理宗宝庆三年（1227）死于战乱。与戴复古有诗歌唱和，《全宋诗》录其诗十六首又十三句。《寒夜》写故人寒夜造访的喜悦之情。

前两句写主客在室内谈心的情况。首句写客人深夜造访，主人以茶代酒来招待他。可见两人是情趣相投的老朋友，否则不会寒夜来访，主人也不会以茶代酒来招待客人。我们都有这样的体会，关系越密切，才越不拘小节，越随便自然。次句写两人坐在火炉边谈话，此时炭火初红，而茶水已沸。显然品茶活动即将开始，而朋友间的谈话也将长时间地延伸下去。寒夜最需要的是温暖，而炉火、热茶、朋友间的倾心交谈，都能给双方温暖如春的感觉。"竹炉"指有竹编外壳的炉子。"汤"指热水或开水。

后两句借窗外景物议论。窗前明月同平常一样，但是有了"疏影横斜"的梅花倩影的点缀，窗前月色便迥然不同。梅花具有不少优秀的品格，如清雅、贞洁等，最突出的便是不畏寒冷。在百花凋零的寒冬，尚有数枝梅花在窗外绽放，当然能让人赏心悦目。这两句议论实际上包含着对客人的赞美，言下之意是说寒舍同平常一样，今晚因为有老朋友的到来，顿使蓬荜生辉，因为老朋友像梅花一样高洁。

白居易写过一首《问刘十九》："绿蚁新醅酒，红泥小火炉。晚来天欲雪，能饮一杯无？"也写寒夜招待客人，并且深受读者欢迎。两相比较，有诸多不同。白为五绝，杜为七绝；白待客以酒，杜待客以茶；白只写室内，杜兼写室外的明月与梅花。诗歌写出自己独特的地方，方有长久的生命力。

霜　月

李商隐

初闻征雁已无蝉，百尺楼高水接天。
青女素娥俱耐冷，月中霜里斗婵娟。

李商隐（约812-858），字义山，号玉谿生，又号樊南生，祖籍怀州河内（今河南沁阳），自祖父起迁居郑州（今河南郑州）。唐开成二年（837）举进士，三年（838）入泾原节度使王茂元幕，娶其女。历任秘书省校书郎、秘书省正字、太学博士等官职。考取进士前后曾多次在各地节度使任幕僚。其诗寄托遥深、想象丰富、措辞婉丽、用典工稳，具有独特的风格，对后世产生了深远影响。《四库全书》收《李义山诗集》三卷，《全唐诗》录其诗三卷，《全唐诗外编》及《全唐诗续拾》补其诗四首又五句。

《霜月》写深秋时节霜与月交相辉映之情景。前两句写景。首句从听觉的角度点明时令已经到了深秋。《礼记·月令》说："孟秋之月寒蝉鸣，仲秋之月鸿雁来，季秋之月霜始降。"陶渊明的《己酉岁九月九日》"哀蝉无留响，征雁鸣云霄"说的是同样的情况。次句从视觉的角度，写诗人登楼望远，见秋水与长天一色。"百尺楼"形容楼之高，诗中常用，如王昌龄《从军行》组诗写道"烽火城西百尺楼，黄昏独上海风秋。"因为站得越高，看得越远。此句表面上未写霜与月，实际上霜与月已包含其中，如清沈厚塽《李义山诗集辑评》引何焯批语说："第二句先虚写霜月之光，最接得妙。"

后两句借用典故写霜月。清纪昀《玉谿生诗说》指出："首二句极写摇落高寒之意，则人不耐冷可知。却不说破，只以青女、素娥对照之，笔意深曲。""青女"是主霜雪的女神，《淮南子·天文训》说："秋三月（季秋之月），地气不藏，乃收其杀。百虫蛰伏，静居闭户，青女乃出，以降霜雪。"汉高诱注："青女乃天神，青霄王女，主霜雪也。""素娥"即月亮女神嫦娥，《淮南子·览冥训》说："羿请不死之药于西王母，恒娥窃以奔月。"汉高诱注："恒娥，羿妻。羿请不死之药于西王母，未及服之，恒娥盗食之，得仙，奔入月中为月精。"南朝宋人谢庄《月赋》称："集素娥于后庭。"《文选》李善注："嫦娥窃药奔月。月色白，故曰素娥。"末句好在一个"斗"字，它写嫦娥在月中，青女在霜里相互比赛，看谁更耐冷，更光彩动人，这样就将静止的霜与月写活了。

李商隐诗善于用典，这首诗就是一个很好的例子。用主霜雪的女神"青女"来写霜，用月神嫦娥来写月亮，这就凭空增加了许多诗意，也引起读者产生许多遐想。有不少名家说它是一首艳情诗就证明了这一点。

梅

王　淇

不受尘埃半点侵，竹篱茅舍自甘心。
只因误识林和靖，惹得诗人说到今。

王淇，本卷《春暮游小园》已介绍。这是一首咏梅诗，从中可以看出诗人的生活情趣与林和靖《梅花》诗的影响。

前两句写梅花偏僻而朴素的生存环境。首句写梅花远离尘世，所以没有受到人世间灰尘的污染。"半点"强调了这一点。次句采用拟人的手法写梅花心甘情愿地生活在竹篱茅舍周围。"竹篱"指用竹子编的篱笆，"茅舍"指用茅草盖的房子。"竹篱茅舍"指贫寒人家。这两句诗歌颂了梅花甘于寂寞、不求人知的品格。

后两句写事与愿违，梅花成了诗人歌咏的对象。第三句写梅花误被诗人所赏识，但是诗人却采用了拟人手法，写梅花错误地结识了林和靖，这样写更生动一些。写梅花因为结识林和靖而懊悔，也进一步地表现梅花一尘不染的品格与安贫乐道的精神。林和靖，名逋，钱塘（今浙江杭州）人。北宋真宗景德年间结庐于杭州西湖孤山，居二十余年未尝入城市。所居多植梅，曾养两只仙鹤，有"梅妻鹤子"之称。他颇善咏梅，本书卷四收其代表作《梅花》诗一首，堪称咏梅诗的杰作。末句写因此引起了诗人们的特别注意，一直被诗人们歌颂到了今天。显然这两句诗也是在歌颂梅花，只是写得比较婉转，比较诙谐，因此显得别具一格。

宋诗喜欢说理，这首诗也讲了一个道理，影响事物的条件发生了变化，那么事物所产生的影响也会随之变化。就这首诗而言，梅花之所以受到诗人们的特别关注，林和靖的《梅花》诗显然起了明显的作用。

早 春

白玉蟾

南枝才放两三花，雪里吟香弄粉些。
淡淡著烟浓著月，深深笼水浅笼沙。

　　白玉蟾，生卒年不详，原名葛长庚。字白叟，号海琼子等，闽清（今福建闽清）人。父亲去世后，母亲改嫁白氏，遂易名为白玉蟾。曾隐居武夷山学道，于南宋宁宗嘉定年间，应征赴阙，召对称旨，命馆太一宫，封为紫清明道真人。全真教尊为南五祖之一。著有《海琼玉蟾先生文集》四十卷。《全宋诗》录其诗六卷。

　　此诗是通过梅花来歌咏早春的，因为梅花在春天开得最早。首句写梅花之早。"南枝"指南面的枝条，因为向阳，所以南枝上的梅花最早开放。"才放"，刚刚开放，也是说花开得早。"两三花"，形容只开了两三朵花，还是说花开得早。

　　次句写花香花色。"雪里"仍然说明花开之早，因为春天到来了，稍晚一点，就没有雪了。"吟香弄粉"是说诗人在雪中仔细吟诵与赏玩着梅花的香气以及花蕊、花瓣的形状与颜色，这四个字显然采用了互文的修辞手法。"些"为语助词，虽无实在意义，但是起了押韵的作用。

　　后两句写梅花开放的环境，它们显然化用了唐代诗人杜牧《泊秦淮》中的名句"烟笼寒水月笼沙"，创造出一种朦胧美，同时又将花、雪、烟、月、水、沙连成一片。诗人不仅欣赏梅花，也欣赏了梅花周围诗情画意的环境。换句话说，诗人在诗情画意的环境里欣赏梅花，自然会别有一番情趣。这两句在对仗方面也下了不少功夫，不仅三、四两句之间对得非常工整，而且各句又分别采用了句中对的形式，这就增强了诗歌的节奏感。

　　宋陶岳《五代史补》卷三说了个一字师的故事："时郑谷在袁州，齐己因携所为诗往谒焉。有《早梅》诗曰：'前村深雪里，昨夜数枝开。'谷笑谓曰：'数枝非早也，不如一枝则佳。'齐己矍然。不觉兼三衣，叩地膜拜，自是士林以谷为齐己一字之师。"从强调"早"的角度来说，郑谷无疑是正确的，但不一定符合实际情况。从欣赏梅花的角度看，"南枝才放两三枝"既强调了"早"，同时更有观赏价值，也比较符合实际情况，所以此诗也自有它的生命力。

雪梅二首 _{其一}

卢梅坡

梅雪争春未肯降，骚人阁笔费评章。

梅须逊雪三分白，雪却输梅一段香。

卢梅坡，生平事迹不详，南宋诗人，宋陈著《本堂集》录其诗一首，宋陈景沂《全芳备祖》录其诗一首，元蒋正子《山房随笔》录其诗两首，《宋诗纪事》从《后村千家诗》录其诗两首，诗风平易。《全宋诗》录其诗十二首。

这两首诗一作方岳作，其《秋崖集》卷四《梅花十绝》其九为"有梅无雪不精神"一首。就诗题而言，《梅花》不如《雪梅》准确，《雪梅二首》为一有机整体，方岳集中仅录其一，自不能说明两首都是他作的。就诗歌风格而言，这两首诗与卢梅坡的平易风格非常吻合，所以在没有找到新的证据前，这两首诗的著作权当属卢梅坡。

前两句写梅雪争春，要诗人评判。首句采用拟人手法写梅花与雪花相互竞争，都认为自己是最具早春特色的，而且互不认输，这就将早春的梅花与雪花之美别出心裁、生动活泼地表现出来了。"降"，降服，认输。次句写诗人在两者之间难以评判高下。"骚人"即诗人，因为屈原代表作名《离骚》而借称。"阁笔"同搁笔，即停下笔来。诗人原以为一挥而就，由于难于评判，只好停下笔来思索。"评章"即评价。

后两句是诗人对梅与雪的评语。就洁白而言，梅比雪要差一些；但是雪却没有梅花的香味。"三分"形容差的不多，"一段"将香气物质化，使人觉得香可以测量。前人已经注意到梅与雪的这些特点，如岑参的《白雪歌送武判官归京》："忽如一夜春风来，千树万树梨花开。"王安石的《梅花》诗："墙角数枝梅，凌寒独自开。遥知不是雪，为有暗香来。"但是此诗将梅与诗的不同特点用两句诗概括了出来，写得妙趣横生，也产生了一定的影响。

这是一首说理的诗，它告诉我们任何事物都是一分为二的，有长处必然也有短处。另外，比较是我们认识事物的好方法，因为有比较才能有鉴别。

雪梅二首 其二

卢梅坡

有梅无雪不精神，有雪无诗俗了人。
日暮诗成天又雪，与梅并作十分春。

上首诗主要写梅与雪的特点，这首诗主要写梅与雪以及它们与诗之间的关系。首句写梅与雪之间的关系，因为梅令人佩服的主要特点是不畏严寒，雪越大就越能显示出梅花的这一特点。相反，在风和日丽的情况下，就难以表现梅花的这一特点，所以说"有梅无雪不精神"。次句写雪与诗之间的关系。下雪的时候，俗人是很难发现其中的诗意并创作诗歌的；即使是诗人，如果缺乏雅兴，同样也写不出诗歌，这同俗人也没有什么差别，所以说"有雪无诗俗了人"。

后两句写梅、雪与诗之间的关系，梅花早就开放了，因为没下雪，所以还缺乏诗意。直到日暮时分，天空中纷纷扬扬地飘起了雪花，梅花在雪花的映衬下变得精神焕发，诗意洋溢；而雪花有了梅花的点缀，也变得丰富多彩，妙趣横生。面对此情此景，诗人也诗兴大发，两首诗一挥而就。梅、雪与诗共同使得春意盎然。需要说明的是第三句容易让人误解成"作完了诗，天正好下起了大雪"。实际的情况是触景生情，天下起了大雪，才写成了诗。诗的题目是《雪梅》，不能说雪还没下，就将咏雪的诗写好了。"诗成"之所以放在"天又雪"的前面，是因为受到诗歌格律的限制。

这也是一首说理的诗，它告诉我们事物都是相互联系、相互影响的，所以我们应当用全面的、相互联系的观点看待事物。写诗是这样，对待其他事情也应如此。

答钟弱翁

牧　童

草铺横野六七里，笛弄晚风三四声。
归来饱饭黄昏后，不脱蓑衣卧月明。

牧童，生平事迹不详，北宋末人。事见宋阮阅编撰《诗话总龟后集》卷四十《神仙门》引蔡絛《西清诗话》说："钟弱翁帅平凉，一方士通谒，从牧童，牵黄犊立于庭下。弱翁异之，指牧童曰：'道人颇能赋此乎？'笑曰：'不烦我语，是儿能之。'牧童乃操笔大书云：'草铺衡野……'"钟弱翁，名傅，饶州乐平（今江西乐平）人。他以书生被荐为兰州推官，哲宗绍圣年间因破西夏有功，历官至集贤殿修撰、龙图阁直学士。曾因虚报边功等原因，几次遭贬。

前两句写放牧。首句写牧草之丰美。"铺"与"弄"相对，为动词，说明草长得很茂密。"横野"指广阔的原野，"横"形容草原的宽度。"草铺横野"指绿草铺满了广阔的原野。"六七里"形容草原的长度，可见草原既宽广又遥远。次句写牧童之快乐。"弄"指吹奏，"笛弄"指吹奏笛子。此处称"笛弄"而非"弄笛"，是因为格律的需要。"三四声"形容晚风断断续续送来笛声，因为有风时能听到，无风时就听不到。吹笛子是形容牧童放牧生活的传统意象，如本卷所收雷震《村晚》诗的后两句："牧童归去横牛背，短笛无腔信口吹。"将相关的诗联系在一起读，会加深我们对诗歌的理解。

后两句写牧童放牧归来的生活。第三句写牧童放牧归来后饱餐一顿就无所事事了，接下来要做的就是睡觉，甚至连身上的蓑衣都懒得脱。牧童生活的无拘无束、自由自在也就可想而知了。"蓑衣"是用棕叶或稻草编制的可以防雨防脏的衣服。

此诗是写给边帅钟弱翁的。诗中所描写的自由自在、无忧无虑的放牧生活正好与边帅钟弱翁所过的争名夺利、钩心斗角的官场生活形成鲜明的对比，这在一定程度上也反映了生活在官场之外的某些知识分子的生活追求。这首诗将牧童生活写得如此悠闲自在，显然有理想化的成分，但是诗歌所描写的生活内容却来自实际生活，所以能引起读者的共鸣。

泊秦淮

杜 牧

烟笼寒水月笼沙，夜泊秦淮近酒家。
商女不知亡国恨，隔江犹唱后庭花。

杜牧，本卷《清明》《江南春》已介绍。"秦淮"指秦淮河，发源于江苏省溧水县东庐山与句容县宝山，两水在南京江宁区方山埭汇合，流经南京城，再注入长江。其流经南京的区域，素为南京最繁华的地带，可谓商贾云集，人文荟萃。

前两句写夜泊秦淮所见。起句写烟雾与月色笼罩着秦淮河水与沙滩，其中两个"笼"字将"烟""水""月""沙"融合在一起，构成了一幅图画，它是那么朦胧、幽静、冷清。句中的一个"寒"字为画面注入了感情色彩，使画面显得有些伤感。前四字与后三字都采用了主谓宾结构，所以读起来特别流畅。次句点题，并交代了泊秦淮的时间是夜晚，地点则靠近酒家。这就对首句诗所描写的景物作了个别化处理，它是诗人夜泊秦淮时在酒家附近所见。前两句实际上采用了倒叙的手法，在通常的情况下，会先叙事，也就是先写第二句的内容；再写景，也就是再写第一句的内容。不过我们不得不承认，诗人实际采用的这种处理方式，首先给读者留下了深刻印象，造成了先声夺人的艺术效果，反之则收不到这样的艺术效果。

后两写所闻所感。第三句写所感。"商女"通常都解释为卖唱的歌女，我们认为"商女"就是商人妇，此诗中的商女很可能像白居易《琵琶引》中的女主人那样，是一位委身为商人妇的妓女。因为在《全唐诗》中，凡"商女"均指商人妇，而卖唱的歌女则别有名称。我们不能仅从字面上理解这句诗，仅就此诗而言，商女当然不知亡国恨，那位商人当然也不知亡国恨，《后庭花》作为流行歌曲，一直在唱着，则欣赏这首歌曲的贵族、官僚、豪绅、富商等各类人士显然同样不知亡国恨。末句写所闻。《后庭花》即《玉树后庭花》，为南朝陈后主（叔宝）所作乐曲，被称为亡国之音。后两句诗也采用了倒叙的手法，在通常的情况下，只有先听到《后庭花》，才会产生"商女不知亡国恨"的感慨。诗人的这种处理方式，一方面是出于诗歌韵律的需要，另一方面是乐曲《后庭花》具有丰富的文化内涵，置于最后能让人回味无穷。

唐代以前，吴、东晋、宋、齐、梁、陈六朝相继在金陵（今江苏南京）建都达三百年之久，使金陵一跃而成为全国的政治、经济、文化中心。公元589年，陈朝灭亡，隋文帝下令将六朝首都金陵的城墙、皇宫、官署夷为平地，以免后人据以称王称霸。唐朝继续推行抑制金陵的方针，有个时期甚至取消它作为州的建制。这就使金陵成了由极盛迅速变为极衰的典型。唐朝经历了安史之乱后，也由极盛迅速衰败，这使得诗人们特别喜欢以金陵为载体来抒发自己的沧桑之感。这些诗表面上是在咏史，实际上无不表现了诗人对唐代社会现实的担忧。本卷《乌衣巷》也是个典型的例子，可参看。

归　雁

钱　起

潇湘何事等闲回？水碧沙明两岸苔。
二十五弦弹夜月，不胜清怨却飞来。

钱起，本书卷一《逢侠者》已介绍。"归雁"，湖南衡阳有回雁峰，相传南飞的大雁至此就不再继续往南继续飞行，过了冬天再飞回北方。

此诗为问答体。前两句设问。首句问归雁为何轻易离开湖南。"潇湘"指湖南境内的两条河流——潇水与湘水，这里代称湖南。"等闲"，随便，轻易。次句写潇水与湘水流域的自然环境很适合大雁生活。"水碧沙明"写水至清，两岸沙至白。晋罗含《湘中记》说明了这一点："湘水至清，虽深五六丈，见底了了然。石子如樗蒲大，五色鲜明。白沙如霜雪。"此外，两岸还生长苔藓，可供大雁食用。这两句诗采用了倒叙的手法，首先提问，这样容易扣人心弦，然后再补充说明提问的理由，以见问得合情合理。

后两句写大雁的回答。第三句写湘灵在月明之夜鼓瑟，"二十五弦"指瑟，《汉书·郊祀志》说："泰帝使素女鼓五十弦瑟，悲，帝禁不止，故破其瑟为二十五弦。""弹夜月"指在夜晚的月光下弹奏瑟。末句写其哀怨的瑟声正朝我们飞来，让我们受不了，所以只好飞回北方。为什么湘水女神所弹奏的乐曲如此悲哀呢？传说湘水女神是舜的两位妻子娥皇与女英。据晋张华《博物志》卷八记载："尧之二女，舜之二妃，曰湘夫人。舜崩，二妃啼，以涕挥竹，竹尽斑。"则她们鼓瑟，其音调极其悲伤，也就可想而知了。"胜"，承受得起，"不胜"，受不了，承受不起。"清怨"指凄清哀怨的瑟声。"却"，张相《诗词曲语辞汇释》指出："却，犹正也，于语气加紧时用之。"

这首诗的构思非常奇妙。大雁是候鸟，秋雁南飞是为了过冬，春雁北归是为了繁衍后代，与音乐没有任何关系，但是诗中却说大雁北归是因为受不了哀怨的瑟声，这就将湘灵鼓瑟巨大的艺术魅力表现出来了，因为雁尚如此，人何以堪？诗人还采用拟人的方法，运用问答的方式，让大雁自己说明北归的原因，从而显得格外生动而亲切。

题　壁

无名氏

一团茅草乱蓬蓬，蓦地烧天蓦地空。
争似满炉煨榾柮，漫腾腾地暖烘烘。

作者不详。宋张端义《贵耳集》卷上说："嵩山极峻法堂壁上有一诗曰：'一团茅草乱蓬蓬……'字画老草。旁有四字：'勿毁此诗'。此司马公书。柱间大字隶书'旦、光、颐来'。旦，公兄。颐，程正叔也。壁门题云：'登山有道，徐行则不困；措足于实地，则不危'，皆公八分书。"可见作者为北宋人。

此诗采取了对比的方法，前两句写茅草烧起来火势很大，但很快就熄灭了。首句写一团茅草散乱而蓬松，"乱蓬蓬"将茅草体积大、质地轻的特点生动地表现了出来。次句中重复运用"蓦地"二字，将茅草燃烧得快，熄灭得也快的特点形容得淋漓尽致。

后两句写树疙瘩火很小，很持久，但是取暖的效果却很好。第三句写炉子里放满了树疙瘩，用微火烧着。"争似"，怎能比得上，可见作者对后者持肯定态度，而且旗帜鲜明。"争似"两字，领起下文，有承上启下的作用，使前后两个部分紧密联系在一起。"煨"用微火加热。"榾柮"指树疙瘩。末句形容用微火烧树疙瘩的特点与效果，"漫腾腾"与"暖烘烘"中的两个叠词形成当句对，将其特点与效果充分地表现了出来。

这是一首哲理诗，它告诉我们做任何事情，不能大轰大嗡，如果大轰大嗡，可能一时间轰轰烈烈，但是转眼之间就会化为乌有。反之，只要脚踏实地，持之以恒，只要不断努力，就一定会取得实际效果，并最终获得成功。但是如前所说，自从这首诗加上司马光的批语与题词以后，就被赋予了政治含义。司马光借这首诗表达了自己对王安石变法的态度，认为王安石变法操之过急，欲速则不达。司马光所说有一定道理，但是由于封建士大夫本身的弱点，最后改革派与反对改革派形成了党争，并导致了北宋政权的灭亡。

五言律诗

幸蜀回至剑门

李隆基

剑阁横云峻，銮舆出狩回。
翠屏千仞合，丹嶂五丁开。
灌木萦旗转，仙云拂马来。
乘时方在德，嗟尔勒铭才。

李隆基（685—762），唐睿宗第三子，因平定唐中宗韦后之乱有功，被立为太子。睿宗先天元年（712）受禅即位，为唐玄宗，在位四十五年。前期励精图治，开元年间，使唐王朝进入全盛时期。后期沉湎声色，国事日非，导致安禄山、史思明之乱，玄宗于天宝十五载（756）六月仓促间奔蜀。太子李亨于当年七月（756）登位，是为肃宗，尊玄宗为太上皇。肃宗于至德二载（757）十月回长安，玄宗也于是年十二月还长安。上元二年（762）四月，玄宗抑郁而死。玄宗精通音乐，善书法，能作诗。《全唐诗》存诗一卷，《全唐诗外编》及《全唐诗续拾》补诗八首。

《幸蜀回至剑门》，各本普遍作《幸蜀西至剑门》。但诗中有"銮舆出狩回"一句，似以"回"字更符合诗意。明杨慎《升庵集》卷五十四《剑门明皇诗》说："予往年过剑门关，绝壁上见唐明皇诗云：'剑阁横空峻……'是诗《英华》及诸唐诗皆不载，故记于此。"看来石壁上刻的诗原来没有题目，诗题为后人所加，偶有疏忽也是可能的。

宋阮阅《诗话总龟》卷二十四谈了此诗的写作情况："明皇幸蜀回，至剑门，谓侍臣曰：'剑门天险，自古及今，败亡相继，岂非在德不在险也！'因作诗曰：'剑阁横空峻……'至德二年，普安郡太守贾深勒于石。""幸"，古代特指帝王亲临某处。"幸蜀"就是皇帝亲临四川。"幸蜀回"，至德二载（757）九月，唐官军收复长安。十月，玄宗也从成都动身回长安，此诗当为玄宗在回长安的途中，经过"剑门"时所作。"剑门"也称剑门关、剑阁，在今四川剑阁县北，是大剑山与小剑山之间的栈道，修在悬崖峭壁上，非常险要，有"一夫当关，万夫莫开"之说。

首联扣题写途经剑门的缘由。起句突兀，写三十里栈道横亘在白云萦绕的绝壁上，首先就给人留下了极其深刻的印象。"剑阁"指大、小剑门山之间的栈道，蜿蜒三十里长。"横"指栈道横亘在山腰。"云峻"指白云萦绕的险峻绝壁。次句交代自己出外避难，如今在回京途中。"銮"，铃铛。"銮舆"，系有铃铛的车子，后来成了皇帝车驾的代称。"出狩"，出外狩猎，后来皇帝离开京城出外巡视等活动也称出狩，此处实际上指外出避难。

颔联写剑门山之险峻。三句写千仞石壁像翠绿的屏风合并在一起。下句写像屏障一样的红色山峰是五丁开辟而成。"五丁"，五位壮士。据晋常璩《华阳国志》卷三《蜀志》记载，秦惠王嫁五女给蜀王，蜀王派五丁迎接，回到梓潼时，见一巨蛇钻入洞中，五位壮士拉住蛇尾，导致山崩，压杀蜀之五丁与秦之五女，于是山分为五岭，同时也开出了一条蜀地与外界联系的通道。这两句诗运用比喻与神话传说，对自然环境作了静态描写，写出绝壁的色彩与险峻。

颈联写途中所见。五句写一路上灌木丛生，指引队伍的旗帜在灌木丛中时隐时现，远远看上去，好像是灌木丛围绕着旗帜转动一般。当地湿度大，气候温暖，又无人砍伐，所以路边的山体与沟壑树林茂密是可想而知的。六句写一路上白云漂浮，迎着马头拂面而来。"仙"字表现了山间云雾缭绕，景色朦胧，使人觉得亦真亦幻，犹如仙境。这两句对所见景色作了动态描写。三、四两联，所写景物，一静一动，相得益彰。

尾联写自己的感慨。七句说明治理国家要顺应时势，依靠仁德。这其实是一条历史经验，《史记·孙子吴起列传》中，吴起就对魏武侯说过：治理国家"在德不在险，若君不修德，舟中之人尽为敌国也。"西晋张载《剑阁铭》也重申过吴起的观点:"兴实在德,险亦难恃。"唐玄宗路过剑阁,自然会想起这一历史经验教训,于是又写诗表达了这一主题。玄宗写这首诗的内心是复杂的,一方面是写给肃宗看的,向他表明自己的政治态度,并告诫各地的地方割据势力,不要据险与中央政府对抗。另一方面也是对自己一生经验教训的总结。在诛韦后时,他乘势而起,能够修德用能,当上皇帝,而且在一段时间内,将国家治理得很好。随之便腐化堕落,任用奸佞,引发了安史之乱,只好拱手让出皇帝的宝座。这显然是未修德的结果。"乘时"即顺应时势。"方",副词,正好、恰好的意思。末句对张载表达了由衷的赞叹。"嗟",感叹词。"尔"指张载。"勒铭才",具有写文章能被铭刻在石壁上的才华。张载在《剑阁铭》的最后写道:"勒铭山阿,敢告梁、益"。可见他写此铭的目的就是希望被刻在石壁上,以警告当时最有可能出现割据势力的梁州与益州。事实上,他的愿望也实现了,明梅鼎祚《西晋文纪》卷十八《剑阁铭》题下注:"载省父,道经剑阁,以蜀人恃险好乱,著铭作诫。刺史张敏表上,武帝使镌之山。"

"诗言志",唐玄宗作为一个因为自己的错误而被迫退出历史舞台的政治家,还能不断地总结经验和教训,关心国家的命运和前途,用各种方式来发挥自己的政治作用。虽然大势已去,他已经很难再发挥自己的政治作用,但是诗中还多少体现了他作为政治家的本色,此点是难能可贵的。

和晋陵陆丞早春游望

杜审言

独有宦游人,偏惊物候新。
云霞出海曙,梅柳渡江春。

淑气催黄鸟，晴光转绿蘋。

忽闻歌古调，归思欲沾巾。

　　杜审言（约645—708），字必简，祖籍襄阳（今湖北襄阳），父迁居洛州巩县（今河南巩义）。高宗咸亨元年（670）举进士，任隰城尉，武则天当权的永昌元年（689），杜审言曾在毗陵郡（今江苏常州）江阴（今江苏江阴）任县丞、县尉一类官职，累转洛阳丞。曾任著作佐郎，俄迁膳部员外郎。神龙元年（705），因谄附张易之兄弟，被中宗流放岭南，不久召还，授国子监主簿，加修文馆直学士。杜审言对近体诗之形成颇有贡献，其孙杜甫的诗歌创作深受其影响。有集二卷，《全唐诗》录其诗一卷，

　　《和晋陵陆丞早春游望》，"晋陵"（今江苏常州武进）即毗陵郡的属县。"陆丞"为晋陵县丞，姓陆。他写过一首题为《早春游望》的诗，杜审言特写此诗和之。如前所说，写作时间当在永昌元年杜审言在江阴任职期间。

　　首联写在外地任职的人对异乡的物候变化特别敏感。起句"独有"二字强调了这一点，因为本地人司空见惯，对本地物候的变化可能就不那么敏感。"宦游人"指离开家在外地做官的人。次句"偏惊"二字，强调了对物候变化特别敏感。开头两句高度概括了自己的切身生活体验，显得响亮有力。

　　二、三两联写物候新在何处。三句写大海上一轮旭日喷薄欲出，在曙光的照耀下，朝霞灿烂夺目。因为诗人长期生活在中原，所以对大海、海上日出、海霞都会感到特别新鲜。神话传说中的青帝是位于东方的司春之神，而神州大地的东方是大海，是大海中日出的地方，而最早感受到阳光的就是云霞了。四句写早春的梅花首先是在江南开放，而杨柳也是首先在江南变绿的，然后再将春色渡过长江带到江北。一个"渡"字写出了春天由江南到江北的步伐，极具创造性。诗

人写于常州的七律《大酺乐》有"梅花落处疑残雪，柳叶开时任好风"两句，可见诗人对江南早春的梅花与柳叶特别喜欢。

五句写温暖的气候催促黄莺唱着美妙的歌声。"淑气"，温暖的天气，"黄鸟"，即黄莺。晋人陆机《悲哉行》说："蕙草饶淑气，时鸟多好音。"也许杜审言受到了这两句诗的启发。六句写晴朗的阳光使绿蘋的颜色变得更加鲜明。"晴光"，晴朗的阳光。梁人江淹《咏美人春游》诗说："江南二月春，东风转绿蘋"，显然杜审言化用了这两句诗。此诗颈联写春天温暖的天气与晴朗的阳光加快了动物与植物生长的速度，使它们都变得生气勃勃。

尾联扣题写忽然听到陆丞用古老的调子吟唱新作《早春游望》，引起了诗人思念故乡的情绪，以至于要流下热泪。"忽闻"表示意外，正是在没有任何思想准备的情况下，被陆丞的《早春游望》勾起思乡之情，所以备受感动。"古调"指古老的、彼此熟悉的调子，这样才容易引起共鸣。"巾"，指抹眼泪的手帕。"沾巾"，指眼泪沾湿了手帕。正因为诗人是在与中原早春的比较中写江南早春的，所以在赞美江南物候新的同时，也就在怀念故乡的早春了。在陆丞无意中触动了诗人的思乡之情时，这种感情也就难以克制了。

胡应麟《诗薮》内篇卷四说："初唐五言律，杜审言《早春游望》《秋宴临津》《登襄阳城》《咏终南山》……皆气象冠裳，句格鸿丽。初学必从此入门，庶不落小家窠臼。"又说："初唐五言律，'独有宦游人'第一。"可见此诗在唐代五言律诗发展史上具有突出地位。此外，此诗在炼字方面也成绩突出，如前所说"独""惊""渡""催""转""忽"等字都用得非常好。

蓬莱三殿侍宴奉敕咏终南山

杜审言

北斗挂城边，南山倚殿前。
云标金阙迥，树杪玉堂悬。
半岭通佳气，中峰绕瑞烟。
小臣持献寿，长此戴尧天。

杜审言，上首诗已介绍。此诗一作《蓬莱三殿侍宴奉敕咏终南山应制》，作于中宗景龙三年（709）十一月十五日，时在蓬莱三殿举行宴会，庆祝中宗诞辰，长宁公主满月。"蓬莱三殿"指唐大明宫内的三座宫殿，宋人宋敏求撰《长安志》卷六《宫室》称："龙朔二年，造蓬莱宫含元殿，又造宣政、紫宸、蓬莱三殿。"终南山在长安（今陕西西安）南五十里。"应制"诗，应皇帝要求所写作的诗，内容多为歌功颂德。

首联写皇宫之高大雄伟。起句写长安城之高，以至于北斗星就挂在城边。皇宫一般都坐北朝南，修建在首都的北面。所以这句诗是歌颂皇城之高大雄伟。次句写终南山倚傍在雄伟的蓬莱殿前，也可谓就地取材，恰到好处。这两句以北斗星、终南山为背景，写出了皇宫的雄伟气势。

颔联正面写宫殿之壮观。三句写宫殿高耸云端。"云标"，云端。"阙"，皇城上供瞭望的楼，"金阙"代称皇宫。"迥"，这里指高。四句写宫殿仿佛悬在树梢上。"玉堂"原为汉代宫殿名，这里代称宫殿。"悬"形容宫殿周围的树木很多，所以只能看到宫殿的上部，看不到被绿树包围的宫殿底部，因此看上去宫殿像是悬浮在树梢上一般。

颈联写终南山的祥瑞景象。五句写半山腰流动着吉庆的云气。"半岭"指半山腰。"佳气"指吉祥的云气。六句写主峰上环绕着祥瑞的烟霭。"中峰"指主峰。

尾联写祝福皇帝寿比南山，我们将长久地共享太平盛世。七句写作者手持终南山作为献给皇帝的寿礼。这句诗的想象力非常丰富，作者将巨大的不可移动的终南山，采用夸张的手法，缩小成可以手持的能够移动的礼品。而且，这种礼品是精神的，而非物质的；是虚拟的，而非现实的。句中暗用了《诗经·小雅·天保》"如南山之寿"的典故。"小臣"，作者卑称。末句中的"尧天"指太平盛世，语出《论语·泰伯》："唯天为大，唯尧则之。"意为天最大，只有尧能以天为准则管理国家。所以尧管理的国家称为"尧天"，也即理想化的太平盛世。

在古代，封建文人如有机会写应制诗，都难免逢场作戏，勉力为之，因为这是施展才华讨好皇帝的绝好机会。这首诗堪称应制诗的代表作，内容全为歌功颂德，但是写得比较得体。首先是虽然夸大其词，但是比较符合实际情况。其次是句律森严，对仗工整，层次分明。三是所用典故比较恰当。正因为如此，这首诗成了初学应制诗的范本。

春夜别友人

陈子昂

银烛吐清烟，金尊对绮筵。
离堂思琴瑟，别路绕山川。
明月隐高树，长河没晓天。
悠悠洛阳道，此会在何年？

陈子昂，本书卷一《赠乔侍御》已介绍。《新唐书·陈子昂传》称其出身豪富，"资编躁，然轻财好施，笃朋友"。此诗为作者离蜀赴洛阳，告别友人时所作。原诗二首，此为第一首。唐睿宗文明元年

（684），陈子昂献书朝廷，武则天奇其才，召见金华殿，拜为麟台正字。此事在当时产生了很大影响。

首联扣题写别筵。起句写明烛高烧，轻烟袅袅。"银烛"，银白色的蜡烛。烛光明亮表明蜡烛的质量很好。次句写餐具华贵，酒菜丰盛。"金尊"，金制的酒杯，用以形容酒具很华贵。"绮筵"，豪华的酒席。这两句借筵席之华美，来表现宴会之隆重，进而表现朋友间感情之深厚。本联对仗工整，辞藻华丽。

颔联抒发惜别的情怀。三句表达朋友间的情谊。"离堂"指饯别的场所。"琴瑟"指友谊。《诗经·小雅·鹿鸣》："我有嘉宾，鼓瑟鼓琴。"四句想象征途之遥远与孤独。"别路"，别后的征途。"绕"字形象生动地表现了所要经过的千山与万水。上句写团聚之快乐，下句写别后之孤独，正好形成鲜明的对比，增强了艺术的感染力。

颈联写宴会已经通宵达旦。五句写明月隐身在树后，六句写银河消失在空中。这两句诗一方面表现了朋友间依依惜别的深情，另一方面也表明，随着天亮，分别就在眼前，离情别绪将进入高潮。句中的"隐"与"高"写出了明月与银河逐渐消失的过程，朋友间的离情别绪也随之逐步加深，是非常高明的。

尾联想象征途之遥远，后会之无期，将离情别绪推向高潮。"此会"与首联相呼应，并结束全篇，使结构显得非常完整。刚刚分别就又期望再次聚会，进一步表达了朋友间的深情厚谊。"此会"不可预期，只能彼此黯然神伤，无限惆怅。

清人姚鼐《五七言今体诗钞》认为此诗"从小谢《离夜》一首脱化来。"试读谢朓《离夜》诗："玉绳隐高树，斜汉耿层台。离堂华烛尽，别幌清琴哀。翻潮尚知恨，客思眇难裁。山川不可尽，况乃故人怀。"显然陈子昂的这首诗从内容到形式都学习了谢朓的《离夜》诗，但是又有自己的独创性。可见，在诗歌创作中多读前人的作品是大有好处的，但是一定要有创造性，否则就形同抄袭，毫无价值了。

长宁公主东庄侍宴

李峤

别业临青甸，鸣銮降紫霄。
长筵鹓鹭集，仙管凤凰调。
树接南山近，烟含北渚遥。
承恩咸已醉，恋赏未还镳。

李峤（645—714），字巨山，赵州赞皇（今河北赞县）人。弱冠登进士，任安定尉。历官监察御史、凤阁舍人、鸾台侍郎。中宗神龙二年（706）为中书令；三年，加修文馆大学士，封赵国公，以特进同中书门下三品。睿宗立，罢政事，下除怀州刺史，致仕。《新唐书·李峤传》称“峤富才思，有所属缀，人多传讽”。武后、中宗朝写过许多应制诗，较有影响。《全唐诗》录其诗五卷，《全唐诗外编》及《全唐诗续拾》补其诗三首又二句。

《长宁公主东庄侍宴》原作《侍宴长宁公主东庄应制》。长宁公主为唐中宗韦后所生，颇受宠爱。“东庄”是长宁公主的庄园，《新唐书·诸帝公主传》称其“取西京高士廉第、左金吾卫故营合为宅，右属都城，左颊大道，作三重楼以凭观，筑山浚池。帝及后数临幸，置酒赋诗。”据《唐诗纪事》卷九《李适》记载，景龙四年（710）“四月一日，幸长宁公主庄”。这首诗当作于此时。

此诗以时间为序，首联写皇帝光临东庄。起句写东庄的地理位置。“别业”，别墅，这里指东庄。“甸”，京城近郊。“青甸”，绿色的郊野。“临”有临接的意思，也有俯临的意思，从上面介绍的情况看，本句指后者。下句写伴随着銮铃鸣响声，皇帝的车驾到来了。“銮”，铃铛，为皇帝车驾上的装饰品。“降”，充分表现了皇帝地位的崇高与尊贵。“紫霄”，原指天空，此指皇宫。来的人很多，这里只写皇帝，可谓重点突出。

颔联写宴会。三句写长长的筵席两边整齐地坐着与会的朝臣。"长筵"，因为与会的人很多，所以筵席很长，也表明筵席盛大。"鹓"，传说为凤一类的鸟，"鹭"，一种水鸟名，颜色洁白，容貌修整，《诗经·周颂·振鹭》中以它来赞美宾客。"鹓鹭"，因为二鸟飞行有序，所以用来形容朝臣的行列，也指朝臣。四句写宴会上的音乐美妙动听。"仙管"，管乐的美称。"凤凰调"，形容音调优美，像凤凰和鸣。

颈联写东庄的景色。五句写树木郁郁葱葱，几乎与终南山连成一片。六句写遥望渭水，烟雾迷蒙，宛如一幅水墨画。"北渚"，指渭水之滨，实际上指渭水，因为它在长安的北面。这两句写长安的主要景观终南山与渭水尽收眼底，东庄之气象阔大，可想而知。

尾联写感谢皇恩。七句写与会的朝臣们承受皇恩喝醉了。言下之意是说宴会办得非常成功，大家都很尽兴，以至于一醉方休。末句写大家之所以迟迟不肯走，是因为等待皇帝的赏赐。这句诗实际上是进一步歌颂皇恩之浩荡，不仅让大家饱览美景，美餐一顿，而且还赠送礼品，真是皆大欢喜。"镳"，马嚼子，勒马口的工具。

在封建社会，参加皇帝组织的游乐活动需要写应制诗，这样的机会当然比较少，大量的是文人之间的交往，需要写应酬诗。其实写应制诗与应酬诗有共同之处，就是说对方的好话。所以学好应制诗，也可以用来学写应酬诗。这是本书选了好几首应制诗的原因之一。此诗堪称应制诗的标本。按照时间顺序来写，容易写得脉络清楚，层次分明。重视韵律和谐，对仗工整，让人在形式上难以挑出毛病。语言华丽准确，既收到赞颂的效果，又显得比较得体。如"青甸""紫霄""鹓鹭""凤凰"都显得华丽而富有色彩，而"树接南山""烟含北渚"，极写东庄山水之胜，也算实事求是。

恩敕丽正殿书院赐宴应制得林字

张　说

东壁图书府，西园翰墨林。
诵诗闻国政，讲易见天心。
位窃和羹重，恩叨醉酒深。
载歌春兴曲，情竭为知音。

张说，本书卷一《蜀道后期》已介绍。现将有关情况略述如下。他于玄宗开元九年（721）九月，守兵部尚书、同中书门下三品。十一年（723）四月，除中书令。十三年（725）四月，诏改丽正书院为集贤殿书院，张说充学士，知院事。十四年（726）四月，停中书令。十五年（727）二月致仕。十七年（729）三月，复为右丞相，依旧知集贤院事，八月迁左丞相，十八年（730），终。

《恩敕丽正殿书院赐宴应制得林字》，"丽正殿"，唐东宫殿名，分设西京长安、东都洛阳两处，原名乾元殿，玄宗开元六年（718）更名为"丽正殿书院"。《旧唐书·职官志二》说："玄宗即位，大校群书。开元五年，于乾元殿东廊下写四部书，以充内库，置校定官四人。七年，驾在东都，于丽正殿置修书使。十二年，驾在东都，十三年与学士张说等宴于集仙殿，因改名集贤，改修书使为集贤书院学士。"当时张说以宰相的身份兼任集贤书院学士。据《资治通鉴》卷二一二介绍，开元十一年（723）五月，"上置丽正书院，聚文学之士，秘书监徐坚、太常博士会稽贺知章、监察御史谷城赵东曦等，或修书，或侍讲，以张说为修书使以总之，有司供给优厚。"此诗当作于是时。"得林字"，这是写应制诗的一种方式，即选一些字（比如两句诗）为韵，作者在所选字中分得一字为韵，张说分得"林"字。

全诗可分为两个部分，前四句写丽正殿书院。首联写丽正殿书院的性质。起句写丽正殿书院是国家图书馆。"东壁"为二十八星宿之一，由飞马座和仙女座组成，古人用以指皇家图书馆，如《晋书·天文志上》说："东壁二星，主文章，天下图书之秘府也。"次句写丽正殿书院也是文人荟萃之所。"西园"，在邺城（今河北临漳西南邺镇），三国时曹丕等经常在这里召集文士饮酒赋诗。"翰墨"，笔墨，代指文章和写文章的文士。"翰墨林"，形容文士荟萃如林。

领联写丽正殿书院的价值。三句写诵读《诗经》，可以了解国家大事，如《汉书·艺文志》说："古有采诗之官，王者所以观风俗，知得失，自考正也。"下句写讨论《易经》就能了解事物发展变化的规律。"天心"即天意。古人迷信，所以往往借天意来说人事。《易经》实际上是一部研究事物发展规律的哲学著作。《诗》与《易》是作为图书的代表来写的，实际上有泛论图书价值的意义。

后四句写侍宴应制。颈联写自己身受皇恩，肩负重任。五句写自己高居宰相要职。"位窃"即窃取职位，是谦辞。"和羹"，典出《尚书·说命》："若作和羹，尔惟盐梅。"所谓"和羹"即用佐料调和羹汤。商王武丁任命傅说为相，并说宰相治理国家就好比用盐等佐料调和羹汤一样，于是后世就用和羹来比喻宰相的工作。下句写自己深受皇恩。"恩叨"即叨恩，沾恩，客套话。"醉酒深"比喻受到皇恩很深很多，就像喝醉了酒一般。

尾联写作诗。七句写我歌唱着这首充满春意的歌曲。"载"，乃，于是。"春兴曲"，充满春意的歌曲。下句写我忘情地歌唱是为了知音。"情竭"，尽情。"知音"即知己。这里的"知音"当指玄宗。《战国策·赵策》中有"士为知己者死，女为悦己者容"的话，可见张说也在表态要为玄宗皇帝努力工作。

此诗作为应制诗，写出了丽正殿书院侍宴的特点。作者运用典故贴切，具有书卷气。通篇叙事清晰，结构匀称，对仗工整平稳，读起来很流畅，也是一首成功的应制诗。

送 友 人

李 白

青山横北郭，白水绕东城。
此地一为别，孤蓬万里征。
浮云游子意，落日故人情。
挥手自兹去，萧萧班马鸣。

　　李白，本书卷一《独坐敬亭山》等已介绍。安旗《李白全集编年笺注》认为此诗作于南阳（今河南南阳）。诗中"青山"似指南阳西北二十七里之精山，"白水"似指南阳东三里之淯水（俗名白河），是开元二十六年（738）李白之行的首途之作。特录以备考。

　　首联对送别的地点作了概括的描述，青山横亘在外城的北面。白色的河流环绕在城的东面。青山绿水历历在目，给人留下了深刻印象，可见作者视野十分开阔。两句对仗工整，也增强了诗的艺术效果。"郭"，外城。

　　颔联承上写送别，此地一别之后，友人便踏上了万里征程。"一"在这里不是数词，而是副词。"一为"与"万里"也不是对偶关系，但是"一为别"与"万里征"恰恰形成了强烈的对比关系，一别之后，友人便踏上了万里征程，而且一别之后，朋友之间也将会相距万里之遥，何时重逢，不得而知，其有无限怅惘之情也就不言而喻了。"蓬"，蓬草。蓬草枯萎根断后，随风飘荡。"孤蓬"比喻孤零零漂泊在外的友人。五律首联不要求对仗，此诗却对仗得十分工整；颔联要求对仗，此诗却不对仗，或者说对仗得不工整，但是读起来很流畅。这就是写诗达到最高境界的李白，为了自由地抒发自己的感情，而不惜突破格律的束缚。

　　颈联抒发送别之情。五句用飘动的浮云比喻漂泊的游子，下句用缓缓下沉的落日比喻依依不舍的老朋友的惜别之情。正如清王琦注

《李太白全集》卷十八所说："浮云一往而无定迹，故以比游子之意；落日衔山而不遽去，故以比故人之情。"此外，太阳就要下山了，友人还要启程赶路，也反映了生活中的无奈。这两句情景交融，对仗工整，历来为人们所称颂，如日本人编《李太白诗醇》引宋严羽评语："五、六澹荡凄远，胜多多语。"

尾联写挥手告别。七句写人挥手，末句写马悲鸣，有动作，有声音，其情其景，如在目前。"萧萧"形容马鸣声，如《诗经·小雅·车攻》说："萧萧马鸣，悠悠旆旌。""班"，分别。《左传·襄公十八年》："有班马之声"，杜预注："班，别也。"清王琦注《李太白全集》分析道："主客之马将分道，而萧萧长鸣，亦若有离群之感，畜犹如此，人何以堪。"

诗借形象反映社会生活，表达思想感情，此诗以"浮云"形容"游子意"，以"落日"形容"故人情"，均恰到好处，所以能流传千古。而最后两句写朋友间相互挥别的场景，令人难以忘怀，这些都是诗歌形象的作用。

送友人入蜀

李　白

见说蚕丛路，崎岖不易行。
山从人面起，云傍马头生。
芳树笼秦栈，春流绕蜀城。
升沉应已定，不必问君平。

李白，本书卷一《独坐敬亭山》等已介绍。《李太白全集》卷一收有《剑阁赋》，题下注云："送友人王炎入蜀。"则此诗从内容来看，当与该赋为同时送友人王炎入蜀所作。时当开元十九年（731）李白初次入长安求仕期间困顿失意时所作。

首联概括地说蜀道崎岖难行。"蚕丛"相传为古代蜀国的开国国君，李白在《蜀道难》中写道："蚕丛及鱼凫，开国何茫然。尔来四万八千岁，不与秦塞通人烟。""蚕丛路"即蜀道。开头两句写得雄浑平实。

颔联写蜀道之险峻。三句写山之陡峭，石壁就在人的面前拔地而起。四句写山之高峻，以至于人骑着马要在云中穿行。这两句写得可谓别出心裁，异峰突起。人与石壁，马与云层之间零距离接触，非常精确而传神地表现了蜀道特殊的自然环境，令人拍案叫绝。

颈联写蜀道的美丽。五句写栈道旁树木之茂盛，"芳"字既让我们闻到了树之花香，又让我们见到了各种树木丰富的色彩。"笼"字说明栈道被树木笼罩着，树木之茂盛可想而知。六句写一江春水环绕着成都城。"绕"字写出了河流弯弯曲曲的形状。"蜀城"指成都，也是友人此行的目的地。

尾联劝慰友人。政治前途已命中注定，不必再去占卜问卦。"升沉"指官职的升降，"应已定"指已经命中注定，这当然是迷信，不过古人相信这些。用在这里主要是为了宽慰朋友，不必斤斤计较一时的得失。"君平"，为西汉人严遵的字，是成都著名的占卜者。用此典故，既是为了宽慰朋友，同时也是为了扣题写"入蜀"，颇见艺术技巧。

此诗有个突出优点是写得层次分明，波澜起伏。首联雄浑无迹，显得很平实；颔联语意奇险，令人望而生畏；颈联又写景色宜人，足以慰征夫之心；尾联转入议论，可谓循循善诱，情深意长。清人沈德潜《唐诗别裁集》卷十谈到此诗是以所经道路为序来写的，最后又用蜀人典故，可谓恰到好处。

次北固山下

王　湾

客路青山外，行舟绿水前。
潮平两岸阔，风正一帆悬。
海日生残夜，江春入旧年。
乡书何由达？归雁洛阳边。

　　王湾（693—751），洛阳（今河南洛阳）人。玄宗先天二年（713）举进士，开元初为荥阳主簿。参与编纂《群书四部录》，后来又在丽正修书院校过书。之后调任洛阳尉。王湾写过一首《晚春谒苏州敬赠武员外》，武员外指武平一，《新唐书·武平一传》称："玄宗立，贬苏州参军，徙金坛令。"则王湾游江南拜访武平一，当他在考取进士以后不久，因为他担任荥阳主簿，参与修书工作以后，就没有时间游历江南了。

　　《次北固山下》，唐芮挺章《国秀集》作《次北固山下作》，亦作《江南意》。唐殷璠《河岳英灵集》卷下《王湾》称："湾词翰早著，为天下所称最者不过一二。游吴中作《江南意》诗云：'海日生残夜，江春入旧年。'诗人已来少有此句，张燕公手题政事堂，每示能文，令为楷式。"但所录诗句多有不同，《千家诗》所选同《唐诗纪事》本，当经过后人加工。"次"，途中住宿。"北固山"，在今江苏镇江北，三面临江，历来是游览胜地。

　　首联写行程在青山绿水间。"客路"主要指水路，而非陆路，这从所采用的交通工具是舟不是马可以看出。未来的行程仍然是水路而非陆路，因为从镇江到苏州，有运河直达。"外"一作"下"，《国秀集》作"外"比较准确，既然题为《次北固山下》，则所述为以往的行程，而以往的行程并不总是在"山下"，所以应当说是"山外"。因为诗人是北方人，习惯于骑马，所以对乘舟饱览两岸的青山绿水，充满着新鲜感。

额联承上泛写舟行所见之景色。三句客观地描写了长江下游江面的状况，"潮平"，冬末长江通常都风平浪静，行船也比较安全。"两岸阔"，长江从上游到下游，江面越来越宽阔，当然行船也会越来越顺利。四句写行舟乘风破浪，速度很快。"风正"，这里当指西风。因为长江南京至镇江段，流向由西向东，如果刮西风，正好是顺风顺水，行船会特别迅速。"一帆悬"，古代行船需要借助风力，所以要有桅杆，并高悬风帆。

颈联特写拂晓时所见所感。五句写日出，写大海中的旭日诞生于残夜，其作用是揭示了日出与残夜之间的关系，说残夜是旭日的孕育者。六句写江春，写江面与江岸的春意已经进入尚未结束的旧年，在冬末就已感受到了春意，这也反映了江南春早的特点。这两句诗历来受到很高的评价，如唐末诗人郑谷《卷末偶题》说："何如海日生残夜，一句能令万古传。"清沈德潜《唐诗别裁集》卷十也称："江中日早，客冬立春，本寻常意，一经锤炼，便成奇绝。"

尾联唐殷璠《河岳英灵集》卷下作："从来观气象，惟向此中偏。"就思想内容而言，比较符合诗的原貌，但是就艺术性来说，没有形象化的语言。唐芮挺章《国秀集》卷下将其诗改成了现在这个样子，在艺术性方面有所提高，但是在思想内容方面却变得一般化了。因为王湾考取进士以后，特地到苏州去看望武平一，所乘舟才到镇江，还没见到武平一怎么就产生了强烈的想家情绪呢？编者认为出门在外就一定会想家，想当然作了修改，恰恰改错了，也不符合前六句所表达的积极乐观的情绪。

我们在读这首诗时，应当注意它所反映的时代风格。明胡应麟《诗薮》内编卷四指出："盛唐句，如'海日生残夜，江春入旧年'；中唐句，如'风兼残雪起，河带断冰流'；晚唐句，如'鸡声茅店月，人迹板桥霜'，皆形容景物，妙绝千古，而盛、中、晚界限斩然。故知文章关气运，非人力。"其实这首诗的颔联也非常好，它使人联想到当时的大唐帝国正像一艘行驶在大江中流的巨舰，乘着长风稳稳地前进着。其辽阔、充满朝气，而又有无限前途的意境，确实令人鼓舞。

苏氏别业

祖　咏

别业居幽处，到来生隐心。
南山当户牖，沣水映园林。
竹覆经冬雪，庭昏未夕阴。
寥寥人境外，闲坐听春禽。

祖咏（699—约746），洛阳（今河南洛阳）人。玄宗开元十二年（724）举进士，曾任驾部员外郎。因仕途坎坷，遂归隐汝坟（今河南汝阳、临汝之间）别业。以渔樵终。其《汝坟别业》诗称："失路农为业，移家到汝坟。独愁常废卷，多病久离群。鸟雀垂窗柳，虹霓出涧云。山中无外事，樵唱有时闻。"祖咏与王维交谊甚深，王维《赠祖三咏》说："结交二十载，不得一日展。贫病子既深，契阔余不浅。"其诗多咏隐逸生活，山水田园风光，诗风与王维接近，有诗集一卷，《全唐诗》录其诗一卷，《全唐诗外编》及《全唐诗续拾》补其诗一首又四句。

《苏氏别业》，"苏氏"为谁不详，"别业"即别墅，为苏氏隐居的住所。从诗中所提到的地名来看，当在长安的西边。此诗似为祖咏归隐前的作品。

首联写诗人对苏氏别业总的感受。起句写苏氏别业的环境，突出了一个"幽"字，这个幽字很简约，但是内容丰富，如幽寂、幽静、幽美、幽娴、幽深、幽雅等，颇耐人寻味。次句写苏氏别业的影响，以至于诗人在到来之后便产生了归隐之心，这就进一步肯定了苏氏别业之令人向往。这两句诗还造成了悬念，使读者探询"幽"在何处？"隐心"即隐居的念头。

领联写苏氏别业的外景。三句写门窗对着终南山，可以说景观很好。如李白《望终南山寄紫阁隐者》诗说："出门见南山，引领意无限。秀色难为名，苍翠日在眼。有时白云起，天际自舒卷。""南山"即终南山，在长安城南三十里处。四句写沣水映照着苏氏别业的园林。"沣水"，发源于秦岭北麓沣峪，绕长安之西，流至咸阳市汇入渭水。可见苏氏别业坐落在长安的西面。

颈联写苏氏别业的内景。五句写竹子上还覆盖着经冬的积雪，作者对积雪似乎特别喜爱，他在参加科举考试时，曾围绕《终南望余雪》的考题，写出了"终南阴岭秀，积雪浮云端"的名句，可谓写景如画。此句以竹作为经冬雪的载体，也可谓新颖独到了。六句写庭院里尚未黄昏就变得阴暗了。这表明庭院周围的树木竹林是多么茂密，则苏氏别业环境之幽静、幽深也就可想而知了。

尾联写苏氏别业主人之幽寂、幽娴与幽雅。七句写苏氏选择了与功名利禄隔绝的隐居生活，所以绝少与官场人士来往，因而造就了一个超凡脱俗的生态环境。末句写正因为如此，苏氏才能从时间与心理两个方面真正空闲下来欣赏鸟鸣，它是那么的自然和谐，而这也是诗人产生归隐之心的主要原因，后来诗人果然走上了归隐之路，也许与这次造访苏氏别业多少有点关系。

此诗的结构颇受称赞，清人黄生《唐诗摘钞》卷一评曰："起联总冒格。一二平直，三四雄浑，五六精工，七八渊永。五律调法匀称无逾此篇。通篇以'生隐心'作骨，而所以'生隐心'，则在一'幽'字，故中二联极力写'幽'字。第七句束上四句，以应首句。'生隐心'意只在末句暗应。"

春宿左省

杜 甫

花隐掖垣暮，啾啾栖鸟过。
星临万户动，月傍九霄多。
不寝听金钥，因风想玉珂。
明朝有封事，数问夜如何。

杜甫，本书卷二《绝句》等已介绍。他于肃宗乾元元年（758）在门下省任左拾遗。《春宿左省》，春天的夜晚住在左省值班。"左省"即门下省，唐代的门下省与中书省分别设在宣政殿殿廊的左侧与右侧，像人的两掖。门下省在左侧，故称左省或左掖。

此诗可分为两个部分，前四句写景。首联扣题写春天左省薄暮之景。起句写所见，随着花朵模糊不清，左掖院墙内就暮色朦胧了。"掖"即左掖，也即左省。"垣"，矮墙。"掖垣"指左省的院墙。次句写所闻，听到"啾啾"的叫声，就知道鸟儿已经返巢了。"栖鸟"指欲栖之鸟，而非已栖之鸟。用"花隐"写"掖垣暮"，用"啾啾"来写"栖鸟过"，都是注意用视觉形象与听觉形象来说明问题。金圣叹《杜诗解》卷一分析道："只起二句已尽题矣，何也？'掖垣'者，'左省'也。'暮'则应'宿'之候也，却于'暮'字上加'花隐'二字，补'春'字也。'啾啾栖鸟过'，言万物无不以时而宿也。如此十字，《春宿左省》已完矣。"

颔联写左省的夜色。三句写星光，随着夜空星光闪烁，宫中千门万户的夜生活也就开始了，首先是点灯照明，试想宫中千门万户都点亮了灯，岂不是同星空一样灿烂。《史记·孝武本纪》说："帝作建章宫，度为千门万户。"可见"万户"指皇家宫殿。下句写月色，由于挨近高耸入云的皇宫，所以感受到的月色也特别明亮。"九霄"，九天云霄，天空极高之处，这里指皇宫。这两句也略有颂圣的味道。

　　后四句写情。颈联写诗人值夜班时的心理压力。五句写担心宫门已开。由于难以入眠，总听到有开启门的声音。换句话说，总误以为听到有开启宫门的声音，所以总是睡不着觉。"金钥"，打开金锁的钥匙，这里指开启宫门的声音。六句写担心朝士已至。风吹檐铃的声音，使诗人一再误以为是官员骑马上朝时的玉珂声。"玉珂"，马勒，以贝饰之，色白似玉，振动则有声。这实际上是因为作者心理压力过大所产生的一种错觉。

　　尾联交代彻夜难眠的原因。七句写第二天早朝要上封事，所以弄得心绪不宁。据《唐六典》卷八介绍，门下省设左拾遗二人，从八品上，"掌供奉讽谏，扈从乘舆。凡发令举事，有不便于时，不合于道，大则廷议，小则上封"。则上封事是杜甫的职责。"封事"，密封的奏章。下句写因为心绪不宁，所以一再询问时间。该句化用了《诗经·小雅·庭燎》中的诗句："夜如何其？夜未央。"用得自然贴切，作者缀以"数问"二字，还加重了诗人寝卧难安的情绪。

　　此诗将一位忠于职守、兢兢业业的小官处事谨慎、惟恐有失的精神状态描写得淋漓尽致，颇有认识价值。清仇兆鳌《杜诗详注》引清赵汸语："唐人五言，工在一字，谓之'句眼'。如此诗，三、四'动'字、'多'字，乃'眼'之在句底者。""动"字好在写出了宫廷千门万户的生气。"多"字通过月光之分外明亮形容了宫殿位置之高。正如清浦起龙《读杜心解》卷三所说："三、四只是写景，而帝居高迥，全已画出。"

题玄武禅师屋壁

杜　甫

何年顾虎头，满壁画沧洲。
赤日石林气，青天江海流。

　　锡飞常近鹤，杯渡不惊鸥。
　　似得庐山路，真随惠远游。

　　杜甫，本书卷二《绝句》等已介绍。此为杜甫于宝应元年（762）在梓州（今四川三台潼川）时作。当时玄武县（今四川中江）属梓州。玄武县东二里处有玄武山，山有玄武庙，即杜甫所谓玄武禅师屋。该庙在梓州治所之西不远处，《题玄武禅师屋壁》当是杜甫游览玄武禅师所居屋，题在壁画上的。

　　首联将画家直接说成是顾虎头。"顾虎头"即晋代著名画家顾恺之，字长康，小字虎头，晋陵无锡（今江苏无锡）人。人称"才绝、画绝、痴绝"，尤精绘画。善画神仙、佛像、禽兽、山水。"沧洲"乃传说中神仙生活的地方，唐苏鹗《杜阳杂编》卷下称该地去中国数万里，"其洲方千里，花木常如二三月，地土宜五谷，人多不死，亦出凤凰、孔雀、灵牛、神马之属"。前两句着"何年"二字，便显得煞有介事，仿佛这幅壁画真的为顾恺之所作。读者当然不会真的相信这一点，但是我们都可能承认这幅画画得非常好。

　　颔联对画面的内容作了描述。三句写在一轮红日的照耀下，林立的山峰间云雾缥缈。四句写在蓝天之下江水奔腾，海浪汹涌。此联寥寥十字就概括出了画面中既迷蒙缥缈，又雄伟壮丽的景象。

　　颈联利用两个典故赞美禅师。五句典出《神僧传》，宋祝穆《古今事文类聚》前集卷三十五《卓锡开山》称："舒州潜山最奇绝，而山麓犹胜。志公与白鹤道人欲之，同谋于梁武帝。帝以二人俱具灵通，俾各以物识其地，得者居之。道人曰：'某以鹤止处为记。'公云：'某以卓锡处为记。'已而，鹤先飞去，至麓将止，忽闻空中锡飞声，志公之锡遂卓于山麓。道人不怿，然以前言不可食，遂各以所识之处筑室焉。"下句典故出自梁释慧皎《高僧传》卷一〇《宋京师杯渡》："杯渡者，不知姓名，常乘木杯渡水。……至孟津河，浮木杯于水，凭之渡河，无假风棹，轻疾如飞，俄而渡岸，达于京师。"杜甫在运用这一典故时，还加上了"不惊鸥"的细节，说明杯渡技艺的轻盈高超。杜甫用这两个典故，显然是赞美玄武禅师佛法高深。

尾联结束全篇。七句是对画的总结，从画中似乎寻找到了通往庐山之路。庐山为我国佛教圣地之一，东晋释慧远曾在那里主持过翻译佛学经典的活动。"似"字下得非常准确，杜甫虽然对佛教有些兴趣，但是并不信仰，这句诗只不过是继续赞赏壁画而已。末句是对禅师的赞扬，诗中将禅师比成慧远，而将自己比成陶渊明。"慧远"为东晋著名高僧，住庐山东林寺，为净土宗始祖，在僧俗两界均有很大影响，陶渊明曾与之游。"真"字也用得很准确，因为儒家知识分子对陶渊明是完全能够接受的。这两句如清黄生《唐诗摘钞》卷一所评："观画壁似得庐山路，对禅师真随惠远游。岂惟山水如真，人物亦相随入画矣。一边赞画，一边赞禅师，凡题有主人，诗必照顾之，此唐贤不易之法也。"

巧用典故是此诗的一个显著特点。用"顾虎头"就突出了壁画的水平，用"沧州"就说明了画的内容，用"锡飞"与"杯渡"就赞美了禅师，用"惠远"与陶渊明就表达了主题。许多内容都是难以表达的，使用典故不仅恰到好处地表现了出来，而且还耐人寻味。

终 南 山

王　维

太乙近天都，连山到海隅。
白云回望合，青霭入看无。
分野中峰变，阴晴众壑殊。
欲投人处宿，隔水问樵夫。

元·盛懋　坐看云起图

王维，本书卷一《竹里馆》已介绍。据陈铁民《王维年谱》考证，王维于玄宗开元二十八年（740）迁殿中侍御史，是冬，知南选，二十九年（741）春，选事毕，自岭南还长安；天宝元年（742），为左补阙。……所以，他隐居终南山的时间，应在开元二十九年春自岭南北归之后，天宝元年官左补阙之前，历时一年左右。陈铁民《王维集校注》卷二将此诗编在开元二十九年。

《终南山》一作《终南山行》，又作《终山行》。"终南山"是秦岭山脉中的一段，西起陕西宝鸡市眉县，东至陕西蓝田县，主峰在周至县境内，海拔2604米。

首联写终南山的全貌。起句写山之高，"太乙"即终南山的别称，"天都"即天空。远看终南山与天空相连，所以说它"近天都"还是确切的。次句写山之远。"海隅"就是海边，说终南山连接海边当然不符合事实，但是就其走势而言，由西向东，一座山连着一座山，一眼望不到头，此句采用夸张手法，极言其远大，艺术效果明显。

颔联写终南山的近景。三句写山中白云弥漫，当人们刚从云中穿过的时候，可能还不觉得白云的存在，或者不觉得其多，但是当我们回头一望，就会发现刚刚走过的路上，已是一片云海。四句写山间青霭充溢。"霭"，云雾。南朝宋鲍照《登大雷岸与妹书》有"左右青霭"之语。用"青"来形容"霭"，可能与山间绿色的植被很好有关。韩愈《早春》诗有"草色遥看近却无"句，这句诗也说了同样的道理。从总体效果看，山间充满青霭，走近一看，其浓度不够，就看不见青霭了。这两句诗表明诗人观察自然环境深入细致，既善于总结，又善于表达。

颈联写终南山之广大。五句从天文角度写其广大。清王尧衢《唐诗合解笺注》卷八云："天文各有分野，以二十八宿分别九州。今中峰之北，为雍，为井、鬼；其南则为梁，为翼、轸。则是天之分野，由中峰而变。""分野"，古代以地上的州郡位置与天上的星辰位置相对应，谓之分野。"中峰"即终南山的主峰太乙峰。这句诗是说，以太乙峰为界，山之南北的分野是不同的。下句从终南山本身来写其广大，在同一时间内，不同的山谷，无云雾则晴，有云雾则阴。再说，山谷的方位不同，也会造成阴晴的差异。

尾联写诗人流连忘返。诗人隔水向樵夫打听投宿的地方，准备明日继续游览，则今日所见景色之赏心悦目也就可想而知了。清沈德潜《唐诗别裁集》卷九说："或谓末二句似与通体不配，今玩其语意，见山远而人寡也，非寻常写景可比。"这两句诗增加了诗人与樵夫的问答，也丰富了画面，并在画外增加了声音与活力。

诗人构思往往以小见大，以一斑而窥全豹。正面写大景观，非有大手笔不可。此诗在这方面，颇为人称道，如清沈德潜《唐诗别裁集》卷九称："'近天都'言其高，'到海隅'言其远，'分野'二句言其大，四十字中，无所不包，手笔不在杜陵下。"就是尾联也是以小见大，如王夫之《薑斋诗话》卷二说："'欲投人处宿，隔水问樵夫'，则山之辽阔荒远可知，与上六句初无异致，且得宾主分明。"

寄左省杜拾遗

岑 参

联步趋丹陛，分曹限紫薇。
晓随天仗入，暮惹御香归。
白发悲花落，青云羡鸟飞。
圣朝无阙事，自觉谏书稀。

岑参，本书卷一《行军九日思长安故园》已介绍。此诗作于唐肃宗至德二年（757）至乾元元年（758）初，时杜甫任左拾遗，岑参任右补阙，同为谏官。杜甫有《答岑补阙见赠》，当为此诗和作，可参看。"左省",见本卷杜甫《春宿左省》注。

前四句写事。起句写同朝,"联步",两人同行,即一道上朝。"趋",小步快走,表示对皇帝的尊敬。"丹陛",宫殿前的红色台阶。次句写退朝时分归不同的部门。"分曹",古代官署分部门治事,称为分曹。杜甫,任左拾遗,属中书省;而岑参任右补阙,属门下省。退朝后回到各自部门办公,所以称分曹。"紫薇",本书卷二周必大《入直》、白居易《直中书省》已介绍。中书省按传统种植紫薇花,"限紫薇"是说自己为紫薇花所限制,不能到中书省上班。

第三句写上朝的情况,清晨跟随皇帝的仪仗队入朝,"天仗"指皇帝的仪仗队。第四句写退朝的情况,黄昏时沾染了一点皇宫里的香气返回。诗中使用了"天仗""御香"以及"丹陛""紫薇"这样一些表示尊荣、显贵的辞藻,作者似乎在沾沾自喜,实际上透过这些表面文章,我们见到的是朝官们过着单调、无聊、刻板、无所作为、死气沉沉的生活。

后四句寄情。第五句自叹老大无成。岑参出身名门,进士出身,天宝间曾两度出塞,任节度府掌书记、节度判官,写出了不少优秀的边塞诗,身历安史之乱,回朝任右补阙,本想大有作为,于是屡上封章,但是未被采纳,因而很自然地感叹老大无成,光阴虚度,"花落"显然指青春凋谢,岁月流逝。第六句羡慕朝中其他人青云直上,其中也不无打趣杜甫的意思,因为从杜甫《春宿左省》一诗来看,他正忙着提意见,希望有所作为。

尾联说因为朝廷无阙可补,所以谏书稀少。实际上是说提意见没有用,反而受到打击,所以谏官也就不提意见了。实际上岑参是喜欢提意见的,他在《行军二首》中说:"未能匡吾君,虚作一丈夫。"所以他在担任谏官以后,提了不少意见,结果被调离了谏官的岗位,唐杜确《岑嘉州集序》说他"入为右补阙,频上封章,指述权佞,改为起居郎,寻出虢州长史"。他对权贵的不满在其诗中也有鲜明的反映,如他在《送张秘书充刘相公通汴河判官便赴江外觐省》一诗中说："因送故人行，试歌行路难。何处路最难？最难在长安。长安多权贵，珂佩声珊珊。"所以此诗确实是有感而发。"圣朝"，圣明的朝代，是表面上颂扬当朝的话。"阙事"，缺点。"谏书"，向皇帝提意见的公文。

如前所述，在中央政府机构写的诗，通常都是一些歌功颂德、感恩戴德的话，这首诗却敢于对皇帝和权佞说上一些讽刺的话，来表达自己的不满情绪，这是应当给予充分肯定的。当然，为了保护自己，诗人不得不采用隐晦曲折的方法，寓贬于褒，颇耐人寻味，这也是这首诗在写作上的一个显著特点。

登总持阁

岑　参

高阁逼诸天，登临近日边。

晴开万井树，愁看五陵烟。

槛外低秦岭，窗中小渭川。

早知清净理，常愿奉金仙。

岑参，本卷前篇已介绍。"总持阁"，在长安城西和平坊总持寺内。总持寺系隋大业三年（607）炀帝为文帝所建，初名大禅定寺，武德元年（618）改名为总持寺。总持为隋文帝的法号。总持，佛教术语，指持善不失，持恶不生，无所缺漏。

首联写总持阁之高。起句称其逼近云天。"诸天"，佛家认为天分欲、色、无色三界，共有二十八重天，统称"诸天"。次句称其接近太阳。古代有将皇帝比喻成日的说法，所以"日边"也可理解成靠近皇宫。

颔联写旷观之景。三句写晴朗时万千街道村落尽收眼底。"井树"

泛指街道与村落，因为古代主要饮用井水，为了改善生活环境，都喜欢种树，所以凡有井与树的地方，都有居民住宅。四句写五陵地区的烟雾也历历在目。"五陵"指汉高祖刘邦长陵、惠帝刘盈安陵、景帝刘启阳陵、武帝刘彻茂陵、昭帝刘弗陵平陵，该地区称五陵原，在今咸阳市北。因为游览五陵难免产生思古之幽情，所以着一"愁"字，正如清王尧衢《唐诗合解笺注》卷八所说："怀古则处处生悲。"

颈联写谛视之景。五句写凭栏观赏秦岭，觉得秦岭变矮了。"槛"指阁楼上的栏杆。六句写从窗口观赏渭川，觉得渭川变小了。孔子说"登泰山而小天下"，这两句诗都反衬了总持阁之高。其中"低"与"小"两字采用词性活用方法用成动词，将眼前景物写活了，堪称句眼。

尾联写登总持阁的感想，若早明清净之理，当常奉佛祖。"清净"，佛教术语，指离恶行之过失，离烦恼之垢染。"金仙"，丁福保《佛学大辞典》称："谓佛也。《稽古录》四曰'宋徽宗宣和元年，诏改佛为大觉金仙'。"此说当有所承，如北齐《魏书·释老志》说：东汉"孝明帝夜梦金人，项有日光，飞行殿庭，乃访群臣，傅毅始以佛对"。

此诗结构严密，过渡自然，首联写总持阁之高，登高望远，遂引出领联。居高临下，遂引出颈联。前六句写景过渡到后两句抒怀也是比较自然的，正如清王尧衢《唐诗合解笺注》卷八所说："槛外觉秦岭之低，窗中见渭川之小。不但阁高眺远，要知三千大千世界，从法眼视若微尘，所以转到'清净理'耳。"如果我们知道总持阁是建在总持寺中，为礼佛之地，就会觉得这种过渡更加自然。

登兖州城楼

杜　甫

东郡趋庭日，南楼纵目初。
浮云连海岱，平野入青徐。
孤嶂秦碑在，荒城鲁殿余。
从来多古意，临眺独踌躇。

杜甫，卷二《绝句》等已介绍。玄宗开元二十年（732），杜甫游齐鲁，其父杜闲时任兖州（今山东兖州）司马，此诗当作于这一年。

首联上句交代登楼的时间就是他到兖州探望父亲的日子，"东郡"在汉代为兖州所辖郡国之一，这里代称兖州。"趋庭"指看望父亲，典出《论语·季氏》：孔子"尝独立，鲤趋而过庭。曰'学诗乎？'对曰：'未也。''不学诗，无以言。'鲤退而学诗。"首联次句交代了地点，是兖州城的南楼。"纵目"，放眼远眺。可见杜甫刚到兖州省亲就登斯楼也。

颔联写纵目所见。三句写仰望天空，浮动的云彩连着大海与泰山。"岱"，即泰山的别称。四句写俯视大地，平旷的原野伸展到青州与徐州，也就是今山东东部与江苏北部。《尚书·禹贡》："海岱惟青州。""海岱及淮惟徐州。"因为青州、徐州与兖州相连。

颈联借景感怀。五句写附近邹县的峄山有秦代的碑刻。"孤嶂"指峄山，据《史记·秦本纪》记载，始皇二十八年（219），东行郡县，上邹峄山，刻石颂秦德。六句写荒凉的古城还保留着鲁殿的遗迹。"荒城"指今山东曲阜市。"鲁殿"指鲁灵光殿，为西汉景帝刘启的儿子鲁恭王刘余所建，旧址在今山东曲阜市东。

尾联以抒情结束全篇。七句写这儿的历史遗迹从来都有着丰富的文化内涵。末句写登临眺望令我独自徘徊良久，则其感慨万千也就可想而知了。从诗的结构来说，做到了首尾呼应。

此诗章法谨严，是杜甫早年五言律诗的代表作，清浦起龙《读杜心解》卷三对此诗结构有过精当的分析："首、二，点事。三、四横说，紧承'纵目'。五、六，竖说，转出'古意'。末句仍缴还'登'字，与'纵目'应。局势开拓，结构谨严。"

送杜少府之任蜀州

王　勃

城阙辅三秦，风烟望五津。
与君离别意，同是宦游人。
海内存知己，天涯若比邻。
无为在歧路，儿女共沾巾。

王勃（650—676），字子安，绛州龙门（今山西河津）人。王勃早慧，被誉为神童，高宗麟德三年（666）应制科，对策高第，授朝散郎。总章二年（669），入蜀漫游，诗文大进。咸亨四年（673）补虢州参军，因擅杀官奴当诛，遇赦除名。其父亦受累贬为交趾令。上元二年（675），王勃赴交趾探亲。次年秋，渡海溺水，惊悸而死。诗文与杨炯、卢照邻、骆宾王齐名，并称为"初唐四杰"。《四库全书》收《王子安集》十六卷，《全唐诗》录其诗二卷，《全唐诗外编》及《全唐诗续拾》补其诗十六首又一句。

《送杜少府之任蜀州》一作《送杜少府之任蜀川》。"少府"，县尉的别称。"杜少府"，生平不详。"蜀州"，今四川崇州。

首联扣题。起句写送别的地点是在首都长安。"城阙"原为皇城上的望楼，这里借指皇宫所在地京城长安。"辅"，护卫。"三秦"相当于现在的关中地区，古为秦地，项羽灭秦后，将其分为雍、塞、翟三国，统称"三秦"。"辅三秦"是倒装句，实际的意思是被三秦所护卫。次句写杜少府的目的地。"五津"指四川岷江上的五个渡口：白华津、万里津、江首津、涉头津、江南津。这里泛指四川的山山水水。用"风烟"来形容四川迷蒙的渡口是恰当的，同时也会让人觉得前程遥远。

额联承上写送别。三句点出"离别"二字，表明送别之意。四句是宽慰朋友，其办法是找出双方的共同点，都是远离故土、宦游他乡的人，有着共同的感情基础，对惜别之情很理解，也很珍惜，同时暗逗"知己"二字。

颈联转出新意，知心朋友不会受到距离的限制。这两句诗也许受到了曹植《赠白马王彪》"丈夫志四海，万里犹比邻。恩爱苟不亏，在远分日亲"的启发。但是王勃采用对比的方法，运用对仗的手段，将这层意思表现得十分简洁与鲜明，因此广为流传。后来张九龄在《送韦城李少府》中说过类似的话"相知无远近，万里尚为邻"，也没有流传开来，所以学习前人，还要超过前人。"比邻"，近邻，古代五家为比。

尾联以劝慰朋友作结，不要在分手时像小儿女一样流泪。南朝江淹《别赋》开头说："黯然销魂者，唯别而已矣。"依依惜别，实属正常情况，看来杜少府在临别时也流下了伤心的眼泪，而这恰好说明"海内存知己，天涯若比邻"两句之不同凡响。"无为"，不要。"歧路"，叉路口，分别的地方。"沾巾"，眼泪沾湿衣巾。

此诗好在从内容与形式两个方面体现了初唐风格，如清胡本渊《唐诗近体》卷一说："前四句言宦游中作别，后四句翻出达见，语意迥不犹人，洒脱超诣，初唐风格。"清王尧衢《唐诗合解笺注》卷八总评："此等诗，气格浑成，不以景物取妍，具初唐之风骨。"

送崔融

杜审言

君王行出将，书记远从征。
祖帐连河阙，军麾动洛城。
旌旗朝朔气，笳吹夜边声。
坐觉烟尘扫，秋风古北平。

杜审言，本卷《和晋陵陆丞早春游望》已介绍。据《资治通鉴》卷二○五"唐纪二十一"记载，武后万岁通天元年（696），"夏，五月，壬子，营州契丹松漠都督李尽忠、归诚州刺史孙万荣举兵反，攻陷营州，杀都督赵文翙。尽忠，万荣之妹夫也，皆居于营州城侧。……乙丑，遣左鹰扬卫将军曹仁师，右金吾卫大将军张玄遇，左威卫大将军李多祚，司农少卿麻仁节等二十八将讨之。秋，七月，辛亥，以春官尚书梁王武三思为榆关道安抚大使，姚璹副之，以备契丹。"崔融当于此时随武三思东征契丹。

崔融（653－706），《新唐书·崔融传》称其"擢八科高第，累补宫门丞、崇文馆学士。中宗为太子时，选侍读，典东朝章疏。武后幸嵩高，见融铭《启母碣》，叹美之。及已封，即命铭《朝觐碑》。授著作佐郎，迁右史，进凤阁舍人。……膳部员外郎杜审言为融所奖引，为服缌麻。"可见当时崔融正当红，杜审言与他的关系很密切。

前四句实写送别出征盛况。首联叙事，起句写君王即将派遣大将远征。武后万岁通天元年（696）秋，朝廷派梁王武三思东征契丹，次句写崔融作为节度使幕府执掌书记，随军出征。

颔联写宴别。三句写壮行宴会之盛大，"祖帐"，为饯别临时搭建的帐篷。"祖"，《汉书·疏广传》颜师古注："祖者，送行之祭，因飨饮也。昔黄帝之子垒祖好远游而死于道，故后人以为行神也。""河阙"即伊阙，在今河南洛阳西南，因龙门山（西山）和香山（东山）夹伊水而峙如阙门，故称伊阙。四句写军威之雄壮。"军麾"指战旗。"洛城"，即洛阳城。可见该壮行宴会是在东都洛阳举行的。

后四句虚写出征后的情景。颈联想象边塞的景况，五句写清晨旌旗在寒风中猎猎作响，"朔"，北方。"朔气"，寒气，北风。下句写夜晚胡笳在边塞吹奏着悲凉的音调。虽为想象之词，但是其景如在眼前，其声如在耳畔。

尾联预祝旗开得胜，马到成功。七句写顿时觉得战争平息。"坐"，顿。"烟尘"比喻战争。"扫"，扫荡，有平定的意思。末句写就像秋风扫落叶一样平定叛乱。典出《三国志·魏志·辛毗传》：辛毗对曹操说，"以明公之威，应困穷之敌，击疲弊之寇，无异迅风之振秋叶矣。""北平"：秦置右北平郡，治所在今河北遵化西。西汉设北平县，治所在今河北满城北。晋设北平郡，治所在今河北遵化西。"古北平"，泛指契丹松漠都督李尽忠叛乱所波及之地区。

此类诗属于古代文人交往相互应酬，通常都会夸大其词，尽说一些好听的话，此诗就是一个典型的例子。事实上官兵在讨伐契丹叛乱时，吃了不少败仗，战争持续了一年多，直到万岁通天二年（697）七月，因契丹叛军内部闹矛盾，才取得了平叛的胜利。所以我们在读此类诗时切不可当真。不过它对我们了解古代应酬诗的写作情况，颇有认识价值。

扈从登封途中作

宋之问

帐殿郁崔嵬，仙游实壮哉！
晓云连幕卷，夜火杂星回。
谷暗千旗出，山鸣万乘来。

扈从良可赋，终乏掞天才。

宋之问（约656—712），字延清，汾州（今山西汾阳）人。上元二年（675）举进士。武后天授元年（690），与杨炯分直习艺馆，不久授洛州参军，累转尚方监丞，预修大型类书《三教珠英》。武后久视元年（700）改控鹤府为奉宸府，宋之问任左奉宸内供奉。中宗神龙元年（705），因谄事张易之，被贬泷州（今广东罗定），后逃归。因告密，迁考功郎。以知贡举贪贿，下迁越州长史。睿宗即位，流钦州（今广西钦州），赐死。宋之问精通音律，对近体诗的定型起了重要作用，著有《宋之问集》二卷，《全唐诗》录其诗三卷，《全唐诗外编》及《全唐诗续拾》补其诗二十七首又九句。

《扈从登封途中》作于武则天天册万岁二年（696）。是年腊月武则天祭祀河南嵩山，并将年号改为万岁登封，宋之问随驾前往，在登山途中写了这首诗。"扈从"，随从帝王或官吏。"登封"，登山封禅。

首联总写武后登封途中之壮观。起句写巡游途中用帷幕搭起的宫殿非常高大，"帐殿"，指皇帝出巡时用帷幄临时搭建的行宫。次句赞叹皇帝出巡声势之浩大，仪仗、车马、随从络绎不绝。"仙游"，指皇帝为封禅而出游。

中间四句写途中之景。三句写早晨的流云与帷幕一起舒卷，四句写夜晚的灯火与星光一起闪亮。"回"，指斗转星移。这两句写所走山路之高。五句写幽暗的山谷中出现千面彩旗，六句写山呼万岁的声音在山间震荡，迎接武则天的到来。五六两句写礼官预先安排的迎接武则天到达的盛大场面。"山鸣"暗用《史记·封禅书》中的典故，汉武帝元封元年三月，"礼登中岳太室，从官在山下闻若有言'万岁'云。"《汉书·武帝纪》也说元封元年，帝"亲登嵩高，御史乘属，在庙旁吏卒咸闻呼'万岁'者三。"

尾联用谦虚作结，进一步说明登封盛况难以言传。七句写登封大典实在值得歌颂，"良"，实在的意思。"赋"，歌颂。末句写自己缺乏才能，力不从心。"掞天"语出西晋左思《蜀都赋》："幽思绚道德，摛藻掞天庭。""掞"，照耀的意思，"掞天"，光芒照天，这里是歌颂皇帝武则天。

据唐人刘餗《隋唐嘉话》卷下记载："则天游龙门，命群官赋诗，先成者赏锦袍。左史东方虬既拜赐，坐未安。宋之问诗复成，文理兼美，左右莫不称善，乃就夺袍衣之。"可见宋之问是很善于歌功颂德的，此诗就是一个典型的例子，作者采用"帐殿""崔嵬""仙游""千旗""万乘""掞天"这样一些夸饰性辞藻来歌颂武则天登封大典的盛大场面，对于武则天这样的特定读者来说，是会收到预期效果的。中间二联对仗工整，写出了登封途中所特有的生动景象与宏大场面，可圈可点。

题义公禅房

孟浩然

义公习禅处，结宇依空林。
户外一峰秀，阶前众壑深。
夕阳连雨足，空翠落庭阴。
看取莲花净，应知不染心。

孟浩然，卷一《春晓》已介绍。《题义公禅房》宋蜀本作《题大禹义公房》，《全唐诗》本《题大禹寺义公禅房》。即作者游大禹寺时题在义公禅房墙壁上的诗。"禅房"，僧人的住所，这里指大禹寺。"大禹寺"，在今浙江绍兴南禹陵附近，建于梁大同十一年（545）。"义公"，对寺中禅师的尊称，其生平事迹未详。孟浩然于714年春至715年冬曾游越。后又于开元十六年（728）秋末重游越，冬天离开。从诗中所描写的景象看，此诗当为作者首次赴越的作品。

　　首联扣题写义公禅房。起句点明义公，次句点明禅房，并强调将禅房建在空旷清净的山林中。"宇"，房屋。"结宇"，即建禅房。

　　中间四句写景。颔联写义公禅房周围的景物。三句写一峰独秀，四句写众壑幽深。颈联写义公禅房当时所见到的景色。五句写"雨后复斜阳"，"雨足"也称"雨脚"，即雨。六句写天空一碧如洗，映在庭院中，给人以凉爽宜人的感觉。明彭大翼《山堂肆考》卷二二九《空翠》说："晴色也，唐诗'丝管啁啾空翠来'。""庭"，指禅房的庭院。"阴"，阴凉。

　　尾联上句写洁净的莲花，下句写从中可以看出义公不受污染的心境。清王尧衢《唐诗合解笺注》分析道："义公房前适有莲花，此时空庭雨过，苍翠欲滴，何等明净！看取此花之出污泥而不染，方知义公之禅心不染也。青莲所以喻法，故以比义公禅也。""莲花"喻佛座，唐释道世《诸经要集》卷一《三宝敬佛》："十方诸佛，同出于淤泥之浊；三身正觉，俱坐于莲台之上。"

　　佛教自西汉传入我国后，得到迅速传播，魏晋南北朝时期盛行一时，至唐禅宗兴起，势力甚大，佛教日趋本土化。佛寺多居山林，这与隐士生活也有类似之处。某些禅师对佛学的理解与研究甚精，并有多方面的才能，文士与禅师也有共同的语言，于是交往频繁，这在唐诗中也有反映，本诗就是一个例子。

醉后赠张九旭

高　适

世上漫相识，此翁殊不然。

兴来书自圣，醉后语尤癫。

　　白发老闲事，青云在目前。
　　床头一壶酒，能更几回眠。

　　高适，卷一《咏史》已介绍。玄宗开元二十四年（736），诗人应征赴长安参加制科考试无成。次年在京结交张旭、颜真卿等名流，《醉后赠张九旭》当作于此时。张九旭，即张旭，字伯高，排行第九，吴县（今江苏苏州）人。曾任左率府长史，也称张长史，著名书法家，被尊为草圣。

　　首联评论社会上的交友风气。起句批评社会上不良的交友风气。"漫相识"，清沈德潜《唐诗别裁集》卷十解释道："世俗交谊不亲，而泛云知己，所谓'漫相识'也。"次句充分肯定了张旭的交友态度。清王尧衢《唐诗合解笺注》卷八说："只此二句，已将张旭举止性情托出。"

　　以下六句具体写张旭的举止性情。三句写张旭的书法成就，《新唐书·文艺传》称其"嗜酒，每大醉，呼叫狂走，乃下笔，或以头濡墨而书，既醒自视，以为神，不可复得也。""兴来"道出了他写字作书乃率性所为，没有什么计划性，也没有什么功利目的。"书自圣"，指自然达到超凡入圣的境界。这句诗有两层意思：其一是说他的书法虽为率性之作，也达到了超凡入圣的境界。其二是说正因为他的书法是率性所作，所以才达到超凡入圣的境界。四句写张旭醉后出语癫狂，张旭有个外号叫张颠，一个"颠"字道出了他的个性特征，而"酒后"二字，说明了他出现癫狂状态是有条件的，也是可以理解的，措辞十分准确。

　　五句写他不思进取，在闲散中老去，《新唐书·文艺传》称其"初，仕为常熟尉，有老人陈牒求判，宿昔又来，旭怒其烦，责之"。于此可见他对政绩与提升不在意，对繁琐的文牍工作也不大感兴趣。六句说他被唐玄宗任命为书学博士。据《唐六典》卷二十一记载，书学博士设在国子监，官阶从九品下。职位虽不高，但是由于唐太宗与唐玄宗特别重视书法，所以拥有这一职位很荣耀。当然张旭本人是不会在意这个的。

尾联写张旭之旷达生活。床头放着一壶酒，想喝就喝，喝醉了就睡，因为他考虑到人生苦短，畅饮酣睡没有几回。"更"即还，还能有的意思。

此诗好在写出了张旭狂放的性格，高适本人就是一位使气任性之人，生活道路非常坎坷，所以对张旭的性格能有深入的理解。而且此诗也为诗人醉后率性而为，与张旭醉后作书有共通之处，所以也显得酣畅淋漓。此诗在结构上以两句开头，六句直叙张旭举止性情，通篇不事雕琢，一气呵成，令人称奇。

玉 台 观

杜 甫

浩劫因王造，平台访古游。
彩云萧史驻，文字鲁恭留。
宫阙通群帝，乾坤到十洲。
人传有笙鹤，时过北山头。

杜甫，卷二《绝句》已介绍。唐代宗广德元年（763）八月，杜甫自梓州（今四川三台潼川）到阆州（今四川阆中）吊唁汉中刺史房琯，十二月返梓州。该诗当作于杜甫在阆州停留期间。

《玉台观》原有二首，此为第二首。玉台观，道观名。该观在阆州城北七里，为唐高祖子滕王李元婴所建。观建在高处，观中有台，名玉台。

首联扣题写游玉台观的缘由。起句写玉台观为滕王所建。原诗题下有"滕王造"三字。滕王李元婴爱建楼台亭阁，他担任洪州都督时，曾在赣江东岸建造过著名的滕王阁。后来任阆中刺史期间又建造了阆苑、滕王亭、玉台观等建筑。"浩劫"，道宗称宫观的大台阶，这里代称玉台观。次句交代自己游览的目的是为了访古。"平台"典出《汉书·梁孝王传》，略云汉文帝子刘武"太后少子，爱之，赏赐不可胜道，于是孝王筑东苑，方三百余里，广睢阳城七十里，大治宫室，为复道，自宫连属于平台三十余里。"这里显然以梁王比喻滕王，以平台比喻玉台。

　　颔联利用典故写滕王遗迹。三句写其华丽，据《列仙传》介绍，秦穆公的女儿弄玉善吹笙，仙人萧史善吹箫，秦穆公将弄玉嫁给了萧史，并为他俩建造了凤台。后两人跨龙乘风而去。四句写观中还有不少滕王所留下的文字，因为滕王是著名的书画家，所以十分珍贵。"鲁恭"典出《汉书·鲁恭王传》，略云汉景帝子刘余"初好治宫室，坏孔子旧宅以广其宫，闻钟磬琴瑟之声，遂不敢复坏，于其壁中得古文经传。"这里显然以鲁恭王比喻滕王，用鲁恭王所发现的古文字比喻滕王的书法作品。

　　颈联继续用典故来描写玉台观之形势。五句写其高，以至于能通往神仙之住所。杜甫《滕王亭子》诗云："君王台榭枕巴山，万丈丹梯尚可攀。春日莺啼修竹里，仙家犬吠白云间。"而该亭子就在白玉观内，可见白玉观确实非常高。"群帝"，众神仙。《吕氏春秋》卷十四《孝行览》："常山之北，投渊之上，有百果焉，群帝所食。"汉高诱注："群帝，众帝，先升遐者。"六句写其广，深邃的宫室能到达仙境。"乾坤"指观内宫宇，"十洲"，即旧题东方朔所撰《海内十洲记》所说之祖洲、瀛洲、玄洲、炎洲、长洲、元洲、凤麟洲、聚窟洲、流洲、生洲等仙境。因为玉台观就建在风景如画的嘉陵江畔的玉台山上，有此联想也是极其自然的。

　　尾联结束全篇，借民间传说，述其深远影响。"笙鹤"典出《列仙传》，旧题汉刘向撰。略谓王子乔者周灵王太子也，好吹笙，作凤鸣，游伊洛之间，道士浮丘公接以上嵩高山，三十余年后，乘白鹤驻缑氏山头，举手谢时人而去。依据这个神话，再加上"北山头"这一当地素材，颇能引起人们遐想。

这首诗的最大特点就是运用典故，一是切合诗歌内容，二是符合李元婴的王子身份，三是从各类古书中寻找典故。宋代江西诗派将杜甫视为祖宗是非常恰当的，因为江西诗派强调写诗"要从学问中来"，要"无一字无来处"，要"以故为新"，要"夺胎换骨、点铁成金"。所有这些，都能从此诗中看出端倪。

观李固请司马弟山水图

杜　甫

> 方丈浑连水，天台总映云。
> 人间长见画，老去恨空闻。
> 范蠡舟偏小，王乔鹤不群。
> 此生随万物，何处出尘氛。

杜甫，卷二《绝句》已介绍。诗题《千家诗》原作《观李固言司马题山水图》，令人费解。此据杜甫诗集原题改正。原诗共三首，此为第二首。清仇兆鳌将此诗编在代宗广德二年（764）。是年杜甫由梓州携家往阆州拟出蜀，三月严武复镇蜀，相邀，杜甫遂携家返成都。此诗似在成都作。清仇兆鳌《杜诗详注》卷十四题下注："李固当是蜀人，其弟曾为司马，能写山水图。公至固家，固挂其画于壁，而请公题之也。"

首联描写画中山水。起句写仙山在苍茫的大海中。"方丈"，传说中的海上三神山之一。《史记·秦始皇本纪》："海中有三神山，名曰蓬莱、方丈、瀛洲，仙人居之。""浑连水"，与海水相连，浑然一体。次句写天台山有彩云环绕映衬。"天台"传为人间仙境，如孙绰《游天台山赋》说："涉海则有方丈、蓬莱，登陆则有四明、天台。皆玄圣之所游化，灵仙之所窟宅。"

颔联感叹画中仙境可望而不可即。三句中的"见画"与四句中的"空闻"说明了这一点。三句写能经常见到画中仙境，四句写到老都没有亲身经历过，"恨"字表达了深深的遗憾之情。

颈联评述画中景物。五句写小舟，冠以"范蠡"二字，《国语·越语下》称："范蠡辞于王曰：'君王勉之，臣不复入于越国矣。'……遂乘轻舟以浮于五湖，莫知其所终极。"强调"舟偏小"显然指自己不能与范蠡乘舟同游。六句写孤鹤，冠以"王乔"二字。"王乔"即王子晋，详见上首诗对"笙鹤"的解释。强调"鹤不群"显然指自己不能与王子乔乘鹤同游。

尾联感叹自己这辈子只能随万物而浮沉，无法脱离尘俗世界。"何处"即何计，也即用什么办法，此处用反问的修辞手法以加强语气，也就是说没有办法脱离尘俗世界。"尘氛"，尘俗世界。

此诗结构很有特色，清仇兆鳌《杜诗详注》卷十四分析道："此章概言山水人物。见山水恨不能亲至其地，见人物又叹不能离俗而去。上下两段，各用一景一情，谓之虚实相间格。"作者像是一边欣赏，一边议论，真可谓别具一格，情趣盎然。

旅夜书怀

杜 甫

细草微风岸，危樯独夜舟。
星垂平野阔，月涌大江流。

名岂文章著，官应老病休。
飘飘何所似，天地一沙鸥。

　　杜甫，卷二《绝句》已介绍。唐代宗永泰元年（765），杜甫的老朋友严武去世，杜甫失去依靠，便于当年五月乘舟东下，经过嘉州（今四川乐山）、戎州（今四川宜宾）、渝州（今重庆）、忠州（今四川忠县），再到夔州（今重庆奉节），在夔州住了将近两年时间，于大历三年（768）春天乘船离开夔州赴江陵（今湖北荆州江陵），在途中写了这首诗。

　　前四句写旅夜所见。首联写近景，微风拂动着长江岸边的细草，竖着高高桅杆的一叶客舟，入夜孤独地停泊在岸边。起句写江岸之开阔，次句写桅杆之高耸，可谓搭配恰当，写景如画。当然"独夜舟"也表明舟中其他人已经酣然入睡，只有作者独自一人还在一面观察风景，一面想着心事。画面所渗透出来的孤独而凄清的氛围，也为全诗定了基调。

　　颔联写远景。三句写天空与原野之开阔，"平野阔"是出峡以后所见到的两岸景象，"平"与"阔"正好与峡中所见窄与险形成鲜明对比，给诗人留下了鲜明印象，所以被杜甫写入诗中。四句写长江中的波浪，在月光的照耀下涌动着。"涌"字也写得非常精确，因为峡中河道狭窄，波浪为礁石所阻，总会激起浪花。而长江中下游由于河道宽阔，江水流速趋缓，所以通常见到的是江流涌动，月光下所见更是如此。当然也可理解为月亮在大江中涌动。

　　后四句书怀。颈联清仇兆鳌《杜诗详注》卷十四说"五属自谦，六乃自解"是有道理的，杜甫因诗写得好而享有很大的名声，但是他却谦虚地说并没有因为文章获得很大的名声；他的去官当然主要不是因为老病，但是他却将其归之于"老病"，这样既可以宽慰自己，也可以对其他人作一些冠冕堂皇的解释。清沈德潜《唐诗别裁集》卷十称其"胸怀经济，故云名岂以文章而著；官以论事罢，而云老病应休，立言之妙如此"，分析得也颇有道理，则这两句诗中也包含着作者希望大有作为的政治理想未能实现的遗憾之情。

尾联以天地间的一只沙鸥来比喻自己漂泊不定的人生之旅。清黄生《杜诗说》分析道："'一沙鸥'何其渺，'天地'字何其大，合而言之'天地一沙鸥'，作者吞声……飘飘天地，岂应竟似一沙鸥耶？此有怀莫诉，怪而自叹之辞。"

人生就如同漂泊在长江中的一叶小舟，此诗作于大历三年（768），而大历五年（770）冬，杜甫卒于舟中。可以说此诗也是作者对自己一生的回顾与总结，明唐汝询《唐诗解》卷三十四谈到了这一点："此叹生平之不遇也。依岸而宿，就舟而居，星月之景远矣。因言名不当以文章著，今勋业不就而至于此。'官应老病休'，顾不当以论事罢也。今此身漂泊，寄迹扁舟，正犹天地间一沙鸥耳。可慨矣夫！"

登岳阳楼

杜　甫

昔闻洞庭水，今上岳阳楼。
吴楚东南坼，乾坤日夜浮。
亲朋无一字，老病有孤舟。
戎马关山北，凭轩涕泗流。

杜甫，卷二《绝句》已介绍。唐代宗大历三年（768）三月，杜甫携家人乘舟抵江陵（今湖北荆州江陵），住在堂弟杜位宅中，秋天移居公安（今湖北公安），暮冬离公安，岁暮至岳阳（今湖南岳阳），泊舟岳阳城下，写了《登岳阳楼》诗。"岳阳楼"，为岳阳城西门楼，高三层，为开元年间岳州刺史张说建，下临洞庭湖，视野广阔，为游览胜地。

首联扣题写登岳阳楼的夙愿已偿。起句写对洞庭水势浩大壮观早已耳有所闻，因此登岳阳楼乃夙愿。次句写今天终于登上了岳阳楼，夙愿得偿，则心情快乐不言而喻。所以清仇兆鳌《杜诗详注》卷二十二说："'昔闻''今上'，喜初登也。"这两句诗采用极其流畅自然的流水对，恰到好处地表达了这种快乐心情。

颔联写登岳阳楼所见洞庭湖的宏伟壮阔景象。三句写洞庭湖在东南方向裂开一道豁口，湖水浩浩荡荡直奔吴、楚两地而去。"吴楚"，春秋时期两个诸侯国，其所在地域相当于长江中下游的湖北、湖南、安徽、江西、江苏、浙江一带。坼（chè），裂开。四句写日月星辰以及君山等日夜在洞庭湖面上浮动，《水经注·湘水》称："洞庭湖水广八百余里，日月出没其中。"

后四句抒情。五句感叹自己之无助，没有一点亲戚朋友的消息，自己陷入了走投无路的境地。面对洞庭湖之伟大，深感自己之渺小，这也是人之常情。六句感叹自己之老病，"有孤舟"，表面上用了肯定的说法，实际上是说自己无依无靠，无家可归，只有一叶孤舟作为栖身之所。"老"，杜甫时年五十七岁，他五十九岁就去世了。"病"，当时杜甫患有肺病、风痹等。所以颈联两句诗写得极为沉痛。

尾联写诗人忧国忧民的情绪。上句写他还在关心着西北边疆的战争。"戎马"指战争，如代宗大历二年（767）九月吐蕃寇邠州、灵州。十月，朔方节度使路嗣恭破吐蕃于灵州城下，吐蕃败走。大历三年（768）八月吐蕃分兵入寇灵武、邠州。邠宁节度使马璘击败之。九月，朔方骑将李晟、白元光收复灵武、凤翔、临洮，吐蕃大败，逃走，京师解严。"关山北"，此处泛指祖国的西北地区。下句写杜甫忧国忧民忧己，于是凭着栏杆流下了伤心的眼泪。"轩"，堂之前沿，外周以栏。"涕泗"，眼泪。

这首诗好在写出了诗人感情的变化。作者经过长时间的期待，终于登上岳阳楼，见到了洞庭湖的壮丽景色，于是感到十分高兴，应当说这是真实的，也是可以理解的。但是看着看着，他想到了自己走投无路，想到了国家动荡不安，想到了西北地区还在打仗，于是感情起了变化，以至于"凭轩涕泗流"，这同样也是真实的，可以理解的。清黄生《杜诗说》卷五注意到这种变化，分析道："前半写景如此阔大，转落五、六，身事如此落寞，诗境阔狭顿异。结语凑泊极难，不图转出'戎马关山北'五字，胸襟气象，一等相称，宜使后人阁笔也。"

江南旅情

祖　咏

楚山不可极，归路但萧条。
海色晴看雨，江声夜听潮。
剑留南斗近，书寄北风遥。
为报空潭橘，无媒寄洛桥。

祖咏，本卷《苏氏别业》已介绍。祖咏还写过《泊扬子津》《晚泊金陵水亭》等诗，知其曾游江南。

首联扣题。起句写楚山难攀，"楚山"为今安徽马鞍山当涂县东南之白纻山的别名。如果"楚山"是专指白纻山，"极"指顶峰，"不可极"就是难以爬上顶峰。如果"楚山"是泛指原楚国所在地的山，"极"乃穷尽之意，"不可极"就是难以游览完毕。"楚山"代指旅途，总的来说就是行路难。次句写返乡的路也很寂寞冷落，实际上还是暗藏着思念家乡的情绪。"但"，副词，俱，都是。

颔联写在舟中所见到的江南景色。三句写在广阔的湖面上行船所见到的"东边日出西边雨"的景象。"海"，北方人爱将湖称为海，也有将广阔的江面称为海的。四句写晚上躺在舟中能听到江水涌潮的声音。这两句一诉诸视觉，一诉诸听觉，写出了江南雨水与江水充沛的特点，北方人对此印象尤为深刻。

颈联写江南与家乡相距之遥远。上句写身处原吴国所在地，典出《晋书·张华传》。传说晋尚书张华见到有紫气直射斗、牛二星座之间，便请教雷焕，雷焕告诉他那是豫章丰城的剑气，于是张华就让雷焕担任丰城县令，掘出龙泉、太阿两把宝剑，斗、牛间的紫气也就因而消失了。古人以地上的州郡位置与天上的星辰位置相对应，南斗与原吴国所在地相对应，所以说"剑留南斗近"。下句写心却在思念家乡，想寄信家乡却十分遥远，"北风"，北方故土，典出《古诗十九首》，汉韩婴《韩诗外传》说："诗曰：胡马依北风，飞鸟栖故巢，皆不忘本之谓也。"近人马茂元《古诗十九首初探》说得更明白："'胡马'产于北地，'越鸟'来自南方，'依北风''巢南枝'是动物怀念乡土情感的本能的表现。两句托物喻意，胡马和越鸟尚且如此，难道游子就不思念故乡吗？"

尾联写难以与故乡联系。七句写想送南方特产橘子给家乡。"为"，将，将要。"报"，送致。"空潭橘"，即潭州的橘子。宋祝穆《方舆胜览》卷二十三《潭州》称："橘洲，在长沙西南四十里湘江中……上多美橘故名。"末句说但是无法传递。"媒"，媒介。"无媒"即没有帮助传送橘子的人。"洛桥"，即洛阳桥，在诗人的家乡洛阳西南的洛水上，这里代指洛阳。由此可见诗人怀有深深的遗憾。

清黄生《唐诗摘钞》卷一说："八句重一'寄'字，后人以'赠'字易之，然唐人只欲句格之老，正不琐琐避忌，但后人不可为法耳。"律诗应避重字，随着时间的推移，此点越来越严格，但是唐代前期的诗人不大注意这一点，如王维的律诗中，就有不少重字。他的朋友祖咏，又给我们提供了一个这方面的例子。

宿龙兴寺

綦毋潜

香刹夜忘归，松青古殿扉。
灯明方丈室，珠系比丘衣。
白日传心净，青莲喻法微。
天花落不尽，处处鸟衔飞。

綦毋潜（生卒年不详），字孝通，荆南（今湖北荆州）人，一说虔州（今江西赣县）人。玄宗开元十四年（726）举进士，授宜寿尉。开元十八年（730）入为集贤院待制、校书郎。天宝初，弃官归乡。天宝十一年（752），为左拾遗，天宝末迁著作郎。安史之乱后，复归隐，游于江淮一带。与王维唱酬，诗风也接近，为盛唐著名田园山水诗人之一，《全唐诗》录其诗一卷。

"龙兴寺"，唐代同名寺庙很多，据作者行迹，似在楚州（今江苏淮安）。《明一统志》卷十三《淮安府》称："龙兴寺，在府治东，晋建，唐时泗州僧伽尝居此。"

首联扣题写宿龙兴寺的缘由。起句写诗人爱龙兴寺香烟缭绕的气氛，以至于流连忘返。"香刹"，香烟缭绕的寺庙。次句写诗人爱龙兴寺的环境，一是寺院古老，二是松树环绕，非常清静。"扉"，寺门。这句诗是说松树的清荫投向了寺门。

颔联写寺庙的主持僧人。三句写灯明于室，"方丈"，禅房，为主持僧所居，所以也指方丈。这样"方丈室"倒成了主持僧所住的禅房了。四句写他颈项上挂着一串念珠，通常为108颗，用以计诵经次数。"比丘"即僧人，指那位主持僧。

颈联写主持僧说佛理，五句写他谈自己一心礼佛的心得体会，佛经《大乘起信论》说佛祖不立文字，以心传心，"白日传心"取其显而易见。六句写他所阐述的佛理非常透彻。"青莲"，原用以比喻佛教

徒的眼睛，也用来指佛教徒，这里指主持僧。"喻法微"，论述佛法非
常精微。

尾联写诗人听僧说佛法，觉得天花乱坠一般。佛教传说：佛祖说
法，感动天神，诸天雨各色香花，于虚空中缤纷乱坠。《心地观经》
卷一《序品偈》说："六欲诸天来供养，天华乱坠遍虚空。"下句还增
加了一个细节描写，这些坠花都被各处的鸟儿衔走了，从而进一步说
明了主持僧说法的艺术感染力。显而易见，诗人"夜忘归"的真正原
因，就是听主持僧说法听得入了迷。

唐代诗人与僧人颇多亲密接触，也留下了不少这方面的诗歌，但
语焉不详。此诗对此作了具体而深入的描写，有一定的认识价值。

破山寺后禅院

常　建

清晨入古寺，初日照高林。
曲径通幽处，禅房花木深。
山光悦鸟性，潭影空人心。
万籁此俱寂，唯闻钟磬音。

常建，生平事迹不详。唐玄宗开元十五年（727）与王昌龄同榜
进士。曾任盱眙（今江苏盱眙）尉，写过《泊舟盱眙》诗。其《赠三
侍御》诗说："谁念独枯槁，四十长江干。责躬贵知己，效拙从一官"，
可见他四十岁时曾在长江中下游地区当过官。其仕途颇不如意，后隐
居鄂州武昌之西山。诗以五言为主，多写山水田园风光，当时评价颇
高，《全唐诗》录其诗一卷。

《破山寺后禅院》，《河岳英灵集》作《题破山寺后禅院》。"破山寺"
即兴福寺，在今江苏常熟虞山北，是南朝齐郴州刺史施德光施舍自家

宅园改建的。"禅院"为僧侣所居院落。

首联写初入古寺印象。时间是清晨，太阳刚刚升起，阳光照射着山林，其清新、宁静可知，佛教徒所聚之处称丛林。此处称"高林"不称丛林、也不称山林，一个"高"字透露了诗人的赞美之情。

颔联写进入禅院的情景。三句写山中小径是曲曲弯弯的，越走越幽静。四句写禅房坐落在花木深处，可见环境很美。花木显然有人工营造成分，则僧侣们的审美情趣也是非常高的。要通过弯弯曲曲的小径，方能找到禅房，颇有寓意。所以这两句诗被后人赞不绝口。如宋欧阳修《续居士集》卷二十三《题青州山斋》说："吾尝爱建'竹径通幽处，禅房花木深'，欲效其语作一联，久不可得，始知造意者为难工也。"

颈联写水光山色。五句写山景，由于花木茂盛，在阳光的照耀下，显得十分亮丽，鸟儿也很快乐，叽叽喳喳地叫着。六句写潭水中花木与诗人的倒影令人的杂念消逝一空，这里借潭水的倒影，写潭水清澈见底。清沈德潜《唐诗别裁集》卷九说："鸟性之悦，悦以山光；人心之空，空因潭水，此倒装法，通体幽绝。"实际上"悦""空"二字采用词性活用方法，在这里用成动词，有使动作用，即使鸟愉悦，使心空寂。

尾联写佛界静寂。七句正面写此处万籁俱寂。"籁"，能发出声响的孔窍。"万籁"指各种声响。下句用僧人敲击钟磬所发出的声音反衬万籁俱寂。"钟磬音"体现了寺院生活的特点，钟磬余音缭绕，也能让人参悟佛理，回味无穷。

唐人殷璠《河岳英灵集》卷上评价道："建诗似发通庄，却寻野径，百里之外，方归大道。所以其旨远，其性僻，佳句辄来，唯论意表。"可以说此诗正好说明了上述特点。元方回《瀛奎律髓》卷四十七已注意到此诗"三四不必偶，乃自成一体。盖亦古诗、律诗之间。全篇自然"。按照五律的要求，颔联应当对仗，此诗颔联恰恰不对仗，但是绝大多数唐诗选本都将其看成五律。正如《红楼梦》第四十六回林黛玉所说："若是果有了奇句，连平仄虚实不对都使得的。"又说："词句究竟还是末事，第一是立意要紧。若意趣真了，连词句不用修饰，自是好的，这叫做不以词害意。"

题松汀驿

张　祜

山色远含空，苍茫泽国东。

海明先见日，江白迥闻风。

鸟道高原去，人烟小径通。

那知旧遗逸，不在五湖中。

张祜（约782—852），字承吉，南阳（今河南南阳）人。累试不第，或为外府从事，或为大僚幕宾，以布衣终。长年浪迹江湖，所历极广，晚年卜居丹阳（今江苏丹阳）。善写宫词，所写山水诗、田园诗，也为人称道。著有《张承吉文集》十卷，《全唐诗》录其诗二卷，《全唐诗外编》及《全唐诗续拾》补其诗一百五十五首又八句题一则。

《题松汀驿》，即写在松汀驿站的墙壁上。"驿"，驿站，古代官员、驿使，以及来往客人歇脚、住宿的地方。"松汀驿"，驿站名，所在不详。诗中的"五湖"在《国语》《史记》中专指太湖及其附近的湖泊，则松汀驿当在太湖附近。从诗的内容看，是诗人没有找到所要寻访的隐士，特地写这首诗来表达遗憾之情的。

首联写站在松汀驿所见远山与泽国。起句写远山包含着天空。一个"含"字写出山之绵长与高低不平，并将远山与天空相衔接的状况生动地表现了出来。次句写水乡泽国看上去一片苍茫。

颔联写水。三句写湖景明丽，那是因为它首先照射到了湖面上。

太湖在我国东部，与中原和西部地区相比，太湖距日出的地方要近些。四句写江面变白是因为风起浪涌。"迥"，远。"迥闻风"是指远远听到风起浪涌的声音。这两句写得有声有色，场面壮阔，气势宏大。

颈联写山。五句写崎岖的山路伸向高原，六句写在炊烟升起的地方，细看时还有小路可通，于是顿生亲切之感。诗人在太湖之滨没有找到自己所要找的隐士，于是他便将视线转向山中。见到此情此景，他有理由相信他的旧友也可能隐居在山中。

尾联承上写那位隐居太湖之滨的老朋友已经不在五湖中了，那么他是否就住在山中呢，诗人没有说，即使住在山中，诗人也不容易找到，看来此行留给诗人的就只有遗憾了。

隐居是唐代诗人所选择的重要生活方式之一，这种生活方式在政治上可进可退，在经济上有保障，在思想情感上能得到某种慰藉，在自然环境方面也得到享受。隐士间也乐于交往，以便相互启发，驱遣寂寞，扩大影响，提高自己在诗歌创作等方面的修养，于是便出现了不少寻访隐者的诗，自然也会出现寻隐者不遇的诗。这首诗就是其中的一篇。

圣果寺

释处默

路自中峰上，盘回出薜萝。
到江吴地尽，隔岸越山多。
古木丛青霭，遥天浸白波。
下方城郭近，钟磬杂笙歌。

释处默，生卒年不详，约生于唐文宗时，约卒于唐末梁初，婺州兰溪（今浙江兰溪）人。幼于兰溪出家，与安国寺诗僧贯休为邻，常作诗酬答。历游杭州、润州等地，在庐山、九华山住过，后入长安，住慈恩寺。与罗隐、郑谷等为诗友。《全唐诗》录诗八首。"圣果寺"，故址在浙江杭州市南凤凰山上。

首联写登山入寺。起句写登山的路在凤凰山的主峰，也就是说圣果寺在主峰上。次句写路盘绕主峰而上，路上还爬满了薜萝。可见当时人迹罕至，一派荒寂景象。"薜萝"乃薜荔和女萝，两种蔓生植物。

颔联回顾历史。眼前的钱塘江恰好是春秋时期吴国和越国的分界线。三句写凤凰山的南面，一直到钱塘江边，都是吴国的领土，四句写钱塘江的南岸就是越国的领土了。登山远眺，难免产生思古之幽情，吴越两国之间的历史风云，自然会出现在眼前。

颈联写眼前景物。五句写近山，突出写山上古木丛生在青色雾霭之中，六句写远水，写遥远的天空仿佛浸在杭州湾的白波之中。"丛"与"浸"相对，用作动词，显示了古木集体向上的力量。"浸"字形容天边浸在波浪中，似为前人未曾道，很新鲜。

尾联以寺中钟磬声与市井笙歌声相杂批评圣果寺离城市太近作结。对此，明唐汝询《唐诗解》卷三十八似有微词，他批评道："此出比丘之口，无一语及禅，落句又俗人不肯道，然则右丞故词坛之佛祖，处默为祇园之俗僧与！"我们已经读了一些诗人游览寺庙的诗，都怀着崇敬心情，描写佛教的理想境界。此诗恰恰反映了佛教脱离不了世俗的一面，实在是应当给予充分肯定的，因为它反映了事物的本质。

野　望

王　绩

东皋薄暮望，徙倚欲何依？
树树皆秋色，山山唯落晖。
牧人驱犊返，猎马带禽归。
相顾无相识，长歌怀采薇。

　　王绩（585—644），字无功，号东皋子，绛州龙门（今山西河津）人。隋大业元年（605）举孝廉，授秘书省正字。出为六合丞。因仕途不顺，于大业十年（614）辞官归里。唐高祖武德五年（622），以六合丞待诏门下省。太宗贞观四年（630），复因仕途受抑，辞官归里。十一年（637），任太乐丞，不足两年，重又挂冠归隐。诗歌多写田园风光与隐士生活，诗风恬淡自然。《四库全书》收《东皋子集》三卷，《全唐诗》录其诗一卷，《全唐诗外编》及《全唐诗续拾》补其诗六十九首。

　　首联扣题。起句写野望的地点是东皋，时间为黄昏。"皋"，水边高地。作者自称东皋子，可见"东皋"就是他归隐所在地，他家乡的一处地名。次句写野望时的感觉很迷惘。"徙倚"，走走停停。"欲何依"表明他无所依托，心神不宁。此句当源自曹操《短歌行》中的几句诗："月明星稀，乌鹊南飞，绕树三匝，何枝可依？"

　　颔联写远景。三句写树之秋色，秋天的树，有的树叶枯萎了，有的树叶改变了颜色，所以秋天的树色彩丰富，但是也充满着萧瑟的景象。四句写山之落晖，虽有残阳余照，难免令人感到索寞。"树树"言树之多，"山山"言山之众，说明诗人的视野还是很广阔的。

　　颈联写近景。如果上联为静态描写的话，此联则为动态描写，五句写放牧归来，六句写打猎满载而归，显然描写的对象是牧人与猎人，他们安居乐业，各得其所，使人联想起《诗经·王风·君子于役》

中的诗句："日之夕矣，羊牛下来。"这两联所描写的景物，正好远景与近景、静态与动态、色彩与光线、植物与动物相互搭配，构成了一幅层次分明的图画，而人物无疑是画面中重点描写的对象。

与安居乐业的牧人与猎人相比，诗人又采取何种生活态度呢？诗人在尾联回答了这个问题。七句写他与牧人、猎人虽然生活在同一个地方，彼此也注意到对方的存在，但是彼此不认识，没有共同语言。后一句表示他在隋唐易代之际，学习伯夷和叔齐，过着隐居的生活。清吴修坞的《唐诗续评》卷一已经指出了这一点："无功生隋末之际，有易命之感，而恐触时忌，特以此题寓意，若非末句，几没深心也。"《史记·伯夷列传》称："武王已平殷乱，天下宗周，而伯夷、叔齐耻之，义不食周粟，隐于首阳山，采薇而食之，及饿且死。"

清人王尧衢《唐诗合解笺注》卷七将此诗视为律诗起承转合写法的标本，指出："此诗格调最清，宜取以压卷。视此，则律中之起承转合了然矣。"他还作了具体分析，今节录如下：首联为起句。首句以东皋薄暮写望之时候，点题面，立一诗之根。次句即写望之神情也。颔联为承，写望中之所见树上秋色。山头落晖，承上"东皋薄暮"四字。颈联为转。转，盖为合句作地步，与承句不相连，而气又要贯。牧者、猎者，俱东皋望中之人。返与归，乃薄暮时事。牧牛有犊，猎马得禽，各事其事，正与下文"无相识"中人，略举一、二也。尾联谓合，谓与转句相合也。"相顾"者，两相回顾。乃面熟之人，而不相识其姓名踪迹，盖以徙倚东皋者，自成高尚，长歌而怀采薇之风，彼牧童、猎子，又安能识予为何人哉！需要说明的是，此诗首联提出了问题，尾联回答了问题，做到了首尾呼应，在结构上显得很完整。

不少人还肯定了这首诗在诗史上的地位，如南宋周端朝《周氏涉笔》说："旧传四声，自齐、梁至沈、宋，始定为唐律。然沈、宋体制，时带徐、庾，未若王绩剪裁锻炼，曲尽情玄，真开迹唐诗也。"再如明人杨慎《升庵诗话》卷二《王绩野望诗》也说："王无功，隋人，入唐，隐节既高，诗律又盛，盖王杨卢骆之滥觞，陈杜沈宋之先鞭也，而人罕知之。"他们从内容和形式两个方面肯定了王绩对唐诗创作所作的贡献。

送别崔著作东征

陈子昂

金天方肃杀，白露始专征。
王师非乐战，之子慎佳兵。
海气侵南部，边风扫北平。
莫卖卢龙塞，归邀麟阁名。

陈子昂，卷一《赠乔侍御》已介绍。关于此诗的写作背景，我们在本卷杜审言《送崔融》中已介绍。此诗当与杜审言《送崔融》为同时之作。据此诗序，当作于万岁通天元年（696）七月。"崔著作"当为崔融，本卷杜审言《送崔融》中也作了介绍。《送别崔著作东征》一作《送著作左郎崔融等从梁王东征》。"崔融等"，据该诗序知当时从梁王东征的还有比部郎中唐奉一、考功员外郎李迥秀，均在幕中任掌书记。"梁王"指武三思，当时被任命为榆关道安抚使，负责东征。

首联写出征的时节合乎天意。起句写出征的时间是秋天，"金天"即秋天，据五行学说，秋天属金。"肃杀"，摧残万物，《汉书·五行志》："金，西方，万物既成，杀气之始也。"正如欧阳修《秋声赋》所说："夫秋，刑官也，于时为阴，又兵象也。"所以秋天也是用兵的季节。下句写白露时节，武三思受命开始出征。"白露"，农历二十四节气之一，在每年公历的九月七日左右，白露是天气转凉的象征。"专征"，专门讨伐特定对象。

颔联写对战争的认识。上句写王者之师从不好战。"王师"，帝王的军队。下句写要慎于用兵。"之子"指从征的人，语出《诗经·小雅·鸿雁》："之子于征。""佳兵"，即用兵，语出《老子》第三十一章："夫佳兵者，不祥之器。"又说："兵者，不祥之器，非君子之器。不得已而用之，恬淡为上，胜而不美。而美之者，是乐杀人。夫乐杀人者，则不可以得志于天下矣。"

颈联写契丹叛军气焰嚣张。上句写契丹叛军攻占营州，"海"指渤海，叛乱发生地区营州与松漠都督府就在渤海的北边，"海气"比喻契丹叛军的嚣张气焰，"南部"指营州，正好在松漠都督府的南边。这句诗的意思是说叛军的嚣张气焰正在侵袭着营州。下句写边塞的战争风暴正在席卷着北平郡（今河北卢龙）。

尾联预祝崔融建立战功。上句祝愿崔融像田畴一样建功，据《三国志·魏书·田畴传》介绍，曹操北征乌丸，从田畴计，取道卢龙，大获全胜，论功厚赏田畴，田畴坚辞道："岂可卖卢龙之塞，以易赏禄哉！"下句祝愿崔融名垂千秋。"麟阁"，即麒麟阁，汉代所建，在未央宫中，是陈列杰出功臣画像的地方。此联虽是否定的语气，却委婉地表达了正面的意思。

宋人严羽在《沧浪诗话》中说："近代诸公乃作奇特解会，遂以文字为诗，以才学为诗，以议论为诗。"他指出宋诗有散文倾向，好发议论、爱用典故等特点，在陈子昂的这首诗中都有所反映。有些唐诗具有宋诗的特点，有些宋诗具有唐诗的特点。注意到这一点，对我们全面而深入地理解唐诗与宋诗都是有好处的。

陪诸贵公子丈八沟携妓纳凉晚际遇雨二首 其一

杜　甫

落日放船好，轻风生浪迟。

竹深留客处，荷净纳凉时。

公子调冰水，佳人雪藕丝。

片云头上黑，应是雨催诗。

杜甫，卷二《绝句》已介绍。此诗当为杜甫于天宝年间在长安作。"丈八沟"在长安城南，系韦坚在天宝元年（742）开凿的一条人工漕运河道，深一丈，宽八尺，故称"丈八沟"。

"携妓"，指携带妓女，此妓女当为诸贵公子家的家妓。"纳凉"，乘凉，则写作时间当为夏天。

这两首诗为连章体，相互照应。第一首写雨前情况。首联写泛舟时的景象，起句写行船的时间是太阳下山的时候，因为比较凉快，所以感觉很好。"放船"即泛舟。次句写风轻浪微，因此一点不用担心安全问题，都觉得很轻松。

颔联写纳凉所在地的环境很好。三句运用拟人的手法写一片竹林挽留了他们的游船，显得比较生动。四句写该处的荷花也亭亭玉立，显得很清爽。岸上绿色的竹林与水中粉红色的荷花交相辉映，取景确实很美。

颈联写游人的活动。五句写公子哥儿们正在用水、冰块、糖等调制着可口的饮料。美女们也在忙着准备"雪藕丝"之类的食品。"雪藕"，莲藕的一种，因其色白如雪而得名，食之既脆又嫩，且甜而多汁。

尾联写即将下雨的情景。七句写头顶上出现了一片乌云，这是即将下雨的征兆。末句写作者对此的反应是诗兴大发，像是雨特地来催诗人作诗一般。这一独特反应将诗人的生活情趣与公子、佳人区分开来了。此联还上应题中"晚际遇雨"四字，下引第二首诗的内容。

陪诸贵公子丈八沟携妓纳凉
晚际遇雨二首 其二

杜　甫

雨来沾席上，风急打船头。
越女红裙湿，燕姬翠黛愁。
缆侵堤柳系，幔卷浪花浮。
归路翻萧飒，陂塘五月秋。

此诗正面写"晚际遇雨"的情况。首联写雨情，起句写雨势很猛，将席面都打湿了，要知道席面上还陈放着刚刚调制好的"冰水"与"雪藕丝"之类的食品，看来是无法享用了。次句写风急浪高，这也正好与第一首中"轻风生浪迟"形成了鲜明的对比。

领联采用互文的修辞手法写那些佳人们的反应，因为在所有的游人中，她们对骤然而至的暴雨的反应最强烈。诗中特地写了"红裙湿"与"翠黛愁"，因为"红裙"与经过精心描画的"翠黛"是最符合年轻女子特征的。"越女""燕姬"泛指佳人，因为越国曾出过美女西施，而燕国也出了不少善于歌舞的女子。"翠黛"，画眉用的青黑色颜料，代指经过描画的眉毛。

颈联写游船的状况。三句写船的缆绳牢牢地系在堤岸边的柳树上，因为风太大了，非如此不能减少船晃动的程度。"侵"，欺凌、侵犯。六句写船上的帷幔被风吹入水中，随着浪花上下浮动。公子哥儿们的尴尬处境没有写，既然佳人们的衣服被打湿了，一个个愁眉苦脸。船又被风吹得摇晃不止，帷幔落入水中难以挡风遮雨，则公子哥儿们处境之尴尬也就可想而知了。

尾联写游人扫兴而归。七句写回程时大家兴味索然，显出一派萧瑟冷落的样子。末句写五月的丈八沟仿佛变成了秋天一般。而这和第一首的开头"落日放船好，轻风生浪迟"相互对照，就两首诗而言也算是首尾呼应了。

联章诗也称组诗，它是采用相同或相近的体裁表达相同或相近的内容的两首以上的一组诗。联章诗是唐代近体诗创作所采用的一种重要形式。《千家诗》由于受到编纂宗旨的限制，只完整地收了杜甫两组联章诗，除本诗外，还有《曲江二首》。这对我们了解联章诗还是有好处的。欣赏联章诗应当采用联系的观点，运用比较的方法。就这两首诗而言，其情绪，第一首可以说诸公子与佳人们都兴趣盎然，都很开心；第二首可以说诸公子与佳人们都兴趣索然，都很狼狈。杜甫对公子哥儿与佳人们抱有幸灾乐祸的情绪，在比较中看得尤为清楚。此外，两首诗所写人物表现、景物形态、行船状况，都各不相同，既相互关联，又形成了鲜明的对比。至于两首诗在构思上的相互照应，我们在行文中已有所分析，兹不赘述。

宿云门寺阁

孙逖

香阁东山下，烟花象外幽。
悬灯千嶂夕，卷幔五湖秋。
画壁余鸿雁，纱窗宿斗牛。
更疑天路近，梦与白云游。

孙逖，卷一《观永乐公主入蕃》已介绍。他于玄宗开元二年（714）

举哲人奇士科，授山阴尉。《宿云门寺》当为作者担任山阴（今浙江绍兴）县尉期间所写，此外他还写过《山阴县西楼》诗。云门寺在今浙江绍兴南云门山麓，始建于晋安帝时。传说仙人王子晋居此，尝有五色祥云，诏建寺，号云门。"阁"即阁楼。

首联扣题写对云门寺阁的总体印象。起句写阁的位置在"东山下"，"香阁"乃佛教徒住所之雅称。"东山"是云门山的别名。次句写暮霭中的花木远离尘世分外幽静。"烟花"，雾霭中的花。"象外"，超逸物象之外，这里当指尘世之外。

颔联写登阁所眺望之远景。三句写山，随着点亮了高悬的灯，群山已经暗了下来。这是诗的表达方法，强调"悬灯"。事实当然是由于天色已暗才掌灯的。"嶂"，山峰如屏障者，这里泛指山。四句写水，随着帏幔在风中飘动，我感觉到五湖的秋色已经很浓了。"五湖"原指太湖及其周边的湖泊，这里泛指湖泊，以与"千嶂"对仗。清黄生《唐诗摘钞》卷一说："写景欲阔大。初唐景语，无出三、四二句之上。"这两句诗就阁中眼前事物能见到或感受到阁外的千山万水，作者心胸开阔可想而知。

颈联写阁内所见。五句写壁画上尚余鸿雁可辨，这表明壁画很古老，所以已变得模糊不清了。而鸿雁志存高远，是能够腾飞的，所以还能引起诗人的遐想。六句写透过纱窗还能见到二十八宿中的斗宿与牛宿。云门寺阁之高也就不言而喻。

尾联扣题写入梦。七句写怀疑登天之路很近，自然会产生云游的想法，于是引出末句。末句写梦中乘云在天空中遨游。

此诗以宿云门寺阁的过程为线索，以时间先后为序，脉络清楚，层次分明，已如上述。作者在写作中，还能做到前后照应，针线缜密，可谓丝丝入扣。如首联"烟花象外幽"所描写的超凡脱俗的世界，就为尾联"梦与白云游"埋下了伏笔。三句提到"悬灯"就为五句看画创造了条件，四句写"卷幔"与六句写"纱窗"相呼应。因为颔联、颈联写阁高，所以尾联才会产生"天路近"的疑惑，才会出现"与白云游"的梦境。

秋登宣城谢朓北楼

李　白

江城如画里，山晚望晴空。
两水夹明镜，双桥落彩虹。
人烟寒橘柚，秋色老梧桐。
谁念北楼上，临风怀谢公。

李白，卷一《独坐敬亭山》已介绍。此诗作于玄宗天宝十三载（754），李白于当年中秋节后从金陵再度来到宣城。宣城，今安徽宣城市。谢朓（464—499），字玄晖，南朝齐诗人，曾任宣城太守，颇为李白推许。北楼原名高斋，为谢朓任宣城太守时所建，在城内陵阳山顶，唐初在高斋旧址重建一楼，因楼位于郡治之北，遂取名北楼。

首联总摄全篇，写了李白登楼所见景色的概貌。起句说宣城如在画中，"江城"的"江"不是指长江，而是指水阳江。次句写傍晚时据高而望，晴空万里。"山"当指陵阳山，因为楼就建在该山的山顶上，所以视野特别开阔。宋严羽《沧浪诗话·诗评》说："太白发句，谓之开门见山"，或指此诗而言。

以下两联写景。颔联写远景。三句写两条溪水清澈如明镜一般。"两水"指句溪与宛溪。皖南溪水一向清静，到了秋天，更加澄澈见底，它平静地流淌着，在夕阳晚照中泛着晶莹的光，为溪岸所夹，确如明镜一般。下句写宛溪上的两座桥犹如彩虹一般。"双桥"指城东南泰和门外的凤凰桥与城东阳德门外的济川桥。"落"字化静为动，将两道彩虹也就是两座桥写活了。

颈联写近景。五句写朝着炊烟望去，农家果园里的橘柚硕果累累，它们直到深秋初冬才成熟，见到树上挂满了橘柚，说明已到了寒气逼人的时节。下句写随着梧桐叶飘零殆尽，秋色已变得很浓重了。"寒"与"老"采用了使动的用法，不仅写出了植物的变化过程，其作用也波及人心，使诗人感到了寒意。

尾联表达了怀念谢朓的情绪。但是作者采用了反问的修辞手法，也就是说没有人能够注意并理解他在瑟瑟的秋风中怀念谢朓的心情。李白对谢朓似乎特别偏爱，在诗歌创作方面特别注意向谢朓学习，如他在《游敬亭寄崔侍御》中说："我家敬亭下，辄继谢公作。相去数百年，风期宛如昨。"再如他在《金陵城西楼月下吟》中说："解道澄江静如练，令人长忆谢玄晖。"对于谢朓担任过太守的宣城，他似乎也特别喜欢，一生曾七游宣城，寻访谢朓遗迹，写了许多怀念谢朓的诗，此诗便是其中的一篇。王士禛《论诗绝句》称李白"一生低首谢宣城"，这确实是一个值得思考的现象，因为李白自视甚高，一生很少向其他人低过头。

临洞庭上张丞相

孟浩然

八月湖水平，涵虚混太清。
气蒸云梦泽，波撼岳阳城。
欲济无舟楫，端居耻圣明。
坐视垂钓者，徒有羡鱼情。

孟浩然，卷一《春晓》已介绍。宋计有功《唐诗纪事》卷二十三说："明皇以张说之荐召浩然，令诵所作。乃诵'北阙休上书，南山归弊庐。不才明主弃，多病故人疏……'帝曰：'卿不求朕，岂朕弃卿？

何不云"气蒸云梦泽，波动岳阳城"哉？'"张说开元三年（715）四月，除岳州刺史。五年（717）二月，迁荆州大都督府长史。而开元二年（714）春，孟浩然游越中，开元三年，溯江而上，岁暮返襄阳。则孟浩然写此诗的时间当在开元三年八月，"张丞相"即张说，他于开元元年（713）七月任中书令，八月封燕国公。十二月改中书省为紫微省，他也担任过紫微令。开元十七年（729），三月为右丞相，八月迁左丞相。诗题宋蜀刻本作《岳阳楼》，唐写本《唐人选唐诗》作《洞庭湖作》，明活字本、明凌濛初本、明毛晋本、《四部丛刊》本均作《临洞庭》，则"上张丞相"当为后人所加。

前四句写所见。首联泛写洞庭湖秋高水满。起句写八月份湖水暴涨，几乎与堤岸在一个平面上，次句写水天相接，浑然一体。"涵"即"含"，"虚"即天空。"涵虚"即包含着天空，可见洞庭湖水面广阔无边。"太清"也即天空。"混太清"，就是说水天相连，难以分别。

颔联写洞庭湖的水势。三句写湖面上水气蒸腾。"云梦泽"，古代湖泊名，非常巨大，汉司马相如《子虚赋》说："云梦者，方九百里"，这里代指洞庭湖。四句写巨浪不停地撼动着岳阳城。"蒸""撼"二字写出了洞庭湖雄壮而伟大的气势，正如清王士祯《然灯记闻》所说："'蒸'字、'撼'字，何等响、何等确、何等警拔也！"

后四句写所感。颈联自况。五句写想渡过辽阔的湖面，可惜没有船与桨。这句显然是在暗示自己想寻找出路，却无人引荐。好在他就眼前景物加以发挥，说得比较含蓄。"楫"指船桨。六句说自己无事闲居颇有愧于这太平盛世，也就是说自己想有所作为，这就将想请人引荐的话说得相当明白了。"端居"，安居，闲居。"耻"，感到羞耻。"圣明"，皇帝英明，这里指盛世。

尾联寓意。七句表达了对垂钓者的羡慕，"垂钓者"比喻那些已经当官的人。八句感叹自己想钓鱼却没有办法。"徒有"，空有。"羡鱼情"比喻自己想当官的心情。《淮南子·说林训》说："临河而羡鱼，不如归家织网。"此诗创造性地运用这一典故，表达了自己想要说的话。这两句诗还好在洞庭湖边多垂钓者这一具体情况，将干谒的意思表达得比较自然。

　　干谒也是古代诗歌中经常出现的内容，此诗可谓中国古代干谒诗的代表作之一。干谒诗要尽可能自然一点，含蓄一点。此诗结合洞庭湖的具体情况，就地取材，通过"欲济""羡鱼"来表达自己想获得引荐的愿望还是比较自然的。但是还不够含蓄，清毛先舒《诗辩坻》卷三批评道："'欲济无舟楫'二语感怀已尽，更增结语，居然蛇足，无复深味。"此诗成就不在干谒，而在于三四两句写出了洞庭湖的气势。孟浩然没当上官可能与他写给唐玄宗的那首"干谒"诗的质量太差有关，一是缺乏艺术性，二是将没当上官的责任推给了唐玄宗，所以触了霉头。

过香积寺

王　维

不知香积寺，数里入云峰。
古木无人径，深山何处钟？
泉声咽危石，日色冷青松。
薄暮空潭曲，安禅制毒龙。

　　王维，卷一《竹里馆》已介绍。《过香积寺》在《文苑英华》中作王昌龄诗，但王昌龄集中无此诗，而王维集中却有此诗，故著作权宜属王维。"过"，访问。"香积寺"故址在今陕西长安，宋宋敏求《长安志》卷十二称："开利寺在（长安）县南三十里皇甫村，唐香积寺也。永隆二年（681）建，皇朝太平兴国三年（978）改。"

　　首联写寺之偏僻。起句写自己不了解香积寺。清黄生《唐诗摘钞》

卷一说："起用'不知'而字，便见往时未到，今日方过，幽赏胜情，得未曾有，俱寓此二字内。""不知"二字统领全篇，全诗实际上都是在写探访香积寺的过程。次句写香积寺比较远，走了数里路才进入云雾缭绕的山峰，当然还得继续往前走。"云峰"指终南山，因为香积寺就在终南山子午谷正北。

中二联写途中所见所闻。颔联写香积寺与世隔绝。三句写途中只见古木不见人，四句写在深山之中听到钟声而不知钟声来自何处。这句诗反映了诗人的心理活动，他在树林中走了很久，没有找到香积寺，很着急，连个可以问路的人都没有，正在此时听到香积寺的钟声，当然很高兴，但是又辨别不出钟声传来的方向，于是便产生了一点失望情绪。在深山老林中连个人影都没有，则香积寺的僻静可想而知，悠长的钟声也反映了这种僻静。

颈联写香积寺的环境清冷。五句诉诸听觉，写泉水为危石所阻发出呜咽之声；六句诉诸视觉，写阳光照在青松上显得很清冷。清赵殿成《王右丞集笺注》称："'泉声'二句，深山恒境，每每如此。下一'咽'字，则幽静之状恍然；着一'冷'字，则深僻之景若见，昔人所谓诗眼是矣。"王维在这两个字中注入了感情色彩，而这两个字也是作者本人冷清的内心世界的一种反映。

尾联写诗人的感悟。七句写直到傍晚才见到香积寺外的一曲空寂的潭水，末句写自己愿意安禅于此以制服毒龙。"安禅"即入定，佛教术语，指使心定于一处，身体不动，口不语，大脑也不想任何事情。"制毒龙"，据唐释道世《法苑珠林》介绍，西方有不可依山，山中有池，毒龙居之，杀五百商人。槃陀王闻之，学婆罗门咒，四年之中，善得其术，就池咒龙，龙化为人，向王悔过，王乃舍之。此处"制毒龙"实指抑制世俗的欲望。

此诗在构思上极具特色，题为《过香积寺》，但是没有一句诗正面描写香积寺的壮丽或者幽静，都在写寻访香积寺的过程中所见所闻，而这些见闻恰恰表现了香积寺与世隔绝的环境，虽未写香积寺，但其超凡绝俗的境界也就可想而知了。王维未踏入香积寺门一步，就对佛门真谛有了深入领会。清黄生《唐诗摘钞》称该诗为"五律中无上神品"，是有道理的。

送郑侍御谪闽中

高　适

谪去君无恨，闽中我旧过。
大都秋雁少，只是夜猿多。
东路云山合，南天瘴疠和。
自当逢雨露，行矣慎风波。

高适，卷一《咏史》已介绍。《旧唐书·高适传》称其"父从文，位终韶州（今广东韶关）长史"。而据《千唐志斋藏石·大唐前益州成都县尉朱守臣故夫人高氏墓志》可知，高适乃高宗时名将高侃之孙，韶州长史崇文之子。可见"从文"也即"崇文"。因此高适早年曾随父旅居岭南，所作《饯宋八充彭中丞判官之岭南》《送柴司户充刘卿判官之岭外》两诗对岭南情状均有描述，这一阶段他也曾至福建。《送郑侍御谪闽中》在《四部丛刊》本《岑嘉州集》中也被收录，但岑参未曾到过闽中，当非岑参所作。"侍御"，唐殿中侍御史、监察侍御史的通称，从六品。"郑侍御"乃作者朋友，生平不详。"闽中"，唐闽中郡，治所在今福建福州。

首联是安慰朋友的话。起句劝朋友被贬谪到外地不要怨恨。"谪"，古代官员受处分被降职或外调。"无恨"是不要怨恨。因为在唐代福建还是比较偏远、落后的地区，被贬到此难免有不满情绪。次句说自己曾去过那个地方，旨在用亲身经历安慰朋友，并引起下文。

　　以下两联承上"旧过"二字介绍自己所见到的闽中情况。三句诉诸视觉，写白天很少见到南飞的秋雁。在雁的意象中具有传递书信的含义，因此"秋雁少"含有地处偏远、通信不便、难以遇到老熟人的意义。四句诉诸听觉，写夜晚经常听到猿声。杜甫在《登高》诗中说"风急天高猿啸哀"，猿声听上去非常悲哀。所以郑侍御到闽中以后，因为思乡导致失眠，会在夜晚经常听到猿声而伤心。这两句诗对郑侍御被贬闽中表示了同情。

　　颈联写闽中的地理与气候情况。五句写在东去的道路上会见到山中云雾弥漫，因为福建地处我国东部沿海地区，湿度大，因此山间云雾多，看上去云与山融合在一起。六句写在南方，福建的瘴疠还不算严重，这对郑侍御多少起点宽解作用。过去我国南方由于气候炎热，环境潮湿，病菌生长繁殖极快，很容易爆发瘟疫，令人生畏。"瘴疠"，指亚热带潮湿地区流行的恶性疟疾等传染病。

　　尾联与首联呼应，继续安慰朋友。七句写朋友一定能够回来。"逢雨露"比喻获得皇恩，是一种比较含蓄的说法。下句嘱咐朋友路上当心风波。"风波"首先指旅途上所遇到的风浪，其次也指政治上的风波。这两句切合诗题中的"送"字。

　　这首诗好在写出了真情实感，用自己的亲身经历劝慰对方，内容比较有特色，找不到什么客套话。作者一气说来，如叙家常，显得很自然，也很亲切。

秦州杂诗

杜　甫

凤林戈未息，鱼海路常难。
候火云峰峻，悬军幕井干。

风连西极动，月过北庭寒。
故老思飞将，何时议筑坛？

　　杜甫，卷二《绝句》已介绍。此诗作于唐肃宗乾元二年（759）秋，当时唐官军在相州（今河南安阳）被安史之乱的叛军打败，关内又出现了灾荒，杜甫的靠山房琯又一再受到打击，杜甫在政治上也见不到出路，于是放弃了华州司功参军的职位，携全家度陇山，奔华州（今甘肃天水），写了《秦州杂诗二十首》，此诗是第十九首。

　　首联写道路因战争而阻塞。起句写西北地区战争接连不断。"凤林"，凤林关，故址在今甘肃临夏西南。"戈"，兵器名，通常代指战争。下句写通往鱼海的道路因为战争非常难走。"鱼海"，湖名，唐时在吐蕃占领区内，此处指鱼海周边地区。由于安史之乱，唐朝中央政权请求吐蕃出兵援助，吐蕃一边帮助唐军平乱，一边扩充势力范围，没几年工夫，西北州县都在它的掌控之中，这在《秦州杂诗》第十八首中也有鲜明反映："警急烽常报，传闻檄屡飞。西戎外甥国，何得连天威。"其中"西戎外甥国"显然指吐蕃。

　　颔联写西北边区唐军之困境。三句写报警的烽火直冲云霄，"候火"即堠火，报警的烽火。"云峰"指云层堆积如山峰，"峻"，险峻。"云峰峻"是处于危急情况下所见云层之形状，这是心情焦急的反映。四句写军队孤立无援，连井水都干涸了。这里显然是用井水干涸来说明军队的物质条件非常差。"悬军"指孤军。"幕井"指将井口遮挡起来不许随便打水，说明井水已经很少了，或者说已经干了。

　　颈联写西北地区寒风凛冽。五句写连续的风暴使西极都为之撼动，"西极"，指西部地区。汉司马相如《上林赋》："左苍梧，右西极。"《文选》李善注："豳国为西极，在长安西。"秦州正好在长安之西，当属豳国的范围。六句写月色照着北庭显得很寒冷。"北庭"指北庭都护府，治所在庭州（今新疆吉木萨尔北破城子）。这里写的是自然气候，不可避免也反映了政治气候，从中可见吐蕃势力强大，使整个西北地区都为之震动，老百姓为之心寒。

尾联写诗人希望朝廷选派良将破敌安边。七句写老年人都在思念飞将军李广，"故老"，年老多阅历的人，当然也包括作者在内。"飞将"指李广。《史记·李将军列传》："广居右北平，匈奴闻之，号曰汉之飞将军，避之数岁，不敢入右北平。"这句诗的意思也就是王昌龄《出塞》诗所说："但使龙城飞将在，不教胡马度阴山"，只不过地点与对象不同而已。八句写希望朝廷能早日实现老百姓的愿望。"何时"采用设问的形式，表达了老百姓的强烈愿望。"筑坛"指真心诚意地拜将。《史记·淮阴侯列传》称汉王刘邦对萧何说欲拜韩信为将，"何曰：虽为将，信必不留。王曰：以为大将。何曰：幸甚。于是王欲召信拜之。何曰：王素慢无礼，今拜大将如呼小儿耳，此乃信所以去也。王必欲拜之，择良日，斋戒，设坛场，具礼，乃可耳。王许之。"

杜甫在秦州时，秦州表面上还比较平静，因此有许多人从东方越过陇山到这里避难，但是正如杜甫所预料的那样，没过多久秦州就在代宗广德元年（763）被吐蕃攻陷了。而杜甫早在肃宗乾元二年（759）十月就已离开秦州到梓州，接着又到了成都。这表明杜甫的政治嗅觉还是比较敏锐的，因为他刚在肃宗身边做了一年的左拾遗，接着又做了不到一年的华州司功，对政治形势还是比较关心的。其次，在战乱中，他深入到人民群众中，与他们一起过着水深火热的生活，写出了"三吏""三别"这样的杰作，同时也促使他考虑国家与民族的命运与前途。杜甫在这一时期的生活中历经磨难，但是提高了思想水平，就诗歌创作而言，也获得了丰厚的回报。

禹　庙

杜　甫

禹庙空山里，秋风落日斜。
荒庭垂橘柚，古屋画龙蛇。
云气嘘青壁，江声走白沙。
早知乘四载，疏凿控三巴。

　　杜甫，卷二《绝句》已介绍。此诗作于唐代宗永泰元年（765）秋，杜甫出蜀东下，途经忠州（今重庆忠县），游览禹庙时作。"禹庙"，建在忠州临江县（今属重庆忠县）。

　　首联写禹庙的环境。起句写空间，特别强调一个"空"字，说明此处空无一人，没有人瞻仰，显得很冷落。次句写时间，秋天的傍晚，寒风习习，面对夕阳残照，难免有悲凉的感觉。

　　颔联写庙中之景，三句写在荒凉的庭院里的树上还垂着橘柚，这是眼前景色，南方盛产橘柚，秋天挂果，深秋初冬成熟，同时还暗用了《尚书·禹贡》中"厥包橘柚锡贡"的典故，人们栽种橘柚，表达了对大禹的怀念。四句写庙中壁画，《孟子·滕文公下》说："当尧之时，水逆行，泛滥于中国，蛇龙居之……使禹治之，禹掘地而注之海，驱龙蛇而放之菹（zū）。"可见壁画的内容是歌颂大禹治水的，而从"古"字可以看出，壁画已经有年头了。

　　颈联写庙外之景。五句写山，青色的石壁不断喷吐着云雾气，此为倒装句。"嘘青壁"通行本作"生虚壁"，此据《文苑英华》本校定。因为壁总是实实在在的，称"虚壁"不太符合逻辑。再说用"嘘"字，采取了拟人的方法，将云气写活了，显得很生动。六句写长江波涛所发出的声音正在两岸的巨石白沙上走动，司马相如《子虚赋》说过"巨石白沙"的话，由于韵律的关系，所以只用了"白沙"二字以指长江两岸。以"走"字形容波涛声，富有新意，也很有气势。

尾联歌颂大禹治水的丰功伟绩。"四载"，大禹治水时所用的四种交通工具。《史记·夏本纪》："陆行乘车，水行乘船，泥行乘橇，山行乘檋。""疏凿"，疏通河道，凿开山峡。"三巴"，东汉末，益州牧刘璋设巴郡、巴东郡、巴西郡，相当于今重庆市所辖地区。

前人对此诗三四两句能切合实际情况赞不绝口，如明胡应麟《诗薮》卷四《近体上·五言》评价道："杜用事入化处，然不作用事看，则古庙之荒凉，画壁之飞动，亦更无人可著语。此老杜千古绝技，未易追也。"近人俞陛云《诗境浅说》乙编《五言摘句》也谈道："孙莘老谓此二句'点染禹事'，说固有征，但少陵因禹庙所见，适与古合，遂运化入诗，乃其能事。若未栽橘柚，未绘龙蛇，决不因用禹事，而虚构此景……学诗运用古事，当以此为法。"

望 秦 川

李 颀

秦川朝望迥，日出正东峰。
远近山河净，逶迤城阙重。
秋声万户竹，寒色五陵松。
有客归欤叹，凄其霜露浓。

李颀（约690－约751），郡望赵郡（今河北赵县），河南颍阳（今河南登封西南）人。玄宗开元二十三年（735）进士，他在《欲之新乡答崔颢綦毋潜》中说："数年作吏家屡空，谁道黑头成老翁"，可见他曾任卑职，后当过新乡尉，因为升迁无望，遂辞归。李颀为盛唐著名诗人，擅长七言古诗、七言律诗，颇多佳作。《全唐诗》录其诗三卷，《全唐诗续拾》补其诗三首又二句。《望秦川》当作于开元末诗人辞职后离开长安，回望秦川时所作。"秦川"，陕西秦岭以北渭水平原地区，古属秦国，故称秦川。这里泛指以长安为中心的地区。

首联扣题，写望秦川的时间与地点，时间是旭日东升的时候，地点是在首都长安之南，"迥"字表明作者离开长安已经有了比较长的一段距离。

中间四句写景。三句用一个"净"字形容"远近山河"，正好与往日所见城市的喧嚣污浊形成鲜明对比，给人清新的感觉。四句用"逶迤"来形容长安城的城墙蜿蜒不绝，又用"重"字来形容长安城的宫殿之多而雄伟。"阙"，皇城的望楼。离开长安，也就是离开官场，这是诗人主动的，同时也是无奈的、重要的选择，是对是错，很难说清楚，所以诗人此时此刻的心情是复杂的。

五句写千家万户的竹林传来秋风萧瑟的声音，《史记·货殖列传》说："渭川千亩竹……此其人皆与千户侯等"，可见当地确实盛产竹子。六句写五陵松树让人觉得有浓重的寒意。在视觉的基础上，上句突出听觉，下句突出触觉，它们都在景色中增加了鲜明的感情色彩。"五陵"指汉代五座皇帝陵墓，在今陕西咸阳市五陵原。

尾联抒情。七句表示自己要返乡隐居，则其仕途郁郁不得志可想而知。"归欤"典出《论语·公冶长》："子在陈曰：归与！归与！"下句写清晨霜露非常浓重，则其感伤的情怀也是不难体会的。"凄其"，凄凉。典出《诗经·邶风·绿衣》："凄其以风。"

此诗好在借景抒情，诗人只当了个新乡尉，辞职返乡乃不得已，但是满怀不如意的情绪在诗中没有提，只是从所描写的景物中能感觉到这一点。清屈复《唐诗成法》分析道："景中有情，格法固奇，笔意俱高甚。帝都名利之场，乃清晨闲望，将山河、城阙、万户、五陵呆看半日，无所事事。将自己不得意全不一字说出，只将光景淡淡写去，直至七八，忽兴'归与'之叹，又虚托'霜露'一笔，觉满纸皆成摇落，已说得尽情尽致。"

同王征君洞庭有怀

张　谓

八月洞庭秋，潇湘水北流。
还家万里梦，为客五更愁。
不用开书帙，偏宜上酒楼。
故人京洛满，何日复同游？

张谓，生卒年不详，字正言，怀州河内（今河南沁阳）人。玄宗天宝二年（743）举进士，天宝十三、十四载间，曾在安西北庭都护封常清幕为属官，参与军中谋划，立过功勋。肃宗乾元元年（758）为尚书郎。代宗大历二、三年间任潭州（今湖南长沙）刺史、后入朝担任太子左庶子、礼部侍郎等官职。《全唐诗》录其诗一卷，《全唐诗外编》及《全唐诗续拾》补其诗一首又二句。

《同王征君洞庭有怀》一作《同王征君湘中有怀》，此诗当作于张谓大历二、三年间潭州刺史任上。"同"即和，"征君"是对曾受朝廷征召而未任职的人的称呼。"王征君"生平不详。

首联扣题。起句写洞庭湖，一是强调了"八月"，八月是洞庭湖水最满，也是最壮观的时候；二是强调了"秋"，因为秋天是最能引起人们思乡，最能引起人们伤感的季节。我们自然会想起《九歌·湘君》中所描写的意境："嫋嫋兮秋风，洞庭波兮木叶下。"次句写潇、湘二水，强调了"北流"，因为作者是北方人，长安与洛阳也在北方，很容易使人联想起二水北流，自己却不能北归。

颔联承上写梦中实现自己回家的愿望。三句写既然现实不允许自己回家，那么就在梦中实现自己回家的愿望。在梦中实现了与相距万里之遥的亲人团聚，则其回家愿望之强烈也就可想而知了。四句写梦醒之后分外忧愁，因为现实苦恼与梦境的欢乐正好形成鲜明的对比。

颈联承上写愁。五句写本来想用读书来转移自己的注意力，实践证明，毫无效果，所以连书都懒得打开了。"书帙"，装书用的袋子，因为唐代图书采用卷轴的装帧形式，按照内容，将若干卷图书放在袋子里，以便保管和使用。六句写最好的办法就是借酒浇愁。

尾联直截了当地道出怀乡的情绪。作者在诗中特别强调了对"故人"，也即老朋友的思念。其所思念的地点是西京长安与东都洛阳也说明了这一点。可见他怀念的内容有亲情、友情，也考虑到自己的命运与前途。末句采用设问的方法，表达了与亲人与友人见面的强烈愿望。

这首诗的特点是诗意连贯而下若串珠，显得非常自然而流畅。明唐汝询《唐诗解》卷三十六分析了这一点："此北人南客，因感秋而思念其家乡也。观水之北流，便有思洛意。然身不可往，而梦还其家，梦醒则愁极。五更矣，此岂开帙之时乎？惟登酒楼以消忧也。于是，既念其家，复念其友，且叹归期之未可卜耳。"

渡扬子江

孟浩然

桂楫中流望，空波两畔明。
林开扬子驿，山出润州城。
海尽边阴静，江寒朔吹生。
更闻枫叶下，淅沥度秋声。

孟浩然，卷一《春晓》已介绍。孟浩然在开元二、三年间（714—715），以及开元十六年（728）曾到江浙一带活动过。此诗作者通行本作丁仙芝，实际上当为孟浩然。这是因为著录此诗最早的版本唐芮挺章选编之《国秀集》卷中作孟浩然，同时也著录了丁仙芝的一首诗，可见芮挺章所见此诗确为孟浩然所作，而非丁仙芝所作。其次孟浩然在扬州与润州活动过，并且渡过扬子江，还留下一些相关的诗，如《宿扬子津寄润州长山刘隐士》《早春润州送从弟还乡》《扬子津望京口》。特别是第一首诗还谈了他要渡扬子江的原因："所思在建业，欲往大江深。日夕望京口，烟波愁我心。"其内容与此诗是完全吻合的。第三，诗中所出现鲜明的边疆意识，只有孟浩然这样生长在中原的人才会具有，丁仙芝就是润州人，不大会有这样的边疆意识，因为此地从周代就比较发达，南朝时期这里与政治、经济、文化中心建业（今江苏南京）靠得很近，唐代润州也是江南地区的中心城市之一，所以丁仙芝在心理上是不会将润州视为边疆的。所以此诗的作者显然是孟浩然。

首联扣题写渡扬子江。起句写船至中流，一个"望"字统领全篇，以下均写所望的内容。"桂楫"，桂树所制的船桨，是船桨的美称，这里代指船。次句总写所见江面与两岸景色。江面空阔，两岸景色明朗。

颔联承上具体写两岸景色。三句写北岸树林断开的地方，尚能看清扬子驿，这表明长江北岸的防护林长得非常茂盛。"扬子驿"，设在扬子津的驿站，在今江苏扬州邗江的长江边，为古代渡口所在地。四句写南岸山的背后就是润州城了。在润州城的北面有北固山与焦山。

颈联写诗人渡扬子江的感受。五句写江面上很平静，古人认为长江经润州而出海，所以此处江面被视为海之尽头。清王尧衢《唐诗合解笺注》卷八分析道："江流入海而尽，海上之气，即为边阴。宇内既宁，故边阴亦静也。"六句写由于北风一吹，在江中感到冷飕飕的。"朔吹"，指北风吹动。

尾联写所闻秋声。七句写枫叶在北风中飒飒飘落。这里借用了宋玉《招魂》中"湛湛江水兮上有枫"的传统意象，其实"枫叶"实际上是代表各种树的落叶。末句写那淅淅沥沥的风吹落叶声正在传递着秋天的声音。看来，作者已经快要到达彼岸了，否则是听不到这种声音的。

宋刘辰翁《王孟诗评》称此诗："写景如在目前。'林开'二语，可作金山寺门榜一对。"写景要能抓住某地某时的特点，不能移作它用。此诗颔联确实做到了这一点，它是渡扬子江船至中流时所见南北两岸景象，否则就写不出来。

幽州夜饮

张　说

凉风吹夜雨，萧瑟动寒林。
正有高堂宴，能忘迟暮心。
军中宜剑舞，塞上重笳音。
不作边城将，谁知恩遇深。

张说，卷一《蜀道后期》已介绍。玄宗开元元年（713）因参与决策诛太平公主有功，任检校中书令，封燕国公。同年十二月为姚崇所构，贬为相州刺史、河北道按察使。开元三年（715）四月，除岳州刺史。五年（717）二月，迁荆州大都督府长史。六年（718），迁幽州都督、河北节度使。八年（720），改并州大都督府长史、持节天兵军节度大使。《幽州夜饮》当作于张说任职幽州期间。

首联扣题写幽州之夜。起句写幽州之夜，幽州地处北方，入秋后本来就寒冷。夜晚当然更加寒冷，幽州的风雨之夜当然就格外寒冷。次句写诗人听到风声、雨声，以及风雨掠过树林所发出的声音的感觉，一是"寒"，二是"萧瑟"，可见身体觉得寒冷，内心感到萧瑟。

颔联承上入题写"夜饮"。三句写宴会，"正有"说明宴会恰好是自己所需要，"高堂"指高大宽敞的厅堂，说明宴会的环境也很好。显然，参加这样的宴会可以驱赶寒冷，也可以驱赶忧愁与寂寞。四句特别强调还能暂时忘掉迟暮之心。"迟暮"，岁暮，一年快要结束的时候，也指人进入老年阶段。屈原《离骚》"恐美人之迟暮"是说害怕君子年老而不为君主所重视，"迟暮心"即暗用此意。

颈联承上写宴会上的文艺表演。五句强调军中特别适合表演剑舞，《史记·项羽本纪》记述了项庄舞剑意在沛公的故事，可见剑舞起源甚早，唐代也非常盛行，杜甫就写过《观公孙大娘弟子舞剑器行》："昔有佳人公孙氏，一舞剑器动四方。观者如山色沮丧，天地为之久低昂"，可见剑舞还是颇受欢迎的。六句强调边塞特别注重胡笳演奏的乐曲。"笳"即胡笳，汉末蔡文姬写过著名的《胡笳十八拍》，指出"胡笳本自出胡中"，其民族和地域特色与边塞生活相吻合，其音调特别容易引起边塞将士的共鸣。

尾联写对幽州夜宴的感想：如果不作边城的将帅，哪里能体会君王的知遇之恩是多么的深呢？这是表面文章，诗人实际上是希望重新获得君王眷顾，脱离边塞，重新回到京城当朝官，只不过说得比较委婉而已，如果我们将尾联与第四句联系起来看，其用意是不难理解的。

不同的读者对于同一首诗的理解可能是大不相同的，此诗就是一个例子。譬如颔联，我们可以理解成这盛大的宴会，能让我暂时忘掉自己已经衰老了，句末用句号。如清叶蒸《唐诗意》说："乐处已忘其老，而不忘其君，此正小雅。"也可以理解成虽有这盛大的宴会，我的迟暮之心也是难以忘掉的，则句末用问号或感叹号。如明唐汝询《唐诗解》卷三二说："此有不乐居边意。言因夜雨而命酒高堂，足自适也，然不能忘迟暮之心。"再如颈联，我们可以理解为肯定的意思，军中就适宜剑舞，边塞就应注重笳音。如清王尧衢《唐诗合解笺注》卷七说："言军中宜于剑舞，非剑则不相宜。塞上重于笳音，非塞则笳亦不重耳。"也可以理解为否定的意思，在军中只能见到剑舞，在塞外只能听到笳音，其他丰富多彩的文娱节目都欣赏不到了。尾联也可以表面理解为如果不做边城的将帅，谁又能体会到君王的恩遇呢？如清胡本渊《唐诗近体》说："结法后唯老杜有之，边将宜作是想。"清顾安《唐律消夏录》也批评道："边塞之地，迟暮之年，风雨之夜，如此苦境，强说恩遇，其心伪矣。"但是也有人探索其中的弦外之音，如清王尧衢《唐诗合解笺注》卷七分析道："此以感恩作反结。言舞剑闻笳，边城将才有此境。我如不作边城将，当此苦况，谁知昔日在朝恩遇之深？总因心中不乐幽州，故以昔时恩遇反形出边城今日之苦也。"这样看来，张说写此诗别有用意，也就不一定虚伪了。

卷
四

七言律诗

早朝大明宫

贾　至

银烛朝天紫陌长，禁城春色晓苍苍。
千条弱柳垂青琐，百啭流莺绕建章。
剑珮声随玉墀步，衣冠身惹御炉香。
共沐恩波凤池上，朝朝染翰侍君王。

贾至（约718-772），字幼邻，一作幼幾，洛阳（今河南洛阳）人。玄宗天宝元年（742）明经擢第，为单父尉。累官起居舍人、知制诰，安史之乱中随玄宗入蜀，撰传位肃宗册文，玄宗见文稿说："先天诰命，乃父所为，今兹大册，尔又为之。两朝盛典出卿家父子，可谓继美矣。"贾至接着又随韦见素充册礼使制官，册礼毕，遂留在肃宗朝任中书舍人。乾元元年（758）春出为汝州刺史。乾元二年（759）被贬为岳州司马。代宗时被招回任中书舍人，后迁散骑常侍。《全唐诗》录其诗一卷。

《早朝大明宫》原名《早朝大明宫呈两省僚友》，作于肃宗乾元元年春，时肃宗阅军后，在含元殿大赦天下，贾至作此诗，杜甫、王维、岑参均有和作。"早朝"指朝官于早晨上朝朝见皇帝研究政务。大明宫，在禁苑东南，太宗贞观八年（634）建。高宗龙朔三年（663）修葺后，改名蓬莱宫。武则天长安元年（701）复更名为大明宫。"两省"指中书省与门下省。

前六句写景。首联扣题写早朝途中所见。起句写天还未亮，朝官们就走在上朝的路上了。古代官员担心迟到，都有早起入宫等待早朝的习惯。"银烛"是对蜡烛的美称。有银烛灯笼照路，可见他们起程赶路时，天还没亮。"朝天"即朝见天子，"天"是对皇帝的尊称。"紫陌"在这里指通往宫城的道路。次句写到达宫城时天已拂晓，已经能见到满城苍翠碧绿的春色。"禁城"即皇帝所居宫城。

　　颔联承上具体写"禁城春色"。三句写千万条柔弱的柳枝低垂在宫门的两旁，"青琐"，宫门上镂刻的青色图纹，借指宫门。四句写环绕着建章宫，黄莺在百啭千声地唱着歌。"建章"，汉代皇家宫殿名，这里借指大明宫。

　　颈联写朝官门鱼贯上朝时的情景。五句写走在台阶上，随身佩带的剑珮碰撞有声。"玉墀"，对宫殿前台阶的美称。六句写路边的香炉香烟缭绕，不写鼻子闻到香味，而写衣冠和身体沾染了香气，这样就改变了通常的表达方式，显得更新颖、更生动一些。

　　尾联抒怀。七句感戴皇恩，大家都在凤池沐浴皇帝的恩泽。"凤池"，即凤凰池，禁苑中的池沼，魏晋南北朝设中书省于禁苑，掌管机要，接近皇帝，故称中书省为凤凰池。唐中书省与门下省都设在禁苑，故凤凰池兼指中书省与门下省。末句写大家都以起草公文来为皇帝服务。"染翰"，将毛笔蘸上墨，这里指为皇帝起草诏令等文书。

　　这首诗在构思上非常有特色，题为《早朝大明宫》，但是当面朝见皇帝的情况一句未写，仅以时间先后为序，用六句的篇幅详细写了进入大明宫以前的过程，但是写得春意盎然，朝气蓬勃，庄严肃穆，光明正大，则帝王圣明、国运中兴的意思也在其中了。诗歌虽没有正面写朝见皇帝的情况，其歌功颂德、感恩戴德的写作目的还是实现了。所以在当时产生比较大的反响，并有不少和作。

和贾舍人早朝

杜　甫

五夜漏声催晓箭，九重春色醉仙桃。

旌旗日暖龙蛇动，宫殿风微燕雀高。

朝罢香烟携满袖，诗成珠玉在挥毫。

欲知世掌丝纶美，池上于今有凤毛。

　　杜甫，卷二《绝句》已介绍。杜甫于玄宗天宝十四载（755）十月，任右卫率府参军。肃宗至德二载（757）四月，从长安逃至凤翔，谒见肃宗，被任命为左拾遗。闰八月往鄜州省亲。唐军收复长安与洛阳。十月，肃宗还京。十一月，杜甫也携带家属回到了长安任左拾遗，直至乾元元年（758）六月被贬为华州司功参军。《和贾舍人早朝》原名《奉和贾至舍人早朝大明宫》，作于乾元元年春天，"舍人"是中书舍人的简称。

　　前四句扣题写早朝。首联写早朝之早。起句写时间是五更天，"五夜"即五更天。"漏声"，古代计时器漏壶的滴水声，能听见漏声说明很安静。"漏声催晓"采用了拟人的方法，同时也表明诗人迫切等待上朝的时间早点到来。"箭"指竖在漏壶的受水壶中的标有时间刻度的竹箭。次句写宫中的桃花已经盛开了。"九重"，《楚辞·九辩》："君之门以九重"，这里代指皇宫。"仙桃"，仙境里的桃花，这里指皇宫里的桃花。"醉仙桃"，桃花红得好像喝醉了酒的美人的笑脸一般。

　　颔联写上朝时所见风和日丽的景象。三句写旌旗在阳光的照耀下迎风招展，"龙蛇"指绣在旌旗上的图案，不说旌旗动，而说"龙蛇动"就生动多了。四句写燕雀凭借微风而高飞，这实际上是诗人愉快心情的反映。同时这句诗也通过燕雀高来表现宫殿的高大。苏轼《东坡志林》评价道："七言之伟丽者，杜子美云'旌旗日暖龙蛇动，宫殿风微燕雀高。''五更鼓角声悲壮，三峡星河影动摇'，尔后寂寥无闻焉。"

　　后四句扣题写贾舍人。颈联赞美贾舍人原作，五句使人联想起原作"衣冠身惹御炉香"一句，杜甫特别拈出此句是将其作为原作的代表加以赞赏，第六句即对贾至原作作了充分的肯定。如果将杜甫与贾至的这两句诗加以比较，会发现有明显的不同，一写上朝，一写朝罢，这还是次要的，原作将"衣冠身惹御炉香"简化成了"香烟携满袖"，一个"袖"字要比"衣冠身"三个字更加集中，也更加形象。

尾联赞美贾曾、贾至父子。第七句提到贾曾、贾至父子均担任过中书舍人，起草过皇帝传位册文，并受到玄宗称赞的情况，我们在上首诗中已作介绍。末句赞美贾至真能继承乃父贾曾的写作才华。"池"即凤凰池，也即中书省。"凤毛"，比喻能继承父业的杰出的写作人才。据《南齐书·谢超宗传》介绍，谢灵运的孙子，谢凤的儿子超宗文词华美，颇有父风，宋孝武帝赞赏道："超宗殊有凤毛，恐灵运复出。"

和诗在内容与形式上受到许多限制，杜甫此诗与原作比较，仍写出了新意。前四句写早朝所见景色，可以说与贾至取材完全不同，但是同样表现了宏伟壮丽的景象。后四句加进了赞美贾至原作与贾氏父子写作才华的内容，是和作题中应有之义，结句所用典故与贾氏父子非常贴切，不可移赠他人。

和贾舍人早朝

王　维

绛帻鸡人报晓筹，尚衣方进翠云裘。
九天阊阖开宫殿，万国衣冠拜冕旒。
日色才临仙掌动，香烟欲傍衮龙浮。
朝罢须裁五色诏，珮声归到凤池头。

王维，卷一《竹里馆》已介绍。玄宗天宝十五载（756）六月，安禄山兵陷长安，王维被俘。八月，安禄山宴其群臣于凝碧池，命梨园诸工奏乐，诸工皆泣，维闻之作《凝碧池》诗："万户伤心生野烟，百官何日再朝天？秋槐花落空宫里，凝碧池头奏管弦。"九月，王维被迫任安禄山给事中。至德二载（757）九月，唐军收西京；十月，收东京。十二月，陷贼官以六等定罪，维以《凝碧池》诗尝闻行在，当时其弟王缙官位已显，请削己职以赎兄罪，肃宗遂原谅了他。乾元元年（758）春，王维复官，授太子中允，加集贤殿学士；迁太子中庶子、中书舍人。《和贾舍人早朝》原作《和贾至舍人早朝大明宫之作》，也作于乾元元年（758）春天。

　　首联写上朝前的活动。起句写负责报晓的人已经报晓了。"绛帻"，红色头巾，象征红色的鸡冠。"鸡人"，负责报晓的人。"绛帻鸡人"指宫中头戴红色头巾负责报晓的人。"筹"指古代报晓时用的竹签。"报晓筹"指送出了表示拂晓的竹签。次句写女官已经呈上用翠羽编织成云纹的衣裳。"尚衣"，唐殿中省有尚衣局，掌管天子衣冠。

　　中间四句描写早朝。颔联写早朝的宏大场面。三句写宫殿的大门被打开，"九天"，九重天，这里指皇宫。"阊阖"，传说中的天门，这里指宫殿的大门。四句写许多外国使者，穿戴各具特色的衣冠来朝拜天子。"冕旒"，帝王的冠冕，这里指皇帝。

　　颈联描写皇帝临朝的场面。五句写皇帝伴随着仪仗队出现了。"日色"，借喻皇帝。"仙掌"即掌扇，又名障扇，系帝王仪仗中的长柄遮阳扇，由两名侍从各执一柄，跟随在皇帝身后。六句写皇帝身旁香烟缭绕，"衮龙"，指皇帝的礼服上绣着的龙形图案，"欲傍"，采用拟人方法，比较生动。

　　尾联写朝罢。七句写贾至朝罢接受起草诏诰的任务。"五色诏"指皇帝诏书，晋陆翙《邺中记》称后赵皇帝"石虎诏书，以五色纸，著凤雏口中"。这里强调诏书要用特定的纸来写，起草诏书是件荣耀的事。末句写贾至参加早朝后回到中书省起草诏书。"珮声"指贾至走路时佩玉碰撞所发出的声音。"凤池头"，凤凰池上，代指中书省里。

　　如果和贾至、杜甫的诗加以比较，王维的这首诗也有自己的特点，它是分早朝前、早朝中、早朝后三个阶段来写的，层次相当清晰。所写内容不同，但也很好地表现了歌功颂德的主题，特别是"万国衣冠拜冕旒"一句表现了大唐帝国的盛大气象。尾联切题"奉和"，仅突出回中书省起草诏书一事，既符合贾至的身份，又赞美了他的才华，可谓善于取材。

和贾舍人早朝

岑　参

鸡鸣紫陌曙光寒，莺啭皇州春色阑。

金阙晓钟开万户，玉阶仙仗拥千官。

花迎剑珮星初落，柳拂旌旗露未干。

独有凤凰池上客，阳春一曲和皆难。

岑参，卷三《寄左省杜拾遗》已介绍。至德二载（757），岑参至凤翔见肃宗，六月受到杜甫等人推荐，被任命为右补阙。十月，唐军收复长安，岑参随肃宗回京。《和贾舍人早朝》原作《奉和中书贾舍人早朝大明宫》，作于乾元元年（758）暮春。

前六句写景。首联写早朝路上所见。起句破题中"早"字，走在路上听到鸡鸣，见到曙光，觉得有寒意，无一不体现一个早字。次句点明是暮春时节，"春色阑"说明了这一点，"阑"，阑珊，行将结束。而此时正是百鸟和鸣、百花齐放的时候，"莺啭"就是一个突出例子。所以上朝的人心情还是很愉快的。

颔联写早朝前的情况。三句写随着报晓的钟声响起，皇宫里的千门万户都打开了，"阙"，皇城的望楼，"金阙"，代指皇宫。《史记·孝武本纪》："作建章宫，度为千门万户。"当然诗中借指大明宫。四句写仪仗队成员与官员已经列队做好了上朝的准备。唐制，朝会要有仪仗，如《唐会要》卷二十四称："皇帝受朝于宣政殿，先列仗卫。""千官"，言官员之多，不是真有那么多朝官。《荀子·正论篇》说："古者，天子千官。"

颈联写早朝的时间。五句写在星辰刚刚消失的时候，盛开的鲜花正在迎接着朝官的到来。"花迎"采用了拟人的修辞手法，表明作者的心情很好，觉得花是在迎接官员们上朝。"剑珮"是官员们上朝时的佩剑和佩玉，这里代指朝官。六句写露水未干，还是强调上朝的时间很早。这两句诗颇受后人好评。如明胡应麟《诗薮》内编卷五称："岑通章八句，皆精工整密，字字天成，颈联绚烂鲜明，早朝意宛然在目。"

尾联赞美贾至原作。七句称美贾至的身份是中书舍人，"凤凰池"是中书省的美称。"凤凰池上客"，即指中书舍人。八句称美贾至原作曲高和难，"阳春一曲"指贾至的诗非常高雅，宋玉《对楚王问》："客有歌于郢中者，其始曰《下里》《巴人》，国中属而和者数千人；其为《阳阿》《薤露》，国中属而和者数百人；其为《阳春》《白雪》，国中属而和者数十人而已矣。"

如果我们将岑参的和作与贾至的原作加以比较，就会发现岑参和贾至的诗一样，都用前六句诗来写君臣见面前的景色来表现早朝，甚至两诗中的不少词语都相同，但是岑参的诗仍写出了新意。首先岑参的尾联改原作的抒怀为赞美，更符合和作的要求，其赞美原作的方式与杜甫与王维比较也是各不相同的。其次，即使词语相同，但是内容也与原作有很大差别，正如清黄生《唐诗摘钞》所说："看他'紫陌''春色''莺''柳''剑珮''凤池'等公然取之贾诗，则运用不同，气象迥别，与此作并观，低昂不待辨矣。结美其首倡，唐人和诗必如此。"

贾、杜、王、岑这四首诗的主题、题材基本一致，体裁完全相同，读者都喜欢将它们加以比较，这是应当的，若非要分出高低，则是不必要的，因为读者的爱好与鉴赏水平各不相同，很难取得一致意见。总的来说，大家都经历了安史之乱，在唐军收复长安、洛阳两京之后都充满胜利的喜悦，并怀有唐朝中兴的希望，都写得气象阔大，音律雄浑，句法典重，用字清新，并洋溢着欢乐的情绪。正如元杨载《诗法家数》所说："荣遇之诗，要富贵尊严，典雅温厚。写意要闲雅美丽清细，如王维、贾至诸公《早朝》之作，气格雄深，句意严整，如宫商迭奏，音韵铿锵，真麟游灵沼，凤鸣朝阳也。学者熟之，可以一洗寒陋。"至于各诗的不同特点，我们已经略作分析，此不赘述。

上元应制

蔡　襄

高列千峰宝炬森，端门方喜翠华临。

宸游不为三元夜，乐事还同万众心。

天上清光留此夕，人间和气阁春阴。

要知尽庆华封祝，四十余年惠爱深。

　　蔡襄（1012－1067），字君谟，兴化仙游（今福建仙游）人。宋仁宗天圣八年（1030）举甲科进士，历任漳州判官、西京留守、馆阁校勘、知开封府、翰林学士、知杭州等官职。工于书，卒谥忠惠，《四库全书》收《蔡忠惠集》三十六卷，《全宋诗》录其诗九卷又七句。

　　《上元应制》一作《上元进诗》，作于仁宗嘉祐七年（1062）正月十五日上元之夜。当时蔡襄随驾观灯，奉命作此诗。"上元"，正月十五日。"应制"，奉皇帝之命而作。

　　首联写上元之夜。起句写灯会之盛，"高列千峰"指用彩灯制作的山峰又高又大，规模宏伟，元宵节观灯是我国传统习俗，宋代尤盛，堆叠彩灯如山形称为鳌山。"宝炬"，华美的灯，"宝炬森"，指灯柱林立。李清照《永遇乐》；"中州盛日，闺门多暇，记得偏重三五。铺翠冠儿，捻金雪柳，簇带争济楚"，连大家闺秀都赶去凑热闹，可见元宵节热闹非凡。次句写连皇帝也来观灯了。"端门"，即午门、宣德门，皇宫的第一道门。"翠华"，用翠羽装饰旗杆顶端的旗子，为皇帝仪仗之一，这里代指皇帝。"翠华临"，皇帝光临。"方喜"表明在"端门"等待的人刚刚见到皇帝，感到非常高兴。

颔联承上写皇帝观灯的意义不是来看热闹，而是来与民同乐。据《续资治通鉴》卷六十记载，仁宗嘉祐七年正月壬戌，"帝御宣德门观灯，顾从臣曰：'此因岁时与万姓同乐耳，非朕独肆游观也。'先是谏官杨畋、司马光等以去年水灾，乞罢上元观灯，故特宣谕之。""宸游"，皇帝出游。"宸"，皇帝居住的地方，这里借指皇帝。"三元"，古代指正月十五日为上元，七月十五日为中元，十月十五日为下元，这里其实专指上元，说"三元"可能是为了同"万众"对仗。

颈联写祥和的气氛。五句写天上的月亮将清朗的光辉留给了元宵夜，六句写人间祥和的气氛保住了大好春光。这实际上是在含蓄地歌颂朝政清明、皇帝领导有方。"阁"，保留。"春阴"，春天的大好时光。

尾联写对皇上感恩戴德。七句写大家都祝福皇帝长寿，"华封祝"典出《庄子·天地》篇，"尧观乎华，华封人曰：'嘻！圣人。请祝圣人，使圣人寿。'"末句感谢仁宗皇帝的惠爱。"四十余年"，仁宗于乾兴元年（1022）二月即位，至嘉祐七年正月，连头带尾算起来当了四十一年皇帝，所以也可以说"四十余年"。

这首诗的题目无论是《上元应制》还是《上元进诗》，都是写给皇帝看的，此诗除第一句扣题写上元节的华灯外，其余七句都是直接围绕仁宗皇帝来写的，可谓重点突出。好在作者写了老百姓对皇帝的期待与祝福，写仁宗皇帝与老百姓同乐有他自己的话为证。仁宗在位四十多年，大力提倡儒学，在儒家知识分子看来，还是个不坏的皇帝。作者又借用典故说一些假话、套话，所以受到的批评不多。

上元应制

王　珪

雪消华月满仙台，万烛当楼宝扇开。
双凤云中扶辇下，六鳌海上驾山来。
镐京春酒沾周宴，汾水秋风陋汉才。
一曲升平人共乐，君王又进紫霞杯。

王珪（1019—1085），字禹玉，华阳（今四川成都）人。宋仁宗庆历二年（1042）进士，通判扬州。召直集贤院，进知制诰，知审官院，为翰林学士，知开封府。神宗元丰五年（1082）拜尚书左仆射，兼门下侍郎。哲宗即位，封岐国公。《四库全书》收《华阳集》六十卷《附录》十卷，《全宋诗》录其诗七卷又十七句。

《上元应制》原名《依韵恭和御制上元观灯》，宋曾慥《类说》卷十五《元夕御楼诗》说：“元丰中元夕御楼观灯，有御制诗。时王禹玉、蔡持正为左右相，持正扣玉云：‘应制上元诗如何使故事？’禹曰：‘鳌山凤辇外，不可使。’章子厚笑曰：‘此谁不知。’后两日登彩山，独赏禹玉诗云。”王珪元丰五年（1082）担任尚书左仆射，兼门下侍郎，元丰八年去世，而宋哲宗在元丰八年二月即位，可见此诗当在元丰六年或七年的元宵节作。一说此诗作于哲宗元祐年间，显然不符合事实，因为哲宗尚小，而王珪早已去世了。

前四句写观灯。首联扣题写元宵节宣德楼一片光明。起句写皎洁的月光照在宣德门楼上。“雪消”，正月十五雪已经融化了，“仙台”，即皇宫中的楼台，这里指宣德门楼，是神宗皇帝观灯的地方。宋孟元老《东京梦华录》称：“自灯山至宣德门楼横大街，约数百丈，用棘刺围绕，谓之棘盆”，显然是文艺表演区。次句写门楼上还点着上万支蜡烛。“宝扇”，即长柄掌扇，也称障扇，是帝王仪仗的重要组成部分。“宝扇开”，可见神宗皇帝就要出场了。

　　颔联写神宗皇帝出场。三句写皇帝乘坐的专车仿佛从云中降临一般。"凤辇",皇帝专车。唐杜佑《通典》卷六六《辇舆》:"大唐制:辇有七,一曰大凤辇。"《宋史·舆服志一》还作了具体介绍:"凤辇,赤质,顶轮下有二柱,绯罗轮衣,络带,门帘皆绣云凤。顶有金凤一,两壁刻画龟文,金凤翅。"四句写鳌山彩灯也出现在宣德门下。"鳌山",宋时元宵节夜,放花灯庆祝,堆叠彩灯如山形称为鳌山。据《列子·汤问》介绍,渤海之东有五座仙山,五山之根无所连著,常随波涛上下前后移动,神仙们向天帝汇报了此事,帝使十五个巨鳌举首载之。宋高似孙《纬略》卷六《蓬莱》引《玄中记》说:"东南之大者有巨鳌,以背负蓬莱山。"

　　后四句写宴会。颈联借用典故写饮酒赋诗。五句写神宗皇帝宴会群臣,"镐京",即西周首都(今陕西长安),这里指北宋首都汴梁(今河南开封)。"周宴"指周武王宴会群臣,这里比喻宋神宗宴会群臣。六句赞美宋神宗写的《上元观灯》比汉武帝写的《秋风词》要好得多。汉武帝于元鼎四年(前113)十月,到汾水南岸祭祀后土,写了著名的《秋风词》。称汉武帝才华浅陋,显然是为了吹捧宋神宗才华高超。

　　尾联写宴会进入高潮。七句写《万岁升平》乐曲响起,人人都显得兴高采烈。末句写神宗又举起了酒杯,可见他也喜气洋洋,形象还是非常突出的。"紫霞杯",一种有紫色云霞图案的酒杯。紫色在我国是象征最高级别的颜色,这种酒杯当然由皇帝来享用。

　　此诗在使用典故方面可圈可点。如上所说,在写作之前王珪与蔡持正猜到元宵节要做应制诗,并预作准备,专门讨论过如何用典问题。王珪在诗中真的用上了凤辇、鳌山等典故,还真的收到了预期的效果。应制的主题就是歌功颂德,哄皇帝高兴,所有这些典故,再加上"华月""仙台""万烛""宝扇""升平""紫霞杯"等词语就显得吉祥如意,富丽堂皇。此外还用历史上大有作为的周武王、汉武帝来与宋神宗作比,当然也就赞美与抬高了神宗皇帝,因此他也就特别欣赏这首诗。

侍 宴

沈佺期

皇家贵主好神仙，别业初开云汉边。

山出尽如鸣凤岭，池成不让饮龙川。

妆楼翠幌教春住，舞阁金铺借日悬。

敬从乘舆来此地，称觞献寿乐钧天。

　　沈佺期（656—715），字云卿，相州内黄（今河南内黄）人。唐高宗上元二年（675）举进士，任协律郎。武周时为通事舍人，迁考功员外郎，复迁给事中。神龙元年（705）中宗即位，因阿附张易之被流放驩州。次年，遇赦北返。神龙三年（707），召拜起居郎兼修文馆直学士，常侍宫中。历任中书舍人、太子少詹事。其诗多为宫廷应制之作，内容空泛，形式华丽，与宋之问齐名，为律诗定型作出了贡献，如元稹《唐故工部员外郎杜君墓系铭序》说："沈宋之流，研练精切，稳顺声势，谓之为律诗。自是而后，文体之变极焉。"著有《沈佺期集》四卷，《全唐诗》录其诗三卷，《全唐诗外编》及《全唐诗续拾》补其诗二首又八句。

　　《侍宴》一作《侍宴安乐公主新宅应制》，中宗景龙三年（709）十一月一日，安乐公主入新宅，沈佺期奉命作此诗。"安乐公主"，唐中宗女，韦后所生，卖官鬻爵，干预朝政，所建新宅名定昆池，穷奢极侈。《新唐书·诸帝公主传》称："第成，禁藏空殚，假万骑仗，内音乐送主还第，天子亲幸，宴近臣。"张鷟《朝野佥载》卷三称安乐公主"夺百姓庄园，造定昆池四十九里，直抵南山，拟昆明池。累石为山，以象华岳，引水为涧，以象天津。飞阁步檐，斜桥磴道，衣以锦绣，画以丹青，饰以金银，莹以珠玉。又为九曲流杯池，作石莲花台，泉于台中涌出，穷天下之壮丽。"

　　首联破题写安乐公主新宅。起句写安乐公主"好神仙"，有两层意思，一是说明唐代宫廷由于政治原因，普遍信奉道教，不少公主都当过女道士，想修炼成仙；二是说安乐公主将新宅营造成人间仙境。次句写安乐公主的新宅与云天相接。其新宅定昆池方圆数十里，与终南山相接，所以说在"云汉边"。"别业"即别墅、庄园。"初开"，刚建成。"云汉"，银河，云天。

颔联承上写新宅的山水。三句写山生态环境很好，鸟语花香。"鸣凤岭"指岐山，是周代的发祥地，传说有凤鸣于此山。四句写水也不比渭水差，"饮龙川"即渭水，汉辛氏《三秦记》称龙首山长六十里，头入渭水，尾达樊川，云昔有黑龙从南山出饮渭水。

颈联继续写楼阁。五句写妆楼绿色的窗帘仿佛要留住春天，因为是公主，所以特地选择妆楼作为描写对象，也算是投其所好吧。六句写舞厅大门上的金花，花中饰以兽头，口衔门环，多为铜制品，明晃晃的好像将太阳挂在这儿一样，舞阁是娱乐场所，也是这些注重享乐的君臣必去的地方，安乐公主自然会精心打造，所以沈佺期也刻意描写一番。写得不怎么样，但是在选材方面还是动了心思的。

尾联表示感谢与祝福。作者很聪明，将讨好的重点放在皇帝身上，七句说怀着敬意，跟从皇帝的车队来到这儿，末句写举杯祝福皇帝健康长寿。"钧天"，天上的音乐，这里形容宴会时所听如同仙乐，正如杜甫《赠花卿》所谓"此曲只应天上有，人间能得几回闻"。

应当说此诗所写都是一些逢场作戏的套话，夸大其词的空话，这对应制诗来说也算是正常现象，对于了解封建社会及文坛尚有一定认识价值。此类诗一般都在形式上狠下功夫，对于格律诗的形成有一定贡献。

戏答元珍

欧阳修

春风疑不到天涯，二月山城未见花。
残雪压枝犹有橘，冻雷惊笋欲抽芽。
夜闻啼雁生乡思，病入新年感物华。
曾是洛阳花下客，野芳虽晚不须嗟。

欧阳修（1007—1072），字永叔，谥文忠，吉州永丰（今江西吉水）人。宋仁宗天圣八年（1030）以第一名成绩举进士，任西京留守推官，仁宗景祐四年（1037）贬夷陵（今湖北宜昌）令。历任右正言、知滁州、扬州、颍州，应天府兼南京留守、翰林学士，知开封府。嘉祐六年（1061），拜参知政事。欧阳修领导了北宋古文运动，是唐宋八大家之一。欧阳修对宋代诗风的革新也有显著贡献，所著《六一诗话》是我国第一部诗话著作，影响深远。在诗词创作方面，成绩也非常突出。《四库全书》收《文忠集》一百五十三卷，《全宋诗》录其诗二十二卷又二十八句。

《戏答元珍》一作《答丁元珍》，仁宗景祐三年（1036），欧阳修作《朋党论》为范仲淹辩护，结果被贬为峡州夷陵县令。景祐四年春天，他的朋友丁宝臣（字元珍）时任峡州军事判官，写了一首题为《花时久雨》的诗赠他，欧阳修遂写此诗作答。题中冠以"戏"字，是为了掩饰自己遭贬后的失意情绪，并宽慰丁宝臣。

首联写山城春迟，并交代了时间与地点。这是一个倒装句，照理说先是在早春二月未见到花，才会产生春风不到天涯的疑问。正是采用倒装的形式，给读者造成悬念，唤起读者的好奇心，从而引发读者的阅读兴趣。"春风疑不到天涯"还使人联想起唐王之涣《凉州词》中的名句"春风不度玉门关"，诗人似乎也在抱怨山城夷陵是个被遗忘的角落，得不到皇恩的眷顾。

　　颔联承上写山城早春景象。三句写早春还残留着冬景，一是枝头还有没有融化完的雪，二是树上还挂着没有采摘完的橘子。四句写春笋快要破土而出，说春笋的生长是被春雷惊醒的结果，可谓奇思妙想。这两句都从"未见花"而来，但是都写出了夷陵盛产橘子与竹子的特点，也充分体现了夷陵的春天确实来得迟。

　　颈联抒发思归的情绪。五句写夜不能寐闻雁啼更增强了思归之情。此句写诗人因为思归而失眠，因失眠而能听到归雁夜啼。又因听到雁啼而更加思归，因为春天来了大雁尚且准时北归，而自己却不能回到遭贬前担任西京留守推官的任所洛阳。六句写自己抱病在外地进入新的一年，所以对美好的事物特别敏感，因而感慨万端。

　　尾联自我宽慰也宽慰朋友。七句写自己在洛阳欣赏过名花，略有"曾经沧海难为水"的意思，欧阳修在《洛阳牡丹记·风俗记》里说过："洛阳之俗，大抵好花。春时，城中无贵贱皆插花，虽负担者亦然。花开时，士庶竞为遨游。"诗人于仁宗天圣八年至景祐元年（1034）曾在洛阳任西京留守推官，而洛阳盛产牡丹，当然也有其他各种各样的花，欧阳修自然尽情欣赏过，所以称自己曾为"洛阳花下客"。末句写山城的野花是一定会开放的，我们不用叹息，期待阳春三月的到来吧。

　　此诗好在能将写景、抒情、议论融合在一起，写景能于春寒料峭中见出勃勃生机；抒情能于归思难耐中怀有希望；议论能于失意挫折中作退一步想。欧阳修在《黄溪夜泊》中曾说："行见江山且吟咏，不因迁谪岂能来？"无论诗句表达怎样的感情，要人全面看待人生的挫折，还是很有意义的。所以宋诗中的议论是不能一概否定的。

插花吟

邵　雍

头上花枝照酒卮，酒卮中有好花枝。
身经两世太平日，眼见四朝全盛时。
况复筋骸粗康健，那堪时节正芳菲。
酒涵花影红光溜，争忍花前不醉归。

邵雍（1011–1077），字尧夫，自号伊川翁，谥号康节，祖籍范阳（今河北涿州），随父移居共城（今河南辉县），隐居苏门山百源之上，后隐居洛阳近三十年。终身未仕，是著名的理学家。《四库全书》收《击壤集》二十卷，《全宋诗》录其诗二十一卷又六句。《插花吟》当作于作者晚年。

首联扣题写头插花枝饮酒。起句写头插花枝在酒卮中照看自己的头影，次句写在酒卮中果然看到了头戴花枝的影子。应当说这两句的意思差不多，同义反复是为了表达欢乐的情绪。再加上一二句采用了顶针的修辞手法，读起来显得特别流畅。"卮"，酒器，可以容纳四升酒，所以能够照见头影。

颔联承上写遇上了太平盛世。三句写他过了六十年的太平日子，"两世"为六十年，古以三十年为一世。四句写他亲眼见到了北宋真宗、仁宗、英宗、神宗四朝全盛之时。显然他之所以插花饮酒与此密切相关。

颈联写他本身痛饮的条件，五句写自己虽年过花甲，但依然身体健康。"况复"，表示递进关系的连词，相当于"何况还"。"筋骸"，筋骨，指身体。"粗"，大致。六句写正好碰上百花齐放的时节。"那堪"，有兼之、更兼的意思。"芳菲"，草木芬芳茂盛，指百花齐放。

尾联，诗人表示要在花前一醉方休。七句写酒中含有花影，红光波动。末句写在花前怎能不一醉方休呢？采用设问的方法是为了加强语气。这两句与开头两句做到了首尾呼应。

　　严格地说这首诗并不符合七律的格律：首先，平仄不完全符合要求；其次，前后四句各属一个韵部；第三，全诗重复运用了四个"花"字。但是此诗运用口语，写得生动活泼，通俗易懂。作者在《伊川击壤集·自序》中说："《击壤集》，伊川翁自乐之诗也。非唯自乐，又能乐时与万物之自得也。……所作不限声律。"宋严羽《沧浪诗话·诗体》将邵雍这种自具特色的诗称之为"邵康节体"。不过，也应当看到《击壤集》中不少诗都写成了哲学讲义，没有多少诗意。

寓　意

晏　殊

油壁香车不再逢，峡云无迹任西东。
梨花院落溶溶月，柳絮池塘淡淡风。
几日寂寥伤酒后，一番萧索禁烟中。
鱼书欲寄何由达，水远山长处处同。

　　晏殊（991—1055），字同叔，谥号元献，抚州临川（今江西抚州）人。宋真宗景德二年（1005），以神童召试，赐进士出身，授秘书省正字。累迁至知制诰、翰林学士。仁宗天圣三年（1025），迁枢密副使。明道元年（1032），拜参知政事，加尚书左丞。庆历二年（1042），自知枢密院事进同中书门下平章事。后出知河南一些州府，进阶至开府仪同三司，勋上柱国，爵临淄公。晏殊能诗善词，《四库全书》收《晏元献遗文》一卷、《珠玉词》一卷，《全宋诗》录其诗三卷又一百一十三句。

　　《寓意》一作《无题》，"寓意"，有所寄托，又不愿明白说出，与"无题"诗类似，多写爱情，或以爱情为喻。

首联写与意中人一别之后就不知去向，因而造成了深深的遗憾。起句写意中人乘车离去，再也没有见过面。"油壁香车"是经过油漆、装饰精美的轻便小车，通常为女子所乘。如南朝乐府民歌《苏小小歌》说："妾乘油壁车，郎骑青骢马。何处结同心？西陵松柏下。"据《乐府广题》介绍："苏小小，钱塘名倡也，盖南齐时人。西陵在钱塘江之西。"看来，晏殊的意中人是一位漂亮的妓女。次句写诗人非常想念她，可惜一点踪影都没有。"峡云"，即巫峡之朝云。句中用了宋玉《高唐赋》中的典故：楚襄王梦见巫山神女自荐枕席，临别时对襄王说："妾在巫山之阳，高丘之阻，旦为行云，暮为行雨，朝朝暮暮，阳台之下。"

颔联承上写引起诗人思念的意中人之环境。三句写在洒满月光的院落里，雪白的梨花正张开笑脸。"溶溶"，水流貌，这里指流泻的月光。四句写池塘边的柳絮在微风中轻轻地飘着。这是暮春的夜晚，月光溶溶，微风习习，非常适合谈情说爱，但是心上人却杳无讯息，怎能不让人感到寂寞。

颈联抒写苦闷的心情。五句写连日来因为寂寞难耐，于是借酒浇愁，以至于一醉方休，但是酒醒之后，觉得更加寂寞。六句写在寒食节，不能喝酒，仍然觉得都是一番萧索冷清的景象。可见诗人见不到意中人，感到万般无奈。"禁烟"，指寒食节，禁止用火，只能冷食。

尾联写因无法与意中人联系而懊恼。七句写想给意中人寄信，因为没有地址，无法寄到。作者采用设问的方法，强调了这层意思。"鱼书"，古代用作信函的两块木板刻成鱼形，故称鱼书，当由尺牍发展而来。汉乐府《饮马长城窟行》称："客从远方来，遗我双鲤鱼。呼儿烹鲤鱼，中有尺素书。"末句是对所设问句的自我回答，写水远山长，无论在哪里，没有确切地址，都无法联系、无法见面了。由于这一遗憾难以摆脱，作者还在他的词中一再表达了类似的情绪，如其《蝶恋花》说："欲寄彩笺兼尺素，山长水阔知何处！"其《踏莎行》复称："当时轻别意中人，山长水远知何处！"

此诗好在通过诗歌形象来表达自己的无限遗憾之情，意中人一去不返，而且杳无音讯，当然遗憾；花好月明，柳暗风轻，意中人不在身边，当然遗憾；借酒浇愁，愁上加愁，当然遗憾；欲寄书信，却无处可寄，当然更加遗憾。诗歌结构中的起承转合，也是由遗憾之情逐步深化贯穿起来的。诗中字面上没有遗憾二字，但是无限遗憾之情从字里行间洋溢而出，有过类似经历的人一定会对此诗产生强烈共鸣。

寒食书事

赵　鼎

寂寞柴门村落里，也教插柳纪年华。
禁烟不到粤人国，上冢亦携庞老家。
汉寝唐陵无麦饭，山溪野径有梨花。
一樽竞藉青苔卧，莫管城头奏暮笳。

赵鼎（1085—1147），字元镇，号得全居士，解州闻喜（今山西闻喜）人。宋徽宗崇宁五年（1106）举进士。曾任河南洛阳令，迁开封士曹。高宗即位，累官至左仆射知枢密院事。绍兴七年（1137），再拜尚书左仆射、同中书门下平章事兼枢密使。八年（1138），以反对和议罢相，谪潮州安置。绍兴十四年（1144）再移吉阳军（今海南三亚）编管。知秦桧必欲置己于死地，自作铭旌曰："身骑箕尾归天上，气作山河壮本朝"，于绍兴十七年绝食而死。《四库全书》收《忠正德文集》十卷、《得全居士词》一卷，《全宋诗》录其诗二卷又六句。《寒食书事》当作于作者绍兴八年（1138）至十四年（1144）被贬谪到潮州（今广东潮州）期间。

首联破题写寒食。起句写所居已经混同于百姓人家。"柴门"表明所居非常简陋，"村落里"，表明所居与老百姓混同在一起，没有任何差别。但是诗人的经历、文化程度与社会联系等许多方面都与普通老百姓格格不入，"寂寞"二字说明了这一点。次句写接到通知，寒食节要在门楣上插上柳枝。"也教"，也让。"纪年华"，表明新的寒食节又到来了。

额联写今广东地区寒食节的风俗。三句写这里没有禁止用火、冷食的习惯。"粤人"指古代百粤族人，"粤人国"指百粤族人居住的地方，这里专指广东。四句写上坟扫墓还邀请诗人全家参加去食祭后食品。"庞老"即庞德公，东汉襄阳人，隐居在岘（xiàn）山。隐士司马徽探访他，正遇见他携全家扫墓归来。这里诗人以庞德公自喻。说明自己已经无所事事，无能为力了。

颈联写上坟途中所见。五句写汉唐历代帝王的陵寝已经无人祭扫，这里显然在批评南宋朝廷偏安一隅，置祖宗陵寝于不顾。六句写自己远离政治，只能在山溪野径欣赏梨花，其实诗人并没有这样的闲情逸致，这实在是无可奈何的事，悲愤之情溢于言表。

尾联写自己只能借酒浇愁。七句写喝了一樽酒竟然醉卧在青苔上。"樽"，酒器，一大杯。末句写对于傍晚城头响起的胡笳声也不管不问。一个颓废潦倒的人物形象赫然在目，一位本朝宰相、大有作为的政治家却沦落到这步田地，真令人扼腕叹息。则以宋高宗、秦桧为代表的投降派之可憎可恶，也就不言而喻了。

这首诗表现一位爱国志士虽被贬谪到荒远的南方，仍然关心国家的命运和前途。其价值在于真实地叙述了自己的处境与情感，对我们了解南宋初期的政治斗争颇有参考价值。

清　明

黄庭坚

佳节清明桃李笑，野田荒冢只生愁。
雷惊天地龙蛇蛰，雨足郊原草木柔。
人乞祭余骄妾妇，士甘焚死不公侯。
贤愚千载知谁是，满眼蓬蒿共一丘。

黄庭坚，卷二《鄂州南楼书事》已介绍。宋徽宗崇宁二年（1103）四月，以蔡京为左相，重审"元祐学术"，在各地设立"元祐奸党碑"，试图将旧党除尽。黄庭坚因写《承天院塔记》被贬宜州（今广西宜州），十个月后去世。此诗当作于崇宁二年的清明节。

首联写清明的景象。起句写清明正是桃花红、李花白的时候。"桃李笑"采用了拟人的手法，说明桃花、李花开得非常灿烂。次句写偏僻的墓地却是一片荒凉的景象，令人犯愁。应当说这两种截然相反的景象，在清明时节是客观存在的，但是很少同时出现在一联诗中，黄庭坚这样做，显示出了自己的特点。

颔联承首联起句写自然界清明时节的勃勃生机。三句写春雷惊醒了冬眠的各种动物，它们都开始活跃起来。蛇有冬眠的习惯，龙蛇在这里代称一切冬眠的动物。"蛰"，动物冬眠，这里指从冬眠中苏醒过来。四句写由于雨水充足，郊野的草木都欣欣向荣，分外娇柔。这两句从壮美与优美两个方面表现了清明时节的美。

颈联承首联次句写人类在清明时节的不同表现。五句写有的人乞讨一些祭余食品在妻妾面前炫耀，显得虚伪而可鄙。典出《孟子·离娄下》，说是有个齐国人，有一妻一妾，他经常向她们夸耀有富人请他吃饭，妻子不信，跟随其后，发现丈夫只不过在墓地里向人乞讨一些祭余食品而已。六句写有的知识分子，宁愿被烧死，也不愿成为公侯。典出《左传·僖公二十四年》，据说介子推从晋文公流亡十九年，回到晋国，遍赏从亡者，却将介子推忘掉了，于是介子推与其母隐于绵山。文公这才想起他，但求之不得，命焚山逼子推出仕，但介子推宁愿被烧死，也不愿出来做官。

尾联感叹贤愚是非难分，而且无论是贤是愚，或是或非，最后都难免一死，甚至安葬在同一个山丘中，若干年后长满了野草，以至无人过问，谁还来判断功过是非呢？于是有人认为此诗表达了一种消极虚无的思想，当然事实不会如此简单。

此诗好在客观地写出了自己的感受，给读者留下了广阔的解读空间。北宋后期政治的一个基本事实是围绕着对王安石变法的态度所形成的新旧党争，黄庭坚深陷其中，并且深受其害，最后死在贬所。所以此诗不可避免地反映了他对新旧党争的看法，当然这种看法是非常复杂的。首先，从颈联来看，他对历史上与清明有关的两个历史人物的贤愚是非是分得一清二楚的，但是在现实中却变得不辨是非，或者说是非难辨，所以他对宋徽宗不辨是非、严厉打击旧党的做法，有着强烈的不满情绪，但无可奈何。其次，他对长期参与其中的新旧党争已经感到厌倦，而且对双方的是是非非也有了比较全面的认识，有些问题的是是非非也确实讲不清楚，所以尾联所说未尝不是这种心态的一种反映。第三，因为新旧党争将北宋后期的政局搅得一团糟，所以他对社会现实也是不满的，这反映在诗中，凡写到自然界，都充满生机，凡写到人事都令人沮丧，包括第六句，介子推还不是晋文公给烧死的吗！宋诗好发议论，好用典故，此诗就是一个典型例子。

清明日对酒

高　翥

南北山头多墓田，清明祭扫各纷然。
纸灰飞作白蝴蝶，泪血染成红杜鹃。
日落狐狸眠冢上，夜归儿女笑灯前。
人生有酒须当醉，一滴何曾到九泉？

高翥（zhù）（1170—1241），字九万，号菊涧，命所居为信天巢，余姚（今浙江余姚）人。幼习科举，不第即弃，以教授为业，也善画。诗有民歌风，平易淡雅。《四库全书》收《信天巢遗稿》一卷，《全宋诗》录其诗二卷又二句。

《清明日对酒》是《菊涧集》原有题目，《千家诗》改成《清明》不是很妥当，因为"对酒"是诗中最重要的内容。

起、承、转、合的结构形式在这首诗中非常典型。首联扣题泛写清明日的主要活动扫墓。起句写扫墓的地点，墓地一般都安排在荒山上，既不占用耕地，风水也比较好。"墓田"即墓地。次句写清明祭祀与扫墓活动很盛，"纷然"表明人很多，同时也说明扫墓的时间先后不一。

颔联承上写祭扫的具体情况，三句写纸钱烧成灰以后在空中飘舞。"纸"即纸钱，也称冥币，迷信的说法是冥币焚烧以后可以供死人在阴间使用。"白蝴蝶"比喻被风吹后在空中飘动的纸钱灰。四句写人们在祭扫时过于悲伤，痛哭泣血，以至于将杜鹃花都染红了。诗中运用了杜鹃鸟啼血以至染红杜鹃花的典故，宋人陆佃《埤雅》说："杜鹃苦啼，啼血不止。"唐人杜牧《杜鹃》诗："芳草迷肠结，红花染血痕。"

颈联在内容上有了明显的转折，写祭扫完毕一切恢复常态。五句写墓地还是那么荒凉，日落人去以后，狐狸又安眠在墓地的洞穴里。

六句写夜晚回到家中，儿女们依然一如既往在灯前欢笑。诗人所选择的这两个细节都非常真实、典型，墓地的荒凉与灯下的喧闹，正好构成了鲜明的对比，让人有"死去元知万事空"的感觉，因此产生了震撼人心的效果。

尾联紧扣题中"对酒"二字，以议论作结，谈了对清明祭扫的感受。七句写人生在世应当今朝有酒今朝醉，充分享受生前的快乐。末句写清明日洒酒祭亡，那只不过是一种仪式，对于死人来说，没有任何实际作用。将这个道理说得如此透彻，如此鲜明，实属罕见。"九泉"即黄泉、夜台，也即所谓阴间，迷信说法为人死以后生活的地方。如唐崔珏《哭李商隐》："九泉莫叹三光隔，又送文星入夜台。"

清田雯《古欢堂集》卷十九评价道："用古人成语作己诗，前辈恒有之，若用谚语得天然之趣者，则未多见，南宋高菊涧《清明对酒》……收处用来妙绝。"显然，用通俗易懂的语言来描写社会生活，表达自己的思想感情，直到今天读来都无文字障碍，是此诗的一个突出优点。

郊行即事

程　颢

芳原绿野恣行时，春入遥山碧四围。
兴逐乱红穿柳巷，困临流水坐苔矶。
莫辞盏酒十分劝，只恐风花一片飞。
况是清明好天气，不妨游衍莫忘归。

程颢，卷二《春日偶成》已介绍。此诗写作者于清明节到郊外游春时的快乐心情。

首联扣题写郊行的时间与地点。起句写自己在花木茂盛的郊区原野上无拘无束地行走着。"芳原绿野"采用了互文的方法，形容原野绿遍了，到处都散发着草木的芳香。同时也可以将其作为主谓结构来理解，原野变绿散发芳香时，我们正好可以去随意散步。"恣"，没有拘束，任意。次句写春天，我们进入遥远的山中，就会被碧绿环抱着。"碧四围"显得比较新颖生动。

颔联承上写"恣行"的具体情况，三句写乘兴追逐着落花，在柳树成荫的村巷里穿来穿去。"乱红"指落花，如宋欧阳修《蝶恋花》："泪眼问花花不语，乱红飞过秋千去。"四句写疲倦了就坐在水边长着青苔的石头上观看流水。这两句诗写得情景交融，自由舒畅。

颈联写要尽情地饮酒赏花。五句写殷勤劝酒。"十分劝"一作"十分醉"，均有版本依据，当以"十分劝"为是，让人喝得"十分醉"，以至于"忘归"，颇不合理学家温柔敦厚的宗旨，也与尾联所说矛盾。而殷勤劝酒，希望人再喝一杯，则是酒席上的常态。六句写担心花季转瞬即逝。但是这一句与三句中"乱红"有矛盾，经不起推敲。

尾联承上写恣意游春，乐而忘返。七句进一步说明恣意游春的理由是清明天气非常好，尾联写在"莫忘归"的前提下，不妨恣意游玩。"游衍"，恣意游玩。《诗经·大雅·板》云："昊天曰旦，及尔游衍。"毛传："游，行；衍，溢也。"孔颖达疏："游行衍溢，亦自恣之意也。""莫忘归"实际上是用否定的形式来表示乐而忘归的意思。

此诗后四句用"莫辞""只恐""况是""不妨"等虚字（含副词）领起，表示否定、递进与转折关系，语意流转，一气贯注，比较好地表达了诗人的惜春思想。同时也表明此诗具有明显的散文化倾向，而这也是宋诗区别于唐诗的特点之一。

秋　千

释惠洪

画架双裁翠络偏，佳人春戏小楼前。

飘扬血色裙拖地，断送玉容人上天。

花板润沾红杏雨，彩绳斜挂绿杨烟。

下来闲处从容立，疑是蟾宫谪降仙。

释惠洪（1071–1128），字觉范，一名德洪，俗姓彭，筠州（今江西高安）人。少时尝为县小吏。元祐四年（1089）出家，曾与苏轼、黄庭坚交往，是著名诗僧，也善作小词，时为绮语，有"浪子和尚"之称，兼善画墨竹，对诗歌理论也作过探讨。《四库全书》收《石门文字禅》三十卷、《冷斋夜话》十卷，《全宋诗》录其诗二十卷。

首联扣题写有位佳人在玩秋千。起句写秋千非常好，"画架"，装饰有图画的秋千架。"翠络"指绿色的绳索，"双裁翠络"，剪下两根绿色的绳索供荡秋千用。"偏"指荡秋千的绳索在摆动。次句交代了荡秋千的人物、时间与地点。人物是"佳人"，看来又年轻，又漂亮。时间是春天，地点是小楼前。

颔联承上具体写正在荡秋千的佳人。三句写佳人红色的裙子，当秋千荡上去的时候，裙子在高高飘扬，而当秋千落下来的时候，裙子又拖在地上。在荡秋千时，佳人的裙子是最突出的服饰，可见诗人善于取材。四句写佳人被送上了天。"断送"即推送。"玉容"指美丽的容貌，这里代称美女。

颈联以杏花柳烟为背景写秋千。五句写秋千的踏板上沾着红杏的落花。"花板"指绘有花纹的秋千踏板。"红杏雨"形容飘落如雨的红色杏花。"润沾"，因为将杏花比喻成红雨，所以觉得秋千的踏板被红雨浸润沾湿了。六句写远远看去，秋千的彩绳仿佛就挂在如烟的绿杨树巅，这两句写荡秋千的自然环境，杏花红，柳枝绿，非常美丽。

尾联写佳人荡秋千后的神态。七句写她从容地站在花木丛中的一块空地上，末句将其比喻为从月宫被贬谪到人间的仙女嫦娥。所刻画之人物栩栩如生，与首联呼应，同时也对全诗所写荡秋千一事作了总结。"蟾宫"指月宫，传说月宫中有蟾蜍，因称月宫为蟾宫。

元方回《瀛奎律髓》卷二七评价：道："此诗虽俗，而俗人尤喜道之，又出于僧徒之口，宜可弃者，而着题诗中所不可少也，故录之。"方回因为此诗俗想删弃，最后还是保留了它，可见未能免俗，也可见爱美之心，人皆有之。此诗像一段影像资料记录了一位年少貌美的佳人穿着红裙子在花红柳绿的环境里荡秋千，荡完秋千后亭亭玉立如仙女，这就难怪给释惠洪留下了难以磨灭的印象，以至忍不住写下了这首诗。

曲江二首 其一

杜　甫

一片花飞减却春，凤飘万点正愁人。
且看欲尽花经眼，莫厌伤多酒入唇。
江上小堂巢翡翠，苑边高冢卧麒麟。
细推物理须行乐，何用浮名绊此身？

杜甫，卷二《绝句》已介绍。《曲江二首》作于唐肃宗乾元元年（758）春天，时杜甫任左拾遗，之前因上疏救房琯而被肃宗疏远，即将被贬，到华州任司功参军，因此满怀牢愁，写了这两首诗。曲江一名曲江池，原为汉武帝所建，唐玄宗开元年间重新整修，其东南有紫云楼、芙蓉苑；西有杏园、慈恩寺，是著名的游览胜地。故址在今西安市城南五公里处，已干涸。

首联写游春，但春天即将过去。起句写已见到落花，明王嗣奭

《杜臆》称："飞一片而春色减，语奇而意深。"通过现象能见到本质，就像一叶落而知秋一样，从一片花飞就能见到春色减少，春天即将过去。游春，春天却即将过去，遗憾之情难免油然而生。次句写万点柳絮随风飘舞也让人感到忧愁。柳絮飘舞也是暮春时节令人不快的景象。

颔联承上写赏残花而借酒消愁。三句写姑且欣赏枝头欲尽未尽之花，"欲尽花经眼"说明亲眼见到了残花不断凋零的过程，而这特别令人伤心。四句写为了消愁，明明知道自己已经喝多了，还是一杯一杯地接着往下喝。看来借酒消愁愁更愁了。

颈联写人文景观的衰败景象。五句写原先人来人往的江上小堂，翡翠鸟已经在里面筑起了鸟巢，可见游人极少，也无人管理。"翡翠"即翠鸟，一种水鸟，羽毛呈绿色、红色或蓝色。六句写芙蓉苑边雄踞富贵人家墓前的石雕麒麟卧倒在地，无人过问，大概墓主已经绝后。安史之乱给社会带来的灾难既深且广，给人以人生如梦、变幻莫测的感觉。

尾联发表了一通感悟，要及时行乐，不要贪图虚名。七句写诗人对事物发展变化的道理经过认真思考与总结，觉得还是应当及时行乐。末句说无须为了追求虚名来约束自己。所谓"浮名"，具体来说，就是他所担任的从八品上的官职左拾遗。因为六月份他就被贬为华州司功参军，他这次在游曲江时已经感觉到了这一点。这两句议论对宋诗产生了很大影响，如李庆甲《瀛奎律髓汇评》引清冯舒的话说："落句开宋。"复引清纪昀的话说："一结竟是后来邵尧夫体。"

清贺裳《载酒园诗话又编·盛唐·杜甫》称其"惟七言律，则失官流徙之后，日益精工，反不似拾遗时《曲江》诸作，有老人衰飒之气。"这一论断的适用范围可以扩大到杜甫各种体裁的诗。《千家诗》所选杜甫在担任左拾遗期间写的一些诗，就内容而言，社会意义确实不大。而他一旦离开了左拾遗的职位，投身到水深火热的社会生活中，就写出了"三吏""三别"这样一批堪称诗史的作品。

曲江二首 其二

杜　甫

朝回日日典春衣，每日江头尽醉归。
酒债寻常行处有，人生七十古来稀。
穿花蛱蝶深深见，点水蜻蜓款款飞。
传语风光共流转，暂时相赏莫相违。

《曲江二首》为组诗，彼此有分工，也有联系，其一谈到"细推物理须行乐"，其二便具体描写是如何行乐的。主要就是饮酒与游玩。前四句写饮酒，后四句写游春。

首联写典衣买醉。起句写所领薪俸不够饮酒之资，所以还要靠典当春衣来换取酒资。"朝回"，即上朝回来，承上首诗最后一句"何用浮名绊此身"写来，这样就将两首诗自然而然地联系起来。关于"日日典春衣"，霍松林在《唐诗鉴赏辞典》中分析道："时当暮春，长安天气，春衣才派用场；即使穷到要典当的程度，也应该先典冬衣。如今竟然典起春衣来，可见冬衣已经典光。这是透过一层的写法。而且不是偶尔典，而是日日典。这是更透过一层的写法。"为何要"日日典春衣"？这就造成悬念，引出次句，原来是为了换得每日在江头喝酒的酒钱。说"日日典春衣"自然是夸张之词，无非是强调即使将衣服当尽，也要天天喝酒。

颔联承上继续写馋酒及其原因。三句写即使无钱，也要到处赊账喝酒。寻常指短距离，《左传·成公十二年》晋杜预注："八尺曰寻，倍寻曰常。"所以"寻常"与下句中的"七十"对仗。"行处"即到处。这句诗的意思是说，所到之处，没走几步路，见到的酒馆，都欠了人家酒债。这样做是为什么呢？第四句作了回答，人生苦短，还是尽情享受吧。也就是杜甫在《漫兴九首》其四中所说："渐老逢春能几回"，"且尽生前有限杯"。而"人生七十古来稀"由于高度概括了人生之短暂，成了警句，时常挂在人们的嘴边。

颈联写游玩时所见景物。五句写蝴蝶在花丛中穿来穿去，时隐时现。六句写蜻蜓从容地飞着，时而用尾巴点着水面。宋叶梦得《石林诗话》卷下称此联"虽巧而不见刻削之痕。""'深深'字若无'穿'字，'款款'字若无'点'字，亦无以见其精微。然读之浑然，全似未尝用力，所以不碍气格超胜。使晚唐人为之，便涉'鱼跃练川抛玉尺，莺穿丝柳织金梭'矣"。蝴蝶穿花是为了寻偶与觅食，蜻蜓点水是为了产卵。也许杜甫并不懂得这些生物学知识，但他对自然现象观察得细致入微，所以能在诗句中准确地表现出生物的特征。

尾联表达了诗人的愿望，希望自然风光自由自在地流动着，暂时供我欣赏，不要急着消逝。"共"指蝴蝶、蜻蜓等，则其及时行乐之情也就跃然纸上了。"传语"也就是寄语的意思，将风光作为寄语的对象，显然也采用了拟人的方法，读起来感到特别亲切。"暂"字表明春光不多，而自己也已进入老年，共同相赏的美好时光已经不多了，细思之也令人伤心也。

这两首诗的特点是含蓄。仇兆鳌在《杜诗详注》中引张𬞟注说："二诗以仕不得志，有感于暮春而作。"但为何不得志，如何不得志，诗中都没有说，诗中只写春天即将过去，只写要及时行乐，只写每天典当衣服喝酒，喝得尽醉而归，只写蝴蝶穿花，蜻蜓点水，使人感到他有满怀愁绪，一腔悲愤；使人看出所写虽为流连光景语，其意甚于痛哭。则诗中的言外之意，弦外之音，也就可以探究而得之了。

黄 鹤 楼

崔 颢

昔人已乘黄鹤去，此地空余黄鹤楼。

黄鹤一去不复返，白云千载空悠悠。

晴川历历汉阳树，芳草萋萋鹦鹉洲。

日暮乡关何处是？烟波江上使人愁。

　　崔颢，卷一《长干曲》已介绍。《黄鹤楼》为崔颢的代表作，据元辛文房《唐才子传》卷一记载，李白登黄鹤楼，说："眼前有景道不得，崔颢题诗在上头。"无作而去。后写《鹦鹉洲》《登金陵凤凰台》两诗欲与之媲美。宋严羽《沧浪诗话·诗评》说："唐人七言律诗，当以崔颢《黄鹤楼》为第一。"黄鹤楼故址在湖北武昌长江南岸黄鹤矶上，背靠蛇山，始建于三国东吴黄初四年（223），1956年因修武汉长江大桥拆去，现在的黄鹤楼易地重建于1985年。《南齐书·州郡志下·郢州》："夏口城据黄鹄矶，世传仙人子安乘黄鹄过此上也。"南朝齐祖冲之《述异记》说荀瓌，好道术，"尝东游，憩江夏黄鹤楼上，望西南有物，飘然降至霄汉，俄顷已至，乃驾鹤之宾也。鹤止户侧，仙者就席，羽衣虹裳，宾主欢对。已而辞去，跨鹤腾空，眇然烟灭。"

　　前四句写有关黄鹤楼的传说以吊古。首联破题写仙去楼空。起句借神话传说落笔，以无作有，说得煞有介事，其中"昔人"二字，没有坐实，这就为读者留下想象的余地。除上面提到的"仙人子安""驾鹤之宾"外，据宋乐史《太平寰宇记》称三国时蜀国的费祎登仙后，也每乘黄鹤到此休息。次句所写难免透出一种遗憾与寂寞之情。

　　颔联承上"黄鹤去"写诗人凭楼远眺。三句写诗人遥望长空，遐思无限，充满向往之情是可想而知的。四句写所见惟白云而已，而且白云已经飘动千年。诗中一再出现的"空"字颇耐人寻味，可理解为楼是空的，天是空的，传说是空的，历史上风云变幻，一切都已过去，似乎也是空的。

后四句回到现实，写所见所感。如果前两句是眼睛向上所见的话，则后四句是目光向下所见。颈联写景。五句写天空晴朗，汉阳的树木历历在目。"川"既可指河流，也可指原野，这里当指汉水及汉水北岸汉阳的原野。"汉阳"指汉水北岸的汉阳城，今湖北武汉汉阳。"汉阳树"当指与黄鹤楼隔汉水相对的汉水北岸岸边上生长的树。六句写鹦鹉洲上的芳草长得非常茂盛。鹦鹉洲原为汉阳城西南二里左右的长江中的小洲，后沉没。东汉末，祢衡写过著名的《鹦鹉赋》，死后葬于洲上，因以为名。这两句对仗工整，写景艳丽。《楚辞·招隐士》："王孙游兮不归，春草生兮萋萋。"显然诗人"芳草萋萋"四字出此，并引出下文。

尾联借景抒怀乡之情。建安作家王粲《登楼赋》说："虽信美而非吾土兮，曾何足以少留！"七句设问，强烈地表达了怀念故乡的情绪。末句写烟波浩渺的景色使他感到家乡遥远，想很快与家人团聚几乎是不可能的，于是使他本来就怀有的乡愁越发浓重了。在农业文明时代，土地是生活的基础，所以人们对乡土特别眷念。因此此诗能够引起广泛的共鸣。

此诗的最大特色是前四句成功地摆脱了格律的束缚，如首联五、六两字，同为"黄鹤"，第三句几乎全为仄声字，第四句用"空悠悠"三平声字煞尾，颔联也不讲究对仗。不过读者都普遍觉得写得好，如清赵臣瑗《山满楼笺注唐诗七言律》称此诗"妙在一曰黄鹤，再曰黄鹤，三曰黄鹤，令读者不嫌其复，不觉其烦，不讶其何谓。尤妙在一曰黄鹤，再曰黄鹤，三曰黄鹤，而忽然接以白云，令读者不嫌其突，不觉其生，不讶其无端。此何故耶？由其气足以充之，神足以远之而已矣。"可见律诗真要写得好，是可以突破格律约束的。

春夕旅怀

崔涂

水流花谢两无情，送尽东风过楚城。
蝴蝶梦中家万里，杜鹃枝上月三更。
故园书动经年绝，华发春惟满镜生。
自是不归归便得，五湖烟景有谁争？

崔涂（850-？），字礼山，江南桐庐富春（今浙江桐庐）人。唐僖宗光启四年（888）进士，终生漂泊巴蜀、吴楚、河南、秦陇等地。工诗，多离怨之作，情调抑郁苍凉，《全唐诗》录其诗一卷。《春夕旅怀》一作《春夕》，也作《旅怀》。

首联扣题写暮春。起句写感到"水流花谢两无情"，金圣叹在《贯华堂选批唐才子诗》卷九中分析道："'水流'是水无情，'花谢'是花无情。何谓无情？明见客不得归，而尽送春不少住，是以曰无情也。"次句写流水与落花将"楚城"的春风送走了，却将诗人留在了"楚城"。这一方面表现了流水与落花之无情，另一方面也表现了诗人之无奈。一个"送"字，将春水、春花与春风，均作了拟人化处理。"楚城"，原属于楚国地盘上的某个城市。

颔联进入正题写春夕对家乡的思念。三句承上写梦中回家。但是此梦乃《庄子·齐物论》所描写的蝴蝶梦，是虚幻的，一觉醒来，依然故我。四句写梦醒后，由于思乡情切，再也难以入眠，于是在月色如洗的三更天，不断听到杜鹃鸟在枝头的啼叫声："子归！子归！"这当然更加深了诗人的思乡情绪，而诗人也就更加睡不着觉了。

颈联直抒胸臆。五句嗟叹家书之稀少，不但长期不能回家，甚至长年都收不到一封家书，怎能不让人牵肠挂肚、忧心如焚呢！一个"动"字表达了诗人期待、怨嗟、沮丧的复杂心情。当然，难以收到家书，也是唐末社会动荡不安造成的。六句感叹惟有自己在万物萌生的春天却长出了满头白发。"春惟满镜生",一作"春惟两鬓生",一作"春催两鬓生"。此据唐韦庄《又玄集》卷下,韦縠《才调集》卷二校定,一方面因为版本原始,另一方面也反映夜半因思乡失眠,一直到清晨对镜梳头因而见到满头白发而唏嘘不已。将白发满头生说成"满镜生"也是颇为新颖的。

尾联见意,表示不如归去。七句有自责意,满头白发都是由"自是不归"造成的,而"归"无疑是最正确的选择,因为回去后再也不用思乡了。末句所表达的也就是李白《襄阳歌》所说"清风朗月不用一钱买"的意思,当中自然也有对社会现实中争权夺利、尔虞我诈的不满与厌倦情绪。清薛雪《一瓢诗话》指出:"崔礼山'自是不归归便得,五湖烟景有谁争'与'相逢尽道休官去,林下何曾见一人'同一妙理。"想归隐而未能归隐,除贪恋官场荣华富贵外,也可能受到其他因素的羁绊而无可奈何。正如清人黄生《唐诗摘钞》卷三所说:"本不能归,而为此语者,反言自怪之词。""五湖"指太湖及其附近湖泊,为春秋时越国大夫范蠡归隐之处。

此诗的特点是情景交融,诗歌从独在异乡为异客的角度,通过对暮春之夜流水、落花、啼鸟、月色的描写,为我们营造了一个凄清、孤独、悲凉的意境,长期积淀的思乡之情形诸梦寐,闻诸子规,见诸铜镜,而家乡暮春三月之烟景,虽遥隔千里,却如在目前。故清毛张健《唐体肤诠》称该诗"情生景,景生情,情中有景,景中有情,萦纡飘渺,使读者神为之移。"

寄李儋元锡

韦应物

去年花里逢君别，今日花开又一年。
世事茫茫难自料，春愁黯黯独成眠。
身多疾病思田里，邑有流亡愧俸钱。
闻道欲来相问讯，西楼望月几回圆。

韦应物，卷一《答李浣》已介绍。作者于唐德宗建中二年（781）任比部员外郎，建中四年（783）暮春，由比部员外郎出任滁州（今安徽滁州）刺史。《寄李儋元锡》当作于德宗兴元元年（784）春。李儋，时任殿中侍御史，是作者的朋友，《韦苏州集》中，有不少赠给他的诗。

首联写触景生情，想念朋友。由"今日花开"联想起去年在花中与朋友告别的情景。去年的情景还历历在目，转眼之间都快一年了，用花再次开放表示时间的流逝，是形象化的表达方式，能给人留下鲜明的印象。当然诗句中也暗藏着盼望与朋友见面的意思。

额联向朋友倾诉自己的苦闷。三句感叹世事难以预料。唐德宗建中二年（781）七月，朱泚被任命为太尉，建中四年（783）十月，泾原（今甘肃泾川北）兵奉命东征，路过长安，因伙食差而哗变，德宗逃亡奉天（今陕西乾县），朱泚据长安称帝，国号秦。韦应物派人到奉天了解情况，直到兴元元年五月九日才回到滁州，因此作者说国家的命运与自己的前途都难以预料。四句写在这样的背景下，黯然神伤，连春天也无心出游，独自待在家里睡觉。

颈联写自己对前途怀有矛盾心情。五句写自己多病想归园田居，六句写自己又为有老百姓流亡而感到愧对俸禄，言下之意，还要继续留下来做好工作。何去何从正需要老朋友来帮助出出主意，于是便自然而然地引出尾联。

尾联写盼望老朋友早日来团聚。七句写听说李儋想来，末句写自己已经盼望了好几个月，当然诗人是用盼望月圆这种形象化的语言将这层意思表达出来的。而这与开头"花开又一年"形成了呼应。

五、六两句所自然流露出来的关心民生疾苦的思想感情，后人赞不绝口，如北宋黄彻《碧溪诗话》说："余谓有官君子当切切作此语。彼有一意供祖，专事土木，而视民如仇者，得无愧此诗乎？"元方回《瀛奎律髓》卷六说："朱文公称此诗五、六好，以唐人仕宦多夸美州宅风土，此独谓'身多疾病'，'邑有流亡'，贤矣。"近人俞陛云《诗境浅说》丙编说："凡居官者，廉洁已称难能，韦则因邑有流亡，并应得之俸钱，亦觉受之有愧。非特廉吏，且蔼然仁者之言矣。"

江　村

杜　甫

清江一曲抱村流，长夏江村事事幽。
自去自来堂上燕，相亲相近水中鸥。
老妻画纸为棋局，稚子敲针作钓钩。
多病所须惟药物，微躯此外更何求？

杜甫，卷二《绝句》已介绍。《江村》作于唐肃宗上元元年（760）夏成都浣花溪畔。肃宗乾元二年（759）初夏，杜甫因为政治上受到挫折，同时也因为饥馑，弃官往秦州。在秦州居住不满四个月，衣食不能自给，杜甫于是在十月份，从秦州赴同谷。在同谷停留了一个月左右，又于十二月一日起程入蜀，年底到达成都。在成都西郊的浣花溪畔，依靠亲友的资助营建了一座草堂，终于过上了安定的生活。这些就是此诗的写作背景。

首联扣题写江村的环境。起句写江村的地理特征，其中"抱"字精确而生动地道出了江村为清江所环绕的特点。次句写长夏中的江村显得特别幽静与悠闲，其中"事事幽"三个字总挈全篇。

额联承"事事幽"三字写鸟类活动。三句写燕子，由于人们都欢迎燕子在自家堂上做窝，所以燕子飞进飞出，显得自由自在。四句写由于捕鱼的缘故，清江聚集着不少鸥鸟，它们经常挨在一起在水面上浮着，显得很亲近。

颈联承"事事幽"三字写家人活动。五句写老妻不做家务活，而在"画纸为棋局"，准备下棋，则其生活之悠闲可知。以下棋作为休闲活动，则杜甫夫妇的生活情趣还是相当高雅的。六句写幼稚的小孩子在做钓鱼钩，也让人觉得天真烂漫。这个生活细节颇切合江村有鱼可钓的特点。"敲针作钓钩"也就是闲着无事，闹着玩玩而已，因为缝衣服的针做的鱼钩没有倒刺，是钓不着鱼的。

诗人在尾联中表示，只要身体健康就别无他求了。杜甫刚经过四年颠沛流徙的生活，饱尝了饥寒交迫、担惊受怕的滋味，在刚刚获得一个栖身之所，过上稍微安定的生活，产生这种想法是非常自然的。第七句一作"但有故人供禄米"，恐不确，因为绝大多数较为原始的版本均作"多病所须惟药物"，而且直到广德二年（764）六月，东西川节度使严武才荐杜甫担任节度使署中参谋，检校工部员外郎。

诗歌本质上是抒情的，以情动人。这首诗写在长时间流离失所之后，终于获得安居的快乐心情，我们从所描写的诗歌形象中能够深刻地感受到这一点。对诗歌作品允许有多种理解，但是求之过深也是不必要的，如宋释惠洪《天厨禁脔》卷中所谓比兴说："妻比臣，夫比君。棋局，直道也。针合直而敲曲之，言老臣以成帝业，而幼君坏其法。稚子，比幼君也。"明末金圣叹《唱经堂杜诗解》卷二所谓感喟说："老妻二句，正极写世法险巇，不可一朝居也。言莫亲于老妻，而此疆彼界，抗不相下；莫幼于稚子，而拗直为曲，诡诈万端。……纸本白净无彼我，针本径直无回曲，而必画之敲之，作为棋局、钩钓，乃恨事，非幽事。而从来人闷闷，全不通篇一气吟，遂误读之也。"非要将写家事当成写国事，写幽事当成写恨事，作为一家之言也未尝不可。但是认为自己掌握了独得之秘，别人都误读了，显然言过其实。误读这首诗的恰恰是释惠洪与金圣叹。

夏　日

张　耒

长夏江村风日清，檐牙燕雀已生成。
蝶衣晒粉花枝舞，蛛网添丝屋角晴。
落落疏帘邀月影，嘈嘈虚枕纳溪声。
久斑两鬓如霜雪，直欲樵渔过此生。

张耒（1054—1114），子文潜，号柯山，楚州淮阴（今江苏淮安淮阴）人。宋神宗熙宁六年（1073）举进士，授临淮博士。曾任秘书省正字、起居舍人等官职。哲宗绍圣元年（1094），出知润州，因入元祐党籍，移知宣州。四年（1097）谪监黄州酒税。元符二年（1099），再移复州监酒。三年（1100）后，曾任黄州通判、知兖州等职。徽宗崇宁元年（1102），复因列入元祐党籍而被责授房州别驾，黄州安置，住东柯山西麓。崇宁五年（1106），赋闲，寓居陈州（今河南淮阳）。为"苏门四学士"之一，诗风平淡自然，多反映现实，《四库全书》收《宛丘集》七十六卷，《全宋诗》录其诗二卷。《夏日》为作者《夏日三首》中的第一首，当为作者闲居陈州时所作。

前六句写景。起句扣题写对江村夏日的总体印象，交代了时间、地点、气候特点，以领起全篇。时间为长夏，地点为江村，气候特点是风和日丽，诗人还特别强调了一个"清"字，使人联想到清净、清幽、清凉、清闲、清和，可见作者的心情也不错。

以下三句具体描写了夏日白天所见景象。次句写屋檐下鸟巢里燕子与麻雀都已长大。"檐牙"指屋檐边缘呈牙齿状起装饰作用的瓦，这里代称屋檐。三句写蝴蝶张开翅膀在花丛中飞舞着。"蝶衣"即蝴蝶翅膀。"晒粉"指蝴蝶翅膀多粉，故称蝴蝶张开翅膀为晒粉。四句写在晴天，蜘蛛正忙着在屋角添丝织网。这些小动物的共同特点是都充满了活力，也表明诗人充满着生活的情趣。

颈联写夜晚所见所闻。五句诉诸视觉，写疏朗的窗帘邀请月亮在屋内洒下月光，"邀"采用了拟人的方法。六句诉诸听觉，写头枕在空心的凉枕上能够听到悦耳的溪水声。白居易在《琵琶行》中用"嘈嘈"形容优美的琵琶声，这句诗中的"嘈嘈"显然也是用来形容溪水声之优美。不说自己听到溪水声，而写空心枕头容纳溪水声，将溪水声加以物质化，就更加形象，也更加新颖。这也表明夏夜的宁静与诗人内心的平静。"虚枕"即空心枕头。

尾联表达了欲隐居的愿望。七句用两鬓久已斑白来说明自己早就衰老了。八句写自己要过隐居生活，"樵渔"即砍柴打鱼，用以代指隐居生活。

北宋后期党争非常剧烈，张耒也深陷其中，并因为被列入元祐党籍而一再受到罢官、外任的处分，直到赋闲在家。如何对待生活道路上的挫折，张耒采用了极其平和的心态。夏日往往令人烦躁不安，在他的笔下却变得如此和谐而愉悦，这多少也能给我们一点生活的启迪。

辋川积雨

王　维

积雨空林烟火迟，蒸藜炊黍饷东菑。
漠漠水田飞白鹭，阴阴夏木啭黄鹂。

山中习静观朝槿，松下清斋折露葵。
野老与人争席罢，海鸥何事更相疑？

王维，卷一《竹里馆》已介绍。《辋川积雨》《王右丞集》题为《积雨辋川庄作》，王维自天宝三载（744）至十五载（756）安史之乱陷贼前，常居辋川，此诗当作于这一时期，具体时间难以确知。

"辋川"在今陕西蓝田县南二十里，水出终南山辋谷，北流入霸水，为著名风景区，诗人在此有辋川别墅。"积雨"指久雨。

首联扣题写田家生活。起句通过"空林烟火迟"来写"积雨"。因为连续下雨，天阴沉沉的，空气中的湿度大，所以诗人只见到"空林"，而未见到田家。一个"迟"字将阴雨天田家的炊烟写得十分传神，它一方面说明因为阴雨天，天色比较暗，农民起身较迟，所以生火做饭也比较迟，另一方面说明炊烟上升得比较缓慢。次句上承炊烟写农妇们正在做饭，准备给在东面田地里干活的农夫们送去，也可谓衔接自然。"藜"，一年生草本植物，嫩叶可食。"饷"，给在田地里干活的人送饭。"菑"，开垦了一年的田地，此泛指田地。"东菑"指东面的田地。

颔联写自然景物。南宋魏庆之《诗人玉屑》卷十四引宋范季随的话说："杜少陵诗云：'两个黄鹂鸣翠柳，一行白鹭上青天。'王维诗云：'漠漠水田飞白鹭，阴阴夏木啭黄鹂。'极尽写物之工。"王维与杜甫都选择白鹭与黄鹂作为描写对象不是偶然的，它们一诉诸视觉，一诉诸听觉；一为远景，一为近景；悦目的白鹭形象与动听的黄鹂声音都极富美感。宋叶梦得《石林诗话》卷上说："唐人记'水田飞白鹭，夏木啭黄鹂'为李嘉祐诗，王摩诘窃取之，非也。此两句好处，正在添'漠漠''阴阴'四字，此乃摩诘为嘉祐点化，以自见其妙，如李光弼将郭子仪军，一号令之，精彩数倍。不然，如嘉祐本句，但是咏景耳，人皆可到。""漠漠"形容广漠无际的样子，这样就将白鹭飞翔的背景展现出来了。"阴阴"形容树木浓郁繁盛的样子，这样就将黄鹂歌唱的优美环境表现出来了。而且"漠漠""阴阴"还道出了阴雨天气山区农田与丛林的特点，可谓写景自然如画。

颈联写诗人的山中生活，从中可见王维在辋川怀着与世无争的心态，过着清心寡欲的生活。五句写在山中静修面对朝槿领悟到人生短暂，世事无常。"习静"犹静修，如静坐、坐禅之类，梁朱超《对雨》诗云："当夏苦炎埃，习静对花台。""朝槿"之"槿"乃落叶灌木，仲夏始花，朝开午萎，故称朝槿。六句写采摘露葵以供清斋素食。"清斋"即素食。"葵"即葵菜，一种草本植物，其嫩叶、嫩茎可食。

尾联抒情，七句写自己已经毫无骄矜之态，据《庄子·寓言》篇记载，阳子向老子求教，路上在一家旅舍落脚，主人见他趾高气扬，殷勤地为他服务，其他客人也将最好的位置让给他。见到老子，老子因为他看起来飞扬跋扈，品德似不足，不愿意教导他。阳子改变了自己的态度，在接受老子的教导后，重新路过那家旅舍时，毫无骄矜之态，客人们不再为他让座，相反与他争抢座位。末句写自己已经脱凡绝俗，于人无碍，与世无争，毫无欺诈之心，因此再也不会引起人们的猜疑了。据《列子·黄帝》篇记载，海边有个特别喜欢海鸥的人，每天早晨到海边与上百只海鸥一起玩。他父亲要他将海鸥抓回家来玩玩，第二天早晨他再到海边时，海鸥顿生猜疑之心，就在空中盘旋不再落地了。句中使用反问的形式，表达的应是肯定的意思。

这是王维描写在辋川隐居生活的代表作，从中可见其隐居辋川的自然环境、生活内容与精神面貌。前四句写景如画，特别是额联引起了热烈讨论，并且得到很高的评价，如清方东树《昭昧詹言》卷十六称："三、四写景极活现，万古不磨之句。"后四句融理入景，所表达的人生短暂的感悟、以及返璞归真、回归自然、与世无争的生活态度与思想境界，也颇能引起读者共鸣。

新　竹

陆　游

插棘编篱谨护持，养成寒碧映涟漪。

清风掠地秋先到，赤日行天午不知。

解箨时闻声簌簌，放梢初见叶离离。

官闲我欲频来此，枕簟仍教到处随。

陆游（1125—1210），字务观，号放翁，越州山阴（今浙江绍兴）人。宋高宗绍兴二十四年（1154），试礼部，主司置前列，秦桧黜之。二十八年（1158），始为福州宁德主簿。三十年（1160），除敕令所删定官。三十二年（1162），赐进士出身。孝宗隆兴元年（1163），通判镇江府。乾道八年（1172），入四川宣抚使王炎幕府，从军南郑。光宗绍熙元年（1190），为礼部郎中兼实录院检讨官。宁宗嘉泰三年（1203）升宝章阁待制，致仕。南宋最著名的爱国诗人，为南宋四大家之一，《四库全书》收《剑南诗稿》八十五卷、《渭南文集》五十卷，《全宋诗》录其诗八十八卷又二十二句。

《新竹》一作《东湖新竹》，"东湖"在今浙江绍兴东南，为著名风景区，此诗当作于绍兴。

前六句写景。首联扣题写东湖新竹。起句从小心护持的角度写新竹，因为竹笋常被人挖掘制作美味佳肴，有些动物也会刨食，所以要严加防范。而"插棘编篱"无疑是最普遍而又最有效的防范措施。棘为落叶灌木，茎上多刺，所以将棘条插在地上再编成篱笆，效果是非常好的。次句中的"寒"与"碧"都是形容词，在这里活用成名词来指称新竹，突出了新竹碧绿、清凉的特点。此外还借水中的倒影来写新竹，将新竹与东湖联系在一起，相互映衬，特别富有美感。

颔联写竹林。三句写竹林风声，因为竹子喜欢丛生成林，彼此间还保持着一定的距离，所以既通风，竹林里的温度在夏天又相对低一些，一阵风掠地而过，竹叶沙沙作响，人们会感到特别清凉，仿佛秋天提前到来了。四句写竹荫。由于成片的竹林可以遮天蔽日，人们在竹林中乘凉，或坐或卧，即使在正午，都见不着太阳，感觉不到炎热。

颈联具体写新竹的成长情况。五句写不时能听到竹壳脱落时发出的簌簌声，因为新竹比较多，如果待在竹林里乘凉，竹壳不断地脱落形成整体效应，所以能听到簌簌声。"解箨"指竹壳脱落。六句写新竹，竹梢长出新叶时，显得非常清新与茂盛。"叶离离"一作"影离离"，《剑南诗稿》卷五作"叶离离"，就诗歌内容而言，前者较好。"放梢初见"见的是新叶，而不是影子，因为新叶的影子与老叶的影子没有什么差别，再说竹荫已经写过了。这两句说明陆游对事物的观察是非常细致的。

尾联抒情，表示一有空就要经常来到这里休息，可见对此处新竹是多么喜爱。七句中的"官闲"一作"归闲"，绝大多数版本作"官闲"，当以"官闲"为是，因为要等到"归闲"以后再游此地，其喜爱此地新竹的程度就大为减弱了。末句写枕头和凉席仍然像今天一样随身带着，一遇到适合的地方就席地而坐或席地而卧，这也说明此次观赏东湖新竹是多么舒心惬意。

这是一首咏物诗，清黄应起《咏物诗选序》说："初学无由问津则莫不工于赋物始。"可见练习写咏物诗是学习写诗的一个重要途径，《千家诗》选择陆游的这首诗，也许是为初学写诗的人提供一个学习的样本。作者写了新竹的生长环境、生长过程及特点、竹林的价值以及作者对东湖新竹的感受，从中略可窥见咏物诗的写法。

夏夜宿表兄话旧

窦叔向

夜合花开香满庭，夜深微雨醉初醒。
远书珍重何曾达，旧事凄凉不可听。
去日儿童皆长大，昔年亲友半凋零。
明朝又是孤舟别，愁见河桥酒幔青。

窦叔向（？－约779），字遗直，京兆金城（今陕西兴平）人，代宗大历初举进士，历官国子博士、转运判官、江阴令。大历十二年（777）任左拾遗，十四年（779）贬为溧水令，未几卒。有诗名，《全唐诗》录其诗十首，《全唐诗外编》补诗一首。五子群、常、牟、庠、巩，皆有诗名，有《窦氏联珠集》传世。

《夏夜宿表兄话旧》，《唐音》卷五、《唐诗品汇》卷八六、《石仓历代诗选》卷一一七同，《千家诗》作《表兄话旧》，后者显然是删节前者而成，但是未能准确地概括前者的含义，而且容易将话旧的人误解为表兄一人，实际上应当是表兄弟两人，所以此诗的题目取前者，不取后者。从诗歌内容来看，此诗当作于作者晚年。

首联扣题写夏夜情景，营造了一个与表兄话旧的气氛。起句写夜合花香。"夜合"即合欢，落叶乔木，羽状叶对生，白天展开，黄昏时闭合。夜合花夏天开放，呈粉红色，清香袭人，如宋人韩琦《中书东厅夜合》诗云："最是清香合蠲（juān）忿，累旬送风入窗纱。"次句写在夜深人静时，自己与表兄刚从醉意中醒来，可见昨天与表兄久别重逢，自然开怀痛饮，一醉方休。酒醒后听到窗外淅淅沥沥下着小雨，显然这是倾心长谈的好机会。

中间四句写谈话内容，无非是叙旧。颔联泛写。三句写往日也曾写信道珍重之意，但是由于山长水远，社会动荡，难以寄达。这表明诗人一直想念着表兄。四句写所说内容都是一些凄凉的往事，令人听起来很伤心。窦叔向大约是在大历末年去世的，则他与表兄正好经历了安史之乱那动荡不安的苦难岁月，所说当然没有几件令人快乐的往事。颈联记叙谈话的具体内容，通常都是将彼此熟悉的亲友所了解的情况说一遍。最让人唏嘘感慨的是，正如杜甫《赠卫八处士》所说，已经"访旧半为鬼"了。

尾联展望明朝告别的情景。七句写今晚还同室而眠，共同话旧，明朝我就将独自乘坐一叶孤舟远赴前程，可见诗人的依依惜别之情在今夜就已经产生了。末句设想送别场所河桥的酒招在我乘舟离去时，将长时间地出现在我的眼前，并将永远留在我的心中。诗人与表兄情深意长也就可想而知了。"酒幔"即酒店的招牌，能在风中飘扬，亦称酒旗。

诗歌的生命在于表达真情实感，此诗的动人之处就在于真实地表达了自己的情感，而且这种情感具有普遍性。明末金圣叹《贯华堂选批唐才子诗》称："'何曾'上加'珍重'妙。此亦人人常有之事，偏能写得出来也。五、六是人人同有之事，是人人欲说之话，不叹他写得出来，叹他写来挑动'明朝又别'四字，隐然言他日再归，便是儿童亦已凋零，亲友并无半在也。可不谓之大哀也哉！"近人俞陛云《诗境浅说》丙编也评价道："此诗平易近人，初学皆能领会，以其一片天真，最易感动，中年以上者，人人意中所有也。"

偶　成

程　颢

闲来无事不从容，睡觉东窗日已红。
万物静观皆自得，四时佳兴与人同。
道通天地有形外，思入风云变态中。

富贵不淫贫贱乐，男儿到此是豪雄。

程颢，卷二《春日偶成》已介绍，诗人是著名的理学家，此诗中所提到的"道"也就是"理""天理"。他认为理是永恒存在的、天下万物都要遵循的普遍原则，而且是先于天下万物而存在的，所以说是唯心主义的。《偶成》是《秋日偶成二首》其一，是一首表达其哲学思想的哲理诗。

首联写诗人闲暇时遇事都能做到从容不迫。起句中"无事不从容"采用了否定之否定的表达方式，其意思是肯定的，即事事从容。次句用一觉睡到红日东升来说明自己是多么从容。作者现身说法，以下六句均是由此所引发的议论。要注意"睡觉"的"觉"读jué（决），是觉悟的"觉"。

颔联强调"静观"二字，三句写万事万物只要认真观察，潜心思考，就能明白其中的"道"或"理"。据说理学家能静观天道的流行于万物中，一般人当然不会这样去做。四句是说至于"四时佳兴"，如对春花、秋月、夏风、冬雪，都怀有美好的兴致，在这方面，理学家与一般人没有什么不同。"佳兴"，美好的兴致。

颈联高度概括了理学家的哲学思想。五句是说在天地万物之外还有个主宰一切的"道"，换句话说，就是天地万物都要受到"道"的支配。六句运用形象化的语言说明了同样的道理，风云变化表面上千奇百怪，只要我们深入思考，就会发现它们仍然在"道"的掌控之中。

尾联从道德层面上来说明"道"与"理"。程颢所谓的"道"与"理"其实就是封建社会的道德规范，第七句就集中体现了这一点。生活在封建社会的人，大体上分为富贵与贫贱两个阶层，如果做到了"富贵不淫贫贱乐"，那么封建社会的秩序就稳定了，封建社会的政权也就巩固了。末句用赞美的语言鼓励男儿努力做到这一点。人们的社会存在决定人们的思想，富贵的人很难做到不淫，而贫贱的人也难以快乐，所以才会出现社会矛盾，才会推动社会的进步。

　　理学家很聪明，他们写诗是为了宣传自己的主张，所以都写得通俗易懂。即使运用典故，也毫无痕迹，丝毫不影响阅读。如尾联暗用了《孟子·滕文公下》以及《论语·雍也》中的话，前者说："富贵不能淫，贫贱不能移，威武不能屈，此之谓大丈夫。"后者说："一箪食，一瓢饮，在陋巷，人不堪其忧，回也不改其乐。"不过，不了解这两个典故，并不影响理解这首诗。这应当说是本诗的突出优点。

游 月 陂

程 颢

月陂堤上四徘徊，北有中天百尺台。
万物已随秋气改，一樽聊为晚凉开。
水心云影闲相照，林下泉声静自来。
世事无端何足计，但逢佳节约重陪。

　　程颢，卷二《春日偶成》已介绍。程颢长期生活在洛阳，月陂为洛阳著名风景区。据唐李吉甫《元和郡县图志》卷五记载，隋时"洛水在（洛阳）县西南三里，自苑内上阳宫南弥漫东注，宇文恺筑斜堤束令东北流。当水冲，捺堰九折，形如偃月，谓之月陂。"

　　首联扣题写游月陂。起句写在月陂的大堤上四处散步，次句写在月陂的北面还有座高耸云空的百尺高台。按理说"百尺台"并不算高，但是如果仰望，也会让人产生百尺台高耸云空的感觉。再说周围都是水面与大堤，只有百尺台拔地而起，也会显得特别高。"百尺台"是观览的地方，则诗人登上百尺台观赏月陂美景也在情理之中。这两句诗为中间四句写景做了准备。

　　颔联写游月陂时已到了秋凉季节。三句写万物都已随秋天的冷空气而改变，需要注意的是诗中并未着意写秋天的萧瑟景象，诗人晚游月陂当然也不是为了欣赏萧瑟景象的。四句写为了抵御晚凉，我们还特地开了一樽美酒，显然诗人还是很惬意的。"樽"为古代盛酒器，有实物高约30厘米，上下直径约20厘米，中间直径约30厘米，可见容量还不小。

颈联写秋夜的美景。五句写所见之水心云影，六句写所闻之林下泉声。所不同的是诗人特别强调只有在"闲"与"静"的情况下才能见到"水心云影"，听到"林下泉声"。应当说"水心云影"与"林下泉声"都是客观存在的，是不以人的意志为转移的。但是如果你没有闲情逸致，不来游月陂；或者来游月陂志在喝酒，志在与朋友交往，静不下心来观赏秋声秋色，则你仍然见不到"水心云影"，听不到"林下泉声"。

尾联表示要我行我素，超然物外。七句写世事变化无常都不值得计较。为了证明这一点，末句写只要遇到佳节，我都会与朋友相约，陪他们重游月陂。

此诗富有理性色彩，刘禹锡《秋词》说："自古逢秋悲寂寥"，但是此诗从理性出发，不但没有写秋天的衰飒景象，没有抒发悲秋的情感，相反还写了秋夜的美丽，说出能见到秋夜的美丽的原因，还表示要重游月陂。同众多的悲秋诗相比，此诗所写颇有新意，看来诗歌也不能完全排斥理性。

秋兴八首 其一

杜　甫

玉露凋伤枫树林，巫山巫峡气萧森。
江间波浪兼天涌，塞上风云接地阴。

丛菊两开他日泪，孤舟一系故园心。

寒衣处处催刀尺，白帝城高急暮砧。

　　杜甫，卷二《绝句》已介绍。代宗永泰元年（765）四月，严武卒，杜甫失去依靠，便于五月携家离开成都东下，经嘉州、戎州、泸州、渝州，在云安住了一段时间，于永泰二年（766）夏初移居夔州（今重庆奉节）。十一月改年号为大历，从"丛菊两开"来看，《秋兴八首》当作于大历二年（767），因为大历三年（768）正月中旬，杜甫就已经出峡东下了。前人将这组诗系于大历元年恐不确。

　　《秋兴八首》（其一）为组诗中的第一首，正如清浦起龙《读杜心解》称："首章，八诗之纲领也，明写'秋'景，虚含'兴'意；实拈夔府，暗提京华。"首联扣题，起句写明时间已经进入秋天，"玉露"即白露，早晨草木上有露水是秋天的特征。枫树的叶子比较大，容易招风，枫叶到了秋天会变成红色或黄色，所以容易引起人们的注意，也是秋天的标志。枫树是落叶乔木，枫叶变色以后也就开始凋零了。次句写地点，《水经注·江水注》："江水历峡，东径新崩滩……其下十余里有大巫山……其间首尾百六十里，谓之巫峡，盖因山为名也。自三峡七百里中，两岸连山，略无缺处，重岩叠嶂，隐天蔽日，自非停午夜分，不见曦月。""萧森"，萧瑟阴森。这两句写景，但是句中有"凋伤"与"萧森"两词，可见景中也蕴涵着诗人悲伤的情感。

　　颔联承上继续写巫山巫峡的秋景。三句写巫峡波浪滔天，四句写风云在巫山上涌动。明周珽《唐诗选脉会通评林》引周甸的话说："江涛在地而曰'兼天'，风云在天而曰'接地'，见汹涌隐晦，触目天地间，无不可感兴也。"明末金圣叹《杜诗解》卷三分析道："流滞巫山巫峡，而举目江间，但涌兼天之波浪；凝眸塞上，惟阴接地之风云。真为可痛可悲，使人心尽气绝。"塞上，即夔州，此泛指巫山。

　　颈联转写自己的心情。五句写诗人在夔州已经两次见到菊花开放了，感昔伤今，再次流下伤心的眼泪。"他日泪"也就是昔日泪，清人黄生《杜工部诗说》卷八分析道："花如他日，泪亦如他日，非开花也，开泪而已。"杜甫在《春望》诗中曾说过："感时花溅泪。"六句是写诗人将回乡的希望寄托在一条孤舟上，但是这条孤舟长期系在夔舟岸边未能东下，其故乡难回的无奈与痛苦之情不难理解。

　　尾联继续抒发羁旅之思。七句写到处制作过冬的新衣，末句写白帝城也传来清洗旧衣服的捣衣声。言外之意，作为客子，杜甫一家却没有条件赶制新衣、清洗旧衣，则他希望和家人一道到自己的故乡过上温暖安定的家庭生活的愿望也就油然而生了。"砧"（zhēn），捣衣石，此指捣衣时所发出的声音。"白帝城"在今重庆奉节东白帝山上。

　　清王嗣奭《杜臆》卷八说："《秋兴八首》，以第一首起兴，而后七首俱发中怀，或承上，或起下，或互相发，或遥相应，总是一篇文字。"还提到，"首章发兴四句，便影时事，见丧乱凋残景象，后四句，乃其悲秋心事。此一首便包括后七首。而'故园心'，乃画龙点睛处"。可见组诗是一个有机的整体，而细读其第一首诗对我们领会组诗是非常重要的。

秋兴八首 其三

杜 甫

千家山郭静朝晖，日日江楼坐翠微。
信宿渔人还泛泛，清秋燕子故飞飞。
匡衡抗疏功名薄，刘向传经心事违。
同学少年多不贱，五陵衣马自轻肥。

　　《秋兴八首》第一首写暮，第二首写夜，此诗为第三首，写朝，可见也是精心构思，有所分工的。

前四句写景，后四句写情。首联描写夔州清晨的景象，起句写山城的千家万户都静静地沐浴在清晨的阳光中，次句写诗人天天都坐在江楼上面对苍翠的青山。偶尔来江楼坐坐，看看山景，还是件赏心悦目的事，天天来就表明杜甫无所事事，生活十分单调，心情也非常苦闷。

颔联写杜甫在江楼所见之景，但是景中有情。三句写在此地江边住了两个晚上的渔人们仍在为自家的生计忙碌着，《钱注杜诗》："渔人延缘获苇，携家啸歌，羁旅之客，殆有弗如。'还泛泛'者，亦羡之之词也。""信宿"，连宿两夜。可见渔人们在此地捕鱼颇有收获，否则他们是会选择离开的。四句写燕子故意在我的眼前飞来飞去。燕子是候鸟，秋天飞往南方过冬，春天再飞回来。清秋时节，燕子应当南飞了，但是燕子仍然在我眼前飞来飞去，仿佛在故意向我炫耀，它们要回到南方的家了。诗人朝思暮想回到故乡，但是一直未能启程，则其恼恨燕子飞来飞去也就可以理解了。

颈联借历史人物来表达自己的身世之感。五句写匡衡上疏连连升迁，而自己上疏却受到了贬谪。据《汉书·匡衡传》记载，元帝初，匡衡数次上疏，颇得皇帝嘉赏，升任光禄大夫、太子少傅。而杜甫为左拾遗，曾上疏救房琯，结果反遭贬谪，被迫辞官，所以说"功名薄"。六句写刘向传经做出了成绩，杜甫即使想像刘向那样典校五经也不可能。据《汉书·刘向传》记载，刘向在宣帝时，曾讲论五经于石渠阁；成帝时曾领校皇家图书馆的藏书。杜甫也有心做这项工作，结果却沾不上边。

尾联以同学们的富贵来反衬自己的贫贱。好在只写同学们的得意，未写自己的落魄，显得比较含蓄。"五陵"指长安西北的汉长陵、安陵、阳陵、茂陵、平陵。该地区是汉代贵族住宅区，这里借指唐代的贵族住宅区。穿轻裘、骑肥马是贵族生活的标志之一。如果杜甫的仕途一帆风顺，他也可能像他的同学们一样，正过着安定而富足的生活。暮年回顾自己的人生道路，其中的酸甜苦辣，确实是耐人品味的。

　　此诗写作特点在含蓄。清赵臣瑗《山满楼笺注唐诗七言律》称此诗"其旨微，其文隐而不露，深得立言蕴藉之妙"。如明末金圣叹《杜诗解》卷三分析首联道："'千家山郭'下加一'静'字，又加一'朝晖'字，写得何等有趣，何等可爱。'江楼坐翠微'，亦是绝妙好辞。但轻轻只用得'日日'二字，便不但使江楼翠微生憎可厌，而山郭朝晖俱触目恼人。"明胡震亨《唐音癸签》卷四评末联道："诗家虽讥刺中，要带一分含蓄，庶不失忠厚之旨。杜甫《秋兴》'同学少年多不贱，五陵衣马自轻肥'着一'自'字，以为怨之可也；以为羡之，亦可也。何等不露。"

秋兴八首 其五

杜　甫

　　蓬莱宫阙对南山，承露金茎霄汉间。
　　西望瑶池降王母，东来紫气满函关。
　　云移雉尾开宫扇，日绕龙鳞识圣颜。
　　一卧沧江惊岁晚，几回青琐点朝班。

　　此诗是对献《三大礼赋》及担任朝官左拾遗的回忆。杜甫于玄宗天宝九载（750）再次来到长安，天宝十载（751）献《三大礼赋》，玄宗奇之，命待制集贤院。这当然是一件非常荣耀的事。直到天宝十四载（755），才担任右卫率府兵曹参军。肃宗至德二载（757）四月，杜甫潜至凤翔，拜谒肃宗，五月十六日，被任命为左拾遗，因房琯罢相，杜甫上疏救之，触怒肃宗，乾元元年（758）六月，被贬为华州司功参军。所以他在肃宗身边担任朝官约一年时间。

　　首联写宫中建筑的雄伟高大。起句写蓬莱宫之雄伟，《唐会要》

卷三十：高宗"龙朔二年，修旧大明宫，改名蓬莱宫，北据高原，南望终南山如指掌。"次句写承露盘之高大，以至于高耸云霄。《史记·孝武本纪》称其"柏梁、铜柱、承露仙人掌之属"，注引《三辅故事》云柏梁"台高二十丈，用香柏为殿梁，香闻十里，建章宫承露盘高三十丈，大七围，以铜为之，上有仙人掌承露，和玉屑饮之。故张衡赋曰：'立修茎之仙掌，承云表之仙露'是也"。唐时宫中并无承露盘，此特借汉朝典故以为形容，还是收到了预期效果的。

颔联利用神话故事继续写皇宫之壮丽。仇兆鳌《杜诗详注》分析道："宫在龙首岗，前对南山，西眺瑶池，东瞰憨谷，极言气象之巍峨轩敞。而当时崇奉神仙之意，则见于言外。"三句写西王母与汉武帝在汉宫相会的神话。旧题东汉班固撰《汉武故事》称："王母遣使谓帝曰：'七月七日，我当暂来。'帝至日，扫宫内，燃九华灯。七月七日，上于承华殿斋，日正中，忽见有青鸟从西方来集殿前。上问东方朔，朔对曰：'西王母暮必降。'"至暮王母果然来与汉武帝相会。四句写老子过函谷关的传说。仇兆鳌《杜诗详注》引《关尹内传》："关令尹喜常登楼望，见东极有紫气西迈，曰：'应有圣人经过京邑。'乃斋戒。其日果见老君乘轻牛车来过。"唐代统治者出于政治需要，为了抬高自己的门第，认老子为祖先，并将道教的地位提高到前所未有的程度，于是附会出老子出现于龙角山、永昌街、大明宫等神话。

颈联写作者担任左拾遗期间参加朝会所见到的盛况。五句写皇帝上朝、坐朝的情景。《唐会要》卷二十四："开元中，萧嵩奏：每月朔望，皇帝受朝于宣政殿，宸仪肃穆，升降俯仰，众人不合得而见之，请备羽扇于殿两厢，上将出，扇合，坐定，乃去扇。"可见作为仪仗用的宫扇是用野鸡尾部羽毛做的，闭合敞开时像云彩移动一般。六句写作者见到皇帝穿着衮龙袍，并看清了皇帝的龙颜。"日绕龙鳞"指衮龙袍上蟠龙绕日的图案。

尾联写回到现实，感叹往事如梦。七句写自从"我"卧病江边，就惊心地感到自己已经衰老。"一"，介词，自从的意思，如李端《野寺病居喜卢纶见访》："一卧漳滨今欲老。"沧江，泛称江水。江水呈青苍色，故称。此指长江巫峡段，具体指夔州。"岁晚"，如清浦起龙《读杜心解》卷四说："本言身老，亦带映'秋'。"杜甫此时已五十六岁，且多病，生活也没有着落，所以下一"惊"字，令人心寒，大历五年（770）杜甫五十九岁时就去世了。末句写自己多次梦见上朝时的情景，如今此情此景一去不复返了。"青琐"，《汉书·元后传》师古注："青琐者，刻为连环纹，而青涂之也。"这里代称宫门。"点朝班"指朝官依官阶为序传点入朝。

清管世铭《读雪山房唐诗序例》称："杜公'蓬莱宫阙对南山'，六句开，两句合；太白'越王勾践破吴归'，三句开，一句合，皆是律绝中创调。"这首诗在构思与结构方面的最大特点，就是用三联六句来写皇宫之壮丽，早朝之庄严，以反衬杜甫流寓夔州时之潦倒。不仅如此，在最后一联的两句诗中，仍然采用了对比的方法，末句写早朝之值得怀念，来反衬自己在垂暮之年独卧沧江之悲凉与孤独。

秋兴八首 其七

杜　甫

昆明池水汉时功，武帝旌旗在眼中。
织女机丝虚夜月，石鲸鳞甲动秋风。
波漂菰米沉云黑，露冷莲房坠粉红。
关塞极天惟鸟道，江湖满地一渔翁。

此诗为想念长安著名风景区昆明池发出的感叹。首联写昆明池的来历。据《汉书·武帝纪》记载，元狩三年（120），"发谪吏穿昆明池。"臣瓒注："《西南夷传》有越巂、昆明国，有滇池，方三百里。

汉使求身毒国，而为昆明所闭。今欲伐之，故作昆明池象之，以习水战，在长安西南，周回四十里。"《汉书·食货志下》复云：武帝时"粤欲与汉用船战逐，乃大修昆明池，列馆环之，治楼船高十余丈，旗帜加其上，甚壮。"

　　颔联写池边的标志性景物。三句写牛郎、织女塑像。《三辅黄图》卷四云："昆明池中有二石人，立牵牛、织女于池之东西，以象天河。"由于受到字数限制，牛郎、织女只能选其一，故选了更有诗意的织女。有织机，也有丝，但是织不出绸缎来，故说"虚夜月"，也就是夜晚明亮的月光白白浪费了。四句写石雕鲸鱼的鳞甲仿佛在秋风中翕动一般。《三辅黄图》卷四还说：昆明池中"刻石为鲸鱼，长三丈，每至雷雨，常鸣吼，鬣尾皆动"。

　　颈联写池中之景。五句写水面上像乌云一样漂着一层黑色的菰米。菰（gū），水生植物，即茭白。秋结实如米，称菰米，可煮食。六句写秋天粉红色的荷花凋零了，长出了莲蓬。所写均为诗人对昆明池的美好回忆与思念。

　　尾联写诗人在现实生活中的处境。七句写身陷高山峻岭之中，只有鸟才能飞越，极言所处环境之偏远与闭塞。萧涤非分析道："一个'惟'字，便将上文所说的旌旗、织女、石鲸、莲房等等一扫而空，见得那些东西只存在于个人的想象之中，而眼前所见，则只有'峻极于天'的鸟道高山，岂不大可悲痛！""关塞"，即夔州，此泛指巫山。"极天"，指巫山直插云天。末句写自己像渔翁一样到处漂泊。清浦起龙在《读杜心解》卷四中说："'江湖满地'犹云漂流处处也。"沈德潜《唐诗别裁集》卷十四于此诗尾联指出："结意身阻鸟道，迹比渔翁，见还京无期也。"

　　此诗在写作上的特点是用前六句的煊赫来反衬末两句的凄凉。诗歌创作不可避免要打上时代烙印，杜甫在安史之乱后于流离中写安史之乱前唐代全盛时期长安的著名风景区昆明池的景色，也不可避免地会出现暗淡的色彩，如诗中所出现的"云黑""露冷"等词语都说明了这一点。菰米不收而任其沉，莲房不采而任其坠，就显出了兵戈乱离之状。

月夜舟中

戴复古

满船明月浸虚空，绿水无痕夜气冲。
诗思浮沉樯影里，梦魂摇曳橹声中。
星辰冷落碧潭水，鸿雁悲鸣红蓼风。
数点渔灯依古岸，断桥垂露滴梧桐。

戴复古，卷二《初夏游张园》已介绍。他的主要生活经历是长期在外漂泊，这在他的诗中有鲜明的反映，如《石屏诗集》卷五《再赋惜别呈李实夫运使》："一生漂泊老江湖。"《萧学易何季皋和作别诗佳甚再用前韵》："少年行脚白头归"；《镇江别总领吴道夫侍郎时愚子琦来迎侍朝夕催》："落魄江湖四十年。"《滕审言相遇话旧》："一生奔走成何事？尘满征衫雪满簪。"《四库全书总目》卷一九五《石屏词》一卷提要云："复古陆游门人，以诗鸣江湖间，方回《瀛奎律髓》称其豪健轻快，自成一家。"

《月夜舟中》一作《月中泛舟》，这两个题目所表达的含义不尽相同，前者的意思是人在月夜舟中是为了赶路，后者的意思是人在月夜舟中是为了游览，有人干脆说该诗"描绘了月夜西湖泛舟时见到的凄清冷寂的秋景，表现了诗人孤独悲凉的愁思"。通常泛舟游览是为了寻找快乐，也很少在外面过夜。而从诗的最后一句来看，作者不仅将船停泊在断桥边过夜，而所表达的情感为羁旅之思，所以题目作《月夜舟中》要确切些。

　　首联扣题写诗人在舟中所感受到的秋夜水面的明静。起句写船装满了月光，由于水天一色，装满月光的船仿佛不是浸在水中，而是浸在空中。次句写绿色的水面波平如镜，但是夜间寒气逼人。这两句写了舟，写了月光，写了绿水，出齐题面，并构成了富有诗意的意境，为下文做好了铺垫。

　　颔联承上重点写舟。三句写樯影，好在将诗思与樯影挂上了钩，说自己的诗思在月光照射桅杆所留下的阴影中浮动，四句写橹声，好在将梦魂与橹声挂上了钩，说自己的梦魂随着橹声而摇荡。诗思与梦魂都是看不见、摸不着的，这两句诗都将它们物质化了，仿佛能够沉浮与摇曳，这样写显得形象生动。

　　颈联写诗人在舟中所见所闻。五句写清冷的星星倒映在澄澈的潭水中，六句写掠过红蓼的秋风传来鸿雁的悲鸣声。"冷落"与"悲凉"这两个词表明，诗人赋予了这两句诗以感情色彩。星辰本来是没有什么感情色彩的，雁声即使有感情色彩与诗人关系也不大。诗中说"星辰冷落"与"鸿雁悲鸣"表明诗人自己心情比较冷落与悲凉。一位长期在外漂泊的诗人具有这样的心情，是十分自然的现象。

　　尾联写岸边情景。七句写渔船已经靠岸休息，"数点渔灯"说明了这一点，用"数点"来形容渔灯，用词准确，说明诗人的舟与渔船有一定距离。"古岸"也颇能引起人们的遐想，譬如想到渔民们世代在此靠捕鱼为生。末句写诗人所乘之舟停泊在断桥附近的梧桐树下，因为梧桐叶子比较大，所以在积满露水后，能形成水滴，滴在下面的梧桐叶上发出响声，因此在清晨非常宁静的情况下，能被诗人听到。

　　由于诗人长期乘舟在五湖四海漫游，所以对旅途中的景色十分熟悉，作者从视觉与听觉两个方面绘声绘色地描写了这些景色。诉诸视觉的有"满船明月""数点渔灯""樯影""红蓼"等，诉诸听觉的有"橹声""鸿雁悲鸣""露滴梧桐"等，有的诗歌形象还是多种感觉交融在一起，如"红蓼风"就包含着视觉、听觉、触觉等。

长安秋望

赵　嘏

云物凄凉拂曙流，汉家宫阙动高秋。
残星几点雁横塞，长笛一声人倚楼。
紫艳半开篱菊静，红衣落尽渚莲愁。
鲈鱼正美不归去，空戴南冠学楚囚。

赵嘏（gǔ），卷二《江楼感旧》已介绍。文宗大和六年（832）入长安，次年省试落第，遂留寓长安。武宗会昌四年（844）年举进士。宣宗大中六年（852）左右，任渭南（今陕西渭南）尉，世称赵渭南。以后之行止与卒年均不可考。《全唐诗》录其诗二卷，《全唐诗外编》及《全唐诗续拾》补其诗五首又七句。

首联扣题写长安深秋景象。起句写深秋，凄凉的云朵在曙光中流动。"凄凉"二字反映了深秋的季节特征，也反映了晚唐的时代特征，当然最主要的还是作者凄凉心情的一种反映。次句写长安的深秋景象，唐人以汉代喻唐代，"汉家宫阙"实际上说的是唐代宫阙。句中"动"字用得好，清何焯《唐律偶评》分析道："'动'字暗藏秋风起在内，直是社稷倾摇景象，不可显指，半明半暗，深于诗教。"

颔联承上写长安深秋黎明时的景象。三句写所见，"残星几点"表明天色欲晓，"雁横塞"表明已是深秋季节，雁群忙着飞到南方过冬。四句重点写所闻，"长笛一声"抒发怎样的情感，诗中没有说，给读者留下了想象的空间。"人倚楼"可有两种理解，一种理解为吹笛人倚楼，另一种理解为诗人倚楼。我们认为应当是诗人倚楼而立，这样不仅视野开阔，而且只闻笛声，不见吹笛之人，也更有诗意。五代人王定保《唐摭言》卷七说唐代著名诗人杜牧特别喜欢这两句诗，"吟味不已，因目嘏为'赵倚楼'"。

颈联写白天所见长安深秋之景。五句写艳丽的紫色菊花在篱笆边静静地半开着。唐代以前的菊花都是黄色的，唐代才培育出紫色和白色的菊花，所以诗中特别强调了紫色的菊花。六句写水中莲花的红色花瓣已经落尽，所以显得很忧愁。以"静"形容菊，以"愁"形容莲，都采用了拟人手法，使人感到菊花品格之高洁，莲花红颜之易老。

尾联表达了归隐之心。七句用晋张翰的典故表达思乡情绪，《世说新语·识鉴》篇说："张季鹰辟齐王东曹掾，在洛，见秋风起，因思吴中菰菜羹、鲈鱼脍，曰：'人生贵得适意尔，何能羁宦数千里以要名爵？'遂命驾便归。俄而齐王败，时人皆谓为见机。"末句用春秋钟仪的典故，说明自己念念不忘故土，《左传·成公九年》称晋侯见到戴着楚国帽子的囚犯钟仪，知道他的父亲是乐官，让他操琴，他演奏的是南方的曲调，晋侯说："楚囚，君子也。言称先职，不背本也；乐操土风，不忘旧也。"

此诗的写作特点是情景交融。作者倚楼所见长安深秋之景与所怀思乡之情紧密结合在一起。大雁南飞自然会让诗人触景生情，思念故乡。而"长笛一声"通常也有怀乡的内容，如李白《春夜洛城闻笛》："此夜曲中闻折柳，何人不起故园情。"李贺《龙夜吟》："一声似向天上来，月下美人望乡哭。""篱菊"当然会使诗人想起陶渊明采菊东篱下而加强了归隐之心。"红衣落尽"的莲花也能勾起诗人对故乡荷花盛开时情状的美好回忆。尾联的两个典故也恰到好处地表现了诗人的归隐之心。

新　秋

张　耒

火云犹未敛奇峰，欹枕初惊一叶风。
几处园林萧瑟里，谁家砧杵寂寥中。

蝉声断续悲残月，萤焰高低照暮空。
赋就金门期再献，夜深搔首叹飞蓬。

张耒，卷二《寒夜》已介绍。张耒善为文，十七岁所作《函关赋》已脍炙人口。他因受元祐党籍所累，宦途不顺，自崇宁年间之后，居陈州。此诗《千家诗》原作杜甫诗，杜甫集中无此诗，当系错植。明李蓘《宋艺圃集》卷五收张耒诗三十三首，其中就包括这首《新秋》，此诗当为张耒作。

首联破题。起句是说已经到了秋天，但是晚霞还保持着夏云的特征，云彩奇峰突起，在夕阳的照耀下，呈火红的颜色。次句写自己倚靠在枕头上听到一阵秋风掠过，听到树叶发出沙沙声，感到第一片落叶已经飘零了，心里为之一惊，正如《淮南子·说山训》所谓"见一叶落而知岁之将暮"，作者明确地意识到秋天已经到来了。"犹未"之"犹""初惊"之"初"这两个副词，极其准确地说明了"新秋"之"新"。

颔联承上联次句，具体写诗人"欹枕"时对新秋的感受与所听到的捣衣声。三句写诗人从风吹叶落联想到他所熟悉的几处园林因为叶落而变得萧瑟，句中流露出诗人对夏日草木欣欣向荣景象的留恋之情。四句写诗人还听到有的人家传来的寂寞而单调的捣衣声，人们正在制作或清洗过冬的衣服。

颈联写诗人离枕后所见所闻。秋声使诗人感到"萧瑟"与"寂寥"，难以入眠，于是走到窗前。五句写他听到知了在残月下断断续续地叫着，"悲"字采用了拟人的修辞手法，显然是诗人自己情感的一种反映。"残月"指农历月底的月亮或月相。六句写萤火虫或高或低地在夜空中飞着，这也是富有秋夜特征的景物。

尾联抒发怀才不遇的感慨。七句表明诗人富有才华，并且希望有所作为。如前所说，诗人十七岁所作赋已经产生了广泛影响，十九岁就考取了进士，颇受苏轼赏识，与黄庭坚、晁补之、秦观并称为苏门四学士，所以说他有赋待献是毫不夸张的。末句写他在夜深人静时感叹自己居无定所难以发挥才华。飞蓬指飘荡无定的蓬草。蓬草为多年生草本植物，秋后枯萎，随风乱飘。

此诗好在情景交融。作者选取富有秋季特征的典型事物写得有声有色，而且融入了自己的情感，一个"惊"字，一个"叹"字说明了这一点，此外，"萧瑟""寂寥""悲"字等词语，以及最后两句，皆鲜明地表达了自己的情感。这些情语皆为诗人真情实感的自然流露，与诗中的景语交织在一起，毫无勉强与做作的痕迹。

中　秋

李　朴

皓魄当空宝镜升，云间仙籁寂无声。

平分秋色一轮满，长伴云衢千里明。

狡兔空从弦外落，妖蟆休向眼前生。

灵槎拟约同携手，更待银河彻底清。

李朴（1063—1172），字先之，兴国（今江西兴国）人。宋哲宗绍圣元年（1094）进士，为临江军司法。任国子监教授、知四合县、清江县，靖康初，任著作郎、国子祭酒，宋高宗即位后任秘书监。著有《章贡集》，《全宋诗》录诗九首。此诗题为《中秋》，重点写中秋的月亮，是一首咏物诗。

首联写明月当空。起句中"当空"二字表明所写非月出、月落时的月亮，而是高挂在空中的月亮，因此也是一年中最亮、最圆的月亮。"皓魄"形容中秋月之亮，"宝镜"形容中秋月之圆。魄，月初出或将没时的光，这里代指月亮。"皓魄"即指明亮的月亮。次句采用烘云托月法，以万籁俱寂的夜空来突出月亮之光彩夺目。籁，泛指声音，"仙籁"，比喻美妙的音乐。

颔联采取错位相承的方法继续写中秋月之圆满与明亮。三句写中秋月之圆满，其中"平分秋色"四字高度概括了中秋月的特点。中秋节是阴历八月十五日，正好在秋季的当中，所以这四个字作为成语也就流传开了。中秋节月亮的特点就是像车轮一样圆满。四句写中秋月之明亮，以至于照亮了千里云路，不言而喻也照亮了千里大地。其中"伴"字，形象地说明了在云彩飘动时，月亮在云中穿行的情景。

颈联转用神话传说写中秋月之明亮与圆满。传说月宫中有只洁白的玉兔跪地捣药，服其药可长生不老，五句写这只白兔很狡黠，在月缺时逃脱了，但是在中秋之夜则原形毕露，所以说"空从弦外落"，这句话是形容中秋月之明亮。"弦"指上弦月与下弦月之弦。传说月宫中有只蛤蟆，能食月，使月亏，所以诗人称之为"妖蟆"。六句写希望这只妖异的蛤蟆不要在眼前出现，这表明眼前的月亮是最圆满的。

尾联写诗人希望乘槎（chá）去遨游月宫。"槎"，木筏。"灵槎"，仙人乘的木筏。七句写诗人打算与知己相约，携手乘上仙人的木筏共游银河，末句提出遨游银河的前提是要等银河彻底清澈。这显然是在说当时的社会现实是很浑浊的。李朴生活在北宋末年，当时党争激烈，政治状况既腐败又混乱。可见作者还是关心现实、立足现实，希望在现实生活中有所作为的。

清人俞琰《咏物诗选》序开宗明义说："诗能体物，每以物而兴怀。"这首咏物诗既工于描写中秋月的明亮与圆满，同时又表达了对现实社会的不满，希望政治清明，并希望为此而贡献出自己的力量，而这一点恰恰是此诗的写作宗旨所在。

九日蓝田崔氏庄

杜 甫

老去悲秋强自宽，兴来今日尽君欢。
羞将短发还吹帽，笑倩旁人为正冠。
蓝水远从千涧落，玉山高并两峰寒。
明年此会知谁健，醉把茱萸仔细看。

杜甫，卷二《绝句》已介绍。肃宗乾元元年（758）五月，金紫光禄大夫房琯被贬为邠州刺史，六月与房琯亲近的一批官员也遭贬，杜甫被贬为华州司功参军，管理该州的祭祀、礼乐、学校、选举、医筮、考课等文教工作，心情比较凄凉。该年秋天，他曾赴距华州八十里的蓝田，拜访王维的表弟隐士崔兴宗于东山草堂，在九月九日重阳节写下了这首《九日蓝田崔氏庄》。

首联总摄全诗，为一篇纲领。起句抒写了当时杜甫的真情实感。当时杜甫只有四十七岁，还谈不上"老去"，他自叹"老去"，显然是一种在仕途上受到挫折的心理反映。正因此，所以在秋高气爽的九月九日重阳节自然怀有悲凉的心情。"强自宽"写诗人打起精神来与大家一起登高，一方面是勉强地宽解自己，另一方面也是为了照顾大家的情绪。次句扣题写在九月九日为了让崔兴宗充分享受节日的快乐，自己也要表现出很高的兴趣，这恰恰是"强自宽"的一种表现。清人仇兆鳌《杜诗详注》引朱瀚的话说："通篇不离悲秋叹老，尽欢至醉特寄托耳。"

颔联承上写为助兴，在登高前特地请人正冠。句中翻用了"孟嘉落帽"的典故，据王隐《晋书》记载："孟嘉为桓温参军，九日游龙山，风至，吹嘉帽落，温命孙盛为文嘲之。"杜甫曾被授率府参军，又恰逢九月九日，此处以孟嘉自比还是恰当的。只是孟嘉落帽显示其蕴藉风流，而杜甫担心落帽是羞于被人见到头发稀疏的老态，所以特地请人将自己的帽子戴好，以免风吹帽落，被人嘲笑。所以"笑倩"两字中的"笑"字，有强颜欢笑的意味，透露出丝丝伤感的意绪。可见作者运用典故颇有创造性。

颈联转写登高所见山水景色。五句写水远，六句写山高。汉辛氏《三秦记》称蓝田有水，方三十里，其水北流，出玉石，合溪谷之水，为蓝水。因为远看，所以能见到千沟万壑之水川流而下的美景。玉山即蓝田山，以盛产美玉闻名，有双峰并峙。着一"寒"字，既写出了深秋的气候特点，又令人有高危萧瑟之感，也流露出作者的悲凉情绪。

尾联以抒情作结。七句采用设问句的形式，表现了诗人对明年聚会，由于时过境迁，可能山水依旧，但人事难料。末句写他对眼前的聚会非常珍惜。"醉"字用得非常好，一方面他珍惜眼前的聚会的情感是自然而真实的流露，没有丝毫勉强；另一方面"醉"字也包含着复杂的情感，如悲，如愁，如颓唐等，都可想象得之。饱经沧桑的人多有此感慨，所以此联颇能引起人们的共鸣，宋范晞文《对床夜语》称其"与刘希夷'今年花落颜色改，明年花开复谁在'之意同"。

宋杨万里《诚斋诗话》称此诗："七言八句，一篇之中，句句皆奇；一句之中，字字皆奇。"并引用林谦之的话说："如老杜《九日》诗云：'老去悲秋强自宽，兴来今日尽君欢。'不徒入句，便字字对属。又第一句顷刻变化，才说悲秋，忽又自宽，以'自'对'君'甚切，君者君也，自者我也。'羞将短发还吹帽，笑倩旁人为正冠。'将一事翻腾作一联，又孟嘉以落帽为风流，少陵以不落为风流，翻尽古人公案，最为妙法。'蓝水远从千涧落，玉山高并两峰寒。'诗人至此，笔力多衰，今方且雄杰挺拔，唤起一篇精神，自非笔力拔山，不至于此。'明年此会知谁健，醉把茱萸仔细看。'则意味深长，悠然无穷矣。"此外，我们还认为此诗奇在真情弥满，作者在被贬为华州司功参军后，感到政治前途迷茫，内心充满悲观情绪，这在前四句夫子自道，后四句写景抒情中都充分反映出来了。

秋　思

陆　游

利欲驱人万火牛，江湖浪迹一沙鸥。
日长似岁闲方觉，事大如天醉亦休。
砧杵敲残深巷月，井梧摇落故园秋。
欲舒老眼无高处，安得元龙百尺楼。

陆游，本卷《新竹》已介绍。宁宗嘉泰三年（1203）陆游修孝宗、光宗两朝实录成，升宝章阁待制，致仕。陆游以《秋思》为题的诗颇多，此诗见《剑南诗稿》卷四十七，据第六句"井梧摇落故园秋"可知，当为陆游致仕后在家乡山阴（今浙江绍兴）所作。

首联以沙鸥自比，表明自己不受利欲驱使。起句写利欲驱使人们像万头火牛一样朝前狂奔。战国时，齐将田单集中了千余头牛，在牛角上绑上刀，在牛尾上系上浸了油的芦苇，然后点火烧芦苇，驱牛入燕营，齐兵随之，大获全胜。次句写自己像一只浪迹江湖的沙鸥。作者通过对比，表明自己远离利欲，因而显得自由自在。

颔联承上写自己的清闲。三句写只有在清闲的时候才能充分体会到无事可做、度日如年的滋味。四句写事大如天，而自己却无能为力，于是只好一醉了之。显然，诗人对于自己脱离政治，无所事事，难以发挥作用并不满意。

颈联转入写景。五句写在深巷中，在月光下，不断传出单调的捣衣声。六句见到井边飘落的梧桐叶，作者也充分体会到家乡已进入了深秋季节。从中不难看出作者所见到的是一派萧瑟景象，他所表达的是满怀寂寞的情感。

尾联抒情。七句写自己欲登高望远，但是已经失去了这样的平台。末句采用设问的方法，表示自己很希望能登上三国时魏人陈登家的百尺高楼，一展自己的怀抱。据《三国志·魏书·陈登传》记载：

陈登，字元龙，曾任广陵太守，许汜拜访他，他让许汜睡下面的小床，而自己却睡上面的大床。许汜在刘备面前对陈登颇有贬词，刘备说："君有国士之名，今天下大乱，帝主失所，望君忧国忘家，有救世之意。而君求田问舍，言无可采，是元龙所讳也，何缘当与君语！如小人，欲卧百尺楼上，卧君于地，何但上下床之间邪？"

钱锺书在《宋诗选注》关于陆游的介绍中指出："爱国情绪饱和在陆游的整个生命里，洋溢在他的全部作品里。"那么这首诗是否是个例外呢？当然不是。如诗的第一句，明确表示了对置国家与民族利益于不顾，为了一己私利而争先恐后的人的鄙视，而在最后一句又以陈登自况，希望与陈登、刘备等在百尺楼上共商国家大事。诗中的写景、抒情与议论无不表达了诗人英雄失路、报国无门的苦闷与悲伤。

南　邻

杜　甫

锦里先生乌角巾，园收芋栗未全贫。

惯看宾客儿童喜，得食阶除鸟雀驯。

秋水才深四五尺，野航恰受两三人。

白沙翠竹江村暮，相送柴门月色新。

杜甫，卷二《绝句》已介绍。诗人于肃宗乾元二年（759）岁末至成都。次年，在成都西郊七里地浣花溪畔建了一座茅屋，即成都草堂，杜甫终于有了一个栖身之所。《南邻》一作《与朱山人》，《杜诗详注》卷九《南邻》后有《过南邻朱山人水亭》，可见"南邻"即朱山人。"南邻"之"南"是就成都草堂而言的，所以此诗作于杜甫生活在成都草堂期间。

前四句写杜甫访问南邻时所见。起句写南邻锦里先生，仅用"乌角巾"三字就突出了人物的特点，黄生在《杜工部诗说》卷八中分析道："乌巾乃隐士之服，三字便见其高尚，赞人不用多语。"次句中"园收芋栗"写南邻的田园生活，"未全贫"则其贫也可知矣。诗中道其贫，实际上是在歌颂南邻自食其力，生活很朴素。三句从"儿童喜"这个生活细节中可见南邻经常欢迎客人来访，连孩子们都很好客。四句写台阶上与庭院中，鸟雀们正在啄食，见到人一点都不惊慌。可见南邻一家平常与鸟雀们也是和谐相处的。

后四句写南邻送别杜甫。因为南邻所居乃"江村"，所以来往的交通工具是小船。颈联写杜甫登船后所见，五句写河水，秋水通常是比较满的，对于浣花溪之类的小河而言，水深四五尺也不算浅了。用副词"才"来修饰，当是出于对仗的需要。六句写船，清王嗣奭《杜臆》解释道："'野航'乃乡村过渡小船，所谓'一苇航之'者，故'恰受两三人'。"尾联写送别的情景。七句写江村的自然环境，岸边的"白沙"，村旁的"翠竹"都那么洁净，在月色的映照下，显得特别幽静。末句写南邻一直将客人送到柴门外，从"月色新"三字可见，主人殷勤待客，而客人也竟日淹留，则这次聚会之快乐也就可想而知了。颈联所写内容在后，而尾联所写内容在前，作者采用了倒装法，这样处理的好处是表明主人在柴门外、月色中送别的情景令人久久难以忘怀。

这首诗实际上为我们创作了两幅画，前四句为江村访隐图，后四句为江村送别图。但是在杜甫笔下，前后却写得深浅有别，繁简不同。清人黄生在《唐诗摘钞》卷三中分析道："前段叙事，语简而意深；后段写景，语妙而意浅。盖前面将先生作人行径，逸韵高情，一一写出，却只是四句；后面不过只写一'别'字，却亦是四句。浅深繁简之间，便是一篇极有章法古文也。"

闻　笛

无名氏

谁家吹笛画楼中，断续声随断续风。
响遏行云横碧落，清和冷月到帘栊。
兴来三弄有桓子，赋就一篇怀马融。
曲罢不知人在否，余音嘹亮尚飘空。

此诗作者《千家诗》题赵嘏，但现存赵嘏集中无此诗，《分门纂类唐宋时贤千家诗选》卷十八署名刘后村，但《后村居士诗》《全宋诗》均未收此诗，作者待考。

首联扣题泛写所闻笛声。起句采用设问的方法，写听到笛声后，对吹笛人作了猜想，但是吹笛人始终没有出现，使其蒙上了一层神秘色彩。次句写笛声随风飘来，时断时续，这倒符合远处闻笛的特点，颇易为读者所接受。

颔联承上具体描写笛声。三句写笛声之高亢，直上云霄。《列子·汤问》称秦青"抚节悲歌，声振林木，响遏行云"，句中创造性地运用了这一典故，说行云真的被高亢的笛声所遏止，以至横亘在空中。四句写清幽而柔和的笛声伴随着冷冷的月光透入我的纱窗。这两句诗用视觉形象来表现听觉形象，还是富有效果的。帘，窗帘；栊，窗棂。

颈联转用典故来写笛声。五句写吹笛人兴致很高，像晋代的桓伊那样连吹了三个曲调。据《世说新语·任诞》篇介绍：王子猷旧闻桓子野善吹笛而不相识。王在船中，听说桓从岸上经过，便请桓为他吹笛，桓下车，踞胡床，为他吹奏三调。吹奏毕，上车去，客主不交一言。诗人运用这个典故，也是在赞美吹笛人的技艺像桓伊一样高超。六句写自己草就了《闻笛》诗，不仅怀念起东汉创作《长笛赋》的马融来了。

尾联注意与首联呼应，七句应起句，表达对吹笛人的牵挂之情。末句应次句，写笛声的余音仍然在空中缭绕。这就从吹笛人和笛声两个方面肯定了笛声的艺术效果，也反映了诗人对笛声非常欣赏。

应当说作者具有圆熟的写作技巧，如结构缜密，对仗工整，对典故也能运用自如，清人俞琰在《咏物诗选》序中说："凡诗之作所以言志也，志之动由于物也。感于物而动故形于言，言不足故发为诗。诗也者发于志而实感于物者也。"此诗工于描写闻笛，但是通过闻笛表达何志，抒发何情，则不甚明了。

冬　景

无名氏

晴窗早觉爱朝曦，竹外秋声渐作威。

命仆安排新暖阁，呼童熨贴旧寒衣。

叶浮嫩绿酒初熟，橙切香黄蟹正肥。

蓉菊满园皆可美，赏心从此莫相违。

此诗《千家诗》原署刘克庄作，查刘克庄《后村集》无此诗，作者待考。诗名《冬景》，然次句"竹外秋声渐作威"明言"秋声"，所写为晚秋、初冬景色，题名也不确。

首联写深秋时节，天气转寒。起句诉诸视觉，写因为天冷了，所以特别喜欢晴天，特别喜欢早晨的阳光。"早觉"即早醒，"朝曦"即早晨的阳光。次句诉诸听觉，写从竹林传来的风声，可以判断秋风正在逐渐发威，变得越来越猛烈了。

颔联写准备过冬。三句写让仆人准备取暖的房间，"暖阁"即安装火炉等取暖设备的房间。四句写叮嘱童子也即小佣人，将旧棉衣熨烫好。"命仆"与"呼童"采用了互文的方法，其含义就是让仆人或童子安排好暖阁，熨烫好棉衣。

　　颈联写享用深秋的美食。五句写美酒已经酿好，上面还漂着一层像竹叶一样嫩绿的浮沫。六句写下酒的螃蟹恰好长得又肥又大，如果掰开烧熟的螃蟹的外壳，就会见到橙黄的蟹黄。"橙切香黄"与"叶浮嫩绿"相对，"叶浮嫩绿"用来形容美酒的，"橙切香黄"用来形容蟹黄。不过橙黄也是深秋、初冬的美丽景色之一。

　　尾联上句继续描写深秋的美景，满园开满了木芙蓉花与菊花。木芙蓉又名芙蓉，落叶灌木或小乔木，花于枝端叶腋间单生。九月至十一月间次第开放。末句总上写要及时行乐，不要错过晚秋的美景与美酒佳肴。这首诗以七句写景叙事，以一句作结，在构思上颇有新意。

　　写晚秋、初冬的诗歌，通常都描写萧瑟的景物，抒发悲凉的情怀，此诗却采用欣赏的态度，写朝曦、暖阁，写酒熟、蟹肥，写蓉菊满园，并且还写出了晚秋、初冬丰富而亮丽的色彩，如酒绿、橙黄，此外"晴窗""蓉菊"等都使人联想起它们的亮光与色彩。作者适应环境，与环境和谐相处的精神面貌是值得称赏的。

小　至

杜　甫

天时人事日相催，冬至阳生春又来。
刺绣五纹添弱线，吹葭六琯动飞灰。
岸容待腊将舒柳，山意冲寒欲放梅。
云物不殊乡国异，教儿且覆掌中杯。

　　杜甫，卷二《绝句》已介绍。代宗永泰元年（765）四月，严武卒。五月，杜甫携家东下，经嘉州、戎州、渝州，至云安养病。永泰二年（766）夏初，移居夔州，得到夔州都督柏茂琳的照顾，让他主管东屯公田百顷，这样他的生活又暂时安定下来。《小至》当作于杜甫生活在夔州期间。小至乃冬至后一日。《千家诗》将《小至》改名为《冬至》，大概是因为诗中有"冬至"二字，人们对冬至又比较熟悉。这是不妥当的，因为杜甫除《小至》外，当时还写有《冬至》。

首联扣题写冬至刚过，春天就到来了。起句写天时与人事都在迅速发展变化着，此句既是议论又是抒情，一个"催"字让读者体会到了诗人的紧迫感。次句写了冬至的意义，冬至为阴历二十四节气中的第二十二个节气，时间在每年阳历十二月二十一日至二十三日之间，这一天是北半球全年中白天最短、黑夜最长的一天。过了冬至，白昼就一天比一天长，阳气回升，气温就逐渐升高了。英国诗人雪莱《西风颂》说："冬天到了，春天还会远吗？"而杜甫甚至说冬至后春天接着就来了，可见他对事物的观察是多么敏锐而准确，同时也反映了杜甫对春天到来的渴望之情。

颔联承上运用比喻，写冬至后阳气逐步上升、春天逐步到来的过程。三句将春天比喻成一幅美丽的刺绣作品，绣女每天都在用五色丝线不断地刺绣着，春色也就不断地增加。仇兆鳌《杜诗详注》卷十八引《唐杂录》云："唐宫中以女工揆日之长短，冬至后，日晷渐长，比常日增一线之功。""弱线"一方面形容丝线很柔软，一方面又使人联想起绣女们柔弱的手指。四句将春天比喻成一支美妙的乐曲。葭，芦苇，此指芦苇内的薄膜，可蒙在管乐器的孔上。《汉书·王莽传》师古注："葭，芦也。莩者，其筒里白皮也。言其轻薄而附著也。"六管，六律、六吕的合称。六律为阳，应一、三、五、七、九、十一等六个月。六吕为阴，应二、四、六、八、十、十二等六个月。冬至在阴历十一月，属阳。这句诗的意思是吹六管震动附在孔上的薄膜，发出了阳春之音。

颈联展望即将到来的早春美景。五句写河边的柳树等待腊月一过就会舒展嫩绿的枝条。腊月，即阴历十二月。六句写山坡上梅花想要冲寒冒雪开放。这两句诗采用拟人手法，写出柳树与梅花期待春天到来的迫切心情，当然这也是诗人迫切心情的反映。

尾联以怀念故乡作结。七句写夔州与故乡虽然不同，但是两地景物的差别却不大。从中可见，他又在怀念故乡。由于此时生活比较安定，所以他的心情还是比较愉快的。末句写他让儿子将杯中酒一饮而尽。杜甫不仅自己饮酒，而且和儿子一同饮酒，并且劝儿子干杯，可见他的心情还是相当愉快的。关于"覆杯"，仇兆鳌《杜诗详注》卷十八解释道："鲍照《三日》诗'临流竞覆杯'，此覆杯是快饮也。公《坠马》诗云'喧呼且覆杯中绿'，知此诗乃尽饮之义。"

一谈到杜诗风格，人们就会想到沉郁顿挫，作为杜诗风格的主要特征，这当然是不错的。不过宋人胡仔《苕溪渔隐丛话》前集卷六引了王安石的一段话，指出了杜诗风格的多样性："其诗有平淡简易者，有绮丽精确者，有严重威武若三军之帅者，有奋迅驰骤若泛驾之马者，有淡泊闲静若山谷隐士者，有风流酝藉若贵介公子者。"一提到杜甫在夔州写的诗，人们总会想到他《登高》中的几句诗："万里悲秋常作客，百年多病独登台。艰难苦恨繁霜鬓，潦倒新停浊酒杯。"读罢《小至》，我们发现他对生活是那么热爱，是那么乐观，刚过冬至，就感受到岸边柳枝将要吐绿，山间梅花将要开放，并且与儿子一同开怀畅饮。所以广读一位诗人的诗，对我们全面而正确地认识这位诗人是大有好处的。

山园小梅

林　逋

众芳摇落独暄妍，占尽风情向小园。
疏影横斜水清浅，暗香浮动月黄昏。

霜禽欲下先偷眼，粉蝶如知合断魂。

幸有微吟可相狎，不须檀板共金樽。

林逋（908—1028），字君复，宋仁宗赐谥号"和靖先生"，钱塘（今浙江杭州）人。少孤，刻志为学。宋真宗景德年间，曾浪游江淮，后归隐杭州西湖孤山，居二十余年，未尝入城市。无妻无子，爱植梅养鹤，人称"梅妻鹤子"。《四库全书》收《和靖诗集》四卷，《全宋诗》录其诗四卷又二十二句。

《山园小梅》是《和靖诗集》中的题名，《千家诗》与《宋诗纪事》将其改为《梅花》。前者专指诗人自家花园里的梅花，而且诗中还提到了"小园"，所以原题更确切一些。后者泛指，将"小梅"中的"小"字，以及"小梅"的生长环境忽略掉了，对我们赏析这首诗是不利的，所以不取。

首联开门见山，歌颂山园小梅不畏严寒，独领风骚。起句采用对比的方法写山园"众芳"都经不住严寒的考验，凋零了，只有梅花开得鲜艳明媚。一个"独"字突出了梅花孤标傲世的品格。次句写梅花占有了山园中的所有风光，一个"尽"字表明其他的花都不在话下了。

颔联承上写小梅的"暗妍"与"风情"。如宋司马光《温公续诗话》所说，这两句诗能"曲尽梅之体态"。三句通过既清且浅的水中倒影，将梅花疏朗而瘦劲的枝干的形态活画了出来。四句将月色朦胧中断断续续浮动着的梅花的香味表现了出来。因为只有在夜深人静、万籁俱寂之时，梅花的幽香才会不受干扰，不受污染，人们对梅花的幽香，也才会格外敏感。当然也只有像林逋这样超凡脱俗的人，才会在夜半欣赏梅花的香气。

颈联转用其他动物的反映来反衬梅花的美丽。三句写白鸥、白鹭等水鸟见到梅花的美丽，也想飞来欣赏一番，但是又害怕有人，于是先偷眼侦察一番。霜禽当为白鸥、白鹭等鸟之白色者，这些鸟一般都是水鸟，在西湖常见，林和靖还是非常熟悉的。这些霜禽偷眼侦察有没有人的目的可能是为了觅食，而不是为了欣赏梅花，但是作者将这一细节移作欣赏梅花用，还是很生动的。本诗中的"霜禽"当不包括白鹤，因为林和靖养有白鹤，对白鹤太熟悉了，似不存在"欲下先偷眼"的问题。六句写如果蝴蝶知道梅花如此美丽一定会失魂落魄的，这是因为蝴蝶太喜欢花了，这样写的目的是要说明梅花特别美丽。当然这种假设是不存在的，因为杭州的冬天根本就没有蝴蝶。

尾联直抒胸臆，写自己只要能写写吟咏梅花的诗也就足够快乐了，无须饮酒作乐。这就将诗人高雅的审美情趣与富贵人家媚俗的审美情趣区分开了。"檀板"是一种打击乐器，用于演奏音乐时打拍子，因常用檀木制成，故名。这里借檀板称文娱演出。宋代饮酒作乐时常用檀板，如欧阳修《答通判吕太博》诗："舞踏落晖留醉客，歌迟檀板换新声。"

这首诗中最好的当然是颔联，如宋朱淑贞《吊林和靖》云："当时寂寞南窗下，两句诗成万古名。"但是也有人指出这两句诗出自前人，如明李日华《紫桃轩杂缀》卷四云："江为诗：'竹影横斜水清浅，桂香浮动月黄昏'。林君复改二字为'疏影''暗香'以咏梅，遂成千古绝调。"江为的这两句诗似未产生多大影响，童养年《全唐诗续补遗》卷十五在江为的名下，收了这两句残句，出处仍然是《紫桃轩杂缀》。而林和靖将这两句诗改了两个字，用作咏梅，确实起了点石成金的作用，类似的例子还有不少，所以写诗要学习前人，超过前人。

左迁至蓝关示侄孙湘

韩　愈

一封朝奏九重天，夕贬潮州路八千。
欲为圣明除弊事，敢将衰朽惜残年！

云横秦岭家何在？雪拥蓝关马不前。

知汝远来应有意，好收吾骨瘴江边。

韩愈，卷二《初春小雨》已介绍。韩愈对永贞改革持反对态度。宪宗元和元年（806），召任国子博士。元和十二年（817）从裴度讨淮西节度使吴少阳之子吴元济有功，升任刑部侍郎。元和十四年（819）正月，宪宗派人到凤翔（今陕西凤翔）法门寺迎佛骨入宫供奉，韩愈上《论佛骨表》劝谏，触怒宪宗，被贬为潮州（今广东潮州）刺史。韩愈在赴潮州途中到达蓝关时，他的侄孙韩湘赶来送行，他写了这首诗。蓝关，即蓝田关，在今陕西蓝田东南。

首联直截了当地说明了自己获罪的原因。"朝奏"与"夕贬"，"九重天"与"路八千"正好形成了鲜明的对比，说明受到处分之迅速与严厉，也表明了皇权之神圣和不可冒犯。但是韩愈毕竟冒犯了，这也显示了他无所畏惧的气概。所奏即《论佛骨表》，其中说："佛如有灵，能作祸祟，凡有殃咎，宜加臣身。"可见，韩愈对上《论佛骨表》会受到处分是有思想准备的，他的无畏精神也是有思想基础的。

颔联写他在受到皇帝处分之后，仍然坚持认为自己的出发点是正确的，而且明确表示对此毫不后悔。两句采用流水对的形式，读起来显得紧凑而流畅。特别是第四句采用反问的形式，将毫不后悔的态度表现得愈加鲜明、坚决。"残年"，剩余岁月，当时韩愈已经五十二岁。

颈联即景抒情。五句表达对家庭难舍难分的心情。当他回顾家庭所在地长安时，愁云笼罩在终南山上挡住了视线，看不见长安，当然更看不见家，于是越加挂念起家。六句写展望前程，雪拥蓝关，可谓前程莫测。"马不前"，充分显示了征途的艰难，也表现了马对乡的留恋，这实际上也是韩愈自己心情的写照。

尾联婉转地表达了被贬潮州的顾虑与愤激之情。不是写担忧自己会死在瘴江边，而是通过揣度侄孙远来的目的是为了到瘴江边收敛自己的尸骨，就含蓄地表现了这一点。瘴，瘴气，指热带或亚热带山林或水边的湿热空气，过去认为是恶性疟疾等疾病的病源。"瘴江"指潮州地区的河流，此处"瘴江边"指潮州。

据《旧唐书·韩愈传》介绍，在供奉佛骨时，"王公士庶奔走舍施，唯恐在后，百姓有废业破产烧顶灼臂而求供养者。"韩愈上《论佛骨表》加以劝谏，无疑是正确的。在受到严厉惩处后，作者在诗中仍然坚持自己的看法，写得理直气壮，气势磅礴，这是难能可贵的。高步瀛在《唐宋诗举要》卷五引文称此诗"大气盘旋，以文章之法行之，然已开宋诗一派矣"。如首联直叙其事，以"一封"与"九重"，"朝奏"与"夕贬"对，诵之，颇有激昂慷慨之势。颔联两句分别用"欲为""肯将"等虚字，使人感到流转自如。韩愈对宋诗风格的影响，于此诗也可见一斑。

干　戈

王　中

干戈未定欲何之，一事无成两鬓丝。
踪迹大纲王粲传，情怀小样杜陵诗。
鹡鸰音断人千里，乌鹊巢寒月一枝。
安得中山千日酒，酩然直到太平时。

王中，生卒年不详，字积翁，南宋人。南宋张端义《贵耳集》卷下述该诗本事云："辛卯岁（1231），北来人数百辈暂寓于襄阳府九华寺，有一人题诗于壁云，虽未为绝唱，读之亦使人增感也。"清厉鹗《宋诗纪事》卷九十六录有此条，题为《题襄阳光孝寺壁》，注明出《贵耳集》，文字略有差异。题为《干戈》或《题襄阳光孝寺壁》，均为选本编者所加。

首联感叹身处乱世，一事无成。起句写战争接连不断，自己无路可走。作者采用设问的形式表达这一意思，表明长期以来这个问题一直在困扰着作者。"干戈"系古代两种常用武器，这里借指战争。次句感叹自己老了却一事无成，句中"一事无成"与"两鬓丝"正好形成鲜明对比，所以显得很沉痛。两鬓丝，两个鬓角的头发白如蚕丝，是衰老的反映。

颔联回顾过去。三句写自己的经历大致像王粲一样，据《三国志·魏书·王粲传》记载，王粲出身名门，很有才华，因汉末战乱，年十七赴荆州依刘表，后又投奔曹操，年四十一，死于征吴途中。四句写自己的情怀像杜甫诗中所写，在颠沛流离中，虽心存社稷，却报国无门。"小样"，略似。

颈联写自己的当下处境。五句写与兄弟遥隔千里，音讯全无。"鹡鸰"，也写作脊令，是一种体型比较小的水鸟，喜集体觅食。《诗经·小雅·常棣》云："脊令在原，兄弟急难。"作为水鸟却落在平原，可谓流离失所，它的兄弟急于相救。后世因此将脊令比喻成兄弟。六句化用曹操《短歌行》"月明星稀，乌鹊南飞，绕树三匝，无枝可依"诗意，说自己南来，尚未找到一个栖身之所。

尾联表达了对和平安宁生活的向往。七句写希望获得一醉千日的中山酒，末句写喝得酩酊大醉，直到天下太平时才醒来。据张华《博物志》卷五记载："昔刘玄石于中山酒家沽酒，酒家与千日酒，忘言其节度，归至家当醉，而家人不知，以为死也，权葬之。酒家计千日满，乃忆玄石前来沽酒，醉当醒耳，往视之，云玄石亡来三年，已葬。于是开棺，醉始醒。俗云，玄石饮酒，一醉千日。"酩然，酩酊大醉的样子。

此诗表现了人们对战乱的厌倦情绪，也反映了人们对国家太平的向往，作者对待战乱采用逃避的态度当然是不可取的。多用典故是此诗的一大特点，总的来说都比较贴切，也拓宽了诗的内涵。有些典故即使不知道出处，也不妨碍对诗歌的理解。作者在走投无路的情况下写诗还讲究掉书袋，也反映了宋人以才学为诗的特点。

归　隐

陈　抟

十年踪迹走红尘，回首青山入梦频。
紫绶纵荣争及睡，朱门虽富不如贫。
愁闻剑戟扶危主，闷听笙歌聒醉人。
携取琴书归旧隐，野花啼鸟一般春。

陈抟（tuán）（906—989），字图南，自号扶摇子，亳州真源（今河南鹿邑）人。后唐长兴中，应进士举，不第，作此诗，乃隐居武当山九室岩二十余年，后又隐居华山云台观。后周时曾被征入京师，任命他为谏议大夫，他不肯接受，周世宗赐号白云先生。宋初也曾两次至京师，宋太宗赐号希夷先生。写诗六百余首，多已佚，《全宋诗》录其诗十六首又一句。

首联写对往事的回顾。起句写作者曾用十年时间参加科举考试，谋求仕进。应当说这是封建社会知识分子在通常情况下所选择的生活道路。但是此路走不通，迫使他们作其他选择。次句写隐居山林的生活频频进入诗人的梦境。这表明仕进与隐居两种生活方式何去何从，在他的心中处于矛盾状态，当参加科举考试一再失败后，隐居山林的念头逐渐占了上风。

颔联写对仕进的缺陷作了理性思考。三句写担任高官虽然荣耀，但是没有平民那么清闲、轻松，想睡到何时就睡到何时。"紫绶"，紫色的丝织绶带，用以系印纽或佩玉。古代用颜色的深浅来区分官阶的高低，只有官阶高的人才能用紫色。四句写权贵们虽然富裕，但是矛盾重重，心理负担很重，还不如过清贫生活那么心安理得。朱门，豪门贵族常将大门油漆成朱红色，这里用朱门代称豪门贵族。当然这两句诗采用了互文的方法，其意思是可以相互补充的。

颈联写作者当时的处境。五句写作者胸怀大志，希望在战乱中辅佐处于危难中的君主，参加科举考试失败，这一理想当然也就难以实现。"剑戟"，古代两种常用的兵器，这里借指战争。四句写自己借酒浇愁，而有人喝酒却是为了寻欢作乐，一边喝酒一边欣赏艺人们的表演，所以诗人喝醉了还要受到笙歌的喧扰，令人烦闷不堪。笙，一种簧管乐器。笙歌在这里泛指歌舞等文娱演出活动。"聒"，喧扰。

尾联表示重新归隐。如次句所说，他在出山之前，就曾经在山林中隐居过，在参加科举考试失败后，他又要重新回到原来隐居的地方隐居。末句表明此时的他隐居思想占了上风，所以用形象化的语言，充分肯定了隐居生活的美好。

陈抟是一个被神话了的人物，这首诗真实地谈了他归隐的原因：他自视很高，并且怀有"扶危主"的雄心壮志，但是参加科举考试一再失败，在走投无路的情况下，他只好选择了归隐的道路。而他归隐的目的，还是为了重新回到现实。他被神化，并且产生了巨大影响，不是因为他看破红尘，逃避现实，恰恰相反，是因为他始终关心政治，与帝王发生过密切关系。宋朱熹编《宋名臣言行录》前集卷十中的一段话颇有参考价值："太宗即位，再召之，留阙下数月，延入宫中与语，遣中使送至中书。宰相宋琪等问曰：'先生得元默修养之道，可以授人乎？'曰：'练养之道，皆所不知，然正使白日升天，何益于治？圣上龙颜秀异，有天人之表，洞达古今治乱之旨，诚有道仁圣之主，正是君臣合德以治天下之时，勤行修炼，无以加此。'琪等表上其言，上喜甚。"可见他受到宋太宗的青睐，不是靠装神弄鬼，而是靠溜须拍马。

山中寡妇

杜荀鹤

夫因兵死守蓬茅，麻苎衣衫鬓发焦。
桑柘废来犹纳税，田园荒后尚征苗。
时挑野菜和根煮，旋斫生柴带叶烧。
任是深山更深处，也应无计避征徭。

　　杜荀鹤（846-904），字彦之，号九华山人，池州石埭（今安徽石台）人。相传杜牧为池州刺史时，将怀孕的妾周氏嫁给乡人杜筠而生荀鹤，后人多以为妄。唐昭宗大顺二年（891）举进士，时危世乱，次年还旧山。宣州节度使田頵辟为从事。天复三年（903），为頵出使大梁。頵兵败，遂留梁。天祐元年（904），朱温奏为翰林学士、主客员外郎，遇疾，旬日而卒。杜荀鹤酷爱写诗，《四库全书》收《唐风集》三卷，《全唐诗》录其诗四卷，《全唐诗续拾》补其诗六首。

　　《山中寡妇》一作《时世行》，一作《时世行赠田妇》。《唐风集》《瀛奎律髓》《全唐诗》等均作《山中寡妇》。该诗集中地描写了山中寡妇形象，并借以揭露封建社会的战争、赋税与徭役给人民带来的灾难，既简洁又确切，当以此为准。

　　首联写山中寡妇的处境与外貌。起句写唐末兵荒马乱的社会背景给这位田妇造成的灾难，战乱夺走了她丈夫的生命，使她孤苦伶仃地守着一座茅草棚艰难度日。次句写这位妇人穿着麻布衣衫，两鬓的头发已经焦黄。写她两鬓焦黄而非斑白，说明她的年龄还不老，是生活困苦所致。"麻苎"：大麻与苎麻，其表皮可以制成粗糙的麻布。"麻苎衣衫"就是以这种粗糙的麻布制成的衣衫，

　　颔联写她贫困的原因是赋税过重。三句写她家的桑树与柘树已经被战争毁坏了，不能养蚕纺织了，但是还要交纳丝税。唐代织妇要承担丝税，唐元稹《织妇词》就提到过这一税种："今年丝税抽征早。"

四句写她家的田园因为战乱与缺乏劳动力而荒芜了，青苗税还要照常征收。"征苗"指征收青苗税，唐代宗广德二年（764），政府规定向每亩苗征收税钱十五文，用于发放官俸，号青苗钱。后虽有变化，但从未废除。

　　颈联通过典型的生活细节描写了山中寡妇的痛苦生活。五句写她经常挑野菜连根一道煮着吃。这说明她已经吃不上正常的饭菜，就是连野菜也很难采集到了，可见像山中寡妇一样生活艰难的人还有不少。六句写她现砍取一些生柴，连树叶一起用来烧锅做饭。这表明她的生活环境很差，能够砍伐的树木早就被人砍光了。

　　尾联写由于官府对人民的剥削和压迫无孔不入，无处不在，所以山中寡妇的悲惨命运是无法改变的，她即使逃到深山更深处，也逃避不了官府的赋税与徭役。这就将对山中寡妇的同情升华到对唐末黑暗社会的控诉。将普通老百姓逼得无法生存，则这样的黑暗社会也就该结束了。

　　宋严羽《沧浪诗话·诗体》专门列有"杜荀鹤体"，此诗堪称"杜荀鹤体"的代表，其内容能够真实地反映社会现实，如宋蔡正孙《诗林广记》前集卷九评价道："此诗备言民生之憔悴，国政之烦苛，可谓曲尽其情矣。采民风者，观之其能动心否乎？"其语言通俗，浅显明快，很少使用典故，在晚唐正需要这种为老百姓大声疾呼的诗。

送 天 师

朱　权

霜落芝城柳影疏，殷勤送客出鄱湖。
黄金甲锁雷霆印，红锦韬缠日月符。
天上晓行骑只鹤，人间夜宿解双凫。

匆匆归到神仙府，为问蟠桃熟也无。

　　朱权（1378-1448），明太祖朱元璋第十七子。太祖洪武二十四年（1391）年，十四岁，被封为宁王。二十七年（1394），十七岁，就藩大宁（今内蒙古赤峰宁城）。明成祖永乐元年（1403）二月，徙居南昌，兵权被夺，遂行韬晦之计，在戏剧创作与研究等诸多方面都卓有成就，著有十二种杂剧与《太和正音谱》等多种著作，卒谥献，人称宁献王。

　　《送天师》，"天师"当指东汉道教徒，五斗米教的创始人张道陵的第四十三代传人张宇初。从张道陵的第四代孙张胜开始，便世居江西贵溪龙虎山。朱权曾拜他为师，研习道教著作，朱权本人还著有道教著作《天皇至道太清玉册》八卷。

　　首联扣题写送天师。起句写送客的时间与地点。时间为秋天霜降以后，地点为芝城（今江西鄱阳），次句写朱权送客，"出鄱湖"显然是指天师将渡过鄱阳湖回到龙虎山。从"殷勤"二字来看，朱权对张天师是很客气、很尊重的。

　　颔联称颂张天师的法物。三句写张天师的印非同一般，首先是用饰以黄金的印盒锁着，从印盒就可以看出该印的宝贵。其次用"雷霆"二字来修饰"印"，可见该印威力无比。四句写张天师所佩戴的仙符也是异乎寻常的。首先装仙符用的套子是用红锦制作的，韬即套子。其次该符法力无边，所谓日月符也即阴阳符，能够驱使阴阳两界的鬼神。"符"，指道士在黄色纸或帛上画的图形或符号，据说能够请神劾鬼、降妖镇魔、治病除灾。

　　颈联称颂张天师的法术。五句写他早晨能骑一只仙鹤在天上飞行。古代有不少仙人骑鹤的传说，如旧题刘向所撰《列仙传》记载："王子乔见桓良曰：'告我家，七月七日，待我缑氏山头。'至期，果乘白鹤住山巅，望之不得到。"六句写他晚上睡觉所解下的实际上是变为双凫的鞋子。据《后汉书·王乔传》介绍，东汉时叶县县令王乔有神术，每将两鞋化为双凫，乘之飞之京师。因为张天师并非真有其事，所以用了两个典故来赞美他。

尾联写张天师匆匆要求回神仙府的原因，主要是为了了解蟠桃成熟了没有。照常理来说，张天师要求回府的原因可能很多，恰恰不会问蟠桃成熟了没有，因为霜降以后，树上早就没有蟠桃了。但是诗人对于其他原因一概没说，恰恰只说张天师是为了问蟠桃熟了没有而匆匆赶回去，这就充分突出了张天师的身份，把他说成了活神仙。因为是仙桃，当然也就不能用人间普通桃子的生长规律来要求它。"神仙府"指张天师所居龙虎山道观。"蟠桃"，传说中的仙桃，宋祝穆编《古今事文类聚》前集卷三十四《王母蟠桃》引《汉武内传》称王母会汉武帝，赠桃七枚，"帝食之甘美，母曰：'此桃三千年一结实。'"

此诗能够依据张天师的身份来选材、用典、设想，使全诗呈现出神仙色彩。诗歌内容虽然荒诞不经，但是也有一定的认识价值。它表明封建社会统治阶级中的许多上层人士，一方面尽享人间的荣华富贵，另一方面还想长生不老以至羽化而成仙，永葆荣华富贵，所以道教颇有市场，并且大为流行。当然朱权信奉道教，也是他实行韬晦之计的重要组成部分。

送毛伯温

朱厚熜

大将南征胆气豪，腰横秋水雁翎刀。
风吹鼍鼓山河动，电闪旌旗日月高。
天上麒麟原有种，穴中蝼蚁岂能逃。
太平待诏归来日，朕与先生解战袍。

朱厚熜（cōng）（1507-1567），即明世宗，建元嘉靖，在位四十五年。登位初期尚能励精图治，使朝政为之一新。后因迷信道教，祈求长生，长期不视朝政，由严嵩独揽大权，导致政治腐败，国势日趋衰落。嘉靖十五年（1536），安南（今越南）世孙黎宁派人入朝，向明世宗禀报莫登庸叛逆。嘉靖十八年（1539），明世宗诏命毛伯温为兵部尚书兼右都御史率兵南征，并写此诗为之壮行。毛伯温次年进驻南宁，兵不血刃而使安南平定。

《送毛伯温》为明世宗于嘉靖十八年送毛伯温出征时所写。毛伯温（1487-1545），字汝厉，吉水（今江西吉水）人。正德进士，授绍兴府推官，升御史。嘉靖初，调任大理寺丞，升右都御史，奉命南征，二十一年还朝。著有《毛襄懋集》《东塘诗集》。

首联写毛伯温的英雄气概。起句称其为"大将"，这样就将大国上将的身份、地位突出了出来，同时也反映明世宗对毛伯温的信任与赞赏。次句通过毛伯温所佩腰刀来表现毛伯温的豪气。"雁翎刀"为南宋军器监于乾道年间制造的一种形如大雁翎羽的刀类兵器。这里代称宝刀。秋水形容雁翎刀明净而清冷。

颔联描写军威。三句写战鼓的声音经风一吹，山河都为之震动。鼍（tuó）鼓，用鼍皮，也即鳄鱼皮蒙制的鼓，鼓声特别响亮。四句写绣着日月图案的军旗高高举起，像闪电一样引人注目。

颈联申明南征的政治态度。五句写安南的黎宁王族像天上的麒麟一样，世代相传，本来就是高贵的。六句写在安南搞叛逆活动的莫登庸之流像洞穴中蝼蛄和蚂蚁一样微不足道，难逃失败的命运。作者采用比喻和对比的方法，说明这次南征必然胜利。

尾联与首联呼应，写等到平息叛乱获得诏令、胜利归来的时候，明世宗将要亲自到场迎接。此联好在用亲自为毛伯温"解战袍"这一生活细节来表达这层意思，就显得非常亲切，虽然这一生活细节事实上是不会出现的。

此诗写出了对主将的殷切期望，写出了出师时的雄壮军威，写出了对出征的必胜信念，体现了帝王的恢宏气度。虽然嘉靖皇帝被普遍认为是一位昏庸的君主，但是读了这首诗，我们有理由相信，他在位前期，还是颇有领导才能的。所以诗歌作品也具有一定的史料价值与认识价值。

作者篇名索引

（作者以汉语拼音为序，括号中的数字，前为卷数，后为页数）